Éditions Druide
1435, rue Saint-Alexandre, bureau 1040
Montréal (Québec) H3A 2G4

www.editionsdruide.com

RELIEFS

Collection dirigée par
Anne-Marie Villeneuve

ÉCRIS-MOI, MARIE-JEANNE

Catalogage avant publication de Bibliothèque et Archives nationales
du Québec et Bibliothèque et Archives Canada

Durand-Brault, Ginette, 1942-
Écris-moi, Marie-Jeanne

ISBN 978-2-89711-040-6
I. Titre.

PS8607.U727E37 2013   C843'.   C2013-940294-2
PS9607.U727E37 2013

Direction littéraire : Anne-Marie Villeneuve
Édition : Luc Roberge et Anne-Marie Villeneuve
Révision linguistique : Diane Martin
Assistance à la révision linguistique : Antidote 8
Maquette intérieure : www.annetremblay.com
Mise en pages et versions numériques : Studio C1C4
Révision du montage : Isabelle Chartrand-Delorme
Conception graphique et photomontage de la couverture : www.annetremblay.com
Photos en couverture : détail de *Head in the clouds.* Conrad Poirier, 7 octobre 1940,
Bibliothèque et Archives nationales du Québec ; détail d'une photo du Tower Bridge
de Londres, 1950, New York Times Paris Bureau Collection., ca. 1950 - ca. 1950
(306-NT-2743V) ; détail d'une photo de la maison des Beauchamps, Saint-Jérôme,
archives Ginette Durand-Brault.
Photographie de l'auteure : Maxyme G. Delisle
Diffusion : Druide informatique
Relations de presse : Evelyn Mailhot

ISBN papier : 978-2-89711-040-6
ISBN EPUB : 978-2-89711-041-3
ISBN PDF : 978-2-89711-042-0

Éditions Druide inc.
1435, rue Saint-Alexandre, bureau 1040
Montréal (Québec) H3A 2G4
Téléphone : 514-484-4998

Dépôt légal : 1er trimestre 2013
Bibliothèque nationale du Québec
Bibliothèque nationale du Canada

Imprimé au Canada

Ginette Durand-Brault

ÉCRIS-MOI, MARIE-JEANNE

Roman

Druide

À mes enfants, Alexis et Catherine,
et à leurs enfants, Henri, Tom,
Laetitia et Maximilian

Tous les enfants naissent dans le nid tressé des fils
qui suspendent les choses au temps.

Outremont, 28 mars 1985

Mme Catherine Deschamps
146, Upper Cheyne Row
Chelsea, Londres
Angleterre C34 6CD

Ma chère Catherine,

J'ai le grand chagrin de t'annoncer la mort de ma grand-mère Marie-Jeanne Deschamps survenue le 22 mars dernier après 93 ans d'une vie bien remplie. Je me rappelle que tu l'aimais beaucoup et qu'elle était de ceux que tu regrettais de quitter quand tu es partie pour l'Angleterre. C'est pourquoi je m'empresse de t'écrire, faute d'avoir pu te prévenir autrement.

Son départ signe pour moi la fin de toute une époque. J'ai grandi avec elle puisqu'elle habitait chez mes parents avec grand-père Anthime. J'adorais son humour taquin, son petit côté irrévérencieux, sa liberté de pensée, si étonnante chez quelqu'un de sa génération, et aussi sa belle écriture d'institutrice que j'essayais d'imiter. Alors que j'étais encore trop petite pour le comprendre, elle s'est battue avec beaucoup de courage à un moment crucial de sa vie pour reprendre sa liberté de femme, celle que nous trouvons si évidente aujourd'hui.

Ton père fut son allié le plus fidèle tout au long de sa vie. Oncle Rodrigue était son double, selon moi l'homme qu'elle aima le plus, un frère adoré, presque un fils pour elle. Ils se ressemblaient beaucoup, d'ailleurs. Quand j'allais m'asseoir à son chevet, là-bas, au Centre d'accueil d'Youville où elle a passé les huit dernières années dans son grenier à souvenirs, elle me parlait souvent de lui. Et aussi de toi.

Avant de partir, elle m'a confié une grosse boîte à chaussures usée pleine de vieilles photos et de souvenirs parmi lesquels des lettres qu'elle et ton père ont échangées tout au long de la guerre. J'en ai même trouvé quelques-unes de la main de ta mère! Je trouve injuste et cruel qu'elles ne soient pas déjà en ta possession. Grand-mère m'a fait promettre de te remettre ceux de ces souvenirs qui te concernent. Je crois que tu as droit à tout ce qui vient de tes parents.

J'ajoute que j'ai entrepris d'écrire un livre inspiré par cette précieuse documentation. Si la chose te convient, je projette de me rendre en Angleterre d'ici quelques mois pour te remettre les originaux. Je compte aussi visiter les lieux où ton père et ta mère se sont connus et aimés au milieu de la guerre. Ce voyage sera, j'en suis sûre, une source d'inspiration pour moi et j'aurai grand plaisir à te revoir. J'espère qu'il en sera de même pour toi, malgré le temps qui a si follement passé!

L'enterrement de grand-mère a eu lieu hier au cimetière de Saint-Jérôme en présence de la famille et de très nombreux amis. Ma très chère Marie-Jeanne! De tous ceux qui l'ont connue et fréquentée, je ne connais personne qui ne l'a pas aimée. Je me demande encore ce qui la rendait si attachante! Une indomptable gaieté sans doute, une fraîcheur aussi, une luminosité qui faisait penser au printemps, quelque chose en somme de très simple, comme l'odeur de rose du parfum qu'elle aimait porter.

À bientôt, donc. Je t'embrasse très fort.

Lisette Ferland

PARTIE I

Septembre 1939

— On a bien fait de monter dans le bois de bonne heure, cette année. Regarde comme c'est beau dehors ! Le lac frétille.

Encore mal réveillé, Zéphir enfila ses bretelles et s'approcha de la fenêtre grise de poussière. Il l'ouvrit et renifla l'air.

— C'est un temps parfait pour le poisson. Ça tombe bien qu'on soit dimanche.

Bons menuisiers d'occasion, les deux hommes étaient montés au chantier longtemps avant les autres pour retaper la baraque des bûcheux qui menaçait ruine. Ils connaissaient bien les humeurs du lac Granet, un des plus beaux du parc de La Vérendrye où ils avaient passé tous leurs hivers depuis les huit dernières années. Ils se hâtèrent vers la grande salle du camp pour déjeuner. Comme d'habitude, ils se servirent copieusement.

— Faut pas tarder, Rodrigue. Le soleil va monter vite à matin, dit Zéphir, la bouche pleine.

— *Wait a minute, guys. Something serious is going on.*

Gerry Nicholson était le représentant officiel de la MacMaster Lumber, la compagnie de bois qui exploitait la concession. Il était aussi chargé de la gérance du camp.

— *I am just coming back from Sainte-Agathe. We are at war, my friends.*

L'air préoccupé, il déploya la première page d'un journal devant eux. Rodrigue se leva à toute vitesse et le lui arracha des mains.

— C'est bien que trop vrai! On est quel jour aujourd'hui, le 17? Bien, ça fait une semaine que le Canada est en guerre contre l'Allemagne. C'est écrit que la France et l'Angleterre ont déclenché le bal à la suite de l'attaque de la Pologne par Hitler, le premier du mois. Naturellement, Ottawa a suivi l'Angleterre. Vous avez raison, monsieur Nicholson, il ne pouvait y avoir de plus grosse nouvelle. Pour dire vrai, je ne suis pas surpris. Il suffisait de lire les journaux pour la voir venir. Ouais! Ça fait réfléchir!

Il remit le journal au gérant en lui demandant de le mettre de côté pour qu'il puisse le lire plus tard. Nicholson, déçu de la courte réception accordée à sa grande primeur, haussa les épaules. Les Canadiens français étaient décidément tous pareils. Ils ne comprenaient rien à ce qui se passait en dehors.

Surpris que Rodrigue soit si pressé d'aller pêcher après un pareil événement, Zéphir avala debout sa dernière gorgée de café. Puisque le grand blond ne voulait pas en discuter, il s'abstint de revenir sur la question, ce qui ne l'empêcha pas d'y penser toute la journée. À la tombée du jour, Rodrigue lui proposa de faire griller les poissons sur un bon feu de grève au lieu de rallier la cambuse. C'est là que, assis devant le soleil qui tombait dans l'eau, Zéphir osa enfin formuler l'idée qui le taraudait.

— Penses-tu qu'on va être appelés à partir?

Rodrigue hésita. C'était un cas où nommer la chose, c'était comme la faire exister. Lui aussi y avait réfléchi toute la journée. Il se foutait bien de la conscription et encore plus de se battre pour George VI. Mais de la manière dont il voyait les choses, si la Pologne y passait, l'Europe au complet était en danger. L'Europe, c'était pour lui la France et tous les livres qu'il avait lus, quelque chose de sacré et de fondamental qui ne pouvait pas disparaître et qu'il fallait défendre absolument.

— D'après ce que j'ai compris, l'Allemagne est armée jusqu'aux dents, Zéphir. Hitler veut conquérir le monde et personne n'a vu assez clair pour l'arrêter à temps. Les gens, chez nous, ne comprennent pas la gravité de ce qui se passe. Moi, je n'attendrai pas qu'on m'appelle aux armes. Je considère que c'est mon devoir d'y aller, c'est tout.

Zéphir ne broncha pas, mais son cœur se serra. La voix de Rodrigue avait vibré comme la lame d'un couteau planté dans le silence frémissant du soir. Le crépuscule violaçait le paysage, il lui sembla que l'air se chargeait de poison. C'était le fantôme de la guerre qui s'avançait au milieu de toutes choses, sur l'onde moirée et ses poissons d'argent, par-dessus le vol des grands hérons bleus et jusqu'au cœur innocent de la forêt où s'ébrouaient les animaux avant la nuit. C'était l'heure entre chien et loup, sauf qu'il n'y avait plus que des loups. Rodrigue avait sans doute raison : il fallait quitter tout cela, se lever et aller prendre son rang. La voix basse, Rodrigue enchaîna :

— Vois-tu, Zéphir, moi je n'ai rien à perdre. Sauf la vie, si tu veux. Mais, entre toi et moi, celle qu'on mène ici est bien ordinaire. Aller défendre la civilisation a pas mal plus de sens que de bûcher du bois. C'est une belle l'occasion de montrer ce que j'ai dans le corps. Puis le plus vite possible.

L'image de Marie-Jeanne surgit dans sa tête.

— Avant, il faut que j'avertisse ma sœur en personne. Tu comprends, mon Zéphir, c'est quasiment elle qui m'a élevé. Ça veut dire qu'il faudra que je passe par Saint-Jérôme. Mais toi ? Tu ne m'as pas encore dit ce que tu en pensais. Es-tu prêt à me suivre ?

Zéphir s'accroupit pour remuer les braises. C'était pourtant évident. Il ne se voyait nulle part ailleurs qu'avec Rodrigue. Depuis le temps où ce dernier avait quitté le séminaire, ils avaient tout fait ensemble. Il n'était pas question de le laisser courir sous les bombes tout seul ! Il pourrait le protéger en cas de danger.

Sans compter qu'aller visiter des pays inconnus avec quelqu'un de connaissant comme le grand blond, ça promettait bien des surprises.

— Je suis ben d'accord, conclut Zéphir.

— Si c'est comme ça, on devrait donner notre démission à Nicholson tout de suite. Nicholson est un Anglais; il doit être pour ça, l'engagement volontaire. Il ne refusera pas de casser notre contrat pour un motif pareil. D'autant plus que la saison est encore jeune. Il a tout le temps qu'il faut pour nous remplacer. *That's it.*

Ils se regardèrent, soudain excités par l'aventure, et se mirent à rire. La hâte de partir venait de chasser la mélancolie de l'heure. Les poissons grillés sentaient bon; ils s'empiffrèrent.

::

Quarante-huit heures plus tard, Rodrigue entrait dans la cuisine de Marie-Jeanne. Une grosse théière odorante trônait sur le réchaud du poêle. Puisqu'il avait une grande nouvelle à lui annoncer, elle le servit et resta plantée devant lui, les mains croisées sur son tablier. Il prit une longue inspiration et plongea.

— Le Canada est en guerre. J'ai décidé de me porter volontaire. Je pars avec Zéphir.

Marie-Jeanne se prit la tête à deux mains.

— Mais pourquoi ça?

— Écoute-moi avant de te pâmer comme ça! Tu dois bien lire les journaux comme moi! Ce qui se passe est très grave. Hitler est un fanatique, puis les Allemands le suivent comme un troupeau suit son mâle. Son armée est rentrée en Pologne au début du mois. Il a fait alliance avec Staline. Il ne s'arrêtera pas là. Je te le dis, la Grande Guerre n'était rien à côté de celle qui s'en vient.

— Qu'est ce que ça vient faire avec nous autres, Rodrigue? On a bien assez de nos problèmes à régler par ici. Faut être fou pour courir au-devant des canons. Attends au moins qu'on sache si les hommes seront appelés !

Elle avait les larmes aux yeux. La discussion prenait la tournure qu'il craignait.

— Marie-Jeanne ! Tu parles comme tout le monde ! Ici, les gens ne savent même pas où se trouve l'Allemagne sur une carte ! Une guerre mondiale menace, puis nous, on pense à se protéger d'Ottawa. Je n'en reviens jamais de voir comment les Canadiens français se coupent du reste du monde tout le temps. L'ennemi, c'est l'Anglais, personne d'autre, le reste ne les regarde pas. Maudit, il faut voir plus loin ! Il faut que les hommes libres comme moi mettent leur culotte pour aller se battre ! Puis comment ça se fait, baptême, que toi, une femme instruite, la personne au monde qui me comprend le mieux d'ordinaire, tu ne sois pas capable de comprendre ça ?

Rodrigue haletait. Trop outrée pour se contenir comme elle savait pourtant si bien le faire, Marie-Jeanne se mit à crier.

— Pour commencer, je te trouve bien dur pour ton monde, mon petit frère. Les Canadiens français valent plus que ça. On est tout seul de notre race dans le pays, puis on se débat comme on peut. À part de ça, je vais te dire ce que je comprends surtout, Rodrigue Deschamps ! Derrière tes beaux motifs, j'en vois d'autres, si tu veux le savoir. Il n'y a pas besoin d'une guerre pour sauver les autres. Les autres, c'est ici qu'ils sont. Ça fait des années que tu te promènes d'un bord à l'autre, avec tes livres puis tes idées qui tournent en rond. Je ne te dis pas que ton travail de bûcheron n'est pas honorable. Mais bûcher du bois, presque tous les hommes peuvent faire ça. Toi, tu avais de l'instruction ; tu aurais dû t'en servir ! Ah ! C'est bien sûr que tu es libre de partir ! Pas de femme ! Pas d'enfant ! Pas de maison non plus ! T'es nulle part, comme on dit. Tu ne t'es jamais engagé à rien. Là, v'là-t-y pas que les Allemands attaquent d'autres pays, puis tu es prêt au grand sacrifice ! Si tu t'engages, mon frère, c'est...

Le poing de Rodrigue s'abattit sur la table. Le rouge au front, il se leva de sa chaise avec une raideur qui faillit la jeter par terre.

— C'est bien correct. Je pensais qu'il y avait une personne au monde qui m'aimait assez pour me comprendre et que c'était toi. Je vois bien que je me trompais. J'ai ma réponse. Je m'en vais. Salut, Marie-Jeanne.

Il fit claquer la porte sèchement. La bouche encore ouverte, Marie-Jeanne se laissa tomber sur une chaise, ses mains couvrant son visage. Pour la première fois de sa vie, elle venait de se quereller avec son frère ! Juste comme il allait partir au loin ! Peut-être même qu'elle ne le reverrait plus jamais ! Coupable, elle se mit à pleurer. De douloureux souvenirs auxquels elle n'avait pas pensé depuis longtemps lui revinrent en foule en même temps que les larmes.

::

C'était par un beau jour clair du mois d'avril, en 1902. Elle venait d'avoir dix ans. Sa mère, Cordélia, appela les enfants dans sa chambre pour leur présenter le bébé qu'elle venait de mettre au monde. Il avait une couronne de cheveux cuivrés et la peau si blanche qu'on aurait dit qu'elle éclairait la chambre. Éblouie, Marie-Jeanne, qui n'avait jamais eu la moindre poupée, tendit les bras pour le prendre. Elle serait sa petite maman et s'occuperait de lui. Cordélia, qui en était à son onzième enfant, la laissa faire. Quatre ans plus tard, quand la mort emporta subitement son père, Edmond, c'est grâce à Rodrigue qu'elle arriva à surmonter son grand chagrin. L'enfant était attachant, beau comme un cœur, charmant, intelligent et doué d'une mémoire qui retenait tout du premier coup. Par-dessus le marché, il chantait comme un ange les comptines qu'elle lui apprenait. Pourquoi fallait-il que les choses tournent si mal pour lui ?

C'était la faute de Cordélia et de son obsession maladive de voir ses enfants entrer en religion. Aucun sacrifice ne lui paraissait trop grand pour y arriver! Fallait-il pour cela envoyer Pierre et Rodrigue étudier au collège? Elle harcela le curé afin d'obtenir une des bourses d'études que le séminaire de Sainte-Thérèse offrait aux futurs prêtres. Elle supplia aussi une cousine religieuse d'accepter sa Marie-Jeanne au couvent de Sainte-Rose. Pour payer leurs livres, elle vendit de porte en porte des médailles et des images saintes donneuses d'indulgences! Mais il faut croire que ce n'était pas encore assez puisque tant d'efforts n'aboutirent à rien. Même pour Pierre, qui était si pieux! Le grand séminaire de Montréal le renvoya à cause de sa santé fragile. Quant à Rodrigue, ses brillantes études allaient se terminer en queue de poisson. Le cher enfant! Une histoire obscure et si injuste!

La dernière année, on lui infligea contre toute attente un échec en mathématiques et en latin, à lui, un premier de classe! À la remise des diplômes, il se sentit écrasé de honte et de colère en regardant ses compagnons monter les uns après les autres sur l'estrade pour recevoir leur parchemin enrubanné. Son rêve de devenir avocat venait de mourir. Après la cérémonie, pendant que Pierre faisait courir le cheval vers la maison du rang Sainte-Marguerite, l'adolescent pleura toutes les larmes de son corps et Marie-Jeanne aussi.

Elle se dit qu'il fallait tout de même tenter quelque chose et retourner au séminaire pour en avoir le cœur net. Le jeune prêtre boutonneux qui s'occupait des archives la reçut avec la morgue des tout-puissants. Pressé de questions, il sortit avec lenteur le dossier de Rodrigue. Pendant qu'il le feuilletait, elle vit la rougeur qui lui montait au front. Elle demanda à voir, mais il refusa de lui montrer quoi que ce soit. Propriété du séminaire. Alors, elle le mit au défi de jurer devant Dieu que tout était conforme. C'est là qu'il se mit à lui crier par la tête d'une voix qui n'avait pas fini de muer, une voix de poulie de corde à linge rouillée. Elle n'allait quand même pas accuser les pères de tricherie? En plus, le père directeur en personne avait vérifié tous les dossiers avant de signer les parchemins.

Marie-Jeanne quitta les lieux la tête haute. Elle en savait assez pour comprendre l'imposture parce que, dans son emportement, le religieux avait échappé un nom : Alain Dumouchel. C'était le fils d'un médecin connu de Sainte-Thérèse ; il faisait partie de « ceux qui avaient reçu l'appel du Seigneur ». On les avait présentés à l'assistance pour qu'ils soient applaudis à la remise des diplômes. Quelqu'un avait sûrement truqué ses copies d'examen pour qu'il soit promu, et c'est Rodrigue qui avait payé la note.

De retour à la maison avec sa découverte, Marie-Jeanne eut beau plaider que l'avenir de son frère était en jeu, qu'une bonne mère avait le devoir de défendre son fils contre l'injustice, Cordélia resta inflexible.

— Marie-Jeanne, si une chose pareille est arrivée, les pères avaient leurs raisons pour ça. On n'a pas le droit d'intervenir. Le garçon du docteur Dumouchel voulait être prêtre tandis que Rodrigue voulait devenir avocat. Qu'est-ce que tu penses que le bon Dieu aime mieux ? Empêcher une vocation, c'est un sacrilège. Je ne veux pas finir en enfer. C'est à Rodrigue d'accepter la volonté divine.

Toute sa vie, la jeune fille allait se souvenir de la voix aiguë de sa mère prononçant ces paroles. De révolté qu'il était, l'adolescent déçu devint têtu comme une mule. Sourd aux meilleurs conseils, il exerça tous les métiers possibles pour rester loin de la maison, bûcheron en hiver, draveur au printemps, garde forestier ou homme de ferme en été. Tout ce qui lui restait du collège, c'était l'amour des livres et un goût inaltérable pour le savoir.

::.

Marie-Jeanne tâtonna dans sa poche à la recherche d'un mouchoir. Elle regrettait amèrement ses paroles. Après tout, Rodrigue voulait faire quelque chose de grand en allant à la guerre. Elle venait de lui refuser son appui, comme Cordélia dans le temps.

Pire, elle lui avait fait des reproches. Comment réparer une faute comme celle-là, maintenant qu'il était parti?

Elle en était là dans ses réflexions quand on cogna à la porte arrière. Elle jeta un peu d'eau froide sur son visage et vit les yeux de Rodrigue qui la suppliaient à travers la vitre. Elle se dépêcha d'ouvrir.

— Je suis revenu. C'est la première fois que tu te montres aussi dure envers moi, grande sœur. Mais j'ai pensé que c'était ton cœur de mère qui avait trop peur. Je suis revenu. Maintenant, laisse-moi m'expliquer.

— Mon cher petit gars!

Elle tomba dans ses bras. Il la serra contre lui avant de retrouver sa chaise devant la tasse encore pleine de thé refroidi. Cette fois, Marie-Jeanne l'écouta dans un silence religieux en opinant de la tête. Après tout, il était libre de partir et c'était pour une belle cause. Mais Rodrigue voyait bien qu'il n'arrivait pas à la convaincre vraiment. Pourtant, il était évident qu'il n'avait jamais eu un projet autant à sa mesure depuis l'histoire du petit séminaire. Marie-Jeanne sursauta.

— C'est drôle que tu me parles du séminaire. J'étais justement en train de ressasser tout ça quand tu as cogné à la porte.

— Ça fait des années qu'on n'a pas reparlé de ça, toi et moi. Pas vrai? C'est vrai que j'ai été plutôt malchanceux dans le temps, mais je suis bien obligé d'admettre aujourd'hui que j'avais un peu couru après mon malheur.

— Comment ça?

— Bah! Le gros père Jasmin voulait absolument que Sainte-Thérèse gagne la palme des futurs prêtres contre le séminaire de Saint-Hyacinthe. Il s'en est vanté, je l'ai su. Moi, j'avais une bourse des vocations, mais je voulais être avocat. En plus, je n'étais pas un élève facile, pour te dire la vérité. J'aimais bien le provoquer parce que je le trouvais prétentieux. En philo, c'était facile de le mettre en boîte. La classe riait. Lui, ça le faisait rager. «Ce n'est pas un comportement compatible avec le sacerdoce, mon fils », qu'il me disait. S'il fallait en sacrifier un pour sauver Alain Dumouchel qui était doux comme un mouton, pourquoi pas le petit baveux à Rodrigue Deschamps ? Et puis, je pense qu'il voulait être bien vu de l'archevêché. Il a gagné ses galons de chanoine en tout cas ; il a été nommé quelques années plus tard. Ouais ! Tout ça a fait qu'aujourd'hui je n'ai plus grand-chose à voir avec la religion.

— Pour ce qui est de la religion, j'en prends puis j'en laisse, moi aussi. Je n'ai pas confiance dans les prêtres. Ce qu'ils font ne ressemble pas à ce qu'ils disent. Mais je prie le bon Dieu, notre Père. Je pense qu'il est là parce qu'il faut bien avoir un père.

— C'est vrai que le bon Dieu n'a pas besoin d'un pape ou d'un chanoine pour exister, dit Rodrigue d'une voix lasse.

Puisqu'on en était aux confidences, elle lui raconta une scène étrange qu'elle avait vécue à l'époque où Pierre était encore au grand séminaire. Un jour qu'elle était entrée en trombe dans la chambre de sa mère, elle avait trouvé celle-ci à genoux devant le crucifix, les yeux fermés, avec sur la langue une médaille de saint Joseph qu'elle avalait lentement, comme une hostie. C'était pour que Pierre ne soit pas renvoyé du grand séminaire.

— Ma foi, j'ai pensé qu'elle était folle. En tout cas, elle était capable de nous sacrifier à la religion. Mais le pire de tout pour moi, c'est quand elle t'a fait promettre sur la tête de notre défunt père de ne jamais accuser les pères. C'était d'autant plus impardonnable que tu as fini par lui obéir.

Rodrigue se sentit piqué au vif. Que pouvait-il faire contre la grosse machine du séminaire ?

— Pour le séminaire, j'admets que tu n'avais aucune chance de les faire plier. Mais doué comme tu l'étais, tu aurais pu faire comme Pierre. Il a eu une grosse déception, lui aussi, et pourtant, ça ne l'a pas empêché d'avoir une famille et de monter une des plus belles entreprises de la ville. Deschamps Dynamites, c'est une compagnie qui fait travailler bien du monde à Saint-Jérôme.

— Je ne dis pas le contraire. Aujourd'hui justement, je voudrais aller défendre la liberté de l'autre bord. On choisit ses batailles comme on peut, Marie-Jeanne! Dis-moi donc qui pourrait se vanter d'avoir toujours eu le courage qu'il fallait au bon moment dans la vie?

Personne au monde, elle en convenait. Ils se turent un moment. L'heure de se séparer approchait. Il offrit de lui écrire régulièrement de là-bas. Pouvait-il espérer une réponse?

Elle soupira.

— Si tu m'écris, c'est sûr que je te répondrai. Mais je ne vois pas trop comment tu pourras lâcher ton fusil pour prendre un crayon au milieu d'un champ de bataille! Et puis, le jour où je ne recevrai plus rien de toi, je deviendrai folle d'inquiétude.

Déjà debout, Rodrigue lui demanda une photographie avant de partir. Elle sortit d'une garde-robe une de ces boîtes de carton blanc dans lesquelles on range les souliers neufs. Elle était pleine de souvenirs. Sans hésiter, il choisit une vieille photographie qui la représentait à 15 ans, dans la tenue des couventines de Sainte-Rose, debout près de Clara, une sœur aînée. Le visage paisible, plein d'intelligence et d'innocence, elle serrait dans sa main son diplôme d'institutrice. Marie-Jeanne la glissa gentiment dans la poche de sa chemise. Rodrigue s'agita. Son frère Pierre l'attendait pour le dernier souper. Les yeux de Marie-Jeanne s'emplirent de larmes. Il fit comme s'il ne les voyait pas. Ils s'embrassèrent sans se regarder.

— Salue bien Zéphir de ma part. Soyez prudents et prenez soin de vous deux. J'espère que je te reverrai.

Au dernier moment, elle attrapa sa main qu'elle posa sur son cœur. Il la retira doucement et quitta la pièce sans se retourner. La porte résonna comme un glas. Par la fenêtre du salon, elle le vit marcher d'un pas vif contre le vent de septembre. Les premières feuilles tourbillonnaient autour de lui. Il était encore tout proche et, pourtant, sa silhouette tendue vers l'avant indiquait que son esprit était déjà loin. Il était parti pour des lunes, des traversées et des batailles qui dureraient des jours, des mois, des années en des lieux menacés par les pires tourments. Elle se dit que, même s'il survivait à l'enfer qui l'attendait, le Rodrigue qui partait maintenant ne reviendrait jamais.

::

Quelques mois plus tard, Marie-Jeanne vit qu'il tenait parole.

Quelque part dans un train, 6 décembre 1939

Ma chère Marie-Jeanne,

Je suis un peu coincé sur mon banc, mais voici déjà une première lettre. J'ai l'écriture qui tremblote. C'est comme ça quand on part. Nous allons vers un port d'où notre régiment s'embarquera pour de bon d'ici quelques jours. Les gars chantent autour de moi, les uns en français, les autres en anglais. Ils ont des papillons dans l'estomac. Mais en même temps, ils ont hâte et ils sont fiers d'être les premiers partants canadiens. Moi aussi, Zéphir aussi.

Tu comprendras que, pour des raisons de sécurité, je ne peux pas te donner de détails concernant le voyage. Ce que je peux te dire, c'est que le moment est important. Tu me l'as dit, je me suis promené toute ma vie ici et là. Pourtant, c'est comme si je partais pour la première fois en mettant l'océan entre toi et moi. Pas comme un mur, mais comme un passage vers l'inconnu où j'aimerais que tu m'accompagnes. C'est au départ que les voyages sont les plus beaux parce qu'ils sont pleins de promesses! Je pars à la guerre et ma curiosité est plus grande que ma peur. Je suis comme ça. Je me sens plus vivant même si de grands dangers m'attendent. Sauf qu'il faut que tu les partages avec moi, malgré notre petit désaccord.

Car je sais bien que tu n'approuves pas tant que ça ma décision; je n'essaierai pas de changer ton opinion. Du moins, je pense que tu as saisi le sens de mon engagement et c'est déjà beaucoup. C'est à 20 ans que j'aurais dû comprendre que mon salut était ailleurs. J'aurais dû partir loin, très loin, à l'étranger, changer de pays. Déjà, j'apprends l'anglais. Apprendre une autre langue, c'est ouvrir une autre porte sur le monde. Je lirai d'autres livres.

Pour l'instant donc, je suis content; j'ai hâte de traverser. Ce qui n'exclut pas une petite peur. Il paraît que les sous-marins allemands sont partout et même dans le Saint-Laurent. J'espère qu'ils ne verront pas notre bateau passer. De toute manière, on ne sera pas seuls, crois-moi.

Ne t'étonne donc pas si tu ne reçois rien de moi pendant quelque temps. Dès que je serai là-bas, je te donnerai à nouveau signe de vie. En attendant, je garde ta photographie bien au chaud et je pense à toi souvent. Un joyeux Noël à tout le monde et tâchez de passer de belles Fêtes malgré tout!

Your brother for ever,

Rodrigue

Elle relut la lettre de Rodrigue jusqu'à la savoir par cœur avant de la ranger soigneusement dans la boîte de carton blanc, leur boîte aux lettres tant que durerait son absence.

Dans la famille, l'enrôlement volontaire de Rodrigue faisait jaser.

— Tant pis pour lui! J'espère que tu l'approuves pas, câlice! lança froidement Anthime à sa femme lorsqu'elle évoqua la lettre.

Marie-Jeanne haussa les épaules! Elle savait ce qui inquiétait son mari: l'enthousiasme de Félix, leur fils, à l'annonce de l'engagement de son oncle. Que de bières Rodrigue et lui avaient bues ensemble à la taverne Plouffe ou à l'hôtel Lapointe où Rodrigue allait entendre de petits orchestres de jazz! L'oncle cherchait à l'entraîner dans les chantiers. Félix refusait toujours malgré le fait qu'il chômait la plupart du temps. C'était une vie trop dure pour lui, loin du monde, de ses amis et de sa jeune femme, Irma, qui, de toute manière, ne voulait pas le voir partir chaque hiver.

Félix était tenté, en effet. La guerre... la guerre! Le mot donnait le frisson, et le mirage en était d'autant plus intrigant. Sur les affiches placardées dans les lieux publics, on voyait des soldats qui levaient leur poing au ciel. « Enrôlez-vous! » Chaque fois qu'il en croisait une, il se voyait, fusil en bandoulière, accoudé sur le pont d'un gros bateau en train de traverser la vaste mer avec ses bons amis. Pourquoi pas? Et puis, c'était payant! Il n'aurait plus à emprunter de l'argent à son père pour le loyer. En plus, Irma attendait leur premier enfant pour le mois de septembre. Si jamais quelque chose lui arrivait, le gouvernement prendrait soin de sa famille. Beaucoup de ses amis pensaient comme lui.

Un soir de janvier 1940, il perdit comme souvent son dernier sou en jouant aux cartes à la taverne Maurice. C'est alors qu'il eut une idée de fou :

— Les gars, on fait un dernier jeu. Le plus chanceux s'enrôle. Ça marche-tu?

Pour la première fois de la soirée, il gagna. C'était un signe; il devait suivre Rodrigue. Deux de ses compères décidèrent sur-le-champ de partir avec lui. Ils passèrent le reste de la nuit à fêter leur départ pour l'armée.

::

Quelque temps plus tard, l'apparition de Félix en uniforme kaki dans le salon d'Anthime produisit tout un effet. Marie-Jeanne secoua tristement la tête. Il ne servait à rien de lui faire des remontrances, pourtant elle ne put s'empêcher de parler.

— Mon pauvre enfant! Toi qui vas avoir un bébé bientôt! C'était bien la dernière chose à faire, me semble.

— La mère, c'est le contraire, c'était la seule chose à faire, vu que j'ai pas d'ouvrage. Et puis ça me regarde, à part de ça, câlice. Si j'ai envie d'aller voir du pays, c'est de mes affaires. Le père, il va comprendre ça, j'en suis certain. Tout ce que je te demande, c'est de ne pas oublier Irma quand elle va accoucher. Il faudra que tu l'aides. Elle sait pas lire puis elle a de la misère à se débrouiller.

Félix avait ce ton dur qui tournait parfois en grosse colère. Marie-Jeanne n'ajouta rien. Il y avait belle lurette qu'elle n'avait plus d'influence sur lui.

Quand Anthime rentra, une heure plus tard, la vue de son fils le figea comme une statue à l'entrée du salon. Il grimaça en portant la main à sa poitrine, incapable de parler.

— Ben voyons, le père, c'est-tu moi qui te fais cet effet-là? Prends sur toi, calvaire!

Marie-Jeanne le força à s'étendre sur le divan et demanda à sa fille Marie d'aller chez sa sœur Caroline, qui habitait juste à côté, pour appeler le médecin. Heureusement, le praticien ne fut pas long à sonner à la porte.

— Votre pression est trop haute, monsieur Gobeil. Va falloir vous reposer, dit-il après l'avoir examiné. Il vous faut du calme. Ce soir, pas de bière, puis ne mangez pas trop. Rien de trop salé, surtout; surtout pas de petit lard. Je vais vous faire une piqûre qui va vous faire dormir.

Mais sitôt le médecin parti, Anthime refusa de rester étendu.

— Comme ça, mon garçon, t'as signé toi aussi, finit-il par dire d'une voix brisée. As-tu accepté d'aller de l'autre bord?

— Bien oui, le père. Quand tu signes, tu signes pour tout.

Anthime ne tarda pas à imputer ce nouveau malheur à Rodrigue, qui avait donné le mauvais exemple. Marie-Jeanne se retint de lui répondre. Il venait de subir un dur coup et son angoisse ne faisait que commencer.

L'enrôlement volontaire de Félix allait en effet plomber lourdement la vie d'Anthime. À partir de ce jour-là, son caractère se durcit encore plus. Taciturne, il mangeait à peine. En sortant de la General Rubber, les jours de paye, il prit l'habitude de s'arrêter à la nouvelle taverne des Sports qui se trouvait à mi-chemin, rue Labelle. Il en sortait l'air hagard, le visage écarlate et sa méchante humeur effrayait tout le monde à la maison. Il s'en prenait alors immanquablement à Marie-Jeanne, qui comptait sur sa fille Marie pour l'apaiser. Celle-ci était la seule à pouvoir le faire.

Avant tout, Anthime était obsédé par le départ de son fils outre-mer. Tous les soirs, il écoutait religieusement la radio au cas où on annoncerait l'embarquement prochain de nouveaux régiments.

Là-dessus, un soir qu'il profitait d'une permission pour souper en famille, Félix annonça que son régiment partirait au début de l'été.

— J'aimerais que tu te fasses photographier en uniforme avec moi puis ta mère au studio d'Antoine Allaire, pas loin de la librairie Parent. Au moins, on aurait un portrait sur le mur en attendant.

La demande sidéra toute la tablée tant ce n'était pas son genre.

— Comme ça, le père, tu veux un portrait de moi ! As-tu peur que je revienne pas ?

— Tu sais bien que ce n'est pas ça, dit Marie-Jeanne. Ta femme Irma est enceinte, puis si tu pars cet été, c'est sûr que tu ne seras pas là pour la naissance au mois de septembre. Il faut bien qu'il voie la tête de son père, cet enfant-là. Et puis tant qu'à y être, les filles aussi devraient être sur la photo.

C'est ainsi que le samedi suivant, à l'heure prévue, chacun arriva tiré à quatre épingles pour composer un tableau vivant dans le décor de carton peint du Studio Allaire. Personne n'était à son aise. Félix blasphémait plus que d'habitude alors que, chose très rare, les six filles se taisaient. Chacun sentait l'importance du moment. De mémoire de Gobeil, c'était la première fois que la tribu d'Anthime au complet posait pour une photo de famille. Pour cela, il avait fallu une justification très grave, qui n'était autre que le danger terrifiant vers lequel Félix s'en allait. Tous y pensaient sans le dire : Félix ne reviendrait peut-être jamais.

Le jeune soldat prit le train pour Valcartier le lendemain. Personne ne savait au juste où et quand s'embarquerait son régiment pour rejoindre l'Angleterre. Tout ce qui concernait le déroulement de la guerre était devenu secret.

::

Trois semaines plus tard, le facteur glissa dans la boîte aux lettres de Marie-Jeanne deux enveloppes venues d'Angleterre. Rodrigue donnait enfin signe de vie ! Elle s'apprêtait à les lire lorsque la sonnette d'entrée retentit à nouveau. Cette fois, c'était le préposé du Studio Allaire qui venait livrer un paquet. Elle se dépêcha de défaire l'épais papier brun qui l'enveloppait et s'installa dans la cuisine pour regarder longuement la grande photo de famille voulue par Anthime, les lettres de Rodrigue posées près d'elle comme une promesse de bonheur.

Ils étaient bien là, les enfants de sa vie, si beaux et si distingués qu'on aurait dit des gens de la haute. Pourtant, ils n'étaient pas nés dans l'abondance et la joie, mais plutôt dans la rude petite misère du rang de la Côte double. La pauvreté, l'encombrement de la maison trop petite, les grossesses successives, la fatigue de ses jambes torturées par l'arthrite, les grosses chaudronnées dans lesquelles elle tournait aveuglément la cuillère pour qu'au moins les enfants mangent au souper, les absences prolongées d'Anthime, qui s'oubliait au village, tout lui revenait dans un flot amer de noirs souvenirs. Une larme tomba sur la photo, qu'elle se dépêcha d'essuyer pour ne pas l'abîmer, avant de scruter un à un les visages familiers, comme si de les voir ainsi reproduits pouvait révéler quelque chose de leur mystère.

Vêtu de son capot de soldat, le calot posé de travers sur ses épais cheveux bouclés, Félix se tenait droit entre elle et son mari. Son regard pâle tourné vers l'objectif oscillait entre la peur et le défi. Anthime, long paletot noir et chapeau melon à la main, avait le sourire crispé d'un homme aux abois, presque en deuil. Autour du trio se tenaient les six filles, toutes belles, chacune à leur manière. Lucienne, la plus grassette, avait son éternel sourire d'enfant et Clarisse son air de grande dame. Caroline posait comme une actrice dans sa robe de soie et ses bijoux tandis que Marie, lointaine, levait des yeux mélancoliques sous un front lisse comme un lac endormi. Juliette avait l'air d'un petit oiseau impatient et Mireille, de l'enfant sage et peureuse qu'elle avait toujours été.

— Mon Dieu, que j'ai grossi! J'ai le visage comme une lune, les yeux sévères, puis la bouche pincée comme ma mère, pensa-t-elle sans ménagement pour sa personne. Mais comment sourire quand on sait que ce départ pour l'armée sera un gâchis de plus dans la vie de ce pauvre Félix?

Douce consolation, les lettres de Rodrigue étaient là qui attendaient d'être lues.

Angleterre, 2 janvier 1940

Ma belle Marie-Jeanne,

Juste un mot pour te dire que Zéphir et moi sommes arrivés à bon port après une traversée sans histoire. J'ai découvert que je n'ai pas tant que ça le pied marin. L'océan, c'est quelque chose, Marie-Jeanne. C'est beau, sauvage, énorme et ça fait ce que ça veut. On se sent tout petit devant lui.

Quand je ne regardais pas la mer, je causais avec les autres, souvent en anglais, pour me pratiquer. Ou je lisais. Au bout, il y avait la Grande-Bretagne! Tu vas te moquer, mais j'étais ému comme un petit garçon en mettant le pied à terre. C'était comme si, tout à coup, l'histoire du Canada avait été devant moi. Depuis, je n'ai pas assez de chaque minute de la journée pour voir tout ce qu'il y a de nouveau autour de nous. Tout est différent ici: la couleur du ciel, les terres, le style des maisons parfois très petites et très serrées, la foule sur les trottoirs, en somme beaucoup de mouvements dans peu d'espace pour l'Américain que je suis. Surtout, on a le sentiment que tout vient d'un autre temps. Chez nous, un édifice de cinquante ans est vieux, ici il faut plusieurs centaines d'années pour que ce soit le cas. On décrit les bâtisses en fonction de leur siècle; ceci date du dix-neuvième ou du dix-septième, tout le temps. Un autre monde, je te dis.

J'ai de bons compagnons, en plus de mon Zéphir, bien sûr, des gars simples venant des quatre coins de la province. Nous sommes bien accueillis partout et le commandement met tout en œuvre pour agrémenter nos moments de détente, avec l'aide d'associations civiles, comme le YMCA. On nous organise même des séances de cinéma. C'est d'ailleurs une véritable découverte pour moi qui n'allais jamais au Théâtre Rex à Saint-Jérôme. Pour l'instant, la vie militaire s'annonce donc plutôt agréable, à la condition que l'on accepte la discipline et tout ce qui vient avec. Il faut une permission pour tout, mais c'est bien normal quand on est soldat. D'ailleurs, notre groupe a comme les autres quelques « bozos » qui ont bien besoin d'encadrement, sans être pour autant des mauvais garçons. Ça prend toute sorte de monde pour faire une armée!

On ne sait pas encore à quoi s'attendre dans un proche avenir. Une chose est évidente: comme presque personne n'a d'expérience militaire, nous allons devoir subir un gros entraînement. Notre commandement est anglais. Avec la guerre qui vient de commencer, il y aura du pain sur la planche, comme on dit.

Tout ça pour te dire, belle Marie-Jeanne, que tu ne dois t'inquiéter de rien pour l'instant. Tout va bien pour Zéphir et pour moi. N'oublie pas de m'écrire.

Your brother for ever,

Rodrigue

Angleterre, 25 février 1940

Ma belle Marie-Jeanne,

Je n'ai rien écrit depuis l'autre lettre étant donné que tout est du pareil au même pour nous jusqu'ici. On dirait bien que le haut commandement n'a toujours pas arrêté ses plans en ce qui concerne nos troupes. Il faut dire qu'on ne prépare pas une grande armée au combat en criant ciseau! C'est donc toujours l'entraînement et l'apprentissage du maniement des armes qui nous occupent. Notre régiment se déplace souvent. On découvre la campagne, qui est très verte malgré la saison. Je voudrais bien que tu voies les maisons aux toits de chaume qui se trouvent au village non loin d'ici.

Par contre, on sent de la tension partout, comme si la guerre planait avec les nuages au-dessus du pays. Les gens se préparent tout en vaquant à leurs occupations avec un calme surprenant. Je lis tous les journaux que je trouve. En anglais, à part de ça! Et aussi quelques livres que je grappille çà et là sur la recommandation du lieutenant Fisher, notre officier commandant. Je crois qu'il s'intéresse à moi du fait que je suis plus instruit que les autres et que je me débrouille déjà pas mal en anglais. Il arrive qu'il demande à notre sergent de me confier de petites tâches, histoire de me tester, je suppose. Il discute souvent avec moi de ce qui se passe sur le continent et nous sommes d'accord pour dire que plus ça va, plus c'est inquiétant. Il faut prendre les devants en attaquant carrément l'Allemagne. À l'heure qu'il est, c'est déjà fini pour quelques pays à l'est, dont la Pologne, que la France n'a même pas aidée, malgré sa promesse. Il ne faudrait pas que Hitler se mette à penser qu'il peut tout se permettre. C'est ma troisième lettre. J'attends de tes nouvelles. Écris-moi, Marie-Jeanne.

Your brother for ever,

Ton Rodrigue

P.-S. J'ai pensé à quelque chose. Pour bien suivre les événements, il vaudrait mieux que tu te procures une carte géographique. Demande à Pierre, il a ce qu'il faut dans la bibliothèque du salon. Je veux que tu saches autant que possible où je suis.

Marie-Jeanne regarda encore la grande photo de famille. Elle avait tout le temps de lui répondre avant que son monde ne revienne de l'usine.

Saint-Jérôme, 3 avril 1940

Mon cher frère,

J'ai reçu en même temps tes lettres du 2 janvier et du 25 février. Tu ne sais pas le bonheur que ça m'a fait de voir ta belle écriture sur l'enveloppe. Je m'empresse de te répondre, même si j'ai peur de ne pas être à la hauteur. Pour tout dire, je n'ai pas eu souvent l'occasion d'écrire à quiconque au cours de ma vie.

Comme ça, l'océan t'impressionne, toi, un draveur ? Il me semble que c'est bien plus dangereux de se tenir debout sur des billots qui flottent que sur le pont d'un gros bateau. Mais c'est vrai que le bon sens puis la peur, ça fait deux ! Pour le reste, je suis contente de lire que l'Angleterre est à ton goût et qu'on ne vous demande rien de trop dangereux pour le moment.

Ici, toute la famille est ébranlée par la décision de ton neveu Félix de suivre tes traces. Le pauvre enfant s'est engagé ! Il prétend qu'il n'avait pas le choix parce qu'il manquait d'ouvrage alors que les usines de la ville engagent des gens à tour de bras pour répondre aux commandes qui arrivent déjà du gouvernement ! Anthime est tombé dans les pommes quand il l'a vu planté au milieu du salon dans ses habits de soldat. Il a fallu appeler le docteur. Il va mieux, mais le choc a été rude au physique comme au moral. Depuis, l'anxiété le ronge. Il boit plus que son dû, les jours de paye. Je te laisse imaginer dans quel état il nous revient.

Félix devrait partir avec les Fusiliers Mont-Royal au début de l'été. C'est pourquoi Anthime a fait prendre une grande photo de toute la famille au Studio Allaire. Je l'ai reçue aujourd'hui. Elle est très réussie et je n'arrête pas de la regarder en t'écrivant. C'est un peu, comme qui dirait, le bilan de ma vie : un garçon et six filles. C'est vrai ; je n'ai rien fait d'autre qu'eux, finalement. Dans mon temps, une fille de la campagne ne se permettait pas grand rêve à part celui de trouver un bon parti pour se marier. Qu'est-ce qui aurait pu m'arriver d'autre après le couvent, si je n'étais pas revenue au rang Sainte-Marguerite ? Partir chez ma tante Marie-Anne à Montréal pour enseigner là-bas ? L'idée m'a effleurée dans le temps, mais il n'était pas question de t'abandonner alors que tu étais encore si petit.

Avec la guerre qui commence et tous ces départs, on ne sait plus ce que l'avenir nous réserve. Alors, on revient sur le passé, bien inutilement puisqu'on ne peut rien recommencer dans la vie. Je n'ai plus qu'à continuer à prendre soin de mon monde. En plus de ma besogne habituelle, j'ai promis d'aider Irma quand elle aura son bébé en septembre. C'est bien la preuve que la tâche d'une mère ne finit jamais. Malgré tout, même s'ils m'ont coûté le plus beau temps de ma vie, je regarde mes enfants, puis je les trouve beaux. Je trouve *aussi qu'il manque quelqu'un sur la photo. Toi aussi tu devrais y être, puisque tu as été le premier petit que j'ai aimé comme un fils.*

Depuis que tu es parti, je lis les journaux et j'écoute la radio comme jamais. Je suivrai aussi ton conseil et je garderai un petit atlas sur la table basse du salon. Comme cela, je pourrai mieux suivre les événements. Justement, je les trouve de plus en plus inquiétants, les événements. Espérons qu'on arrêtera ce Hitler de malheur! Fais bien attention à toi, mon Rodrigue. Malgré le plaisir que tu as à visiter l'Angleterre, pense que la guerre n'est pas un voyage comme les autres.

Il est presque cinq heures, maintenant. Il faut que je prépare le souper. Ma tâche de mère, comme je te le disais!

Je t'embrasse de tout mon cœur,

Ta sœur Marie-Jeanne

::

L'été n'était plus très loin. La guerre n'avait que quelques mois d'existence et déjà elle avait installé ses affaires dans le décor. Il suffisait de se promener un peu pour s'apercevoir que le visage de Saint-Jérôme avait changé. D'abord, le petit centre militaire du nord de la ville était en passe de devenir un centre de formation régimentaire. De nouvelles baraques étaient en construction. On voyait de plus en plus d'uniformes dans les rues, les bars, les tavernes et les restaurants où la vie semblait plus animée et plus gaie qu'avant. Parfois, des jeeps remplies de militaires fonçaient dans la grande rue, bousculant les attelages trop lents du boulanger, du laitier ou ceux des cultivateurs qui charriaient leurs légumes jusqu'au marché, près de l'église. Les ménagères commençaient à parler de restrictions et les usines modifiaient leur production en fonction des demandes du gouvernement. En somme, il y avait du nouveau tous les jours, des visages surtout. La guerre ne ralentissait rien ; au contraire, elle accélérait tout, le rythme de travail, les déplacements, la production en général et l'introduction d'éléments nouveaux dans la vie quotidienne. Sans l'approuver, on s'habituait peu à peu à l'absence de ceux qui étaient partis comme volontaires, d'autant qu'aucun n'avait encore souffert au combat.

Cette année-là d'ailleurs, les fêtes du 24 juin prirent un éclat tout particulier. Il faisait beau à défaillir dehors. Profitant du congé, les filles de Marie-Jeanne partirent tôt pour assister à la parade traditionnelle qui, à cause du centre militaire, parcourait la rue Saint-Georges en direction nord contrairement aux années antérieures. Anthime, que ces fariboles n'intéressaient pas, en profita pour se faire lire par Marie-Jeanne le journal qu'il était allé chercher exprès au magasin Parent, comme il le faisait maintenant chaque fin de semaine depuis l'enrôlement de Félix. La nouvelle du jour portait sur la nouvelle déclaration de guerre de Mussolini.

— Attends un peu, Marie-Jeanne. Mussolini, c'est qui, puis de quel bord il va être ?

— Je viens de te le dire. C'est le fameux *Duce*, le chef du gouvernement en Italie, puis il se range du côté des Allemands. Il a signé un pacte avec Hitler. Tout ce que je peux en déduire, c'est qu'il va y avoir encore plus de batailles qu'avant. On n'est pas sortis du bois !

Il était un peu passé cinq heures quand les filles rentrèrent, excitées et volubiles comme des pies. Le repas était prêt. Autour de la table, elles se lancèrent dans une description enthousiaste des chars allégoriques, des corps de fanfares, des officiers à cheval et des pelotons de soldats marchant au pas cadencé sous une forêt de drapeaux qui flottaient dans l'air rempli de musique. Marie-Jeanne riait de les voir si gaies.

— Ce n'étaient pas plutôt les garçons que vous trouviez à votre goût ? Il me semble que le défilé n'est jamais si long que ça d'habitude, dit-elle sur un ton moqueur.

Anthime, qui écoutait tout sans en avoir l'air, leva les yeux de son assiette. Avec sa candeur qui pouvait faire pendre un innocent, Lucienne expliqua que Juliette et Mireille avaient discuté avec des soldats sur le terrain d'exercice de la base pendant qu'elle et Marie partageaient un Coca-Cola en compagnie des frères Ferland. Tout rouge, Anthime frappa du poing sur la table.

— Câlice! Marie-Jeanne, qu'est-ce que j'entends? Mes filles courent après les soldats comme des dévergondées? Je vous ai défendu d'aller au centre militaire. C'est pas votre place. Pour les petits Ferland, avais-tu donné la permission, toi, Marie-Jeanne?

Pétrifiées, Lucienne, Juliette et Mireille gardaient le nez dans leur plat. Seule Marie osait le regarder. Marie-Jeanne rétorqua que Ferdinand et Adélard Ferland avaient le droit de se promener sur le trottoir comme tout le monde pour voir la parade. Anthime n'en démordit pas. C'était à lui de donner les permissions. Prenant son courage à deux mains et sa voix la plus douce, Marie entreprit d'expliquer que cette année, le défilé se terminait au bout de la rue Fournier, sur le terrain de parade du centre militaire, et que toute une foule s'était retrouvée là. Elles avaient même rencontré l'oncle Henri Gobeil avec sa fille Armande. Comme c'était à l'autre bout de la ville, il avait fallu du temps pour rentrer à pied. Les frères Ferland, qui habitent rue Saint-Jovite, avaient juste marché avec elles sur le trottoir.

— Et puis ça fait au moins deux ans qu'on se parle et qu'on s'écrit, Ferdinand et moi, tu le sais bien, papa, ajouta-t-elle.

Anthime parut se calmer un peu. Il ne détestait pas que Marie l'affronte poliment. Elle lui ressemblait tant! Chez elle, le sang des Gobeil parlait plus fort que celui des Deschamps. Il laissa l'assistance mariner dans un silence pesant avant de rendre son verdict d'un ton sec.

— Va pour cette fois, Marie. Mais si ton Ferdinand est sérieux, il viendra te fréquenter ici les bons soirs et pas ailleurs. Puis c'est la même chose pour toi, Lucienne. Je ne veux plus en voir une s'exciter autour des garçons au centre militaire. Astheure, puisque vous m'avez désobéi, vous irez pas voir le feu d'artifice au bord de la rivière à soir. Ça vient de finir.

Aucune n'appela de la sentence. Marie-Jeanne se mordait les lèvres pour ne pas crier. Tant de sévérité chez un homme qui se permettait de boire une partie de sa paye chaque vendredi ! Après un moment de silence embarrassé, Juliette se mit à parler des nombreux mariages qui se préparaient partout avant le 15 juillet à cause de l'enregistrement obligatoire des hommes en âge d'aller se battre. Les curés en étaient à bénir des mariages en groupe ! Une idée germa dans la tête de Marie.

— Le plus gros mariage va avoir lieu à Montréal, au parc Jarry, à ce qu'il paraît. Faut pas être bien sérieux pour se marier à la sauvette comme ça, sans réfléchir et sans ramasser son argent, dit-elle pour préparer le terrain.

Elle observait son père. Comme d'habitude, il buvait sa tasse de thé sans toucher au dessert avant de quitter la table pour aller au salon écouter son poste de radio. L'heure des nouvelles approchait. Marie ne tarda pas à le suivre.

— Papa, j'ai quelque chose à te demander. C'est au sujet de Ferdinand et moi.

Elle commença par le remercier d'avoir permis leurs fréquentations officielles au salon. Justement, cet après-midi-là, ils avaient parlé de se marier dans une ou deux années. Anthime opina, attendant la suite.

— Il faut que je monte mon trousseau. Je veux que tout soit en ordre et bien préparé.

Anthime l'approuvait. Elle avait beaucoup d'allure, sa Marie. Lui-même avait toujours négligé la question de l'argent, mais il admettait volontiers qu'elle ferait mieux que lui. Cultivateur médiocre dans son temps, il n'avait jamais aimé la terre de la Côte double héritée de son père. À la première occasion, il l'avait vendue pour s'installer à Saint-Jérôme et entrer à la General Rubber. Les salaires étaient petits, mais il s'en contentait, comme tout le monde. Il n'avait pas cherché à faire instruire ses enfants non plus. Il savait bien que Marie en avait souffert, mais cela ne l'empêchait pas de voir grand. Ça se voyait à la manière méticuleuse dont elle prenait soin de ses affaires. Qu'est-ce qu'on pouvait demander de plus à une femme que de l'ordre, des tiroirs bien rangés, des comptoirs essuyés, des planchers récurés et des repas à l'heure? La négligence avait toujours été le plus grand défaut de Marie-Jeanne. Il avait eu beau faire des crises et lancer le contenu de la commode à terre trois ou quatre fois, elle ne s'était jamais corrigée. Une chance que les filles l'aidaient, surtout Marie! D'ailleurs, tous les Deschamps étaient pareils. Des grands penseurs, des petits faiseurs!

— Continue, se contenta-t-il de dire.

— C'est que, papa, sur les quatorze piastres que je gagne chaque semaine, tu m'en remets deux pour mes petites dépenses. C'est pas avec ça que je vais acheter un trousseau de mariage!

Anthime prit un air malicieux.

— Ouais… on va régler une chose pour commencer, ma fille. Ton salaire, Marie, c'est seize piastres par semaine, pas quatorze. J'ai bien vu que le chiffre était barbouillé sur l'enveloppe de paye. Je sais peut-être pas lire, mais je suis pas aveugle.

Marie rougit jusqu'à la racine des cheveux. Pourquoi n'avait-il rien dit jusqu'ici? Anthime lui apprit qu'il avait fait sa petite enquête et trouvé la boîte de bonbons dans laquelle elle cachait l'argent. Puisqu'elle faisait des économies, il avait décidé d'attendre pour la surprendre. Le bon moment était arrivé, mais il coupa court.

— Bon, c'est l'temps que tu me dises ce que tu veux. Les nouvelles vont commencer à la radio.

Marie lui proposa de garder sa paye moyennant une pension de cinq piastres par mois. Il réfléchit. Ses deux sœurs aînées, Clarisse et Caroline, n'avaient pas joui d'une semblable exemption avant leur mariage. Mais Marie, c'était Marie.

— On va dire que c'est correct. Tu garderas ta paye excepté deux piastres par semaine pour ta pension. Mais je ne veux pas que tes sœurs le sachent ; je veux l'enveloppe fermée comme d'habitude avec les deux piastres dedans. C'est tout.

Marie était aux anges. Elle était vraiment la fille préférée de son père ! Elle sentit une bouffée d'amour gonfler son cœur. D'ailleurs, elle l'avait toujours aimé plus que les autres malgré sa rudesse à l'égard de Marie-Jeanne, son goût pour la bière, et surtout son penchant injuste pour Félix. Oh ! il pouvait mépriser la fille qu'elle était, elle saurait bien lui montrer un jour ce qu'elle valait ! Elle s'approcha de lui et planta un baiser tout sec sur sa joue.

— Merci papa, dit-elle avant de s'enfuir dans la cuisine.

Anthime tourna le bouton de la radio, bourra consciencieusement sa pipe et fit flamber une grande allumette de bois pour l'allumer longuement. Une fumée odorante lui monta au visage. La voix familière de l'annonceur donnait les dernières nouvelles concernant la guerre. Entre autres choses, le gouvernement venait d'annoncer le départ prochain d'un nouveau contingent pour l'Angleterre. Quand il entendit le nom des Fusiliers Mont-Royal, il tourna légèrement son fauteuil pour faire dos à la porte. Personne ne devait voir les secousses de ses épaules et les larmes qui mouillaient ses joues empourprées.

Marie-Jeanne, qui avait écouté indiscrètement la conversation depuis la chambre où elle s'était cachée, comprit que son mari pleurait. Il valait mieux reporter la petite mise au point qui s'imposait. C'était trop tard pour Clarisse et Caroline, mais les quatre filles encore à la maison devaient être traitées pareillement, coûte que coûte. Elle attendit qu'il soit au lit.

— Anthime, j'ai eu connaissance de la faveur que tu as accordée à Marie après le souper dans le salon. Puis si tu veux le savoir, j'ai fait exprès pour vous écouter. Je n'ai rien contre l'arrangement que vous avez pris. Mais il n'y a aucune raison pour que ses trois sœurs n'aient pas la même chance quand viendra le temps de les marier, m'entends-tu? Il ne doit pas y avoir de secret là-dedans et encore moins de passe-droits. Je t'avertis que j'ai l'intention de tout dire aux trois filles. J'espère que tu leur rendras justice, le temps venu.

Le ton impératif de Marie-Jeanne le prit de court. Quelle mouche l'avait donc piquée? Mais il était fatigué. L'envie lui manquait de montrer sa force. Au fond, il n'avait pas tellement le choix et Marie-Jeanne le savait aussi bien que lui. Il tourna le dos à sa femme en émettant pour toute réponse un grognement vaguement approbateur. Ce soir-là, Marie-Jeanne se coucha très contente de son audace.

::

Lucienne et Marie ne furent pas longues à mettre en œuvre la grande permission donnée par Anthime au sujet de leur amoureux respectif. La première, pour commencer, se vit consentir le même privilège que Marie en termes de pension et les deux sœurs discutèrent des mille démarches à effectuer pour la constitution lente et méticuleuse de leur trousseau. Il fallut répartir les veillées au salon entre les deux filles, soit le lundi et le mercredi pour Marie et le mardi et le jeudi pour Lucienne, toujours de sept heures à neuf heures du soir. La présence régulière des jeunes hommes apportait dans la maison un mouvement et une gaieté que Marie-Jeanne appréciait beaucoup. Elle préparait elle-même le thé et les petits biscuits qu'elle déposait sur la table basse du salon. Toujours à l'heure, bien mis et parfaitement courtois, Adélard et Ferdinand faisaient preuve d'une excellente éducation. Tout se passa si correctement que, le beau temps revenu, Anthime leur permit de partir tous les quatre avec quelques cousins pour cinq jours de vacances à la maison de campagne que son frère Léopold possédait au lac Placide. Les frémissements retenus de l'amour, la chaleur des soirées entre amis, les douces balades en chaloupe sur le lac et les couchers de soleil flamboyants transformèrent pour eux cet été de guerre en une saison de rêve dont ils rapportèrent un bouquet de photos impérissables.

Une nouvelle lettre de Rodrigue arriva à Marie-Jeanne au beau milieu de l'heureux temps.

Angleterre, 30 mai 1940

Ma chère Marie-Jeanne,

J'ai reçu ta première lettre; on ne peut pas demander mieux! Merci, ma grande sœur. J'ai été très touché par tes commentaires à propos de cette photo de famille. Tu as raison; tes enfants sont beaux, en particulier Marie, si je me souviens bien. C'est peut-être là le simple bilan de ta vie, comme tu l'écris, mais il est respectable et bien meilleur que le mien à ce jour! Que les femmes n'aient pas droit aux moyens et aux permissions que l'on accorde aux hommes est sans doute injuste, surtout pour les plus douées comme toi. C'est pourtant comme ça depuis que le monde est monde. La maternité prend toute la place pendant que l'homme gagne la vie. Prends patience, ta vie est loin d'être terminée. Un jour, tes filles partiront. S'il est impossible de refaire le passé, l'âge te permettra peut-être de reprendre un peu de liberté. Je terminerai là-dessus en ajoutant que si c'est pour moi que tu es revenue chez notre mère après tes études, je te dois la vie, car ton absence m'aurait brisé le cœur à jamais.

Félix a donc fini par s'enrôler. Tu le sais comme moi, c'était plutôt à prévoir. Sauf le respect que je te dois, il n'a pas la maturité d'un homme. J'ai bien peur que la vie militaire soit trop dure pour lui. Au moins, dis à Anthime de ne pas trop s'inquiéter. Il y a peu de risques actuellement pour ceux qui s'entraînent en Angleterre. Rien n'indique que nous partirons prochainement en campagne, malgré les mauvaises nouvelles qui s'accumulent en provenance du front.

J'ai fait dernièrement une petite incursion à Londres qui va t'amuser. Imagine-toi que le haut commandement a demandé au Royal 22ᵉ d'assurer la garde au Buckingham Palace pendant dix-neuf jours au mois d'avril. Six officiers et quatre-vingts hommes ont été choisis, dont ton humble serviteur. Selon la tradition, les consignes étaient transmises en français ; je peux t'assurer que nous avons fait les choses à la perfection.

Notre officier commandant dont je t'ai parlé dans une autre lettre a bien voulu servir de guide à quelques-uns d'entre nous dans la grande ville, les jours de permission. Tu connais ma curiosité. Londres, c'est une sorte de caverne d'Ali Baba pour moi. C'est une ville inépuisable, très vaste, très riche et très vieille. J'y ai découvert l'amour des Anglais pour la nature en parcourant les immenses parcs de toute beauté qu'ils entretiennent. Ici, les fleurs semblent aussi nécessaires que l'air à la vie et ça adoucit tout. C'est une sorte de raffinement qui n'existe pas chez nous. Est-ce à cause de nos hivers ? On dirait qu'ici la nature est un refuge, tandis que chez nous c'est un obstacle à traverser. Dans les musées encore ouverts, on a déjà mis les objets les plus précieux à l'abri des attaques, mais l'histoire du monde entier est là et j'y passerais ma vie. J'en viens à me demander si je ne suis pas né à la mauvaise place tant je me plais ici ! Autre chose : au cours de nos promenades, le lieutenant Fisher m'a fait comprendre à mots couverts que j'aurais prochainement de l'avancement. Je ne cours pas après cela, mais je ne dirai pas non !

Tu vois donc que pour le moment, c'est presque la vie de touriste ! Mais pas tout à fait, quand même. En tout cas, il n'y a aucune raison de t'inquiéter pour moi. I am all right ! Transmets mes salutations à Pierre et aux autres.

Your brother for ever,

Ton Rodrigue

Marie-Jeanne attendit que la tranquillité du soir s'installe dans la maison pour répondre à son frère.

::

Septembre finit par arriver sans que l'on ait de nouvelles au sujet de Félix. Le moment d'accoucher approchait pour Irma. Le 15 septembre, Marie-Jeanne partit à l'aube et à toute vapeur pour aller s'occuper des enfants de Clarisse pendant que celle-ci assistait le médecin. Elle ne rentra qu'en début de soirée, complètement exténuée. Anthime l'attendait au salon en mâchouillant un morceau de lard salé posé sur une tranche de pain.

— Te v'là enfin ! Veux-tu bien m'dire où t'étais ? Fais-moi du thé, Marie-Jeanne, celui qui est dans la théière est pas buvable, dit-il en tendant l'oreille vers le poste de radio.

Marie-Jeanne se laissa tomber dans un fauteuil pour se relever aussitôt en voyant une enveloppe portant l'écriture bien-aimée de Rodrigue. Elle reprit son fauteuil, l'enveloppe à la main.

— J'ai encore une lettre de Rodrigue. Il est bien fidèle, celui-là. J'étais chez Clarisse. Ça y est, Anthime ! Irma a accouché d'un gros garçon, dit-elle dans un soupir.

Mais la voix radiophonique s'imposa à eux, encore plus dramatique que d'habitude.

« En dernière heure, nous venons d'apprendre que la ville de Londres en Angleterre aurait subi le pire bombardement qu'on a vu depuis le début de la guerre. De nombreuses escadrilles allemandes ont plongé les citoyens dans la terreur lors d'une attaque ciblant plusieurs quartiers de la capitale britannique… »

On rapportait que plus de trois cents appareils de la Royal Air Force avaient été jetés dans la mêlée au-dessus de Londres. Une centaine de chasseurs ennemis étaient tombés en flammes sur la ville. Les dommages étaient énormes et toute l'organisation de la ville perturbée. On n'avait pas fini de compter les blessés et les morts. Marie-Jeanne regarda son mari, qui ne mangeait plus. La mâchoire serrée, il gardait les yeux baissés.

— C'est effrayant d'entendre ça. J'espère que Rodrigue n'est pas à Londres ces temps-ci ! Mon Dieu, s'il fallait qu'il lui soit arrivé quelque chose !

Anthime redressa la tête, l'œil en colère.

— Laisse-moi tranquille avec ton frère Rodrigue. Pense à ton garçon plutôt. Ça fait des semaines qu'il est parti ! Comment ça se fait qu'on n'a pas encore de ses nouvelles ? Y est-y arrivé quelque chose à son bateau ? Y est-y blessé ? On devrait le savoir à l'heure qu'il est. Toi, tu y penses même pas, c'est ton frère qui t'intéresse. Pfft ! Ça me surprend pas ! Tes filles puis Rodrigue, c'est tout ce qui compte !

— Pour toi, c'est le contraire ! Depuis qu'il est au monde, Félix, ton tabac puis ta bière, c'est tout ce qui compte. Ce qui arrive aux filles, tu t'en fiches, sauf pour ce qui est de contrôler leur vie comme si elles avaient encore dix ans ! Tu devrais commencer par contrôler la tienne et leur donner le bon exemple au lieu d'aller prendre un coup à la taverne chaque vendredi !

Anthime faillit s'étrangler.

— Tu parles comme une câlice de folle, Marie-Jeanne Deschamps ! Je laisserai pas mes filles me faire honte, comprends-tu ? Pis ce que je fais dans ma vie, ça te regarde pas ! J'ai pas de leçons à recevoir de toi. Astheure, donne-moi des nouvelles d'Irma pis du bébé.

— Anthime Gobeil, je ne suis pas une « câlice de folle ». Tu ne me parleras pas comme ça.

Marie-Jeanne disparut dans la cuisine. Le visage fermé, elle se dépêcha de rincer la théière et de préparer du thé frais. Elle en remplit une grande tasse, retira deux biscuits de la boîte de fer-blanc qui traînait sur le comptoir et prit la direction de sa chambre. Debout, les yeux hors de la tête, Anthime, qui l'avait regardée faire tout ce temps, lui bloqua le passage. La tasse vola dans les airs avant de se fracasser bruyamment sur le plancher, provoquant une commotion dans la chambre des filles. Marie surgit dans sa robe de chambre.

— Voulez-vous bien me dire ce qui se passe ici ?

— Il se passe, ma fille, que ton père vient de m'insulter puis que je suis épuisée d'avoir gardé les trois petits de Clarisse toute la journée. J'ai besoin de me reposer, dit Marie-Jeanne en repoussant Anthime pour aller s'enfermer dans la salle de bain, la seule pièce de la maison dotée d'une porte munie d'un verrou.

Anthime retraita dans le salon pour ne pas avoir à répondre à la question de sa fille, qui s'empressa de nettoyer le plancher. Un silence gêné s'installa dans la maison. Bien décidée à prendre son temps, Marie-Jeanne ouvrit le robinet et regarda l'eau couler jusqu'à ce que le lavabo soit sur le point de déborder. La coupe était pleine, c'était le cas de le dire. La journée avait épuisé ses dernières forces. Le temps l'avait usée, comme une vieille charrette qui avait trop servi. On en demandait trop à la vieille femme de quarante-huit ans qu'elle était. Sa capacité d'endurer, de contenir, de s'obliger, de se taire, d'être douce et bonne, tout cela s'était érodé comme une tôle percée par la pluie. Si au moins elle avait eu un bain pour s'immerger dans l'eau chaude, comme celui que Pierre avait fait installer dans sa grande maison ! Elle plongea une débarbouillette dans le lavabo, l'enduisit de savon mousseux et se lava lentement, de la tête aux pieds. Et elle ? Qui prenait soin d'elle ? Qui la nourrissait et lavait son linge, qui nettoyait sa maison, qui faisait son lit et la bordait ? L'eau très chaude la réconfortait et l'odeur fraîche du savon la reposait. Elle brossa longtemps ses cheveux devenus tout gris et essuya minutieusement ses lunettes rondes avant de les poser sur son nez. Enfin, elle choisit sur la tablette une des chemises de nuit en coton que les filles partageaient et s'en revêtit.

Une demi-heure plus tard, Marie, qui ne pouvait pas fermer l'œil, la trouva attablée dans la cuisine en train de grignoter et de siroter le thé qui restait. Sur la table, la lettre de Rodrigue était toujours cachetée.

— Maman? Tu as mis une de nos robes de nuit pour dormir? Tu es drôle. Mais ça te va bien. T'as l'air plus jeune, on dirait. Tu sens bon, aussi.

Marie-Jeanne eut un faible sourire.

— Papa est couché. J'ai bien nettoyé le dégât sur le plancher. Comme ça, tu as passé la journée chez ma tante Clarisse? J'imagine qu'Irma a eu son petit.

— C'est ça. Tout s'est bien passé. C'est un gros garçon en pleine santé.

— Je suppose qu'elle va avoir besoin d'aide. Est-ce qu'elle a ce qu'il faut pour le bébé, au moins?

Pour l'heure, elle avait le nécessaire grâce à Caroline, qui avait prêté une partie de sa layette et un beau petit lit d'enfant. La vraie question était plutôt de savoir si elle pouvait s'occuper adéquatement de l'enfant. Il était prévu que Clarisse, Rosa Lacasse, la sœur aînée d'Irma, et elle-même se relaieraient pour lui enseigner l'essentiel des soins à donner.

— L'avenir nous dira si ça en vaut la peine.

— Décourage-toi pas, maman. Ça va bien aller. On n'a toujours pas de nouvelles de Félix?

— Non. Puis ça rend ton père fou. Moi aussi, je suis inquiète, mais en même temps, je me dis que si quelque chose était arrivé en mer, on aurait été avertis les premiers. Il est probablement rendu en Angleterre, puis il est trop occupé pour nous envoyer un mot. De toute manière, je vais lui écrire demain à l'adresse qu'on nous a donnée à Ottawa. Irma me l'a demandé.

— Tu n'as pas encore lu la lettre de mon oncle Rodrigue, à ce que je vois. J'aimerais bien le faire. Est-ce que je peux?

Pour lui faire plaisir, Marie-Jeanne ouvrit l'enveloppe et se mit à la lire à haute voix :

Angleterre, 24 juin 1940

Chère Marie-Jeanne,

En écrivant la date en haut de cette page, j'ai pensé à la fête de la Saint-Jean-Baptiste que l'on est en train de célébrer chez nous. J'imagine tous ces beaux chars allégoriques et ces fanfares qui doivent défiler en ce moment dans la rue Labelle couverte de drapeaux ; il fait grand soleil et les gens sont heureux comme chaque année, malgré la guerre.

Moi, je suis sur une autre planète. Ici, les parades sont pas mal moins réjouissantes. C'est fini pour la France. Toute l'armée française a déposé les armes à la suite de l'armistice et les Allemands se font photographier devant l'Arc de triomphe. Cette défaite est pour moi la pire de toutes. Elle laisse l'Angleterre seule devant le grand Matamore ! Beaucoup craignent une invasion. En tout cas, je peux t'assurer qu'ici le pays va se battre jusqu'à la victoire, quoi qu'il arrive. Je fais confiance à l'entêtement de Winston Churchill et à ce peuple que je trouve très brave. Déjà, la Division canadienne a l'honneur de participer à sa défense.

Le combat nous attend quelque part, c'est certain. J'ai rencontré des rescapés qui arrivaient de Dunkerque. Ils ont souffert à un point qu'on n'imagine pas. Pour des soldats comme nous qui n'ont jamais vu de leurs propres yeux la guerre sur le terrain, je peux te dire que ça fait peur. J'ai compris que l'entraînement aux armes ne suffisait pas. C'est le cœur qui doit se préparer. Ce qui est sans doute plus difficile. Je suis ici depuis plus de six mois déjà, six mois qui ont été, ma foi, plutôt agréables. Mais là, devant la débâcle générale et, surtout, la défaite de la France, je ne joue plus au touriste.

D'autant que j'ai de nouvelles responsabilités. Je t'ai écrit précédemment que l'état-major du régiment m'avait remarqué. Eh bien, me voilà gratifié du grade de caporal. Tu le sais, je n'ai jamais été très ambitieux, mais dans les circonstances, j'apprécie cette reconnaissance de mes capacités. Je me demande même pourquoi je n'ai pas cherché à devenir un aspirant au titre d'officier ou un sous-officier dès le début, vu mon éducation et bien que je n'aie pas le maudit diplôme. Je n'y ai même pas pensé tant je me voyais comme simple soldat. Si je le pouvais, je ne détesterais pas apprendre l'allemand. Ce serait une autre façon de faire face à l'ennemi! Pour l'heure, je suis satisfait de mon sort et j'ose espérer encore mieux. Quand j'ai vu le lieutenant Fisher me féliciter avec un grand sourire de satisfaction, je me suis dit que ce n'était pas impossible. On verra bien.

Zéphir est en pleine forme, mais il est plus tendu qu'avant. Il sent que notre tour s'en vient, je suppose. C'est certain que nous ne serons pas toujours épargnés. Reste à savoir comment le monstre se présentera.

Félix est-il parti? Écris-moi bien vite pour me donner des nouvelles de ton monde. Dis-moi comment les choses se passent chez nous. Que fait notre gouvernement devant la gravité de la situation? Que disent les journaux? Les bonnes gens de Saint-Jérôme se sentent-ils en guerre?
Je t'embrasse.

Your brother for ever,

Rodrigue

Marie trouva la lettre passionnante, comme tout ce qui touchait l'oncle Rodrigue. Mais Marie-Jeanne n'en pouvait plus.

— Ma belle Marie, si je ne me couche pas d'ici deux minutes, je pense que je vais tomber endormie devant toi. Bonne nuit, ma fille.

::

Le lendemain matin, Marie-Jeanne, tôt levée, fit griller les rôties sur le poêle comme si de rien n'était. Devant ses quatre filles attablées, Anthime s'abstint pareillement de tout commentaire désobligeant, de telle sorte que le repas se déroula presque dans la bonne humeur. Marie prit sur elle de lui parler de son nouveau petit neveu.

— Ouais, pour une bonne nouvelle, c'en est une, ma fille! Mais il va falloir surveiller Irma. Chacun sait que c'est une tête creuse. Si y faut, je vous avertis que je vais m'en mêler. Si jamais j'apprends que le petit gars est pas bien traité, moi, je vais le chercher. Il est pas question que mon petit-fils pâtisse pendant que son père est parti.

Marie-Jeanne accusa le coup en silence. Le désespoir de la veille lui monta à la gorge et une sorte de panique lui fit battre le cœur. Il était bien capable de lui mettre l'enfant sur les bras sans s'occuper du reste! Comment sortir de là? Elle se sentit toute seule et comme perdue au milieu d'un champ ouvert sur le vide.

— Oui bien, attendez l'heure, papa. Faut pas penser au pire en partant. Donnez-lui une chance. Et puis, Félix va revenir un jour, dit Marie en explorant la glacière pour préparer sa boîte à lunch.

Marie-Jeanne s'accrocha aux paroles raisonnables de sa fille. Celle-ci avait raison; il ne servait à rien de s'énerver avant le temps.

Quand tout le monde fut enfin parti au travail, Marie-Jeanne s'installa pour écrire à Félix. Une grosse chaleur lui monta au front. Était-ce encore ce maudit retour d'âge qui la persécutait? Même ses oreilles brûlaient. Il fallait pourtant écrire, il le fallait, elle l'avait promis à Irma. Félix attendait, et c'était son devoir de mère, peut-être même un privilège, de lui annoncer la plus belle nouvelle du monde. Mais la main qui tenait le crayon sur la page blanche ne voulait pas bouger; le cœur n'y était pas. Pas du tout, même. Parce que presque tout ce qu'elle devait en toute convenance écrire était le contraire de sa pensée. Pour se soulager, elle se mit à griffonner une lettre imaginaire.

Cher Félix,

Je t'annonce que ton fils est né. La nouvelle devrait être bonne, mais elle ne l'est pas à cause des parents qu'il a. Irma va l'appeler Romain, comme son grand-père Lacasse. Il va bien, mais son avenir s'annonce très mal. Il est à peu près sûr que ta femme ne sera pas capable d'en prendre soin convenablement, quoi qu'on fasse pour l'instruire, non seulement parce qu'elle n'a ni intelligence ni éducation, mais aussi parce qu'elle n'est pas plus fiable qu'un enfant. C'est pourquoi ton père a l'intention d'aller un jour chercher le petit pour me le mettre sur les bras, ce qui, j'en suis certaine, te rendra furieux. Je t'avise que j'ai l'intention de refuser cette responsabilité pour plusieurs raisons. D'abord, je suis vieille, ensuite je suis trop fatiguée et, surtout, je n'ai pas envie de recommencer ma famille. J'ai fait ma part et je rêve au contraire d'avoir un peu de temps libre pour m'adonner enfin à ce que j'aime. Donc, envoie tes instructions dès que possible.

Ta mère qui ne t'aime sans doute pas assez.

Marie-Jeanne se relut. Elle eut honte. Exprimée ainsi, noir sur blanc, la vérité était cruelle et scandaleuse au point de sembler fausse. Le fait d'avoir pensé tout cela était d'une méchanceté impardonnable. Pas de bon sens. Elle devenait folle.

— Ça suffit, Marie-Jeanne! Contrôle-toi, dit-elle à voix haute comme pour sortir d'un mauvais rêve.

Elle déchira la fausse lettre en petits morceaux et, de peine et de misère, se mit à rédiger celle qu'une mère devait écrire.

Saint-Jérôme, 16 septembre 1940

Mon cher Félix,

Ton petit garçon est venu au monde hier, à deux heures de l'après-midi. Clarisse, qui était là, dit que c'est un beau bébé de huit livres en bonne santé. Il n'est pas blond comme tu l'étais, mais noiraud comme Irma. Elle aussi se porte bien. Tâche de lui envoyer un mot pour l'encourager. Elle en a besoin et ça lui fera plaisir. Irma a décidé d'appeler ton petit gars Romain, comme ton beau-père. Pour le baptême qui aura lieu dans deux jours, c'est Clarisse et son mari Gaspard qui seront dans les honneurs. On s'est rappelé que tu n'en voulais pas d'autres comme parrain et marraine. Ta sœur Caroline a prêté à Irma le berceau qui a servi pour son fils Germain, avec du beau petit linge de sa confection pour habiller le bébé. Il est entendu que Clarisse, ta belle-sœur Rosa et moi irons très souvent l'aider à se relever. Donc, tu ne dois pas t'inquiéter pour ton petit.

Ici, tout le monde se demande pourquoi on n'a pas encore eu de tes nouvelles. Ton père surtout en attend avec impatience. Plus vite tu nous donneras signe de vie, mieux ce sera. À part cette inquiétude, tout va bien dans la famille et le travail ne dérougit pas dans les manufactures. Le gouvernement a besoin de tout pour la guerre. Il est question que ta sœur Marie se fiance avec Ferdinand Ferland à Noël. Si c'est le cas, le mariage aura peut-être lieu l'été prochain. Je doute que tu puisses revenir à temps pour assister aux noces ; mais on pensera à toi. Tout ce qui compte pour ton père et moi, c'est que tu ne sois pas en danger et qu'il ne t'arrive rien de fâcheux.

Fais bien attention à toi, mon garçon, et surtout conduis-toi comme un bon père de famille. Pense à ton petit et à ta femme. Je t'enverrai une photographie du bébé dès que je le pourrai. Ton père te salue et te recommande d'être bien prudent.

Affectueusement,

Ta mère Marie-Jeanne

Elle décida de mettre la lettre de côté pour permettre à Clarisse d'ajouter son petit mot avant de l'envoyer pour de bon. Voilà pour Félix. Maintenant, c'était le tour de Rodrigue. Lui au moins, il était là, même s'il n'était pas là.

Saint-Jérôme, 16 septembre 1940

Mon cher frère caporal,

Je tiens d'abord et avant tout à te féliciter de tout mon cœur pour cette promotion bien méritée. Elle ne m'étonne pas du tout. À l'école, quand tu étais petit, c'était comme ça. Tu n'étais pas le plus grand de la classe et, pourtant, tu sortais des rangs malgré toi. Il était impossible de ne pas voir que tu avais un talent exceptionnel. J'imagine que ton cher lieutenant a dû voir cela, lui aussi. En tout cas, je suis fière de toi. N'oublie pas, mon frère, qu'on a dans la vie autant de devoirs qu'on a de talent. Si tu peux faire plus que d'autres dans cette guerre, fais-le et reviens vite.

Le fils de Félix est né hier, un gros poupon vigoureux qui va porter le nom de Romain. Tout s'est passé normalement selon Clarisse qui assistait le médecin pendant que je m'occupais de ses petits. Ça a duré toute la journée. Je suis revenue de là éreintée.

À mon retour, nous avons eu une grosse dispute, Anthime et moi. Il prétend que je m'inquiète plus de toi que de Félix, dont on est sans nouvelles depuis qu'il est parti au mois de juillet. Lui ne pense qu'à ça. C'est vrai que les journaux rapportent souvent les ravages causés par les sous-marins allemands dans l'Atlantique. Mais j'ai pour mon dire que, s'il était arrivé quelque chose durant la traversée, on aurait été avertis. Il est probablement rendu en Angleterre depuis un certain temps et il n'envoie rien par insouciance ! L'aurais-tu rencontré ? Sinon, peux-tu t'informer ?

Je confesse que la lettre par laquelle je lui annonce la naissance de son fils n'a pas le ton joyeux qu'il faudrait. Ce n'est pas un bon temps pour naître quand le père est parti au front et la mère sans grands moyens ! Ce n'est pas de sa faute, bien entendu, mais Irma a besoin d'apprendre comment prendre soin d'un nouveau-né et j'ai peur qu'elle n'y arrive pas. À la table ce matin, Anthime a déclaré qu'il ira lui-même lui ôter l'enfant si jamais c'est nécessaire. Qui crois-tu aura la tâche de s'en occuper ? Moi, évidemment, que je le veuille ou non et que j'en aie la force ou non. Pour lui, la chose ira de soi. Mère un jour, mère toujours. La vérité, Rodrigue, c'est que je ne me sens pas capable de redevenir la mère d'un petit enfant.

J'admets toutefois que c'est un peu tôt pour craindre le pire. Tant qu'Irma acceptera l'aide de son entourage, le petit sera en sécurité. Mais c'est plus fort que moi, je suis toujours pessimiste quand il s'agit de Félix. Rien n'a jamais marché normalement dans sa vie. Pour les premiers pas comme pour les premiers mots, il était en retard sur les autres. À la petite école, il était comme un chien fou, il ne pensait qu'à s'amuser et son père n'y voyait pas de mal. À peine s'il a terminé sa quatrième année. Plus vieux, il menait le diable avec de mauvais compagnons. C'est avec eux qu'il a rencontré Irma. Je peux me reconnaître dans toutes mes filles, surtout Marie et Juliette qui étaient des premières de classe. Mais Félix, c'est un pur Gobeil, beau, charmeur mais gueulard, ignorant et pas sérieux, comme bien des Gobeil. On dirait bien que j'en suis venue à penser comme Anthime : les filles avec leur mère et le garçon avec son père !

Aujourd'hui, je réalise que j'aurais dû combattre pour garder mon petit garçon proche de moi. D'ailleurs, je ne me suis battue pour rien du tout avec Anthime depuis le soir de mes noces ; c'est là que j'ai vu *qu'il était bête et froid et que jamais il ne me rendrait heureuse. Au lieu de réagir, j'ai subi mon sort. Je ne suis pas plus fine qu'Irma, au fond. Après la naissance de Lucienne, j'aurais dû faire ma valise et m'en aller. T'imagines-tu ? Ça aurait été la fin du monde ! J'aurais eu toute la paroisse sur le dos. Ma mère serait morte de honte. Quand mon pauvre Félix est arrivé, j'avais démissionné depuis longtemps. Le reste s'en est suivi, je suppose. J'ai laissé Anthime l'élever à sa manière et voilà le résultat. Félix peut bien m'en vouloir !*

Tout ça me rappelle la remarque que tu m'as faite avant ton départ pour l'armée. Chacun choisit ses batailles comme il peut dans la vie et personne ne peut dire qu'il a toujours eu le courage qu'il fallait au bon moment. C'est bien vrai ! On a les malheurs qu'on mérite.

Rodrigue, donne-moi de tes nouvelles au plus vite. La radio annonçait hier soir qu'un gros bombardement avait eu lieu sur Londres. J'aime à penser que tu étais n'importe où en Angleterre, sauf là.

Ta sœur qui t'embrasse,

Marie-Jeanne

::

À l'heure où Marie-Jeanne écrivait ces lignes à son frère, ni elle ni personne n'aurait pu imaginer que depuis des semaines Félix se morfondait au milieu d'une grande île de glaces et de volcans, battue par tous les vents, au bord du cercle polaire. Le bateau qui transportait son régiment avait reçu l'ordre de relâcher les hommes en Islande pour assurer une présence militaire susceptible de détourner les torpilleurs allemands dans le secteur atlantique. À la fin du mois d'octobre, après un séjour pénible où Félix combattit le froid et la mélancolie à grands verres de Black Death, un tord-boyaux local, il reprit enfin la mer jusqu'en Angleterre où il trouva la lettre de Marie-Jeanne.

PARTIE II

Angleterre, fin mai 1940

Rodrigue et Zéphir avaient accosté au port de Greenock, en Écosse, le 18 décembre 1939. Déjà quatre mois qu'ils allaient d'entraînement en entraînement dans toute la Grande-Bretagne! Galvanisé par l'occupation allemande sur le continent, le pays tout entier mobilisait plus que jamais ses moindres ressources. Tous les Anglais y concouraient avec d'autant plus d'énergie que la progression de l'ennemi semblait sur le point d'imprimer un nouveau tournant à la guerre. Mais lequel? Rodrigue suivait de près les combats engagés de l'autre côté de la Manche contre un ennemi qui s'avérait plus puissant que tout ce que l'on avait imaginé. Même le pire était à craindre, c'est-à-dire pour lui une défaite humiliante de la France!

Au mois de mai, le capitaine Gingras réunit sa compagnie pour annoncer une nouvelle affectation à résidence dans un secteur périphérique du site militaire. Il fallait faire de la place aux rescapés qui affluaient par milliers du port de Dunkerque. Quarante heures plus tard, plusieurs centaines d'hommes, surtout des Anglais, dont certains en fort mauvaise condition, débarquèrent d'un train spécialement affrété. Rodrigue, qui cherchait à en savoir davantage sur leur déroute, en rencontra quelques-uns au pub, des soldats d'infanterie pour la plupart, mais aussi des artilleurs et quelques officiers. Parmi ces derniers, le capitaine Tom Johnston

se faisait remarquer. C'était un géant qui impressionnait fortement Zéphir par la quantité d'alcool qu'il était capable d'ingur-
giter sans montrer d'autres signes d'ébriété qu'une propension
incontrôlable à palabrer avec une voix de stentor. Un soir, sans
raison apparente, c'est à Rodrigue qu'il s'en prit.

— Caporal, ça fait un bout de temps que je vous écoute parler. Je me demande si vous savez ce que vous êtes venu faire en
Angleterre.

Son fort accent anglais donnait une sonorité étrange à ses
paroles. Rodrigue voulut s'identifier, mais l'autre lui coupa la
parole.

— *No need.* Je connais votre nom, caporal Deschamps. Je vous
ai entendu expliquer à tout le monde, ici, autour de vous, ce qui
se passait au front et ce que vous en pensiez. Vous avez une opinion sur tout. Vous comprenez plutôt bien les enjeux, là-bas.
Mais moi, je veux vous dire que vous ne savez pas ce que vous
êtes venu faire ici. D'ailleurs, c'est pareil pour vos amis.

Ceux qui étaient assis avec Rodrigue se regardèrent, ébahis. Il
se moquait ou quoi? L'officier ne manquait pourtant pas de classe,
au contraire. Dans l'incertitude, il valait mieux rester calme.

— Pourquoi dites-vous cela? demanda Rodrigue.

— Parce que c'est vrai.

— Et vous, le savez-vous ce que vous faites ici? lança un
homme assis à la table voisine.

Johnston émit une sorte de grognement avant de s'adresser à
Rodrigue.

— Si vous arriviez de Dunkerque, jeune homme, peut-être, je
dis bien «peut-être» que vous comprendriez quelque chose; et
alors, vous ne parleriez plus de la guerre comme vous le faites.

Rodrigue allait lui répondre qu'il ne demandait pas mieux que
d'aller au front, mais l'Anglais enchaîna en pesant ses mots.

— Dites-moi, avez-vous déjà vu une ville en ruine, avec des
maisons éventrées, des débris partout, des ambulances calcinées,

des cadavres en train de pourrir? Pour se rendre au port à Dunkerque, on a traversé des rues comme ça, sous les bombes qui tombaient sans arrêt des avions; un bruit d'enfer qui nous rendait fous. On savait que c'était fini, qu'on avait perdu la bataille et que les Allemands nous encerclaient. Comme tous ceux qui perdent une bataille, on voulait que ça s'arrête pour qu'on puisse partir avant de mourir. On n'était pas les seuls. Sur la plage, il y avait des milliers d'hommes comme nous qui attendaient des bateaux pour décamper.

— Il fallait déjà une maudite bonne dose de chance pour rester vivant tout ce temps-là, dit tout bas un buveur assis près du bar.

Presque tout le monde faisait silence pour écouter la suite.

— Je vais vous dire. On a passé deux jours comme ça, à attendre. Quand les avions s'en allaient, on enterrait les morts puis on mettait les blessés à l'abri du mieux qu'on pouvait jusqu'à ce que les autres reviennent nous attaquer. Finalement, deux torpilleurs sont entrés dans le port. Ils ont installé les passerelles et on a commencé l'embarquement, dans l'ordre, les blessés en premier. Jusqu'à ce que les deux bateaux soient bourrés au maximum.

— Combien ont embarqué? lança une voix derrière lui.

— Je ne sais pas. Sept à huit cents peut-être. Notre bateau est parti le premier; l'autre suivait en arrière. On allait vite. Il faisait beau. On commençait à se détendre un peu. On avait un petit espoir; c'était déjà quelque chose d'être sorti de là. Mais les avions sont revenus. J'en ai vu trois. La mitraille a commencé à balayer le pont. Plus on approchait de la côte belge, plus les batteries allemandes nous tiraient dessus. Le bateau a commencé par ralentir; après ça, il s'est mis à faire marche arrière. Pour finir, il y a eu une énorme explosion qui m'a jeté par terre. J'ai vu comme une grosse fontaine d'eau monter dans les airs. C'était plein de morts autour de moi. Une vapeur épaisse sortait d'un trou. Les machines se sont arrêtées. Déjà, le bateau gîtait à bâbord. Les officiers essayaient de nous faire accroire que ce n'était rien.

Tom Johnston s'arrêta brusquement de parler. Les yeux presque clos, il balançait la tête comme un automate. L'homme souffrait. Rodrigue, qui le dévorait des yeux, demanda qu'on lui redonne à boire. Lorsqu'il fut servi, Tom Johnston ouvrit les yeux et remercia avant d'avaler la moitié du verre.

— Et comment êtes-vous sorti de là ? demanda Rodrigue.

— Dans un cas comme celui-là, jeune homme, on ne sait pas quoi faire, à cause de la peur, une terreur ignoble ! Même les marins ne savaient pas quoi faire. Certains se jetaient à l'eau. On les voyait disparaître. J'ai commencé à me déshabiller, mais le bateau a eu une grosse secousse qui l'a tellement fait pencher qu'il fallait s'accrocher pour ne pas plonger. J'ai attrapé la rambarde. Près de moi, il y avait un gros coffre de bois arrimé au plancher. Le couvercle était cassé. Je l'ai pris puis j'ai sauté à l'eau, dans le mazout plutôt. Y en avait partout. Je me suis débattu pour m'éloigner du navire. Ensuite, j'ai entendu des hurlements épouvantables ; des centaines de personnes tombaient à l'eau ensemble au milieu d'un tas de choses, des valises, des sacs, des radeaux. On aurait dit que le bateau s'était penché encore plus pour se débarrasser des gens. Par pure chance, j'étais du côté qu'il fallait pour voir venir les canots de sauvetage que l'autre bateau avait mis à l'eau. Je me suis couché sur la porte et j'ai nagé avec les bras pour m'approcher d'eux. Ils m'ont vu ; ils m'ont ramassé. J'étais gluant de mazout. Je grelottais. Il n'a pas fallu grand temps pour que le bateau se retourne, la quille en l'air, avant de plonger. Le remous a siphonné tout ce qu'il y avait autour.

Il se tut et regarda Rodrigue droit dans les yeux. Intimidé, ce dernier faisait aller et venir son verre sur la table.

— Je comprends, dit-il pour dire quelque chose.

— Je ne suis pas certain, répondit l'officier.

Il y eut un silence. Johnston vida le fond de son verre et se leva.

— Nous reprendrons cette conversation une autre fois, caporal.

Il sortit, toujours aussi solide et droit. Le bruit des conversations reprit dans l'établissement enfumé. Zéphir était malheureux.

— Ouais! C'est pas drôle! Mais voulez-vous bien m'dire pourquoi il s'en est pris à Rodrigue devant tout le monde?

Les buveurs haussèrent les épaules. Rodrigue ou un autre, ce n'était pas la première fois qu'un officier prétentieux cherchait à faire la leçon aux sans-grade. Aussi, il était saoul et il avait besoin de parler. Des expériences pareilles, ça brise un homme. Au fond, il s'en prenait au monde entier. Non, il s'en prenait à la guerre.

— La guerre? Chrisse de chrisse! On a-tu le choix? C'est toujours bien pas nous autres qui l'a commencé, la guerre, cria le placide Zéphir finalement en colère.

Rodrigue se mit à rire tristement.

— Ne te fâche pas comme ça, mon Zéphir. Il a raison, le capitaine. Ce qu'il essayait de nous dire, on va bien finir par le savoir, puis ça va probablement nous coûter cher pour l'apprendre.

— Bon! Si on se changeait les idées, les gars? Si on allait aux filles? J'ai entendu dire que la patronne, là-bas, elle a deux nouvelles recrues épatantes, deux Écossaises, proposa le soldat Millette dit La patte drette, à cause de sa démarche particulière.

Il parlait d'un petit bordel sympathique qui avait toujours servi aux militaires d'Aldershot, une nécessité que les habitants honorables des environs avaient acceptée depuis des lustres. Rodrigue secoua la tête en se tournant vers lui.

— Toi, La patte drette, tu penses rien qu'à ça! Puis toi, Zéphir, tes yeux pétillent! Fais-toi pas prier. Vas-y donc. Je les ai vues, les Écossaises. Tu ne le regretteras pas. Moi je rentre, il faut que j'écrive à Marie-Jeanne. Mais n'oubliez pas, les gars. Ici, il y a une heure pour rentrer!

Dehors, la nuit était d'encre et il tombait un petit crachin tiède. Rodrigue se dépêcha de regagner la chambre qu'il devait maintenant partager avec Zéphir et le soldat Hector Charlebois dans une maison de chambres réservée à l'armée. À son grand plaisir, elle était encore vide. Il sortit son flacon de scotch en même temps que son attirail pour écrire et s'assit sur son lit, le bloc de papier sur les genoux. Mais il eut beau additionner les gorgées du précieux liquide dans son estomac, rien ne lui venait devant la page blanche. Il se sentait stupide. Que dire de neuf à Marie-Jeanne ? Que les Allemands étaient victorieux depuis le début et que la France était à deux doigts de la catastrophe ? Elle lisait maintenant les journaux assidûment. Elle savait sûrement tout cela et aussi qu'on avait rapatrié des centaines de milliers de soldats en Angleterre. Que malgré la joie de la population de les voir revenir de là vivants, c'était une défaite épouvantable !

Le maudit naufrage du capitaine Johnston lui collait encore au fond de la tête. Devant le grand homme, il s'était senti comme un adolescent imberbe, un peu idiot et très naïf. Pas moyen de l'envoyer paître ! On s'en fout pourtant qu'il soit officier, qu'il boive comme un trou et qu'il mesure six pieds et demi ! L'histoire qu'il racontait faisait peur. C'était comme s'il avait dit : vous pouvez penser n'importe quoi, ça va être pire que ça. Même vivant, vous allez revenir à moitié mort, marqué à vie. Rodrigue se rendit compte pour la première fois qu'il avait peur, très peur, comme si on venait de lui dire qu'il était atteint d'une maladie mortelle. Lui qui, sous son déguisement d'homme à tout faire et de petit caporal, se croyait plus proche de la vérité des choses que tous les illettrés qui l'entouraient, il venait ni plus ni moins de se faire dire qu'il était un petit garçon qui n'avait pas vécu. Et c'était vrai. C'est bien ce qu'il était : un vieux petit garçon futé qui n'avait jamais affronté sa propre vie. Et encore moins l'amour.

Il frémit en laissant tomber son bloc-notes et son crayon, sans même chercher à rattraper la bouteille qui se vidait sur l'édredon. Il replia ses bras autour de ses genoux et les serra contre sa poitrine en émettant une sorte de hoquet qui ressemblait à un sanglot retenu. Quel gâchis ! Mon Dieu, que c'était lamentable ! Il ne servait à rien d'écrire à sa sœur. Même Marie-Jeanne ne pouvait pas le consoler de ça. Il n'avait jamais vieilli, il n'était ni jeune ni vieux, il était resté coincé quelque part quand il était petit. Le capitaine anglais avait vu tout ça ! Comment avait-il fait ? Si au moins il avait eu un père ! Où était donc Edmond ? La dernière image qui lui restait de lui était le profil figé d'un agonisant. Du haut de ses quatre ans, c'est tout ce qu'il avait pu emporter de lui quand Marie-Jeanne en larmes l'avait pris par la main pour le faire sortir de la chambre. Il y avait le prêtre avec son étole violette, ses crucifix et son petit pot de crème qu'il bénissait, le visage de cire de sa mère à genoux, les mains prises dans son chapelet, et les autres qui sanglotaient autour du lit. Dans la cuisine, Marie-Jeanne l'avait bercé longtemps, jusqu'à ce qu'il s'endorme contre elle. Après, il n'avait plus jamais revu Edmond, et Marie-Jeanne avait l'air bien embêtée quand il lui demandait où il était passé. Son père avait été un fantôme, comme tous les morts. Il était le fils d'un fantôme.

Le pas pesant de Zéphir dans l'escalier le fit tressauter. Il rangea prestement ses affaires et se glissa dans son lit pour ne pas avoir à lui faire la conversation. De toute manière, il valait mieux essayer de dormir.

Dans les jours qui suivirent, Rodrigue voulut revoir le capitaine Johnston. Il le trouva aisément, attablé au même bar, seul, comme d'habitude. Il marcha droit sur lui.

— Je peux ? demanda-t-il en anglais en montrant la chaise à côté de lui.

Johnston le regarda aimablement avant de lui répondre en français :

— Si vous voulez. Mais parlez-moi dans votre langue. J'ai besoin de pratiquer mon français.

Rodrigue ne perdit pas de temps.

— Votre petite démonstration était très éloquente, l'autre jour. Vous avez foutu la trouille à tout le monde. Ça s'appelle : saper le moral des troupes. Et moi, vous m'avez pris pour un petit garçon qui jouait à la guerre par ici.

Le capitaine ne souriait plus. Il le regardait intensément en réfléchissant.

— Je ne le dirais pas comme ça. Je ne parlais pas seulement pour vous, mais aussi pour tous vos copains. D'excellents garçons, j'en suis certain. Vous savez, je connais assez bien les Canadiens français. J'ai vécu à Ottawa une partie de ma vie. Ils sont valeureux, très courageux, mais ils ne veulent jamais, au grand jamais, se battre pour l'Angleterre. Et ça se comprend. Ils ont perdu leur dernière grande bataille contre elle. Caporal, si je vous ai offensé, excusez-moi. J'avais écouté vos discussions. Je me suis adressé à vous parce que vous me paraissiez le plus éclairé. Vous avez une bonne compréhension de ce qui se passe actuellement. Je dirais même que vous pourriez monter en grade un jour si vous arrivez à supporter le combat. Mais vous êtes tous nouveaux dans le métier. Ceux qui vous entraînent ne vous parlent jamais de ça ; ils ont peur que certains prennent leurs jambes à leur cou, le temps venu. En même temps…

Rodrigue toussota.

— Oui, j'ai compris le but, ne vous tracassez pas.

— Que faites-vous dans le civil ?

Rodrigue tiqua. Pour répondre convenablement, il fallait avouer sa déveine. Il n'en était pas question.

— Rien d'important.

Johnston n'insista pas et vida lentement son verre avant d'appeler une autre fois le serveur. Rodrigue se débattait.

— Je voulais surtout vous demander ceci : vous croyez que ça vaut la peine de participer au massacre ?

— Oui. C'est une question de vie ou de mort pour l'Europe. La puissance allemande peut tout raser. Toutes nos grandes cultures sont en jeu, langues, littérature, philosophie, peinture, sculpture, liberté, démocratie, tout, tout est menacé. Si Hitler gagne, être Français, Anglais, Autrichien, Hollandais ne voudra plus rien dire. Nous serons tous des nationaux-socialistes, des nazis, et nous parlerons allemand ! En tout cas, c'est le rêve d'Hitler. Rien que d'y penser, ça me donne envie de vomir. Donc, il faut les massacrer, et un massacre, c'est un massacre et ça inclut celui qui frappe comme celui qui tombe !

Rodrigue aimait décidément cet homme.

— Alors, nous sommes d'accord sur l'essentiel. C'est exactement pour cela que je suis venu ici, pour sauver l'Europe. Sauf que l'Europe, c'est aussi Hitler et le peuple allemand et ça, je n'arrive pas à le comprendre, dit Rodrigue.

— Moi non plus ! Je ne sais pas comment l'expliquer et, surtout, je n'ai pas le temps d'y penser. Il faut aller au plus pressé. Soyons des amis, répondit le capitaine en levant son verre.

Ils le devinrent. Rodrigue lui présenta Zéphir et ils passèrent plusieurs soirées ensemble à boire en s'absorbant dans d'interminables discussions sur tous les sujets de l'heure et mille questions existentielles, jusqu'au jour où le capitaine rejoignit sa nouvelle compagnie sous d'autres cieux dans la foulée du grand brassage d'effectifs mené par le haut commandement après Dunkerque.

À la fin du mois de juin, la France défaite signa finalement l'armistice sous la gouverne du vieux maréchal Pétain. Désormais, l'Angleterre, seule épargnée, devenait le pays à abattre. Pour Rodrigue, son régiment et toutes les troupes en attente dans le pays, le degré d'alerte montait de plusieurs crans. La débâcle française avait fait de la côte anglaise un lieu hautement stratégique où il fallait monter la garde.

Après un nouveau déplacement, c'est donc devant les eaux froides et grises de la Manche que Rodrigue finit par écrire une autre fois à Marie-Jeanne, assis au milieu des batteries qui surplombaient la rive. C'était le 24 juin. L'état-major du Royal 22e avait donné quelques heures de permission aux soldats en l'honneur de la Saint-Jean.

::

Le 15 septembre était un dimanche. Le lieutenant avait emmené son caporal préféré à Londres où le commandement du régiment participait à une conférence réunissant tout le quartier général de la Division. Après une semaine fort occupée à jouer les secrétaire, messager et chauffeur des officiers, Rodrigue en permission sirotait tranquillement une bière au Chelsea Potter, un vieux pub de King's Road dans l'élégant quartier de Chelsea. Il s'efforçait de déchiffrer une grammaire allemande qu'il avait dénichée dans une librairie d'occasion. *Ich bin, Du bist, Er ist. I am, you are, he is*. Ouais… pas vraiment facile!

Deux femmes entrèrent. Distrait par le bruit, il contempla la rue qui commençait à s'animer. Il aimait Londres de plus en plus. Il y préférait à tous les autres ce beau quartier bourgeois, à la fois discret et cossu, avec ses jolies maisons en rangées couvertes de vieux rosiers grimpants et ses grandes résidences de briques rouges à moitié cachées derrière des massifs de glycines. Le bleu sublime, presque violet, de cette fleur l'avait séduit. Un avertissement sonore interrompit sa rêverie.

— Merde! Encore une attaque!

On était pourtant en plein jour. Dans quelques minutes, on entendrait le grondement des Messerschmitt. Avait-il le temps de regagner son poste? Déjà, le bruit des avions approchait. Pourquoi si vite? Les deux femmes assises à la table voisine s'agitaient. La jeune fille suppliait sa mère de la suivre à la station de Sloane Square pour s'abriter. Mais celle-ci ne voulait pas. Elle paraissait très fatiguée. Rodrigue se permit d'intervenir.

— Madame, puis-je vous aider? Votre fille a raison, les avions sont sur Londres déjà. Il faut courir à la station de métro. Donnez-moi le bras. Mademoiselle, prenez l'autre. Il faut faire vite.

Ils se dépêchèrent vers la station. Du côté de Kensington, on voyait déjà une colonne de fumée noire s'élever de ce qui semblait être un immense incendie. Des bruits assourdissants d'explosions se mêlaient au vrombissement des avions qui sillonnaient le ciel comme des guêpes folles. Il y avait des chasseurs partout, c'était décidément une très grosse attaque. La foule se pressait dans l'escalier qui descendait sous terre. Pour aller plus vite, Rodrigue prit la vieille dame dans ses bras et la porta jusqu'à l'entrée du couloir. L'endroit était déjà bondé. Il la déposa avec précaution dans le premier coin libre qu'il trouva.

— Merci, merci infiniment pour cette aide. Sans vous, j'ignore comment nous aurions fait. Je m'appelle Roselyn Leigh et voici ma mère, Catherine Leigh. Elle ne va pas très bien ; elle peut à peine marcher, vous savez. Nous habitons tout près d'ici, sur Upper Cheyne Row. Puis-je savoir à qui j'ai l'honneur de m'adresser ?

La voix était claire et limpide. Dans la hâte qui les avait conduits là, il ne l'avait pas encore regardée. Elle avait d'admirables yeux d'un bleu très intense, de la couleur des glycines justement. Il se présenta.

— Vous êtes Canadien et, pourtant, vous avez un accent français, à ce que j'entends.

— Je suis Canadien français, plus exactement de la province française du Canada, le Québec.

Elle rougit légèrement et ses paupières battirent.

— Et vous êtes en Angleterre depuis longtemps ? demanda-t-elle pour sortir de son embarras.

Il ouvrit la bouche pour lui répondre, mais le bruit des bombes envahissait l'espace. Les explosions se succédaient, plus violentes les unes que les autres. Des pierres se détachaient du plafond des deux côtés des voies de circulation des tramways. Les wagons arrêtés là ne pouvaient plus repartir ni dans un sens ni dans l'autre. Au fond de l'espace piétonnier, les gens menacés par l'effondrement essayaient de refluer vers l'entrée. Rodrigue comprit que le danger était proche.

— Ce n'est pas la première fois que nous nous abritons ici. Je n'ai jamais entendu d'aussi près le bruit des bombes. On dirait quasiment qu'ils attaquent Chelsea. D'habitude, ils visent plutôt la City plus à l'est. Vous savez ce que notre premier ministre Churchill en dit? demanda Roselyn au prix d'un effort surhumain pour garder son calme.

— Il dit que si jamais la cathédrale Saint-Paul qui se trouve justement dans la City brûle, nous serons perdus. Il paraît qu'il a ordonné que des pompiers se tiennent prêts à intervenir en tout temps. Superstitieux, n'est-ce pas?

D'autres morceaux tombèrent du plafond sur le toit des wagons et des nuages de poussière fine rendirent l'air irrespirable. Une odeur nauséabonde se répandit, comme si un égout s'était ouvert quelque part. La lumière vacilla.

— Je suis morte de peur, je voudrais sortir d'ici, souffla-t-elle en posant une main tremblante sur le bras de Rodrigue.

Sur ces mots, une énorme explosion fit jaillir des trombes d'eau par la porte du métro, charriant des éclats de pierre et de ciment. Le flot n'arrêtait plus. Rodrigue pensa qu'une conduite d'eau majeure avait dû se rompre.

— Vite, faisons comme tout à l'heure pour votre mère. Prenez votre côté. Je prendrai le mien. Dépêchez-vous, il faut aller vers une autre sortie.

— J'ai bien peur qu'il n'y en ait pas d'autres, cria la jeune fille en aidant sa mère à se remettre sur ses jambes.

— Il est impossible qu'il n'existe pas d'issue de secours dans cette station. Ou alors, engageons-nous dans le tunnel du métro.

Ils firent quelques pas. La bouche de métro par laquelle ils étaient entrés n'était plus qu'une chute monstrueuse. De l'eau tombait en même temps de la voûte. Rodrigue examina la voie. Les débris bloquaient presque complètement le passage. La station devenait une sorte de cuvette. D'ailleurs, on ne voyait déjà plus les rails. Une panique indescriptible s'était emparée de la foule. Les gens couraient en tout sens en hurlant.

— Je vous en supplie, caporal. Occupez-vous de Roselyn, moi je suis trop lourde, supplia Catherine Leigh.

— Il n'est pas question de t'abandonner, maman. Allons vers le mur, là, suggéra Roselyn en la serrant contre elle pour mieux la soutenir.

Ils parvinrent à s'approcher du mur, qu'ils longèrent péniblement. Rodrigue s'étonnait que le courant électrique fonctionne toujours. Il ne manquait plus que la noirceur totale pour transformer l'endroit en un vaste tombeau.

— Il y a une petite lueur rouge là, à peu près à 30 pieds devant nous. Elle indique peut-être une porte de secours, dit-il.

À ce moment précis, toutes les lumières s'éteignirent et la clameur monta.

— Continuons. Je ne lâche pas le mur, dit la voix tendue de Rodrigue.

À peine avaient-ils fait quelques pas dans l'obscurité totale que quelqu'un qui marchait en sens contraire les heurta de plein fouet, laissant Roselyn seule, derrière. Son cri de panique dans l'obscurité opaque déchirait l'âme.

— Criez encore, vous êtes toute proche, je vous trouverai, s'époumona Rodrigue.

— Là, je suis là. Je suis là !

Quelques secondes longues comme une éternité passèrent avant qu'il ne sente le tissu de sa robe, sur sa gauche. Il l'empoigna avec rudesse et la tint serrée contre son flanc.

— Où est maman ? questionna la jeune fille.

— Ne parlez plus, Roselyn. Il ne faut plus perdre le contact avec le mur. Tâchez d'avancer, je vous en prie, l'eau monte encore. La petite lumière rouge tremblote toujours. Je suis certain que nous avons une chance.

— Mais nous avons perdu maman, il faut la chercher. Si elle tombe, elle va se noyer. De grâce…

Elle s'agitait, tentant de se dégager du bras de Rodrigue. Mais il la retint sans ménagement.

— Taisez-vous et aidez-moi. Sinon, nous allons tous y passer. Nous allons tous mourir si je ne parviens pas à cette lueur.

Elle se débattit encore un instant puis retomba mollement de tout son poids contre lui. Enfin, il arriva. L'ampoule était entourée d'un treillis de métal et reliée à une grosse pile fixée au-dessus d'une porte métallique étroite et sans relief. Une plaque presque illisible interdisant quelque chose était fixée juste à côté. Il voyait très vaguement quelqu'un tout près qui cherchait probablement la même chose que lui.

— C'est peut-être une issue vers l'extérieur. Laissez-moi voir, dit-il.

Sa main libre suivit le contour de la porte jusqu'à ce qu'elle tombe sur une sorte de clenche qu'il actionna en tirant de toutes ses forces. La porte s'ouvrit un peu.

— C'est une porte de secours. Aidez-moi, cria-t-il.

Il sentit aussitôt que la force d'une main la retenait, ce qui lui permit de se glisser dans l'embrasure en serrant toujours la jeune fille contre lui. L'inconnu le suivit de près.

— Attendez! Ne poussez pas, dit-il d'une voix altérée.

Son bras gauche tremblait d'épuisement; il souleva Roselyn pour la porter sur son épaule en heurtant durement une barre de métal. C'était la rampe d'un escalier de fer étroit qui tournait sur lui-même. Il la saisit pour se guider dans l'obscurité. Son pied trouva la première marche, puis la seconde.

— Il y a un escalier, une rampe. Suivez-moi, mais ne poussez pas, s'il vous plaît, dit-il encore à l'autre.

Il monta aussi vite que le lui permettait son fardeau, jusqu'à ce que sa tête frappe douloureusement quelque chose de métallique. Il leva les yeux et crut voir un peu de lumière passer par un trou. Il plaqua sa main libre sur le métal et poussa. Le couvercle se déplaça d'un coup. Une lumière crue inonda le puits et de l'eau se mit à couler lentement sur son visage. Clignant des yeux, il s'agrippa aux crampons qui s'offraient et sortit, bientôt suivi par d'autres personnes auxquelles il ne prêta pas attention.

Dehors, c'était l'horreur. Autour de lui, il vit des toits crevés, des rues défoncées, infranchissables, encombrées de débris de toutes sortes, des maisons en feu. Çà et là, des personnes gisaient dans leur sang et des corps achevaient de se consumer. Devant la bouche du métro qui se trouvait maintenant plus loin, à sa droite, la chaussée défoncée de King's Road était devenue une mare boueuse. Il se trouvait au beau milieu du parc de Sloane Square. Il repéra un banc couvert de poussière mais encore intact qui s'appuyait sur le tronc d'un arbre étêté. Épuisé, il s'y jeta sans réfléchir, renonçant à aller plus loin. Rien ne pouvait les protéger des bombes. Il fallait laisser le destin décider pour eux. Il étendit avec précaution les jambes inertes de la jeune fille sur le banc et la garda serrée contre sa poitrine, comme une enfant. Dans l'immensité du vacarme qui emplissait l'air, le parc lui semblait presque silencieux. Il vit que d'autres personnes sortaient du métro par l'issue de secours. Catherine Leigh était morte. Ce serait terrible pour Roselyn. Il contempla son beau visage calme ; pour l'instant, la perte de conscience lui accordait l'absence de ce massacre. Il leva son regard vers le ciel barbouillé. Les avions continuaient leur danse de mort. Les Spitfire et les Hurricane de la flotte anglaise contre-attaquaient furieusement la Luftwaffe. Il pensa aux paroles du lieutenant Johnston à propos de Dunkerque. Des rues dévastées, des maisons éventrées, des cadavres abandonnés et des avions qui terrifient. La voilà ! La voilà, l'absurde brutalité de la guerre. Il était bien au milieu de l'impossible enfer !

Rodrigue ne sut jamais exactement combien de temps il passa ainsi, immobile au milieu de la tornade. Peu à peu, le bruit s'éteignit et les escadrilles meurtrières disparurent du ciel en laissant dans l'air épuisé un silence ahurissant où flottaient les morts.

::

Les secours n'arrivèrent dans les rues de Chelsea qu'au début de la soirée. Rodrigue insista pour accompagner Roselyn Leigh au premier centre de soins. Revenue à elle, elle semblait prostrée, complètement indifférente à tout. Une infirmière s'occupa d'elle. La jeune fille n'avait pas de blessures, mais on aurait dit que le choc avait emporté sa mémoire et sa volonté. On la transféra pour observation dans un centre psychiatrique.

Rodrigue lui rendit visite aussi souvent qu'il le pouvait. Elle ne le reconnaissait pas, mais il s'accrochait, poussé par une attirance de plus en plus forte. Quand il était ailleurs, il voulait se retrouver près d'elle. Quand il y était, il se mourait d'envie de prendre sa main ou de la tenir dans ses bras comme il l'avait fait sous les bombes. Après quelques jours sans grand progrès, les médecins parlèrent de transférer la patiente dans une autre clinique en dehors de Londres ; Rodrigue s'affola. Il ne voulait surtout pas perdre le contact avec elle. Il fallait absolument la sortir de cette torpeur.

Il s'en alla rôder du côté de Upper Cheyne Row, un tout petit bout de rue difficile à repérer. Il finit par obtenir d'une vieille résidente qui connaissait bien la jeune fille les informations qu'il cherchait. Roselyn Leigh habitait deux maisons plus loin. Son père était mort depuis longtemps. Elle avait un frère du nom de Bill qui était sous les armes, un pilote d'avion.

Rodrigue se lança à sa recherche. Bill Leigh appartenait bien à la Royal Air Force. Il n'eut pas trop de peine à le joindre par téléphone au White Head, un pub de Breasted situé derrière l'aéroport de Biggin Hill dans le Kent, un endroit apprécié des pilotes entre deux missions. Rodrigue dut lui annoncer la mort de sa mère. Le pilote, qui avait lui-même participé à la contre-attaque anglaise ce 15 septembre, obtint, vu les circonstances, une courte permission pour venir à Londres.

Rodrigue le rencontra au Cross Keys, dans Lawrence Street, pour lui expliquer plus en détail ce qui s'était passé lors de l'attaque et comment sa mère avait trouvé la mort. Incidemment, la dépouille d'une personne correspondant à la description de Catherine Leigh avait été sortie des décombres. Une identification était requise dans les plus brefs délais.

— Quant à votre sœur, elle n'a rien physiquement. Mais elle ne parle plus et semble incapable de s'occuper d'elle-même. J'ai espoir qu'en vous voyant, elle sorte de sa léthargie. Sinon, les médecins envisagent de l'interner vu qu'il n'y a personne pour s'occuper d'elle à Londres. Elle risque d'y rester tant que la guerre ne sera pas finie. Il faut empêcher ça.

— Je vais voir ma sœur et je prendrai les dispositions qu'il faut si elle ne se remet pas. Ma mère avait une cousine qui habitait en banlieue de Londres. Peut-être pourrait-elle accueillir Roselyn ? Quoi qu'il en soit, je tiens à vous remercier de tout cœur de lui avoir sauvé la vie et aussi de ne pas l'avoir abandonnée à son sort par la suite.

— Je n'ai fait que mon devoir, lieutenant. Je regrette seulement de ne pas avoir pu sauver votre mère. Souhaitez-vous que je vous accompagne pour l'identification du corps ?

— Vous savez quels vêtements elle portait, n'est-ce pas ? Votre présence pourrait en effet être très utile.

Le lendemain soir, Rodrigue attendit pendant que le jeune lieutenant rencontrait sa sœur en présence du médecin. Deux grosses heures s'écoulèrent avant qu'une infirmière ne vienne le chercher. Le médecin l'attendait dans le couloir.

— Caporal, je voudrais vous parler avant que vous n'entriez. Vous avez bien fait de retrouver son frère. Ce fut difficile, mais elle a enfin réagi à sa présence et c'est tout ce qui compte. Ils ont parlé. Vous savez, c'est la mort de sa mère qui ne passe pas. Elle est devenue hystérique en l'apprenant. J'ai failli tout arrêter. Le lieutenant est parvenu à la calmer un peu. Elle prétend que sa mère est morte par sa faute. Il faudrait travailler là-dessus. Vous étiez là. Ce ne sera pas très agréable, mais il faut qu'elle vous entende parler de tout ça. Si ça ne va pas, j'interviendrai. Je sais que vous tenez à… ne pas l'abandonner. Êtes-vous prêt ?

La chambre était dans la pénombre. Le lieutenant Leigh, assis à côté du lit, lui fit un signe amical de la main. Roselyn avait les yeux clos et son visage était crispé.

— Bonjour, miss Leigh. Comment allez-vous ? Je suis le caporal Rodrigue Deschamps et nous nous sommes rencontrés dans un pub de Chelsea. Me reconnaissez-vous ?

La jeune fille le regarda et sourit faiblement en acquiesçant de la tête. Rodrigue ne savait pas trop comment aborder le terrible sujet.

— Caporal Deschamps, vous étiez avec la patiente, n'est-ce pas, le jour du bombardement ? — Oui. Et aussi avec sa mère, madame Catherine Leigh.

Roselyn recommença à pleurer. Le médecin fit signe à Rodrigue de poursuivre. Rodrigue avait la bouche sèche.

— Miss Leigh, vous souvenez-vous de ce qui nous est arrivé ? Sinon, je suis là pour répondre à vos questions. Vous avez perdu connaissance juste avant que je parvienne à nous sortir de là. À part ceux qui sont passés par la sortie de secours comme nous, tous ceux qui s'étaient abrités dans la station de métro ont péri, vous savez. Nous avons eu beaucoup de chance.

— Maman ? Qu'est-ce qui est arrivé à maman ?

Rodrigue reprit tout du début. Roselyn l'écoutait intensément ; des larmes silencieuses coulaient de ses yeux.

— Nous n'avions aucune issue à cause de l'effondrement des plafonds des deux côtés du tunnel. Nous soutenions votre mère chacun de notre côté et nous suivions à tâtons le mur qui se trouvait à notre droite vers une porte de secours que semblait signaler une petite lueur rouge. Puis, brusquement, il a fait tout noir. On n'y voyait plus rien. C'est là que quelqu'un est entré en collision avec vous. Sous le choc, vous avec perdu le contact avec nous et vous avez crié pour que je vous rattrape vite.

— Oui, et je me suis complètement affolée !

— Évidemment ! Vous étiez perdue si je ne vous retrouvais pas tout de suite, s'empressa de répondre Rodrigue.

La jeune fille sanglotait éperdument.

— Mais maman ! Je ne la tenais pas assez serrée !

— Eh bien, moi aussi, je l'ai perdue sous le choc de la collision. Dans l'obscurité, j'ai agité le bras tant que j'ai pu dans le noir, mais je ne la sentais pas. C'est vous que ma main a touchée.

Roselyn se boucha les oreilles en secouant la tête. Elle ne voulait plus rien entendre. Tout était de sa faute. Elle n'avait pas tenu le coup, elle avait perdu son sang-froid dès le début. Elle ne tenait pas sa mère assez fort parce qu'elle était trop énervée. Elle n'avait pensé qu'à elle et s'était évanouie au lieu de chercher à la retrouver.

Rodrigue se désola de la voir s'accuser ainsi. Qui pouvait garder le contrôle de lui-même en pareilles circonstances ?

— Vous l'avez bien fait, vous ! Vous avez réussi à nous sortir de là. Moi, au contraire, j'ai laissé tomber maman, répondit Roselyn, inconsolable.

— Mais vous n'aviez aucune chance de la retrouver dans cette noirceur. Et moi non plus. Si vous êtes responsable de l'avoir abandonnée, alors moi aussi, je le suis, Roselyn. Ce que je ne crois pas.

Bill Leigh se leva et s'approcha du lit pour donner raison à Rodrigue. Il ne servait à rien de chercher un responsable dans des circonstances pareilles.

— Ma petite sœur, nous sommes en guerre. Des drames comme celui-là, la guerre en fabrique à la tonne. Roselyn, je suis un pilote moi-même. J'ai participé à cette bataille. J'étais là-haut pour chasser les avions ennemis ce jour-là. Qui peut dire, dans un pareil massacre, qui a tué qui ? Je suis désolé, mais tu ne serais pas ma sœur si tu n'avais pas le courage de supporter ce qui est arrivé. Rien ni personne ne pouvait empêcher que maman périsse. C'est comme ça, c'est tout.

Roselyn baissa les yeux sans dire un mot. Elle frissonnait. Les paroles de son frère entraient dans sa tête comme l'eau glacée qui avait envahi le métro. Puis elle eut un soubresaut.

— Mais le caporal Deschamps aurait pu attraper le bras de ma mère et pas le mien…

— Oui, et c'est toi qui serais morte, Roselyn. Pourquoi les choses sont-elles arrivées comme ça ? Il n'y a pas de raison, c'est le hasard, le destin, appelle-le comme tu voudras. Le caporal Deschamps avait quelques secondes pour chercher dans le noir et c'est toi que sa main a touchée. Dans cette guerre, beaucoup de gens vont mourir et d'autres vont s'en sortir. C'est comme ça. La guerre est aveugle.

Le lieutenant Leigh prit gentiment la main de sa sœur pour évoquer leur mère qui les regardait peut-être de là-haut. Sans l'ombre d'un doute, les choses avaient tourné exactement comme elle l'aurait souhaité. Ce serait faire injure à sa mémoire que de ne pas accepter de lui survivre.

— Et puis j'ai l'incroyable chance d'avoir encore ma petite sœur chérie, ajouta-t-il en embrassant sa main.

La jeune fille se tut pendant un long moment. Elle semblait réfléchir. Ce n'était pas encore la paix, mais une certaine tension avait disparu. Elle demanda finalement qu'on la ramène chez elle, sur Upper Cheyne. Le médecin n'y voyait pas d'inconvénient pourvu qu'elle se repose et que quelqu'un veille sur elle pendant quelque temps. Bill Leigh devait quitter Londres le lendemain, sitôt après l'enterrement de leur mère. Rodrigue offrit son aide pour le temps qu'il lui restait à passer dans la capitale.

— Merci, caporal Deschamps, dit alors la jeune fille. Pour m'avoir sauvé la vie et pour avoir aidé ma mère. Merci aussi d'avoir appelé Bill. Quant au reste, je veux bien que vous veilliez sur moi. Je vous promets de ne pas trop abuser de vous.

Le sourire un peu triste avec lequel elle avait dit tout cela fit fondre le cœur de Rodrigue. Il eut un rire tendre et léger.

— Mais vous pouvez parfaitement abuser de moi. Je le souhaite même, dit-il.

Un peu de rose monta aux joues de la jeune fille. Pour dissimuler son embarras, elle se tourna vers son frère.

— Bill, il faudra que tu me dises en quoi je peux être utile dans cette guerre.

Ce soir-là, il n'y eut pas dans tout le Royal 22e Régiment, un homme plus heureux et plus soulagé que Rodrigue Deschamps revenant à ses quartiers. C'était fou, cet amour si subit et si inattendu. Fou et merveilleux, doux comme une promesse! Plus réjouissant encore, il avait le champ libre avec elle à Londres pour quelques jours au moins.

Comme un bonheur n'arrive jamais seul, il trouva en rentrant la lettre que Marie-Jeanne lui avait écrite en plein été.

Saint-Jérôme, 24 juillet 1940

Mon cher frère,

Je viens de recevoir ta lettre du 30 mai et je m'empresse de te répondre. À ce que je lis, ta vie là-bas ne manque pas d'attraits. Un grand honneur que celui de monter la garde au château du roi! Tant que ton engagement dans l'armée se passera comme ça, je n'aurai rien à dire. Mais d'après ce que je lis et les reportages qu'Anthime et moi écoutons à la radio, les Allemands ont gagné sur toute la ligne, même en France, ce qui doit te crever le cœur!

C'est drôle à dire, mais depuis la défaite de la France, on commence à prendre les choses très au sérieux par ici. À la radio, les chansons à la mode ne parlent que de soldats qui s'ennuient de leur blonde au fond des tranchées. Aussi, le gouvernement le fait exprès pour nous apeurer. En revenant du marché l'autre jour, je suis tombée sur une grande affiche en couleurs où l'on avertissait qu'une simple indiscrétion pouvait causer des catastrophes. Si c'est rendu qu'il faut se méfier de son propre monde, on n'ira pas loin. C'est vrai qu'il s'en trouve dans la province pour admirer l'Allemagne. As-tu eu connaissance, avant de partir, qu'un dénommé Adrien Arcand, chef du Parti national social-chrétien, était favorable aux nazis ? L'Écho du Nord avait publié un article au sujet d'une grosse assemblée de ce parti à Sainte-Agathe, dans le temps. Je te dis qu'il a affaire à se fermer le sifflet par les temps qui courent.

Dans la province, le gouvernement a aussi ouvert des camps de détention à différents endroits, comme à l'île Sainte-Hélène, pour loger toutes sortes de gens qui nous arrivent par bateaux, des prisonniers et même des Juifs. Plus près d'ici à Sainte-Thérèse, l'usine du plan Bouchard est devenue une grosse fabrique à munitions qui marche à fond de train.

Quant à la menace de conscription, on n'a pratiquement parlé que d'elle pendant les élections fédérales du mois de mars. Les Anglais voudraient que le pays fasse encore plus pour aider l'Angleterre. Pour le moment, le nouveau ministère de la Guerre respecte la promesse qu'il nous a faite l'année dernière : il ne force personne à partir. Mais il se reprend autrement en contrôlant tout le reste. Il faut maintenant avoir une carte d'enregistrement pour faire affaire avec lui. C'est rendu quasiment comme dans les pays communistes. En plus, tous les hommes célibataires avaient jusqu'au 15 juillet pour aller s'inscrire. Je n'ai pas besoin de te dire que bien des vieux garçons ont couru à l'église ! Si tout cela ne revient pas à préparer la conscription, je me demande bien ce que c'est !

Malgré tout, à part Anthime qui se fait du mauvais sang pour Félix, tout le monde va bien dans la famille ; même que Marie et Lucienne filent le parfait amour depuis qu'Anthime a permis leurs fréquentations officielles avec les deux frères Ferland, d'excellents

*garçons de la paroisse. Il est même question de fiançailles à Noël
pour Marie. D'ici deux ans, il se pourrait bien que je n'aie plus que
deux filles à la maison. Mais je ne m'illusionne pas. Avec le mari
que j'ai, la grande évasion n'est pas pour demain.*

Prends bien soin de toi et salue Zéphir pour moi,

Ta sœur Marie-Jeanne

Une bouffée de tendresse lui réchauffa le cœur. Ainsi, là-bas,
plutôt que la destruction et la mort de Londres, la guerre apportait plus de mariages, plus d'amour et pour plusieurs sans doute
plus de bonheur. Drôle de paradoxe! Au fond, l'existence était
quelque chose de très compliqué et malgré tous les efforts de l'esprit, d'imprévisible. Même à lui, le jeu cruel de la guerre avait fait
le cadeau d'aimer. Il fallait que Marie-Jeanne apprenne cela au
plus vite.

Angleterre, 25 septembre 1940

Ma chère Marie-Jeanne,

*Je ne t'ai pas écrit depuis trop longtemps. Il m'est arrivé une
chose horrible et une chose merveilleuse. L'une aurait été impossible sans l'autre. J'ai failli mourir et j'en sors amoureux et plus
vivant que je ne l'ai jamais été. J'aurais pu te cacher cette histoire
pour ne pas t'effrayer, mais ma promesse de t'écrire aurait été brisée. Et puis je suis trop heureux!*

*Tu as dû entendre parler du gros bombardement qui a eu lieu
sur Londres le 15 septembre dernier. Eh bien, j'étais là pour une
mission spéciale à la demande de mon officier supérieur. Pendant
l'attaque, le hasard a voulu que j'aide une jeune fille et sa mère
à s'abriter dans une station de métro de Chelsea. Les choses ont*

mal tourné dans l'abri quand une bombe a fait sauter une grosse conduite d'eau. Je suis tout de même venu à bout de sortir de là avec la jeune fille en question. Malheureusement, je n'ai pas pu sauver sa mère.

La jeune fille, en état de choc profond, s'est retrouvée dans une clinique où je suis allé la voir régulièrement. J'ai retrouvé sa maison ainsi que son frère, un pilote de la Royal Air Force, le seul membre de la famille qui lui restait. Quand elle l'a vu, elle a repris ses sens, mais ça a été très pénible. Elle était convaincue que sa panique dans le métro avait contribué à la mort de sa mère. J'ai fait mon possible pour lui expliquer qu'il n'en était rien. Elle a fini par se calmer, mais elle reste fragile. Comme son frère doit regagner bientôt sa base, j'ai accepté de veiller sur elle le temps que je serai à Londres, malheureusement pas très longtemps.

Ce sera un grand bonheur de le faire, Marie-Jeanne. Parce que je suis amoureux d'elle depuis la minute où elle a posé sa petite main sur mon bras en m'avouant que le bruit des bombes la terrifiait. Pour l'instant, c'est comme si ce merveilleux coup de foudre avait balayé le pénible souvenir des horreurs que j'ai vues. Elle s'appelle Roselyn Leigh. Elle est grande et fine, très brune, avec des yeux merveilleux d'un bleu presque violet. Elle est sans doute beaucoup plus jeune que moi. Je sais encore peu de choses sur elle. Mais je saurai tout, crois-moi.

Your brother for ever,

Rodrigue

::

La brièveté du temps ajoute souvent à l'intensité des choses. Sa relation avec Roselyn ne cessait de s'approfondir. Profitant de toutes les occasions, il fit avec elle quelques sorties au théâtre et au restaurant. Roselyn lui présenta des amis, dont deux compagnes avec lesquelles elle s'était inscrite à l'école de théâtre juste avant que la guerre ne commence. En sa compagnie, il éprouva un vertige délicieux à circuler dans le monde londonien de l'art, que les bouleversements de la guerre n'avaient pas étouffé tout à fait. Tout ce qu'il avait appris en solitaire dans les livres et dont il ne parlait jamais chez lui, faute d'interlocuteurs, trouvait là un écho. Il se sentait si bien et si détendu dans l'effervescence de ce milieu qu'il lui arrivait de fermer les yeux de bonheur en pensant au frétillement des truites quand elles retrouvent la fraîcheur de l'eau, le soir venu.

— Vous avez l'air un peu béat, cet après-midi, Rodrigue. À quoi pensez-vous? demanda un jour Roselyn avant de le quitter après une séance de cinéma.

— Je pensais qu'ici, à Londres avec vous, avec vos amis, je me sens comme un poisson dans l'eau. Je me demande même si je n'ai pas déjà vécu en Angleterre dans une autre vie, répondit-il en riant.

Sauf que le temps passait affreusement vite. Rodrigue appréhendait plus que tout l'inévitable retour au cantonnement. Entre-temps, Roselyn s'était engagée comme auxiliaire au sein des équipes d'intervention sanitaire auprès des victimes des bombes que les Allemands ne cessaient de lâcher sur Londres. Elle soignait des blessés dans divers hôpitaux de la ville en même temps qu'elle acquérait les rudiments de la profession d'infirmière.

Ils apprenaient à se connaître. Lors d'une promenade à Hyde Park, Roselyn raconta son enfance heureuse et paisible dans une maison où la culture faisait partie du quotidien. Sa mère, une pianiste de talent, avait renoncé aux concerts pour ne pas s'éloigner de ses enfants. Son père avait été un professeur de littérature anglaise apprécié. Spécialiste de la période shakespearienne, il avait beaucoup écrit sur le théâtre classique anglais. Ses conférences étaient courues.

— Il me permettait souvent de l'accompagner. À douze ans, je n'y comprenais pas grand-chose, mais j'adorais l'écouter. Il prétendait que ma présence l'inspirait et, franchement, je ne demandais pas mieux que de le croire, expliqua-t-elle alors qu'ils s'approchaient de l'imposant Albert Memorial que la reine Victoria en grand deuil avait fait ériger à son cher époux disparu.

— Moi, je le crois en tout cas. J'estime que vous avez un charme irrésistible, peut-être même dangereux, dit-il moqueur, en posant autour de sa taille un bras qu'elle ne repoussa pas.

Elle avait gardé une admiration sans bornes pour son père. Persuadé que les enfants étaient capables de comprendre Shakespeare, il lui faisait lire ses pièces en lui expliquant chaque réplique. Il l'emmenait même au festival de Stratford. Rodrigue croyait rêver. Elle était tombée dès la naissance dans la caverne d'Ali Baba, ni plus ni moins.

— C'est comme ça que j'ai voulu devenir actrice. Je crois que mon père aurait aimé me voir sur scène. Mais avec cette guerre, je ne sais plus si ce sera possible.

— Vous avez eu beaucoup de chance de baigner dans cette ambiance. Moi, je viens d'un milieu paysan. Mes parents étaient des gens très simples et peu instruits. Malgré tout, j'ai fait des études convenables grâce à ma mère qui voulait que j'embrasse la prêtrise. Un jour, je vous raconterai tout cela.

— Et votre père ?

— C'était un homme très dévoué que tout le monde aimait. Mais je ne l'ai pas beaucoup connu. J'avais quatre ans quand il est mort. Ma sœur Marie-Jeanne a fait de son mieux pour que j'en souffre le moins possible. Aujourd'hui, je me rends compte à quel point il m'a manqué. Le vôtre aussi est parti prématurément, n'est-ce pas ?

La jeune fille se rembrunit. Même après six ans, le souvenir de cette mort lui était infiniment pénible.

— J'imagine que c'est Bill qui vous a dit ça.

Ils firent quelques pas en silence. C'était arrivé un dimanche, en 1934. Il l'avait amenée comme souvent à la bibliothèque de Chelsea pour lire tranquillement, l'un en face de l'autre. Soudainement, sa tête s'était couchée sur le livre, comme pour dormir. Surprise, elle l'avait appelé en chuchotant pour ne pas déranger les autres. Voyant qu'il ne réagissait pas, elle s'était approchée de lui. De plus en plus effrayée, elle l'avait secoué en l'appelant à voix haute. Les gens avaient accouru. Il venait de mourir.

De son propre aveu, elle ne s'était jamais vraiment remise d'avoir vu son père glisser de cette manière dans la mort! Sur le coup, les ambulanciers lui avaient fait une piqûre pour la calmer. Il avait fallu des semaines avant qu'elle puisse retourner au collège. Par la suite, elle s'était raccrochée maladivement à sa mère, vivant dans l'angoisse constante que sa santé précaire l'emporte d'une manière imprévisible, comme son père.

— Et voilà. Mon intuition était bonne, conclut-elle. J'avais bien raison d'avoir peur de la perdre pendant toutes ces années.

Rodrigue la serra gentiment contre lui. Il comprenait mieux pourquoi les événements du 15 septembre l'avaient ébranlée à ce point.

— Rodrigue, votre comportement a été magnifique ce jour-là et je vous admirerai toujours pour cela. Encore maintenant, vous êtes là, si gentil, si présent! Vous m'aidez beaucoup. Finalement, je pense que la meilleure façon de soigner un chagrin, c'est de s'occuper des autres. Il y a tant à faire pour gagner cette guerre.

— Allez! Trêve de mauvais souvenirs, petit oiseau de mon cœur! Que diriez-vous d'un sandwich à la confiture? Nous arrivons au stand, proposa-t-il joyeusement.

Elle avait faim, justement. Mais de quelle confiture parlait-il?

— Du chutney. Je vais vous faire une confidence. S'il y a une chose que mon sang français ne peut pas comprendre des Anglais, c'est leur amour pour cette matière sucrée qu'ils fourrent dans tous les sandwichs, sur la viande, les œufs, la salade et tout ce que vous voudrez. Regardez-moi ça ! Comme les restrictions alimentaires ne laissent plus grand-chose pour garnir le pain, ils en mettent encore plus qu'avant !

Elle éclata de rire pendant qu'il en achetait un quand même. Il se mit à le mâchouiller d'un air dégoûté en plissant le nez à chaque bouchée. Ses grimaces la faisaient rire aux larmes. Rodrigue se dit que toute sa vie, il allait se souvenir du goût de ce sandwich-là et de ce rire qui lui rappelait le son joyeux des grelots que l'on attachait au cou des chevaux dans la forêt, en hiver.

::

Tôt, un matin d'octobre, Roselyn l'appela d'une voix altérée pour l'inviter à prendre le thé chez elle à seize heures trente et discuter avec lui de quelque chose d'important. Pouvait-il se libérer ? L'angoisse submergea Rodrigue. Le pire et le meilleur menaçaient tout à la fois.

Il se dépêcha. La grisaille du temps donnait une ambiance un peu sinistre à l'antique petite rue pourtant si jolie. Ses bottes résonnaient sur les pavés de pierre. La rue était étroite ; ses maisons toutes petites disposées en rangées avaient l'air de cacher quelque secret derrière leur porte ronde. Voilà. C'était là. Il pressa le bouton et attendit, le cœur battant. Le temps lui parut long. Roselyn ouvrit, un sourire grave sur les lèvres.

— Bonjour, Rodrigue ; entrez, je vous en prie.

À l'intérieur, il respira une bonne odeur de pâtisserie fraîchement cuite. Il embrassa la joue de la jeune fille en jetant un regard autour de lui, pour pressentir peut-être ce qui lui valait cette invitation.

— J'avais encore quelques restes des provisions de ma mère. Il m'a suffi de trouver deux petits œufs. Nous aurons des scones tout frais pour le thé ! dit-elle avec un enjouement un peu forcé.

Rodrigue était ému. C'était la première fois qu'ils se trouvaient seuls et ensemble chez elle. Ils se regardèrent en silence, un peu intimidés l'un par l'autre. Rodrigue fit quelques pas dans le salon et s'assit sur le grand divan recouvert d'un jeté fleuri. Roselyn, très nerveuse, resta debout. Une horloge sonna quelque part la demie.

— Rodrigue, j'ai quelque chose à vous annoncer. Je n'ai pas osé vous en parler avant. Maintenant, je n'ai plus le choix. Voilà. Je voulais apporter davantage aux nôtres. J'avais d'abord imaginé me joindre à une troupe de théâtre qui fait la tournée des régiments. Mais je n'ai pas trouvé d'occasion intéressante. Finalement, je crois que je pourrais être plus utile comme infirmière. Mais pas ici. Je voudrais soigner des soldats. Des soldats comme mon frère, comme vous. La meilleure façon d'y arriver est de faire partie des services médicaux officiels de l'armée. Ils ont grand besoin de jeunes femmes en santé, capables de servir sur le front ou à bord de ces navires transformés en hôpitaux flottants qui se déplacent près des côtes, le long des zones de combat. Naturellement, il faudra d'abord que je me forme plus sérieusement au soin des malades.

Elle cessa un instant de parler. Rodrigue avait perdu son sourire, mais il l'écoutait sans broncher.

— J'ai effectué les démarches. J'entrerai demain matin au centre militaire de formation sanitaire.

Rodrigue baissa les yeux.

— Vous étiez pourtant très utile à Londres. Les bombardements font tellement de victimes civiles ! Travailler sur des bateaux dans ces conditions comportera de très grands risques, vous savez.

— Rodrigue, j'en ai peut-être l'air, mais je ne suis plus une petite fille. Je sais très bien à quoi je m'expose. Mon frère met sa vie en jeu tous les jours dans les airs. Si j'étais un homme, je l'imiterais. Je dois subir ma part de risques à ma manière. Et puis très bientôt, vous aussi retournerez au cantonnement canadien. Un jour ou l'autre, ils vous jetteront également dans la bataille. Je n'ai pas envie de travailler ici dans la peur quotidienne qu'il vous arrive quelque chose.

Rodrigue marcha jusqu'à elle et la prit dans ses bras.

— Ma très chère Roselyn! Je suis triste, effrayé, mais je comprends. Je ne peux que respecter votre décision. Vous êtes libre de servir votre pays de la manière qui vous paraît la meilleure. Mais vous avez tort sur un point. Il ne m'arrivera rien. Je vous jure que je sortirai vivant de cette guerre. C'est idiot, mais c'est comme ça. Je l'ai promis à ma sœur Marie-Jeanne. Vous savez, elle a été la seule femme qui comptait vraiment pour moi jusqu'à ce que je vous connaisse. Elle aussi a été un peu dépassée par ma décision de partir comme volontaire. Pour tout dire, nous nous sommes disputés là-dessus. Je suis parti quand même, par besoin d'aventures. Je voulais défendre la civilisation! Ce que j'ai vu de la guerre à ce jour m'a remis les idées en place. C'est une sale affaire et il n'y a pas deux manières de l'arrêter; il faut se battre et gagner. Vous avez eu raison de vous engager.

Roselyn se serra contre lui.

— Je crois que je suis amoureuse de vous.

Des larmes apparurent entre les cils de Rodrigue. Les mots qu'il espérait! C'est pour entendre ces paroles qu'il avait vécu jusque-là, pour entendre cette voix délicieuse lui faire cet aveu sans prix. Il faut être tout pour quelqu'un au moins une fois dans sa vie et c'était son tour. Il l'étreignit avec une sorte de fureur.

— Moi aussi je vous aime, Roselyn, dit-il en prenant son visage entre ses mains pour mieux se jeter sur sa bouche.

Il s'embrasait, comme une forêt percée par le soleil. Elle s'abandonna, rendant baiser pour baiser et caresse pour caresse. Puis brusquement, elle se détacha de lui, prit sa main et l'entraîna en silence. Ils gravirent l'escalier étroit qui menait au deuxième. Elle le fit entrer dans sa chambre et resta debout devant le lit, en attente.

Il posa ses mains sur sa taille. Elle était si mince. Avec une sorte de vénération pleine de retenue, il lui ôta ses vêtements. Frissonnante, elle se blottit sous les couvertures en lui tournant le dos pendant qu'il retirait son uniforme. Puis il se glissa près d'elle et attendit, couché sur le dos, un bras replié sous la tête, qu'elle veuille bien se tourner vers lui. Ce qu'elle fit bientôt avec une certaine brusquerie en laissant son corps se fondre dans le sien jusqu'à ce que chaque pore de sa peau boive la chaleur puissante qui émanait de lui. Une chaleur qui lui faisait tant de bien! Elle déglaçait son âme, revivifiait son sang, enveloppait son cœur, l'entraînant au fond d'un jardin inconnu où l'attendait le fruit d'un mystérieux plaisir qu'elle allait goûter pour la première fois. Mon Dieu, quel bonheur, quel parfait bonheur tout à coup, le désir nourrissant le désir, de caresses en baisers libres, denses et sauvages!

— Oh que je t'aime, Rodrigue, que je t'aime! disait-elle éperdue.

Il répondit par une plainte douce, presque un soupir. Le buste de la jeune fille se tendit pendant qu'un gémissement de douleur sortait de sa gorge. Toujours, la chaleur de Rodrigue l'enveloppait, douce et protectrice comme le sein d'une mère. Le plaisir monta d'un cran, quelque chose lui échappa, se répandit en elle malgré elle, quelque chose dans son ventre ou dans sa tête, elle ne le savait pas, elle ne le savait plus, elle se noyait et il pouvait tout. Enfin, ils exultèrent dans un tourbillon aveugle et incandescent. Le feu jaillit très haut derrière son front au bord de l'éclatement. Quand les braises retombèrent, elle se souda encore plus étroitement à lui pour ne pas avoir froid. Ils restèrent là, dans une immobilité totale, à goûter jusqu'au bout la splendeur de l'instant.

L'horloge sonna trop vite la demie de dix-huit heures. Il se rappela qu'il y avait une séance d'instruction ce soir-là. Il n'avait plus qu'une heure pour rentrer. Il fit un effort pour sortir de sa bienheureuse torpeur.

— Roselyn, je t'aime, j'ai un peu faim et j'ai une réunion dans une heure. Tu m'as promis des scones quand je suis entré ici. Que dirais-tu si nous descendions pour prendre ce thé?

Ils s'habillèrent. Roselyn passa ses bras autour de son cou et se fit aussi lourde que possible pour qu'il la soutienne.

— Voilà. Nous sommes fiancés, maintenant. Je voudrais ne jamais me séparer de toi. Porte-moi jusqu'en bas, tu veux bien?

— Comme une mariée? demanda Rodrigue en riant.

Il descendit son doux fardeau marche par marche, en martelant l'hymne nuptial avec une jolie voix de baryton. Il la déposa dans la petite cuisine d'où ils sortirent avec un grand plateau pour aller s'installer au salon. Il ne leur restait que peu de temps. Il dévora deux scones à toute vitesse.

— Roselyn, il faut vraiment que je file. Je ne peux pas me permettre de me présenter en retard. Dis-moi vite comment les choses vont se passer maintenant.

— Eh bien, pour commencer, je préparerai une petite valise, ce soir, et je fermerai la maison demain en partant. Ensuite, je me présenterai au centre de recrutement et je suivrai le parcours de formation des recrues, entraînement, cours intensif sur les soins aux blessés, protocole militaire et tout le reste. Une part de tout cela se déroulera à Londres. Ensuite, je ne sais pas. Ils verront si je suis prête et je recevrai, j'imagine, une affectation quelque part. S'ils m'envoient comme je le souhaite sur un de ces bateaux convertis en hôpital, il se pourrait bien que je me retrouve en Méditerranée. Présentement, nous avons des troupes en Italie, en Grèce et en Afrique du Nord, je crois. Enfin! Nous verrons bien! Tant que nous serons à Londres tous les deux, nous aurons peut-être encore quelques belles heures à passer ensemble, dit-elle pendant que Rodrigue ramassait son képi qui traînait sur le divan. Elle l'accompagna jusqu'à la porte sans dire un mot. Ils se forçaient tous les deux à brider l'émotion qui montait. Il fallait faire vite.

— Je ne suis pas si sûr de cela, ma belle. Je n'en ai plus que pour deux ou trois jours à Londres, peut-être moins. Je le saurai probablement ce soir. Il ne faut pas gaspiller la moindre minute du temps qu'il nous reste avant les grands départs, que ce soit le tien ou le mien.

Il la prit dans ses bras et la serra un long moment contre lui sans dire un mot.

— Fais attention à toi, ma belle fleur. À bientôt, peut-être.

Trop accablée pour parler, elle acquiesça de la tête. Il disparut en un éclair. Roselyn resta immobile, le dos plaqué contre la porte close comme si elle était le prolongement du corps aimé, jusqu'à ce qu'elle sorte de l'instant où ses yeux l'avaient perdu. Il fallait si peu de choses pour se séparer de quelqu'un! Le voir et ne plus le voir, la différence entre le plein et le vide. Elle était seule et nul ne pouvait dire ce qui les attendait; c'était à la guerre d'en décider et elle n'y manquerait pas.

Rodrigue enfila la rue d'un pas lourd en laissant couler les larmes qu'il avait refoulées. C'était inévitable et il l'avait toujours su. Une fille de cœur comme Roselyn n'allait pas rester les bras croisés quand l'Angleterre était menacée. Mais que c'était dangereux! Quand lui-même s'était porté volontaire, il n'avait eu peur de rien. Pour elle, il craignait tout. La guerre pouvait la tuer, la blesser; il pouvait la perdre, c'est-à-dire tout perdre. Il comprenait maintenant la colère désespérée de Marie-Jeanne quand il lui avait annoncé son départ pour l'armée!

Ainsi qu'il l'appréhendait, il apprit quelques heures plus tard qu'il ne lui restait que deux jours à passer à Londres. Dorénavant, l'amour ajoutait une autre peur à celle du combat. La guerre serait encore plus dure. Si seulement il pouvait prier! Comme Marie-Jeanne qui croyait à Dieu le Père. Il lui écrivit de nouveau.

PARTIE III

Saint-Jérôme, mi-novembre 1940

Octobre avait enlevé leurs dorures aux vieux érables du parc Labelle et novembre écourté la clarté des jours au point que, soir et matin, les travailleurs ne marchaient plus qu'à la noirceur entre l'usine et la maison. Furtives et isolées, les premières neiges n'avaient pas résisté à la mollesse de l'air, mais sur les rives pierreuses de la rivière du Nord, la broderie de frimas blanc jetée par le vent promettait l'arrivée des grands froids. Le facteur avait les joues rouges et la buée aux lèvres quand il livra à Marie-Jeanne une lettre en provenance de l'Angleterre. Ce n'était pas encore la réponse espérée de Félix, dont on ne savait encore et toujours rien, mais plutôt le récit de Rodrigue daté du 25 septembre racontant le drame survenu à Chelsea et le bonheur inattendu qui en avait découlé.

Marie-Jeanne n'eut pas trop de toute la journée pour digérer ce qu'elle y avait lu. Comme elle avait eu raison de craindre pour son frère en entendant la radio, le soir du 15 septembre! Il était en plein dans la tempête! Cela prouvait que la guerre était maintenant bel et bien arrivée en Angleterre. Qu'en était-il de Félix, alors?

— Il ne faut pas en parler à votre père, ça risquerait de l'inquiéter encore plus, dit-elle à ses filles occupées à nettoyer la cuisine après le repas du soir. On ne sait toujours pas ce qui est arrivé à

93

Félix depuis son départ. Il était peut-être à Londres, lui aussi, ce jour-là. Quand on pense que votre oncle est passé à deux doigts de mourir enterré vivant! Je n'ai jamais vu un métro de ma vie, mais il paraît que c'est comme un train de chemin de fer construit sous terre. On ne peut pas imaginer pire. Le plus fou, c'est qu'il est plus content d'avoir rencontré cette jeune fille que d'avoir sauvé sa propre vie. Il dit qu'elle est très belle. Je ne sais plus si je dois me réjouir ou m'inquiéter de ça. C'est la première fois de ma vie en tout cas que je vois mon petit frère en amour.

— Comment ça? C'est pourtant un très bel homme, mon oncle Rodrigue. Il a dû avoir toutes les blondes qu'il voulait, dit Juliette.

La sonnette de la porte d'entrée retentit.

— Qui ça peut bien être à cette heure-ci? Anthime, va donc ouvrir! cria Marie-Jeanne en direction du salon, où son mari attendait en fumant l'heure du bulletin de guerre.

C'était Irma, brandissant une lettre de Félix. Comme elle ne pouvait pas la lire et que tout le monde attendait des nouvelles, elle était venue avec le bébé, malgré l'heure et la noirceur dehors. Pour une fois, le visage d'Anthime s'éclaira d'un sourire accueillant. Félix n'était pas mort au fond de la mer!

— Donne la lettre à Marie, qu'elle nous la lise au plus vite, ordonna Anthime.

Marie-Jeanne prit le petit des bras de sa bru. Il portait un simple bonnet de coton.

— Il lui faut de la laine à ce temps-ci de l'année, Irma, lui dit-elle à voix basse pour ne pas être entendue d'Anthime.

Marie toussota en tendant le papier vers la lampe.

Ma chère Irma,

Je suis enfin arrivé en Angleterre. J'ai reçu la lettre de la mère et de ma sœur Clarisse. Il paraît que tu as eu notre bébé le 15 septembre, que c'est un beau noiraud comme toi et que tu l'as appelé

Romain, comme ton père. Je suis bien content d'apprendre ça. Je donnerais cher pour être là avec toi puis prendre le petit dans mes bras pour le montrer à tout le monde. J'espère que tu vas bien et que tu as toute l'aide qu'il te faut. Hésite pas à demander soit à Clarisse, soit à maman, si tu as besoin de quoi que ce soit. En tout cas, tu devrais maintenant avoir assez d'argent pour te débrouiller. Oublie pas de payer le loyer en premier.

J'espère que tout le monde va bien à la maison. Tu diras à papa que les Anglais ont de la maudite bonne bière, meilleure même que sa Molson. Tu diras à maman et à Clarisse que je les remercie pour leur aide à toi et à Romain. J'ai de la misère à croire que j'ai un garçon bien à moi !

De mon côté, je ne peux pas t'en dire trop, mais j'ai vu bien de la mer puis du pays et je suis en bonne santé. Ici, on fait beaucoup d'entraînement, et on attend les ordres. L'armée, c'est comme ça. On fait pas ce qu'on veut. C'est dur et parfois ennuyant, mais astheure que j'ai un petit, je penserai à vous autres dans ce temps-là. Ne vous inquiétez pas trop pour l'instant. À part les bombardements, il y aura pas grand danger pour nous autres tant que les Allemands ne traverseront pas en Angleterre. Écrivez-moi encore tant que vous pourrez. Ça prend du temps, mais les lettres finissent toujours par nous rejoindre. Vous avez pas idée à quel point on est content d'entendre notre nom quand la distribution arrive. J'embrasse fort tout le monde, mais surtout vous deux, mon Irma et mon petit Romain.

Ton mari Félix

Note : Comme tu le sais, je ne suis pas bien bon pour écrire des lettres. C'est mon chum, Henri Tremblay, qui m'aide. Je t'ai écrit à toi parce que tu es ma femme. Mais je voudrais que tu montres la lettre à toute la famille. De toute façon, ça va prendre quelqu'un pour te la lire. Dis aussi à maman que je n'ai pas encore rencontré mon oncle Rodrigue. On n'est pas dans le même régiment. Mais ça va finir par arriver.

Marie referma la lettre dans le silence le plus total. C'était trop court. Tout le monde restait sur sa faim.

— De quand la lettre est-elle datée? demanda Marie-Jeanne.

Il n'y avait pas de date.

— C'est pas de sa faute, c'est pas lui qui l'a écrite, dit Anthime, redevenu maussade. Y avez-vous envoyé une photo du petit au moins?

— Ben, ben, savez-vous, c'est ma sœur Rosa qui s'occupe de ça, avec son nouveau *kodak*, répondit Irma. Elle va m'aider aussi pour répondre à Félix. Soyez pas inquiets. Ah! pis aussi je voulais vous dire, madame Gobeil, c'est pas nécessaire que vous vous dérangiez plus longtemps, Clarisse puis vous. Comme vous voyez, le petit va bien, puis quand j'ai une question, j'appelle Rosa maintenant que j'ai le téléphone.

Un silence gêné accueillit son propos. Irma sentit qu'il valait mieux partir au plus vite.

— Il faut que je couche Romain, puis ça va être l'heure de son boire, expliqua-t-elle.

L'enfant s'était endormi. Elle le prit des bras de Marie-Jeanne et l'enveloppa dans sa couverture. Marie-Jeanne lui en offrit une autre, pour la tête, mais elle la refusa, en disant qu'elle le tiendrait bien serré sous son châle. Elle passa la porte d'un pas pressé.

Malgré le soulagement de savoir Félix arrivé à bon port, Marie remarqua l'air songeur de sa mère. Elle se tourna vers son père.

— Es-tu content, papa?

— Ouais, ben content; mais la guerre est pas finie; est même pas commencée pour lui. Qu'est-ce que tu vas faire pour Irma, Marie-Jeanne? T'as entendu comme moi ce qu'elle vient de dire.

— Je ne peux pas forcer sa porte, si c'est ça que tu veux savoir. Ça ne nous empêche pas d'aller faire un tour de temps en temps,

Clarisse et moi. Ce qui est certain, c'est qu'elle aime son petit et qu'elle a de la bonne volonté. C'est le bon jugement qui lui manque de temps en temps. Va falloir surveiller ça du mieux qu'on pourra, c'est tout ce que je peux te dire.

— Laisse faire. Si tu veux pas t'en occuper, je trouverai bien le moyen de savoir ce qui se passe. Elle a besoin de marcher au pas, sinon, je sais ce que j'aurai à faire !

Le ton d'Anthime donnait des signes d'orage.

— Anthime, c'est son enfant, puis elle est chez elle. Qu'elle en ait assez d'avoir de la visite tous les jours et qu'elle ait envie d'un peu d'intimité avec son petit, ça se comprend, quand même.

— Je m'en câlice, comprends-tu, de son intimité. Tout ce qui compte, c'est le petit. Puis ça devrait être la même chose pour toi, si t'étais une mère comme les autres.

Le cœur de Marie se serra. On allait avoir droit à une dispute encore une fois. Mais Marie-Jeanne, qui était blanche comme un drap, resta calme.

— Tu as raison, Anthime, je ne suis pas une mère comme les autres ; mais je les aime quand même, mes enfants, dit-elle avant de retourner à la cuisine pour finir de ranger les casseroles.

Marie-Jeanne ne prononça plus un mot du reste de la soirée. Ses oreilles bourdonnaient et une douleur tenace lui traversait le dos comme un couteau. Quand les autres furent couchés, elle décida de s'évader vers Rodrigue, dont les lettres méritaient bien une réponse rapide.

Saint-Jérôme, 28 novembre 1940

Mon cher Rodrigue,

Il est tard et je suis fatiguée, mais il faut que je t'écrive, sinon je ne dormirai pas de la nuit.

Parlons de toi d'abord et du bombardement épouvantable du 15 septembre que tu racontes dans ta lettre que j'ai reçue ce matin. Quand je pense que tu aurais pu mourir au fond de ce métro, je deviens folle! Tu n'en dis pas bien long sur la façon dont tu t'y es pris pour sortir de là, mais il t'a fallu bien plus que du courage; il t'a fallu de la chance! C'est un cas où j'ai besoin que le bon Dieu existe pour le remercier de t'avoir gardé en vie. La voilà bien, la maudite guerre avec tous ses dangers, malgré les assurances que tu me donnais dans tes lettres précédentes. D'ailleurs, d'après ce que j'ai lu, des combats font rage jusqu'en Afrique maintenant. Où que vous soyez là-bas, le risque est toujours là pour toi comme pour Félix, d'une manière ou d'une autre.

Ensuite, tu m'annonces que tu es amoureux d'une jeune fille? Tu as l'air tellement transporté qu'elle doit être merveilleuse! Je n'ai jamais su grand-chose de ta vie sentimentale. Puisque tu me fais la confidence, j'en suis très heureuse pour toi. J'espère qu'on te laissera la chance de la fréquenter un peu avant ton départ de Londres.

Pour ce qui est de Félix, on a eu du nouveau, ce soir. Irma nous est arrivée avec son bébé dans les bras et une première lettre de lui. Il n'explique pas pourquoi il a mis tant de temps à nous donner signe de vie, mais il est en Angleterre et il va bien. Il avait reçu ma lettre et il paraissait très content de la naissance de Romain. Il nous remerciait aussi pour l'aide que nous avons tâché d'apporter à Irma.

Le problème, justement, c'est qu'Irma ne veut plus de notre aide. Elle prétend qu'elle est capable de se débrouiller et qu'en cas de besoin elle peut appeler en tout temps sa sœur Rosa avec son nouveau téléphone. En clair, elle en a assez de se sentir surveillée. Je peux comprendre pourquoi. Sauf que ce n'est pas rassurant, malgré toute l'affection qu'elle porte au petit. À cause de cela, le torchon a encore brûlé entre Anthime et moi après son départ. Pour finir, il m'a dit que je n'étais pas une mère comme les autres *et, crois-moi, ce n'était pas un compliment! Je lui ai répondu qu'il avait raison, ce qui lui a coupé le sifflet.*

Je ne dis pas cela par excès d'humilité. Je le crois vraiment, Rodrigue. J'en avais l'air, mais je n'étais pas une mère comme les autres. J'aimais mes enfants, mais j'étais si découragée à chaque grossesse que si j'avais eu le choix, la plupart ne seraient pas nés. C'est terrible à dire, mais c'est la pure vérité. Je pense que je n'étais pas faite pour avoir une trâlée d'enfants. Pourquoi toutes les femmes devraient-elles être pareilles? Pourquoi n'y aurait-il que deux modèles acceptables, épouse et mère de famille ou bien religieuse?

J'espère que mes filles vivront des amours plus heureuses que les miennes. Quand j'y repense! Je ne connaissais rien des hommes. Anthime venait souvent rendre visite à mes parents. Je le trouvais beau, grand, un peu mystérieux. Ma sœur Clara venait de se marier avec son beau Alphonse; elle avait l'air si contente! J'ai eu envie de faire comme elle. J'ai dit oui à Anthime un 11 février. Il faisait une tempête de neige à écorner les bœufs! Quelques personnes seulement ont pu se rendre à l'église de Saint-Jérôme. Je ne sais plus pourquoi tu n'étais pas là, ce jour-là. Je n'ai eu ni robe de mariée, ni fleurs, ni voyage de noces. Pour tout banquet, Anthime a invité la famille à prendre un verre de vin chez son frère Aurélien, à Saint-Antoine. Vers une heure de l'après-midi, comme le temps s'était calmé, Anthime a fait atteler et deux heures plus tard, je rentrais dans la petite maison de la Côte double, sur la terre des Gobeil. Pour longtemps. Neuf mois plus tard, j'accouchais de Lucienne.

Je n'ai pas eu d'autres amours que celles-là. Je ne sais pas pourquoi c'est aujourd'hui que je le regrette le plus. J'espère qu'il en sera autrement pour toi et que ta Roselyn t'apportera tout le bonheur espéré, malgré les aléas de la guerre. En attendant ta prochaine lettre, fais bien attention à toi. Dis bonjour à Zéphir.

Ta sœur Marie-Jeanne

Morose, elle glissa sa lettre dans l'enveloppe et la cacheta soigneusement. Marie, qui n'arrivait pas à dormir, surgit dans la cuisine.

— Tu es encore debout, maman ? Est-ce que je peux te garder un petit peu avec moi ? J'arrive pas à fermer l'œil. Je voudrais qu'on parle de mon mariage.

Il y avait tant à faire pour préparer le plus grand événement de sa vie ! Première des choses, il valait mieux s'y prendre de bonne heure pour fixer la date des noces, l'été prochain. Les curés étaient débordés par la demande et il n'était pas question qu'elle et Ferdinand partagent la cérémonie avec d'autres couples. Après tout, son mariage était un mariage d'amour, un vrai. Elle l'aimait, son Ferdinand ! Elle avait aussi compté et recompté ses économies et dressé la liste des achats à faire. Surtout, elle découvrait l'incroyable douceur de l'amour. Ferdinand était un si beau garçon ! Sauf qu'il était angoissé par l'idée de la présenter à sa mère et à sa sœur Laurence. Autre écueil, il fallait trouver de l'argent pour acheter des alliances. Toutes ces questions le torturaient.

— C'est sûr que madame Ferland n'aura pas envie de voir partir son Ferdinand. Son deuxième mari est mort le printemps dernier. Ferdinand est obligé de lui donner la plus grosse partie des douze piastres et cinquante qu'il gagne à la Grant Textile. C'est l'usine qui paye le moins à Saint-Jérôme. Je me suis aperçue aussi que la vieille a pas mal d'emprise sur lui. Mais je ne m'en fais pas avec ça. Une fois mariée, elle n'aura pas affaire à nous. Et puis, j'ai décidé que je n'avais pas besoin d'une bague pour me fiancer à Noël. On l'achètera plus tard. Ferdinand fera quand même la grande demande après la messe de minuit, puis on fêtera ça pendant le réveillon.

— Tout ça me paraît bien pensé, ma fille, mais il va falloir que tu ailles aussi dans sa famille durant les Fêtes. Avez-vous pensé à ça ?

Là aussi, la décision était prise. Il n'y avait pas de meilleure occasion pour faire connaissance avec les Ferland que la grande fête du jour de l'An donnée chaque année par l'oncle Victorien. Tout le monde serait là pour la présentation, oncles, tantes, cousins et cousines et même la tante Julienne de Montréal avec son mari anglais. Vu les circonstances, l'oncle Victorien accepterait sûrement d'inviter les parents de la future mariée. La vieille Alma sera bien obligée de faire belle figure devant tout ce beau monde.

Ces considérations portaient la marque du bon sens pour Marie-Jeanne. Elle promit qu'elle s'arrangerait pour que le réveillon de Noël à la maison soit plus beau que d'habitude. Quant au jour de l'An, elle ne demandait pas mieux que d'accompagner sa fille chez Victorien Ferland si ce dernier les invitait.

— Mais il va falloir que tu convainques ton père. Tu le connais! Je ne veux pas être méchante, mais pour ce qui est de rencontrer du monde, il est plus à l'aise dans une taverne! En tout cas, tu vas épouser un excellent garçon, ma Marie. Vous avez un bel avenir, Ferdinand et toi. Tu sais, je tiens beaucoup à ce que ce mariage se fasse selon tes désirs, je veux que ce soit une belle fête, une vraie fête. En attendant, profite bien du beau temps des amours. Dans le temps, à la campagne, moi, je n'ai pas su.

Marie prit un air grave. Jamais sa mère n'avait évoqué ses jeunes amours avec Anthime devant ses enfants. Mais Marie-Jeanne ne tarda pas à faire demi-tour.

— À mon époque, tu sais, on se contentait de peu. On était encore moins riches qu'aujourd'hui. Mais parlant d'amour, si tu voyais ce que Rodrigue écrit à propos de cette Roselyn qu'il a sortie du métro dans ses bras, tu trouverais ça beau. C'est surprenant pour un vieux garçon comme lui. En tout cas, c'est la première fois de sa vie qu'il me parle d'une femme sur ce ton-là. Je pense qu'il est très, très amoureux.

— Que c'est romantique, maman! Et qu'est-ce qu'il dit à propos d'elle?

Marie-Jeanne lui tendit la lettre.

— En tout cas, il écrit bien, l'oncle Rodrigue. C'est un homme instruit, ça se voit.

— C'était le plus doué, chez nous. Mon pauvre petit frère ! J'espère qu'il ne court pas après une autre déception. Avec la guerre qui décide de tout, c'est toujours risqué d'être amoureux ! N'importe quoi peut arriver.

— C'est sûr ! S'il fallait que mon Ferdinand soit appelé à partir, je deviendrais folle.

— Mais ça n'arrivera pas, tu verras ! Bon ! Assez placoté, ma petite fille. Il faut se coucher maintenant. Demain, tu pars de bonne heure pour l'usine.

Marie-Jeanne embrassa sa fille sur le front. Le cœur chaud, Marie lui rendit son baiser avant de disparaître à pas de loup dans la chambre qu'elle partageait avec Lucienne.

::

L'invitation de Victorien Ferland arriva dès le début de décembre. Marie-Jeanne s'empressa de l'accepter avec l'enthousiasme que la bienséance commandait. Marie se chargea d'en informer Anthime.

— Je veux ben te faire plaisir, ma fille, mais c'est pas du monde comme nous autres.

— Je le sais, papa, mais tu n'es pas obligé de rester là toute la veillée. Tu pourras partir après les présentations. Papa, ça me ferait honneur. De toute manière, ils vont être là, le jour du mariage. La glace sera cassée, comme on dit.

Anthime promit d'y réfléchir. La question n'était toujours pas résolue quand arriva la douce veille de Noël. Comme elle l'avait promis, Marie-Jeanne avait orné la maison avec plus de faste que d'habitude en l'honneur des fiancés. Des guirlandes de papier argenté traversaient le plafond du salon. Le sapin, plus gros que celui de l'année précédente, était paré de petites étoiles dorées qu'elle avait achetées exprès, en plus des sempiternelles boules multicolores. Autre innovation, un ange blond trônait au plus haut de l'arbre. Sa robe blanche gonflée par un vent imaginaire brillait par l'effet d'une pochette dissimulée sous la jupe. Une petite merveille dont Marie-Jeanne cacha le prix.

Quand les jeunes furent partis pour la messe de minuit avec Anthime, une fois la dinde au four bien arrosée et les tartes déposées sur le réchaud du poêle, Marie-Jeanne s'accorda un moment de solitude reposante dans le meilleur fauteuil du salon pour relire la lettre qu'elle avait reçue la veille de son frère.

Angleterre, 8 octobre 1940

Chère Marie-Jeanne,

Je quitterai Londres demain pour aller rejoindre le reste du régiment. J'essaie de ramasser mon bagage et mes forces. C'est fou comme la guerre peut nous changer en peu de temps. Je n'ai pas fait les progrès que j'espérais en langue allemande, mais côté cœur, j'ai vieilli de cent ans depuis quelques mois.

D'abord, il y a eu ce bombardement épouvantable qui m'a mis en face de la guerre telle qu'elle est. En même temps que l'horreur, j'ai rencontré l'amour qui a changé pour moi la couleur des choses. Je ne peux plus envisager le combat de la même façon depuis que je sais que Roselyn existe, qu'elle m'aime et que je vois en elle l'espoir du bonheur.

Les derniers jours passés ensemble ont été très agréables. Rencontre avec des amis fort sympathiques, théâtre et soupers au restaurant, promenades à Hyde Park, tout cela a fait de nous des amoureux un peu aveugles. Nous n'osions pas trop parler de ce qui nous attendait. Voilà maintenant que le couperet est tombé. Roselyn vient de se porter volontaire dans les services médicaux de l'armée. Elle veut devenir une sister, c'est-à-dire l'une de ces infirmières bien connues ici qui servent dans l'armée. Une fois sa formation terminée, elle souhaite travailler sur un de ces bateaux transformés en hôpital où l'on recueille et soigne les soldats blessés. J'admire son courage et sa force de caractère, mais je suis mort de peur. Tout ce qui flotte sous le drapeau anglais en ce moment est à la merci des sous-marins allemands et des torpilles. Tu me diras que tu as connu cette peur par rapport à moi. J'avoue que je comprends mieux qu'avant ta colère. Mais de quel droit aurais-je protesté ? Je l'aimerais bien mal si j'exigeais d'elle qu'elle renonce à ce qu'elle considère comme un devoir et une fidélité envers les siens. Il reste que Roselyn me semble bien fragile pour affronter de pareilles épreuves.

Il y a deux jours, nous nous sommes vus pour la dernière fois à sa maison où elle m'avait gentiment invité à prendre le thé. Nous nous sommes déclarés l'un à l'autre et nous nous sommes unis. Bien nous en a pris, puisque j'apprenais le soir même que notre colonel devait rentrer à la base et son personnel avec lui. Je ne sais pas quand je la reverrai. Du moins, tant qu'elle restera en Angleterre, nous pourrons toujours communiquer ensemble. C'est déjà ça de pris.

Je vois bien qu'il est impossible de bâtir une vie sur le dos d'une guerre. Il faut d'abord en finir avec elle. Il n'y aura pas de bonheur possible avant d'avoir battu les Allemands. C'est pourquoi j'ai plus que jamais envie de monter au combat. J'ai hâte, même. Dieu fasse que je sois aussi vaillant que Roselyn. En attendant, prie pour moi, Marie-Jeanne, puisque tu sais le faire. Prie pour elle et moi, pour que nous ayons un avenir. Car c'est celui que je veux, moi qui depuis tant d'années n'en espérais plus !

As-tu reçu des nouvelles de mon neveu ? Il devrait bien avoir rejoint l'Angleterre maintenant.

Your brother for ever,

Rodrigue

Marie-Jeanne replia lentement les pages en jetant un coup d'œil vers la fenêtre. Des flocons tombaient dehors, très lentement, il n'y avait pas le moindre vent. Elle s'approcha de la vitre pour contempler la rue immaculée. C'est là qu'elle avait vu partir Rodrigue entre deux rafales d'automne. Maintenant, il neigeait du silence, de la paix, tant de paix qu'elle avait l'impression de voir le temps exister à travers les choses. Au fond, il y avait l'univers et Rodrigue, qui respirait quelque part. Elle trouva délicieux d'être seule à regarder dehors, en planant au-dessus de tout. Guerre ou pas. Rien n'importait jamais. Quoi qu'il soit advenu et quoi qu'il advienne, ce présent était fait de neige et la conscience pure de cela lui donna une joie qu'elle n'avait jamais éprouvée. Elle sentit sa poitrine paisible et ses mains plus chaudes. Elle était unique et vivante au plus profond d'elle-même. Il y avait là un mystère qui ne s'exprimait pas, le mystère d'exister. Il n'avait rien à voir avec ce qui se passait à l'église, il dépassait l'esprit et il finirait dans la mort, un jour. Malgré l'issue fatale, cette certitude la comblait. Elle secoua la tête en laissant retomber le rideau. À qui pourrait-elle jamais raconter la vision qu'elle venait d'avoir ?

Marie avait de la chance, tout de même. C'était le Noël blanc rêvé des fiançailles, celui des belles images d'antan et des cantiques d'autrefois. Où donc était Rodrigue en cette veille de Noël ? Peut-être avec sa bien-aimée ? Ce serait sans doute trop demander à la guerre. Il buvait peut-être, dans un bar, avec Zéphir, qui n'avait jamais eu peur de lever le coude. Justement pour ne pas voir la nuit s'écouler et se réveiller de l'autre côté de la fête. À moins qu'il ne soit en train de fêter avec Félix ? Qui sait ?

Le bruit de la porte brusquement ouverte la fit sursauter. Ils entrèrent allègrement l'un après l'autre, dans la lumière dorée du salon, l'œil brillant et les joues rougies par le froid. Les coupes étaient pleines, qui les attendaient sur la table basse. Chacun eut droit à son petit verre de caribou, de l'alcool blanc coupé de Saint-Georges, un vin rouge très sucré. Rien de mieux pour ouvrir l'appétit. Une vraie messe de minuit comme dans le temps, disait l'un ; un *Minuit, chrétiens* à fendre l'âme, disait l'autre. Finalement, on était bien à la chaleur. Ferdinand sortit d'un sac qu'il avait caché derrière le sapin un adorable manchon de renard argenté qu'il tendit à Marie.

— Mon Dieu, ça doit valoir une fortune ! s'exclama une Juliette presque jalouse.

Même pas. Il l'avait fait confectionner pour deux dollars par une fille de l'usine à même un vieux manteau qu'elle avait hérité de sa tante. Les filles se pâmèrent devant sa doublure de satin noir et sa ganse de soie moirée. Marie, qui vivait un rêve, se serra contre son fiancé.

— Vas-y, Ferdinand, c'est le temps.

Anthime, assis comme le roi des rois au milieu de son monde, prit un air moqueur en écoutant la grande demande du jeune homme.

— Comme ça, tu veux marier ma fille ! C'est-y pas vrai que ton beau-père Hormidas Grenier est mort y a pas si longtemps ? Ta pauvre mère doit avoir besoin de toi plus que jamais, objecta-t-il.

Marie-Jeanne eut un mouvement de protestation. C'était bien le temps de faire le drôle !

— Pour ça, mes deux frères sont là pour l'aider. Et puis ma sœur Laurence devrait être embauchée bientôt à la Grant Textile, répondit timidement le prétendant.

L'air inexpressif, Anthime demanda à Marie ce qu'elle avait à dire.

— J'ai déjà fait tous les arrangements avec la paroisse. On pourrait se marier le 30 août prochain à huit heures et demie à l'église de Saint-Jérôme. Si tu acceptes la demande, le curé va publier les bans.

— Si c'est de même, j'ai pas un mot à dire, mon garçon. Marie sait ce qu'elle a à faire.

Anthime replaça le tuyau de sa pipe entre ses dents pour bien montrer que la question était réglée. Décontenancé, Ferdinand tourna des yeux interrogateurs vers Marie, qui lui fit signe de revenir s'asseoir près d'elle.

— Tu as bien fait ça, mon Ferdinand, dit-elle en tapotant sa main.

Il fallait bien qu'Anthime soit Anthime ! Marie-Jeanne se leva pour aller embrasser sa fille et son futur gendre.

— Mes enfants, chacun sait qu'Anthime n'aime pas les cérémonies et encore moins montrer ses émotions. Ça fait que je vais parler à sa place. Je ne sais pas si vous serez d'accord avec moi, mais c'est une des plus belles nuits de Noël que j'ai vues. En tout cas, c'est la vôtre, mes enfants, celle de vos fiançailles. Je vous félicite tous les deux et je vous souhaite tout l'amour et tout le bonheur possible. Ferdinand, nous sommes tous très contents de te voir entrer dans la famille ; Marie ne pouvait pas choisir meilleur garçon que toi. Qu'est-ce que vous en pensez, vous autres ?

Tout le monde applaudit avec chaleur et chacun s'approcha pour embrasser les fiancés. C'est dans une atmosphère légère et joyeuse que la compagnie passa à la cuisine, où la table des grandes occasions les attendait. Luxe délicieusement inutile, un arrangement de petites branches de houx surmonté de deux grandes chandelles allumées trônait au centre de la nappe entre deux petits anges de cire dorée. Caroline avait préparé la surprise à la demande de Marie-Jeanne.

— Ma foi du ciel, on se croirait dans un grand hôtel. La dinde va être encore meilleure que d'habitude, s'exclama Marie.

Marie-Jeanne souriait d'aise. C'était exactement ce qu'elle avait voulu. Que la maison, pour une fois, ait des airs d'ailleurs, et promesse de Marie-Jeanne, il en serait de même pour le mariage. Finie la misère !

::

Arriva la veille du jour de l'An. Là aussi, la fête promettait d'être belle. Marie-Jeanne enfila avec précaution la robe de crêpe vert émeraude que Caroline lui avait confectionnée pour l'occasion. Marie tournait autour d'Anthime, qui feignait d'oublier l'heure en somnolant au salon.

— Papa, qu'est-ce que tu fais ? Tu ne viens pas ?

— T'as pas besoin de moi, Marie. C'est des niaiseries, ça, les présentations. Je vais aller faire un tour chez Clarisse plutôt. C'est elle qui nous reçoit au jour de l'An, d'habitude. Va avec ta mère, c'est tout.

Les larmes aux yeux, Marie implora Marie-Jeanne.

— Je le sais bien, c'est décevant, Marie, mais c'est peut-être mieux comme ça. Quand il est mal à l'aise, ton père, des fois… S'il était capable, il viendrait avec nous, tu sais qu'il ne te refuse pas grand-chose. Laisse-le faire.

Marie n'insista plus. Elle en demandait trop, sans doute. En entrant dans la demeure de l'oncle en question, elle comprit d'ailleurs ce que voulait dire Marie-Jeanne. Mieux nanti que les autres, Victorien Ferland avait les moyens de tirer du grand, comme on dit. Sa maison était vaste et cossue. L'alcool ne manquait pas, la table recouverte d'une nappe finement brodée débordait de victuailles, en dépit des restrictions qui commençaient à sévir. Il avait même engagé un violoneux pour réchauffer l'atmosphère. Victorien, qui était fonctionnaire au service des Postes et nourrissait des ambitions politiques locales, ne perdait jamais une occasion de faire un petit discours. C'est donc avec un plaisir non dissimulé qu'il reçut la demande de sa belle-sœur Alma d'annoncer aux invités le mariage prochain de son neveu. Quand vint le temps, il fit tinter une grosse cuillère d'argent sur une bouteille de petit blanc pour obtenir le silence général. Le cœur de Marie se mit à battre la chamade.

— Mes bien chers amis, ma Delphine et moi, on est heureux de vous avoir tous ici pour la grande veillée du jour de l'An. C'est une occasion qui n'a pas son pareil pour saluer la parenté, fêter ensemble la nouvelle année et surtout s'en souhaiter une bonne en attendant le paradis à la fin de nos jours. J'espère que chacun a trouvé sur la table ce qu'il fallait pour se remplir la panse en l'arrosant du petit liquide de son choix.

Des rires fusèrent. Admiratif, Ferdinand écoutait son oncle parler, la bouche ouverte.

— Cette année, on a une raison de plus pour fêter en grand l'année 1941 qui commence. Mais d'abord, je voudrais souhaiter la bienvenue à Marie-Jeanne Gobeil du bas du village que vous connaissez bien pour la plupart. Elle est ici en l'honneur de ce que je vais vous annoncer. Notre cher Ferdinand, un des deux jumeaux de mon défunt frère Hervé et de ma belle-sœur Alma également présente, vient à soir nous présenter sa future, la belle Marie Gobeil. Les arrangements sont déjà faits et leur mariage aura lieu l'été prochain, le 30 août exactement, à huit heures et demie du matin à notre belle église de Saint-Jérôme. Naturellement, on me prie de vous dire que vous êtes tous invités.

On entendit des ah! et des oh! Mais l'orateur n'en avait pas fini. Il félicita longuement les tourtereaux et proposa un toast à leur avenir. Les applaudissements crépitèrent comme le feu du poêle à bois qui surchauffait la grande cuisine. Les invités vinrent à tour de rôle embrasser les fiancés et serrer la main de Marie-Jeanne, qui trouva un mot aimable pour chacun. Ferdinand ne se tenait plus de fierté! Très gai, il entraîna bientôt sa future dans un quadrille endiablé et Marie, pour une fois, se laissa emporter par la fête. Victorien, qui avait des manières, invita même Marie-Jeanne à danser, sous le regard dépité d'Alma. Marie-Jeanne déclina aimablement l'invitation; ses genoux raidis par l'arthrite ne pouvaient pas le supporter.

— Appelez-moi donc Victorien. On est presque du même âge. Et puis on va être apparentés bientôt.

Alma, que les civilités de son beau-frère irritaient au plus haut point, s'approcha.

— Votre mari n'est pas là, madame Gobeil? C'est pas drôle pour vous.

— Vous savez, ce n'est pas bien grave, vu que je suis en bonne compagnie, ici.

Victorien ne perdit pas une seconde.

— Bien aimable à vous de le dire, Marie-Jeanne. Bien oui, Alma, monsieur Gobeil a dû se rendre chez sa fille qui donnait son réveillon, elle aussi. C'est une grosse famille, tu sais, dit-il pour lui clore le bec.

Une demi-heure plus tard, alors que la fête battait son plein, Ferdinand aperçut sa mère en train d'ajuster son chapeau devant le miroir du portique. Il se précipita.

— Voyons, la mère, pourquoi partir maintenant, minuit va sonner dans quinze minutes!

— Tu oublies que je suis en deuil, mon petit garçon. Hormidas est mort, ça fait pas encore un an. Maintenant que les présentations sont faites, j'ai plus d'affaire ici.

— Mais toi, Laurence, pourquoi pars-tu si tôt? Monsieur Grenier n'était pas notre père, après tout, on n'a pas le même deuil à faire, fit remarquer Ferdinand qui savait à quel point sa sœur avait détesté leur beau-père et sa fille Rose-Aimée.

Alma cligna des yeux comme une chouette devant sa proie.

— Mon garçon, tu manques de respect envers le défunt mari de ta mère. C'est pas comme ça que je t'ai élevé, dit-elle en prenant l'air contrit d'une mère blessée par son enfant.

Le sang monta au visage de Marie. Marie-Jeanne mit aussitôt une main sur son épaule pour la retenir de parler. Mais la nouvelle fiancée était trop combative pour s'empêcher de défendre son amoureux.

— Avec tout le respect que je vous dois, vous devriez faire plaisir à Ferdinand. C'est pas un jour comme les autres pour lui ! Me semble que votre devoir de mère est bien aussi important que votre devoir de veuve. Après tout ce qu'il a enduré de son beau-père !

— Je ne te permets pas d'attaquer la mémoire d'Hormidas, Marie Gobeil. Je regrette de le dire devant ta mère ici présente, mais je te trouve effrontée. Si ma présence est si importante que ça, ton père aussi devrait être là, ma fille.

Marie-Jeanne prit la mesure du dragon qui allait devenir la belle-mère de sa fille. La dispute atteignait des dimensions inacceptables. Elle s'avança.

— Madame Ferland, je pense que ce n'est pas le moment de faire injure à la réputation de nos familles quand nos enfants sont sur le point de se marier. Restons-en là, si vous le voulez bien, dit-elle avec calme.

Alma, furieuse, fit comme si elle ne voyait pas la main tendue de Marie-Jeanne et se tourna vers son fils.

— Ferdinand, tu comprendras qu'il ne peut plus y avoir de souper du jour de l'An pour ta blonde demain soir à la maison. Tu feras ce que tu voudras. Bonsoir.

Le visage de Marie s'empourpra encore plus. Tremblant non pas de honte mais d'une colère qui la faisait suffoquer, elle se tourna vers un Ferdinand tétanisé, le visage plus blanc que la neige qui tombait dehors. Victorien fit un signe au violoneux, qui se remit à jouer pour rétablir l'ambiance.

— Allez, les jeunes, à soir, on fête ! Parce que y a rien de plus beau que d'être jeune et d'être en amour ! Je voudrais vous faire remarquer, tout le monde, que la pendule va sonner minuit dans deux minutes. Ma belle Marie, permets à un vieil oncle d'être le premier à t'embrasser en te souhaitant une bonne et heureuse année, dit-il.

L'animation se répandit à nouveau dans la maison, mais les fiancés étaient trop secoués pour y prendre quelque plaisir. Ferdinand, pour qui la guerre mondiale n'était rien à côté de celle que sa mère venait de déclarer à sa future femme, savait que l'incident laisserait des traces tenaces. Peu de personnes étaient aussi rancunières qu'Alma. Les amoureux furent parmi les premiers invités à se retirer avec Marie-Jeanne. Avant de partir, celle-ci se fit un devoir d'effacer autant que possible l'impression qu'avait pu laisser la réplique inconvenante de Marie.

— C'était une bien belle soirée, Victorien. Tout était beau et tout était bon. Merci de m'avoir invitée et d'avoir si bien présenté ma fille à la famille. Vous savez, Alma Ferland n'a pas l'air d'approuver le choix de son garçon ; c'est son affaire. Mais je peux vous assurer que de notre côté, Anthime et moi, on est bien contents pour notre fille. Ferdinand a des belles qualités. Et puis le plus important, c'est qu'ils s'aiment réellement et qu'ils font tout pour partir du bon pied.

— Ma chère Marie-Jeanne, moi qui aime toujours autant ma Delphine après trente ans de mariage, je ne peux pas être plus d'accord avec vous. Puis si les jeunes ont besoin d'aide, n'importe comment, qu'ils viennent me voir. Je serai toujours là pour le fils de mon frère Hervé et pour sa femme.

Avant d'aller dormir, tard dans la nuit, Marie-Jeanne et Marie s'entendirent pour oublier le petit accrochage de la soirée dans le récit qu'elles ne manqueraient pas d'en faire au reste de la famille. Le risque était trop grand qu'Anthime finisse par proférer des paroles malheureuses à l'endroit de ce pauvre Ferdinand déjà bien assez éprouvé.

Le lendemain, dès qu'elle eut un moment de calme, Marie-Jeanne se précipita sur son attirail de correspondance pour répondre à la dernière lettre de son frère.

Saint-Jérôme, 2 janvier 1941

Mon cher frère,

J'ai bien reçu avant Noël ta lettre du 8 octobre dernier. Tu me racontes qu'après des journées de rêve avec ton amoureuse, vous avez été obligés de partir chacun de votre côté. J'imagine combien la séparation a pu être dure pour vous deux. Ton amie est une fille bien courageuse et tu as bien fait de ne pas la critiquer, malgré tes craintes. Moi-même, j'ai presque pris panique en apprenant que tu voulais t'enrôler. Je t'en ai voulu et j'en ai voulu à notre mère, qui me semblait responsable de ta malheureuse décision. Je faisais le calcul que, si elle avait été plus compréhensive avec toi, ta vie aurait été bien différente et tes attaches t'auraient empêché de courir au combat. Mais aujourd'hui, quand je vois la tournure épouvantable de la guerre, je m'aperçois que ce n'était pas si simple. Personne ne peut s'en laver les mains en laissant à d'autres le fardeau d'arrêter cet Hitler de malheur. Chacun doit faire ce qu'il peut à sa manière. Ce qui revient à dire, dans le fond, qu'à ta place je serais probablement partie tôt ou tard, moi aussi.

Chez nous, les Fêtes ont été marquées par les belles fiançailles de Marie. Comme j'ai décidé que tout ce qui concernait son mariage serait, au contraire du mien, aussi beau que possible, j'ai fait quelques dépenses folles pour décorer la maison et donner plus de gaieté au réveillon. Toute seule dans la maison pendant que les autres étaient partis à la messe de minuit, je regardais tout cela et j'étais contente. J'étais même heureuse en contemplant la neige tranquille qui tombait dru. Je ne sais pas pourquoi j'étais si bien alors que tout va si mal, partout. J'aimais ma solitude, je pense.

Toujours est-il que Ferdinand a fait sa grande demande à Anthime, qui cachait ses émotions en se moquant un peu. Alors, j'ai pris la parole pour féliciter les fiancés et dire à Ferdinand que nous étions heureux de le voir entrer dans la famille. Au jour de l'An, *j'étais invitée chez Victorien Ferland pour la présentation de Marie à la famille. Alma, la mère de Ferdinand, s'est montrée fielleuse et Marie, qui a du tempérament, a répondu ce qu'il ne fallait pas. Ça promet pour l'avenir! Marie aura besoin de toute sa force de caractère pour lui résister. Comme quoi il n'y a rien de parfait sur cette terre.*

Par ailleurs, je n'ai pas reçu d'autres lettres de Félix. Si tu le vois, dis-lui que son petit Romain va bien. Le fait qu'Irma ne nous veut pas chez elle rend Anthime de plus en plus méfiant à son égard. Entre les dangers de la guerre et le risque d'avoir Romain à ma charge, je ne manque pas de sources d'angoisse. Pourtant, je me sens mieux qu'avant, si l'on peut dire. C'est comme si je me disais que le pire est derrière moi, que rien ne m'oblige à rien et que je peux me battre aussi. À ma manière.

Il me reste à te souhaiter, mon très cher frère, une bonne année. Je n'ose pas écrire «heureuse» dans les circonstances. Mais j'espère que tout se passera bien pour Roselyn et toi et qu'un jour vous vous retrouverez dans la paix. Je t'embrasse de tout mon cœur.

Ta sœur Marie-Jeanne

::

Comme elle se l'était promis, Marie-Jeanne consacra beaucoup de temps à Marie durant les mois qui suivirent. L'affaire grossissait à vue d'œil. Comme les Ferland s'annonçaient nombreux, Anthime exigea que ses quatre frères et ses trois sœurs ainsi que leurs enfants soient invités à la noce. Il était prêt à payer ce qu'il fallait puisque Ferdinand n'avait pas d'argent et que Marie voulait préserver ses économies. Ensuite, on tâcha de résoudre l'épineux problème du logement des futurs époux. En ce temps de guerre, on ne bâtissait pas. Il n'y avait plus rien à louer dans le quartier.

Clarisse proposa l'une de ses chambres de pensionnaires. Faute de mieux, Marie accepta l'offre sur une base provisoire.

Le mois de mars donnait déjà des signes de printemps quand Marie-Jeanne se mit à courir les magasins avec sa fille. D'abord, Marie choisit un crêpe souple d'un bleu tendre dont Caroline tira une robe longue, simple et très gracieuse en s'inspirant d'une photo de mariée trouvée dans *La Revue moderne*. Marie-Jeanne lui fit acheter chez la modiste un ravissant petit oiseau bleu posé sur un voile de tulle du même ton. Pour garnir le léger décolleté de la mariée, elle emprunta à sa belle-sœur Yvette le collier de perles à trois rangs que Pierre lui avait offert pour ses quarante ans. Même le futur bouquet de mariage fut composé d'avance avec grand soin : trois roses blanches enchevêtrées dans de longs rubans bleus piqués de feuilles et de boutons de fleurs.

Autre innovation, Marie-Jeanne annonça qu'elle voulait assister au mariage plutôt que de rester à la maison pour préparer le banquet comme elle l'avait fait pour Caroline et Clarisse dans le temps. Du coup, elle repartit avec Marie à la chasse aux tissus et Caroline se remit à son moulin à coudre. Il en sortit un petit tailleur d'un mauve très pâle, lequel commandait l'achat d'un chapeau à l'avenant qu'elle dénicha chez madame Brissette, la meilleure chapelière en ville. Marie était ravie de la participation de sa mère. Tout était à son goût et il lui restait encore trois cent cinquante piastres de ses économies dans la boîte à bonbons. Il n'y avait plus qu'à attendre le jour béni.

Mais comme les nuages suivent généralement le beau temps, deux lettres apportèrent des nouvelles de Rodrigue à quatre jours d'intervalle, au début de mai. L'une d'elles, combinée à celle que Clarisse venait de recevoir de Félix, allait causer toute une tempête.

Angleterre, 7 janvier 1941

Ma chère Marie-Jeanne,

Laisse-moi d'abord te souhaiter une bonne et heureuse année. J'espère que toi et toute la famille avez passé un beau Noël. C'est d'habitude le cas quand il y a de l'amour dans l'air et de belles fiançailles à célébrer.

D'après les dernières nouvelles que tu m'as envoyées, le départ de Félix t'occasionne bien des reproches de la part d'Anthime. Tu ressasses le passé et tu regrettes d'avoir laissé les événements décider pour toi dans le temps. Quand je pense aux conditions de vie que tu avais à l'époque dans la vieille maison isolée de la Côte double, je ne suis pas surpris que l'épuisement ait été plus fort que ton désir d'avoir autant d'enfants. Comme toi, je crois que tu aurais été plus heureuse d'élever une petite famille et de poursuivre tes occupations à l'extérieur, ton enseignement par exemple. Tu adorais enseigner. Tu sembles garder un bien triste souvenir du jour de ton mariage. Pourtant, il ressemblait à celui de bien du monde de la campagne, ne crois-tu pas ? Le gros problème, c'est qu'il ne s'est pas terminé par une belle nuit de noces. Le contraire aurait sans doute changé beaucoup de choses pour toi. La vie était si rude, dans le temps ! À propos, c'est vrai que je n'étais pas présent à ton mariage. J'étais au lit, à combattre une fièvre typhoïde que j'avais attrapée à mon premier chantier, et je pleurais en pensant que tu venais de nous quitter pour toujours.

Par ici, la situation ne s'améliore pas en ce début d'année, au contraire. La guerre s'étend encore, comme tu dois le savoir par les journaux. En Angleterre, les bombardements ont diminué, mais le risque d'invasion est plus grand que jamais. Personne ne peut dire quelle sera la prochaine folie de Hitler. Notre vie de soldat se passe en exercices de toutes sortes pour tester les positions à prendre en cas d'attaque. Nos régiments se promènent de côtes en villages. Il nous arrive de loger chez l'habitant, ce que j'aime parce que ça me permet de rencontrer toutes sortes d'Anglais. Comme je suis maintenant caporal en chef, j'aide notre officier à répartir les gars tout en assurant que chacun ait ce qu'il lui faut.

J'ai plus à faire qu'avant et je ne m'en plains pas, au contraire. J'apprends tranquillement à manœuvrer des hommes et c'est tout un art. Il m'est arrivé de diriger des équipes de chantier dans le bois, mais crois-moi, ça n'a rien à voir avec la tâche que j'ai ici. Les gars, on ne les choisit pas ; ce sont des volontaires. Il y en a de toutes les sortes, du meilleur et du pire. Certains n'arrêtent pas de critiquer, d'autres manquent de discipline. Surtout quand arrive le temps des inspections du brigadier, alors que tout, des bottines au fusil, doit être impeccable. Une vraie hantise ! J'ai compris que le secret pour les contrôler, c'était de développer de bons rapports avec eux et de bien les connaître. Avec l'aide de mon sergent, j'ai organisé une petite équipe de hockey qui n'est pas piquée des vers ! Quand on a la permission d'aller se désaltérer en dehors, je repère pour eux les meilleurs pubs des environs (des bars anglais, si tu veux) parce que, pour des motifs de sécurité, on a fait retirer tous les signaux routiers des voies publiques. C'est un fait que la plupart des gars boivent plus par ici que par chez nous. On joue aux cartes aussi ou au billard quand il y en a un dans les parages. Personnellement, je ne manque jamais une occasion de profiter des films qu'on nous passe de temps à autre. J'ai vu dernièrement Gone with the wind *avec Clark Gable et Vivien Leigh, une belle histoire de guerre d'une autre époque aux États-Unis. Ne le manque surtout pas, si tu le vois passer au Rex !*

Malgré toutes ces activités, il m'arrive de m'ennuyer à mort. Alors, je lis tout ce qui me tombe sous la main et j'écris, à toi ou à Roselyn et parfois même à Pierre. Ma chère Roselyn ! Je n'ai même pas eu la chance de la voir durant mes permissions mensuelles. Je me contente du téléphone, mais rarement. Elle est toujours au Queen Alexandra's Imperial Military Nursing à poursuivre sa formation d'infirmière.

Elle en a probablement pour quelque temps encore. Ensuite, Dieu sait où on l'enverra. J'en fais des cauchemars avant le temps. Presque tous les jours, on annonce que des navires anglais ont été coulés dans l'Atlantique, dans la mer du Nord ou en Méditerranée.

Tu diras à Marie et à Ferdinand que l'oncle Rodrigue les félicite pour leurs fiançailles. Certaines personnes s'occupent de préparer leur bonheur malgré la guerre, et c'est tant mieux. Après tout, il y aura bien un après-guerre un jour ! J'aimerais que les choses soient aussi simples pour Roselyn et moi.

Écris-moi aussi souvent que tu le pourras, Marie-Jeanne.

Your brother for ever,

Ton Rodrigue

P.-S. Je suis bien content que vous ayez enfin des nouvelles de Félix. J'aurai bien l'occasion de le rencontrer un jour ou l'autre. Je ne manquerai pas de t'en parler.

Angleterre, 1er mars 1941

Ma chère Marie-Jeanne,

J'ai bien reçu ta lettre du 2 janvier et je te remercie de tes bons vœux. J'espère que tu as bien reçu les miens. Ça y est. J'ai rencontré Félix ! Nos régiments se sont retrouvés dans un ancien cantonnement qu'on est en train de moderniser et d'agrandir considérablement pour accueillir plus de troupes. Au risque de t'inquiéter, il me paraît important de t'informer de son état. D'ailleurs, c'est à sa demande que je t'écris ceci.

Il va bien physiquement, mais moralement, c'est une autre paire de manches. Il supporte mal la discipline militaire et son comportement de soldat donne du fil à retordre à son officier, ce qui ne t'étonnera sûrement pas. À sa défense, il est torturé par l'absence de nouvelles en provenance d'Irma. Il ne comprend pas pourquoi il n'a toujours pas reçu une photo de son fils, chose que, paraît-il, tu lui avais promise dans ta première lettre. Il craint aussi qu'Irma ne retombe dans ses mauvaises habitudes et ne s'absente de la maison plus que de raison, auquel cas, le petit serait négligé. Comme tu m'as écrit toi-même qu'Irma avait effectivement de plus en plus tendance à prendre ses distances, il se pourrait bien que Félix ait raison de s'inquiéter. Cela demande au moins une vérification.

En plus, si tu me permets, je trouve regrettable que Félix n'ait toujours pas de photo de son petit garçon. J'oserais dire que c'est quelque chose d'essentiel dans les circonstances pour lui comme pour n'importe quel soldat loin de son pays. Je t'informe donc de tout cela afin que tu puisses y remédier dès que possible.

Ici, c'est toujours la même tourloute, comme on dit par chez nous. Les bombardements sur l'Angleterre continuent, mais il y a des intermèdes. Les choses traînent pour les Allemands. Hitler va bien finir par se fâcher et faire quelque chose.

Une fois sur son bateau, Roselyn aura certainement fort à faire puisque les besoins médicaux en mer augmentent sans cesse. La guerre s'étend maintenant jusqu'en Afrique. Churchill travaille toujours à rassembler plus de forces et de matériel, notamment en provenance du Canada. En attendant, nous attendons, justement ! Je te laisse, Zéphir tout excité me fait de grands signes de le suivre. À bientôt.

Your brother for ever,

Rodrigue

La lettre adressée à Clarisse par Félix confirmait les dires de Rodrigue.

9 avril 1941

Chère Clarisse,

J'espère que tout le monde va bien par chez nous. Ici, on s'entraîne; c'est bien fatigant. En plus, j'ai gelé la nuit pendant tout l'hiver; le petit poêle qui chauffe notre sleeping room *marche mal. C'est bête à dire, mais j'ai eu plus froid par ici que par chez nous. J'ai attrapé le plus gros rhume de ma vie. Pour le reste, on est bien traités et on mange bien. J'ai enfin rencontré mon oncle Rodrigue puis son ami Zéphir Bélanger. J'ai trouvé mon oncle changé. Il a été nommé caporal-chef. Je pense même qu'il a eu le droit d'aller à Londres avec une escorte l'année passée. En tout cas, il parle anglais mieux qu'un gars de Toronto. Il baragouine même un peu en allemand. Zéphir m'a dit qu'il avait une blonde bien belle, une Anglaise. En tout cas, il suit les événements et il a hâte d'aller se battre. Il est tanné d'attendre. Je le comprends. Il est pas tout seul ici à s'ennuyer.*

Je t'écris un peu aussi pour savoir ce qui se passe du côté d'Irma et de mon petit Romain. La dernière lettre que j'ai reçue de sa part date d'avant les Fêtes. Je lui ai répondu tout de suite. Après, plus rien. Surtout, je comprends pas pourquoi je n'ai pas reçu de photo de Romain, comme la mère me l'avait promis dans sa première lettre. J'ai pas besoin de te dire que je voudrais bien savoir de quoi il a l'air, cet enfant-là. Peut-être bien que le courrier s'est perdu! Pourrais-tu t'informer, Clarisse? En même temps, j'aimerais que tu t'assures que tout va bien pour Irma et le petit. Tu la connais, elle a peur de tout. Puis des fois, elle s'oublie. J'aimerais mieux en tout cas qu'elle fréquente pas trop sa sœur Thérèse qui sort pas mal. On sait jamais. «Quand le chat est pas là, les souris dansent», comme on dit.

J'attends de tes nouvelles. En attendant, j'imagine que les filles chez nous doivent toutes penser à se toiletter pour le mariage de

Marie l'été prochain. Dites-lui que je pense à elle et que je lui souhaite bien du bonheur avec son mari.

En attendant, je vous salue,

Ton frère Félix

Anthime se fit lire les lettres et ce qu'il apprit l'affola. Le seul fait que Félix soit inquiet au sujet de sa femme, lui qui avait plutôt tendance à ignorer ce qui l'embêtait, sonnait l'alarme. Il fallait qu'il ait des doutes sérieux sur la conduite d'Irma.

— Pour ce qui est d'envoyer une photo du bébé, je te rappelle, Anthime, ce qu'Irma nous a dit en personne : elle devait s'en occuper avec l'aide de sa sœur qui avait un Kodak tout neuf. Je ne suis pas revenue là-dessus avec elle. Après tout, c'est son mari, dit Marie-Jeanne, navrée.

— Comment ça ? T'aurais dû vérifier, câlice ! Félix est tout seul comme un chien là-bas, puis tu le négliges comme ça ?

— En tout cas, Irma ne m'a jamais parlé de ça, papa, dit Clarisse.

— C'est pas à toi que je m'adresse, ma fille. T'aurais dû t'assurer qu'Irma disait la vérité, Marie-Jeanne. En plus, Félix soupçonne quelque chose. Y a raison, il faut surveiller Irma. Tu sais aussi bien que moi où c'est que notre garçon a ramassé sa femme. Je me fiche ben d'elle, mais mon petit-fils, c'est sacré. Comment ça se fait, ma femme, que tu t'occupes pas d'elle mieux que ça ? Quand tes filles ont des petits, t'es toujours là pour les relever, mais quand c'est la femme de ton garçon, on dirait que ça t'intéresse pas.

— Papa, sois pas injuste ! Maman a fait ce qu'elle a pu. Puis moi aussi. À un moment donné, Irma a voulu mener sa barque toute seule, comme c'est normal.

— Têtes de linotte que vous êtes, ça vous empêchait pas d'aller chez eux de temps en temps pour voir si tout était correct !

Anthime était hors de lui.

Ce fut au tour de Marie-Jeanne de trouver insupportable l'air chagrin de sa fille.

— Anthime, parle pas comme ça à Clarisse. Elle est trop généreuse pour se faire dire des bêtises pareilles ! Puis arrête de nous crier par la tête. Qu'est-ce que tu veux que je te dise, Irma n'est pas ta fille, ce n'est pas la mienne non plus. Et puis, si elle se conduit mal, j'en suis toujours bien pas responsable. Ce n'est pas à moi de la réprimander ; elle m'enverrait promener. Je comprends que Félix s'inquiète, mais il savait ce qui risquait d'arriver quand il s'est engagé. De toute manière, ce sont juste des suppositions. Je ne pense pas qu'il y ait lieu de s'inquiéter à ce point-là pour le petit. Il va avoir un an dans quelques mois. Il est éveillé, puis gras comme un voleur. Par précaution, je peux bien arrêter chez elle un petit cinq minutes à l'occasion. Mais il y a une limite à s'imposer. Pour ce qui est des photos, je m'en occupe. Félix va en avoir, tu as ma parole.

— À partir d'astheure, je m'attends à ce que toi puis Clarisse, vous alliez vérifier souvent. Je l'ai déjà dit : si le petit est pas bien traité, j'irai le chercher, puis elle va me passer sur le corps avant de le ravoir, ajouta Anthime rageusement en parlant d'Irma.

Comme il fallait bien admettre qu'il n'avait pas tout à fait tort de s'inquiéter, Marie-Jeanne et Clarisse prirent l'habitude de s'arrêter de temps en temps chez Irma. Ni l'une ni l'autre ne virent le moindre signe de détresse chez l'enfant. Questionnée à propos des photos manquantes, Irma prétendit que Rosa avait brisé son nouveau Kodak en l'échappant sur le trottoir et qu'il était à la réparation. Si quelque chose clochait dans toute cette histoire, c'était le peu d'empressement qu'elle avait mis jusque-là à répondre à la demande bien légitime de son mari. Sans poser plus de questions, Marie-Jeanne utilisa l'appareil photo que Caroline avait reçu en cadeau de son mari à Noël et fit parvenir trois photos à son fils en même temps qu'une réponse à Rodrigue.

Saint-Jérôme, 12 mai 1941

Mon cher frère,

Cette fois-ci, tes lettres du 7 janvier et du 1er mars sont arrivées presque en même temps. Je te parlerai surtout de celle où tu m'informes des problèmes de Félix. Tu as raison au moins sur un point : Félix devrait avoir un portrait de son garçon depuis longtemps. Je devais m'en occuper, mais Irma a dit à tout le monde qu'elle le ferait avec le Kodak tout neuf de sa sœur. Tu es certainement au courant que Félix aussi a écrit à Clarisse pour dire qu'il n'avait pas de nouvelles de sa femme. C'est là qu'on a découvert le pot aux roses ! Irma a prétendu que l'appareil en question était à la réparation ! Enragé, Anthime nous a abreuvées de bêtises, Clarisse et moi, comme si c'était de notre faute. Depuis, j'ai fait le nécessaire et trois belles photos du petit vont partir pour l'Angleterre en même temps que la lettre que je suis en train de t'écrire. Si tu vois Félix, tu pourras le lui dire.

Pour ce qui est du comportement d'Irma, rien ne nous permet pour l'instant de craindre une négligence quelconque. Romain est un beau gros bébé de bonne humeur ! On s'arrange pour passer chez elle de temps à autre, Clarisse et moi. Elle doit se sentir surveillée, mais tant pis. Donc, si tu as l'occasion de revoir Félix, tu pourras le rassurer, comme je l'ai fait dans la lettre que j'ai jointe aux photos.

Pour le reste, toute la famille va bien et l'on prépare activement le mariage de Marie. Anthime a invité tellement de monde que je me demande si la maison sera assez grande pour contenir la noce. Marie, qui sera jolie comme un cœur ce jour-là, flotte sur un petit nuage. Et tout le monde a le cœur gai. À part Anthime, naturellement.

En passant, tu as l'air d'aimer particulièrement aller aux vues. Je prends note de ta suggestion, qui intéressera plus les filles que moi, Marie surtout, qui va voir des films d'amour avec Ferdinand le samedi après-midi. Moi, je n'ai pas de temps pour ça, malheureusement.

Sur ce, je t'embrasse de tout mon cœur. Sais-tu quoi? J'ai pris goût à t'écrire. Presque autant qu'à te lire. Écris-moi donc autant que tu le pourras!

Ta sœur Marie-Jeanne

::

Tout au long de l'été, la famille attendit avec impatience le jour des noces, alors qu'à travers le monde les péripéties toujours plus désolantes et complexes de la guerre se multipliaient. Où qu'on se tournât, tout allait mal. À part l'Angleterre, l'Europe de l'Ouest était allemande du nord au sud. À l'est, les Allemands qui contre toute attente avaient envahi la Russie marchaient déjà sur Kiev. À l'autre bout du monde, le Japon occupait la totalité de l'Indochine, et les Américains, inquiets, dépêchaient MacArthur dans le Pacifique. Et partout, des Juifs mouraient là où les hommes de Hitler tenaient le terrain.

Mais à Saint-Jérôme, ce 30 août 1941, à huit heures trente du matin, le ciel était aussi bleu que la robe de la mariée quand Marie gravit d'un pas chancelant les marches de l'église. Toutes les bombes qui tombaient sur des villes en feu ne pouvaient couvrir le bruit des cloches et le chant de l'orgue quand elle s'avança dans l'interminable allée centrale de la grande église, pure et douce mariée pleine de réserve et de silence sous le regard attendri de la foule. Accrochée au bras d'Anthime ganté de gris selon la coutume, Marie marchait en contemplant au loin ce que personne d'autre qu'elle ne voyait: ses rêves et son avenir. Elle voulait sa part de progrès et de grandeur, de richesses et de bonheur dans une maison bien à elle d'où quelques enfants partiraient joyeux pour l'école. Le chemin serait long comme cette allée, mais elle était prête à tout pour y arriver.

Accompagné de son frère Adélard, Ferdinand l'attendait devant l'autel, grave et beau dans son costume sombre à fines rayures blanches. Quand la promise s'approcha de la balustrade, elle le regarda longuement et sourit, radieuse, avant de déposer son bouquet sur le prie-Dieu où le prêtre lui fit signe de s'agenouiller.

Derrière eux, ils étaient tous là, les Ferland, les Gobeil, les Deschamps, venus du village, de la campagne ou de la grande ville de Montréal, trop heureux d'ignorer un instant les remous de la guerre pour humer le bonheur des jeunes mariés. Assise entre ses enfants au premier rang, Marie-Jeanne se perdait dans ses pensées en contemplant sa fille. Ce moment si beau, arraché à la pauvreté, à la dureté du temps, la soulageait un peu des résignations et des culpabilités anciennes. Oui, il y avait une autre façon de vivre et d'espérer, au-delà des critiques et des étonnements, même pour la femme mûre qu'elle était devenue. Marie, à sa manière, lui en donnait l'exemple.

Le rituel se déroula selon la coutume : messe, prêche, communion, échange de consentements, de joncs et de baisers, signature des registres devant la foule qui s'agitait un peu. Marie s'appliqua pour écrire en grandes lettres élégantes son nom de jeune fille. Après Ferdinand, ce fut le tour des témoins. Anthime mit plus de temps que de raison pour apposer son nom sur la ligne que lui indiquait le prêtre. On entendit un murmure dans l'assistance.

— Ça lui prend du temps pour faire sa croix, pauvre Anthime ! chuchota peu charitablement la cousine Julienne.

— Imagine-toi qu'il signe pour de vrai, souffla la cousine Ferdinande. Caroline m'a dit que Marie-Jeanne lui avait montré à écrire son nom pour l'occasion. Tu connais Marie ! Elle ne voulait pas que son père ait l'air d'un ignorant. Anthime a fait ça pour elle. Marie a toujours été sa préférée.

L'orgue retentit de plus belle quand, enfin, Marie se tourna vers l'assistance en glissant son bras sous celui de Ferdinand pour retraverser la grande allée jusqu'au parvis. Ils saluèrent les figures familières avec une grâce timide. Dehors, les cloches tonnaient à faire frémir les grands érables du parc inondé de lumière pendant que, sur sa colonne de pierre, le gros curé Labelle continuait d'indiquer le nord d'un bras tendu. Comme toujours, des badauds s'approchèrent pour regarder la noce s'ébaudir autour des mariés et contempler leurs beaux atours. Luttant contre l'agitation générale, Antoine Allaire procéda avec autorité à la mise en place des invités sur les marches du grand portail.

— Attention, ne bougez plus. Toi, mon petit en avant, avance encore un peu, tu caches ta petite sœur. Personne ne bouge, s'il vous plaît.

Et le photographe d'enfouir sa tête d'oiseau sous un grand drap noir pour prendre le fameux cliché qui, semblable à tous ceux pris au cours de millions de mariages à travers le monde depuis l'invention de la photographie, allait contenir à lui seul une bibliothèque d'archives ! Chacune des personnes qui s'y trouvaient avait une histoire enchevêtrée à celle de ses voisins de gauche et de droite et chaque histoire grouillait des petits et grands événements qui s'étaient croisés à la surface du temps comme autant de ronds dans l'eau, forgeant des amours et des haines, des rivalités et des partages, des regrets et des espoirs.

À la maison pendant ce temps, la cousine Amanda et sa fille Rolande avaient vu à ce que tout soit fin prêt pour accueillir les invités. Ce fut une fête mémorable. On but, on mangea, on chanta. Ferdinand sortit le bel accordéon dont il savait jouer pour le plus grand plaisir des invités qui dansèrent après avoir poussé les meubles, malgré la grande chaleur qu'il faisait. Anthime, qui n'en pouvait plus, fit ouvrir toutes les portes de la maison, ce qui accrut encore la circulation déjà fort animée. Même les voisins vinrent saluer les invités. Lucienne et Adélard en profitèrent pour annoncer qu'ils convoleraient à leur tour le 6 décembre. Tous applaudirent sauf Juliette qui, l'œil farouche, s'empara sous la table de la main de son nouvel ami, un militaire ambulancier du nom de Laurent Perron. À trois heures de l'après-midi, la mariée se retira discrètement pour passer son «ensemble de voyage de noces»: un petit tailleur gris clair garni de lapin blanc aux épaules et aux poignets, un grand chapeau de paille noire très fine et des accessoires du même ton. Tout le monde s'exclama devant l'élégance de la jeune épouse, qui prit la pose au bras de son mari pour de nouvelles photos. C'était le signal de la fin.

Ils partirent à bord d'une grosse Ford conduite par des amis vers un charmant petit hôtel de Sainte-Agathe. Pensive, Marie-Jeanne regarda l'automobile s'éloigner en agitant la main. En voilà une autre qui partait vers son destin. Dans trois mois, Lucienne allait suivre; Juliette, très amoureuse, piaffait aussi d'impatience. En somme, la famille se dispersait peu à peu. Un espoir de repos montait en elle. Mais la journée n'était pas finie. Les derniers invités disparus, elle en eut bien jusqu'à huit heures du soir à remettre tout en place avec l'aide de ses trois filles pendant qu'Anthime se reposait en fumant dans la pénombre de sa chambre.

La tête pleine d'impressions confuses, Marie-Jeanne attendit le silence de la maison endormie pour faire ce qu'elle aimait le plus, s'évader vers Rodrigue. Elle n'avait pas encore répondu au cri du cœur que contenait sa dernière lettre.

Angleterre, 1ᵉʳ juin 1941

Chère Marie-Jeanne,

J'ai enfin revu ma Roselyn. Je ne la reverrai plus avant longtemps et seulement si j'ai de la chance. En fait, elle vient tout juste de me quitter pour regagner Londres après une courte visite-surprise. C'est qu'elle va partir en mission, je ne sais quand, je ne sais où ni à bord de quel bateau. La déchirure est terrible, Marie-Jeanne. Je ne savais pas qu'on pouvait tant souffrir de voir partir quelqu'un.

Elle était magnifique dans son uniforme, avec ses cheveux relevés en gros rouleaux derrière ses oreilles si jolies, ses joues hautes, le dessin parfait de son menton, ses lèvres… Elle a ôté son képi. J'avais tellement besoin de la regarder que j'hésitais à la prendre dans mes bras. Nous avions si peu de temps! J'ai emprunté une moto et je l'ai amenée quelque part où j'étais certain que nous ne serions pas dérangés. Il y avait là une petite forêt et une cabane de chasse où nous avons passé un grand moment d'amour. Elle m'a parlé de la vie qu'elle avait menée là-bas et moi de la mienne. Je l'ai ramenée à la gare où ses compagnes l'attendaient pour monter dans le train. À la fin, c'était si dur que j'avais presque hâte qu'elle disparaisse de ma vue. Je donnerais tout au monde pour savoir ce qui l'attend. Je donnerais tout au monde pour partir le même jour qu'elle et monter à l'attaque quelque part. Comme si cela pouvait hâter la fin de la guerre, cette ignoble plaie qui suinte! La maudite guerre! Elle rentre dans nos vies comme si elle était chez elle, elle saccage tout, elle brise le cours des choses et se fout de l'amour le plus sacré. Sa logique de mort a le dessus, plus rien n'a de sens. Et c'est comme ça partout, pour tout le monde, même les bêtes, même les arbres.

Sérieusement, il va falloir que le haut commandement fasse quelque chose de nous au plus vite. Je vais passer un deuxième été dans l'attente. C'est de moins en moins supportable.

Your brother for ever,

Ton Rodrigue

Saint-Jérôme, 30 août 1941

Mon cher frère,

J'ai reçu il y a trois jours ta lettre du 1er juin. On dirait un cri de désespoir! Mon pauvre petit frère! Je suis peinée de te voir si malheureux. Puisque Roselyn est partie, tu as l'impression que monter au combat est tout ce qu'il te reste à faire pour supporter son absence. Ne t'en soucie pas. Ce temps-là viendra bien, hélas, et c'est moi alors qui serai pleine d'inquiétude. C'est sûr que les risques seront très grands pour elle, mais le pire n'arrivera pas nécessairement. Fais confiance à ton étoile. Jusqu'ici, elle t'a gardé vivant et elle t'a donné Roselyn. Ce n'est pas si mal! Nos pensées n'ont pas d'effets magiques, mais puisque la guerre est absurde comme tu le dis, l'idée qu'elle vous épargnera tous les deux n'est pas plus folle qu'une autre. Après tout, c'est possible!

Marie s'est mariée ce matin. Elle est partie cet après-midi en voyage de noces à Sainte-Agathe. Ce fut un très beau mariage, celui qu'elle espérait, je pense. Cette fois, j'ai voulu assister à la cérémonie et je le ferai aussi pour mes autres filles. Avec mon aide, Marie s'était préparée pendant des mois avec beaucoup d'application, comme si elle partait pour un long voyage. Elle est entrée dans le mariage comme d'autres commencent une carrière. C'est un peu ce qu'elle m'expliquait pendant que nous courions ensemble les magasins. Adolescente, elle avait un rêve, elle en parlait souvent: devenir institutrice comme moi et comme ma grande amie à l'école, Maximilienne Morel. Je n'y ai pas fait trop attention dans le temps parce qu'elle ne pouvait rien espérer de son père là-dessus. Anthime considérait qu'à partir de quinze ou seize ans, ses enfants devaient apporter leur écot à la famille. Un bon matin, il lui a ordonné d'oublier l'école pour aller s'engager à la General Rubber. Je la vois encore près du comptoir de cuisine en train d'essuyer la vaisselle en laissant couler de grosses larmes sur ses joues. Elle n'arrivait pas à se résigner. Moi, comme une imbécile, je me suis tue ou, plutôt, j'ai fait pire, je lui ai dit qu'elle était en âge de gagner sa vie et qu'on ne pouvait pas faire autrement, à cause de l'argent qui manquait. Aujourd'hui, j'ai honte. Comment ai-je pu m'abaisser à penser comme Anthime dans cette affaire-là ? J'aurais pu au moins la comprendre et l'aider, même si ses chances d'échapper à l'usine étaient minces.

Elle ne me l'a pas dit clairement, mais je sais que pour elle je suis l'exemple à ne pas suivre. Au contraire de moi au même âge, elle est bien décidée à tenir les guides dès le début. Pour elle, ce mariage est le commencement d'une entreprise qui ira loin. Elle m'a dit qu'elle voulait une maison à elle, de l'aisance et quelques enfants, deux ou trois tout au plus qui iront à l'école aussi longtemps qu'ils le voudront. Elle ne se demande pas si Ferdinand partage ses vues. Elle est certaine qu'il agira toujours selon ses désirs. Elle y croit. Franchement, je trouve sa force de caractère remarquable. Son mariage est l'envers du mien, en tout cas. Pourtant, j'étais plus instruite qu'elle ! Ce soir, je suis fière de ma fille, mais pas de moi-même.

Rodrigue, qu'est-ce qui se passe dans ma vieille tête ? Est-ce la guerre ou ton départ pour l'armée qui m'a réveillée ? Ou le fait que les filles s'en vont, les unes après les autres ? Lucienne vient d'annoncer son mariage avec Adélard pour le mois de décembre prochain. Juliette joue des coudes pour épouser son grand Laurent le plus vite possible. Il ne me restera plus que Mireille. Je ne te cache pas que tous ces départs me libéreront, pourvu que mes filles soient heureuses.

Tu peux dire à Félix, s'il est toujours dans tes parages, qu'il recevra encore une couple de photos du petit et même une de Marie dans sa robe de mariée. Romain va très bien, à ce que je sache. Il aura un an dans quinze jours et il commence à marcher.

Continue de m'écrire,

Ta sœur Marie-Jeanne

::

Mais Marie-Jeanne n'en avait pas fini avec les préparatifs de mariage. Ce fut finalement une double noce qui eut lieu le 6 décembre suivant. Juliette parvint à convaincre tout le monde, et surtout Anthime, que le mieux serait pour elle de se marier le même jour que Lucienne, étant donné que son grand Laurent devait être transféré au début de l'année suivante au camp de Petawawa en Ontario.

Cette fois, tout se déroula très simplement par un jour gris que la neige n'éclairait pas encore. Trois mariages en six mois étaient plus que les revenus de la maison ne pouvaient en supporter. Les oncles et cousins ne furent pas invités et Marie-Jeanne porta une autre fois son petit tailleur mauve. Les mariées observèrent la même austérité : petites robes strictes de la main de Caroline et manteaux courts garnis de fourrure, chapeaux en chou-fleur de satin sur un côté de la tête et manchons de rat musqué pour faire chic. Après une cérémonie intime à l'église, un buffet préparé par Marie-Jeanne aidée de Caroline et de Clarisse fut servi à la cuisine.

Du coup, la maison de Marie-Jeanne se vidait presque. Il ne lui restait plus que la cadette, Mireille, à marier, et il semblait d'ores et déjà que les choses n'allaient pas traîner pour elle non plus. Au mariage de ses sœurs, la jeune fille avait présenté son nouveau « cavalier », Paul Dugas, un parti avantageux puisque sa famille était propriétaire d'une entreprise de plomberie bien connue dans la ville. En attendant, tout ce brouhaha empêcha Marie-Jeanne de voir venir la période des Fêtes qui, pour une fois, s'annonçait tranquille. Tout le monde était essoufflé. Il fut entendu que chacun passerait la veille de Noël chez soi et que tous se retrouveraient à souper le lendemain chez Caroline.

Marie-Jeanne savoura ce congé inattendu. Elle ne vit rien de plus reposant qu'une grande journée de Noël lisse et silencieuse comme un dimanche de novembre sans visiteur. Elle se réveilla plus tard que d'habitude en soupirant de bonheur à l'idée de n'avoir rien à préparer. Plutôt que de s'habiller, elle enfila sa robe de chambre et se dirigea vers la cuisine. Sur la table, la grosse lame épaisse du hachoir à tabac brillait comme une guillotine au soleil. Anthime s'était levé avant elle pour couper ses feuilles de tabac qu'il achetait toujours du même cultivateur, au marché. Disposée sur du papier journal, le tabac odorant séchait sur la bavette du poêle.

— Pauvre Anthime. Couper ton tabac le matin de Noël! T'as donc bien peur d'en manquer!

— Je m'en vas saluer mon frère Aurèle qui m'attend pour déjeuner. Touches-y pas! Laisse-le sécher. Je le mettrai dans sa boîte moi-même quand je reviendrai.

Marie-Jeanne rangea tout de même le hachoir, essuya la table et fit du café. Mireille dormait encore. Elle était seule avec elle-même et le temps lui appartenait. Elle déjeuna lentement, en feuilletant un journal qui attendait d'être lu depuis cinq jours. Pourquoi ne pas en profiter pour écrire à Rodrigue? Elle repoussa la soucoupe et sortit le bloc de papier, les crayons et la dernière lettre de son frère pour la relire avant de se lancer sur la page blanche.

Angleterre, 6 novembre 1941

Ma chère Marie-Jeanne,

Bonjour, ma grande sœur! Je viens de recevoir ta lettre du 30 août dernier. Je suis content d'apprendre que Marie a eu un beau mariage. Tu la féliciteras de ma part. Mais je vois que tu te reproches de ne pas l'avoir soutenue quand son père lui a fait quitter l'école pour aller travailler à l'usine comme ses sœurs. Vu d'ici et d'aujourd'hui, j'admets que c'est un épisode désolant. Ça ne veut pourtant pas dire que tu as fait son malheur. Ou qu'elle aurait été plus heureuse en s'instruisant!

Regarde-nous! Au contraire d'Anthime, notre père parlait tout le temps des bienfaits de s'instruire. Toi, Pierre et moi avons été les trois chanceux à le faire dans la famille. Pourtant, on ne peut pas dire que cela nous a porté profit, à part Pierre peut-être. Dans mon cas, tout le monde sait que j'ai été victime d'une grande injustice, que je n'ai jamais pu l'oublier, au point que j'ai boudé ma propre vie comme si ça pouvait punir quelqu'un d'autre que moi-même. Et j'ai perdu de belles années. J'en étais encore là quand la guerre est arrivée en 39. C'était comme l'appel qui venait d'ailleurs et j'avais juste assez de rage pour l'entendre. Je me suis porté volontaire en courant, par curiosité, comme pour me venger de ma mère et de la médiocrité miteuse de mon milieu. Pourtant, malgré toutes les connaissances que j'avais tirées des livres, crois-moi, je ne savais pas ce que je faisais. Dans ma tête creuse, je partais défendre héroïquement la civilisation, dans une croisade de toute beauté où les morts n'étaient pas vraiment morts et les maisons en ruine composaient des tableaux sublimes sur fond de poudre à canon, comme au cinéma. Au départ, je n'avais même pas peur. Pas plus qu'un enfant qui joue au cow-boy avec son fusil de plastique.

Le petit garçon a fini par voir le vrai visage de la guerre, surtout le jour où il s'est retrouvé dans une station de métro engloutie par un bombardement de fin du monde. C'était peut-être le choc qu'il me fallait. J'ai vieilli d'un seul coup, malgré moi, pour ne pas mourir là. J'ai été propulsé dans la réalité, ni plus ni moins. Aucun des livres que j'avais lus ne m'avait fait comprendre que ce serait comme ça.

Et j'ai pu aimer une femme. Ce n'est pas par hasard si j'ai découvert l'amour à ce moment précis. Justement, je viens d'avoir des nouvelles de Roselyn après des semaines de silence angoissant. Elle parle de venir vivre au Canada après la guerre et d'apprendre le français. J'en suis bien heureux, mais j'ai peur. S'il fallait que Saint-Jérôme et moi ne soyons pas à la hauteur de ses attentes!

Pour en revenir à tes regrets, ne sois donc pas trop sévère envers toi-même. Pour toi, l'instruction n'a servi qu'à nourrir des regrets sans fin pendant des années. Pire que ça, il t'a fallu la cacher et jouer à l'ignorante. Que tu aies cru qu'elle n'était pas essentielle pour l'avenir de Marie, ça n'est donc pas surprenant. En plus, rien ne pouvait amener Anthime à changer d'avis. Aller travailler à 15 ans, c'était la règle du temps. La subsistance immédiate comptait d'abord et avant tout. On ne voyait pas qu'en laissant l'école à cause de la pauvreté, on la perpétuait. Tu n'as pas manqué de sagesse en encourageant ta fille à accepter l'inévitable pour ne pas trop souffrir et perdre ses forces. Aujourd'hui justement, elle a déjà trouvé un tremplin pour se reprendre ; elle ne renonce pas, au contraire. Elle veut faire instruire ses enfants et elle y arrivera sûrement. Espérons seulement que notre monde aura assez changé pour qu'ils puissent s'épanouir pour de vrai.

J'ajouterai que tu as été pour moi la meilleure des sœurs. Tu ne pouvais pas être une si mauvaise mère. Continue de m'écrire.

Ton frère Rodrigue

Saint-Jérôme, 25 décembre 1941

Mon cher Rodrigue,

J'ai bien reçu ta lettre du 6 novembre, il y a quelques jours déjà. Tes arguments à propos de Marie m'ont fait réfléchir. C'est vrai que l'instruction ne nous a pas rendus plus heureux que les autres, toi et moi. Mais c'est un peu de notre faute. On n'a pas vraiment cherché à en profiter. Moi, par exemple, j'aurais dû attendre de trouver un meilleur parti pour me marier, du moins quelqu'un qui me ressemblait un peu. Au lieu de ça, j'ai accepté le premier qui se présentait, comme si je ne pouvais pas espérer mieux. Ma mère aurait pu me conseiller là-dessus, mais du moment que je ne voulais pas rentrer chez les sœurs, elle n'avait pas d'autre ambition pour moi. Je n'ai pas été assez fine pour me débrouiller toute seule, faut croire. Quand le cas de Marie s'est présenté, qu'est-ce qui serait arrivé si je l'avais encouragée à rester sur les bancs d'école ? Je ne le saurai jamais. À défaut de ça, j'aurais pu au moins pleurer avec elle !

De ton côté, c'est vrai que l'existence que tu menais avant ton départ pour l'armée n'était pas à ta hauteur. Je peux te le dire maintenant ; j'ai été très déçue par ta conduite après le grand malheur qui t'est arrivé au séminaire. Te souviens-tu d'une offre qui t'avait été faite de travailler comme clerc au bureau du notaire Granger à Sainte-Thérèse ? Il te connaissait et t'aimait bien parce que tu avais été l'ami de son fils Julien dans le temps. L'emploi n'était ni payant ni bien excitant, mais il aurait peut-être débouché sur un autre à la cour de justice, à défaut d'une carrière d'avocat. J'aurais bien voulu que tu l'acceptes à l'époque. Mais tu étais fermé comme une huître. Tu venais de signer ton premier contrat avec la compagnie de bois et tu ne pensais plus qu'à partir. J'ai eu l'impression alors que je ne pouvais plus faire grand-chose pour toi. C'est là qu'Anthime a commencé à me courtiser. Je me suis tournée vers le mariage. C'est comme ça que nous sommes partis sur des chemins séparés, comme des égarés.

Une chose est certaine en tout cas : on a été bien obéissants tous les deux ! J'ai lâché mon métier et j'ai eu une grosse famille même si ce n'était pas dans ma nature. Toi, tu as travaillé de tes mains comme tout le monde, tu es resté pauvre et vieux garçon. Autrement dit, on est rentrés tous les deux dans le rang pour ressembler au reste de la famille. Ce n'est certainement pas ce que notre père voulait dire en parlant d'instruction ! Il serait sans doute un peu déçu de nous s'il était là pour nous voir aujourd'hui. D'ailleurs, je me demande comment les choses se seraient passées s'il avait vécu assez longtemps pour s'occuper de nous autres, surtout quand l'affaire du séminaire est arrivée. Quel dommage qu'il soit parti si vite !

Changement de propos, on peut dire que l'année qui s'achève a été celle des mariages. Lucienne et Juliette ont pris mari le 6 décembre dernier dans l'intimité, comme on dit. La fête s'est résumée à un petit buffet très simple à la maison. Un vrai mariage de guerre, sans flafla! Après les dépenses qu'Anthime avait consenties pour Marie au mois d'août, impossible de faire mieux. Les filles le savaient et s'en sont contentées sans trop rechigner. Seule Lucienne avait de la peine de ne pas avoir son mariage à elle. Et je la comprends.

Avec tout ça, la maison est de plus en plus vide. Il ne me reste plus que Mireille, qui fréquente maintenant un jeune homme très charmant. Paul Dugas travaille pour son frère, un prospère entrepreneur en plomberie. Il faut le voir autour de Mireille! Il est fou d'elle. On verra bien.

C'est drôle comme tout se défait vite autour de moi! Trente années de ma vie de femme s'achèvent en quelques mois. Je ne ferai pas semblant d'en être triste. En fait, je suis plutôt contente. J'aime mes enfants, mais l'âge de la délivrance est bienvenu. Pour te dire la vérité, j'en rêve. L'autre jour, j'entendais Marie se plaindre du peu d'espace qu'elle avait dans la maison de Clarisse. L'idée m'est venue de lui offrir la grande chambre du fond qui est libre maintenant, mais je me suis égoïstement retenue. Vois-tu, elle va bien tomber enceinte un jour! L'idée d'avoir un bébé dans ma maison me ferait l'effet de tout recommencer. Me trouves-tu méchante, Rodrigue?

Me voilà dans le retour d'âge, puisque j'aurai 49 ans en mars prochain. On devrait plutôt dire l'âge du retour, il me semble. Pour toi, c'est différent. Tu as encore de belles années devant toi! Tu es amoureux de quelqu'un de bien, qui t'aime aussi. Il ne reste plus à espérer que la fin de la guerre. Mais ce n'est pas demain la veille, si j'en juge par les journaux! Si je comprends bien, l'entrée en guerre des Américains à la suite de l'attaque des Japonais au début du mois est en train de mettre le monde entier aux trousses de l'Allemagne. C'est un grand pays qui saute dans la bataille. J'espère qu'on gagnera la guerre plus vite.

J'espère aussi que tu passes de belles Fêtes, malgré tout. Transmets mes meilleurs vœux à Zéphir. Tu ne me parles pas souvent de lui. J'espère qu'il va bien.

Je t'embrasse.

Ta sœur Marie-Jeanne

PARTIE IV

Angleterre, automne 1941

Rien ne bougeait encore pour Rodrigue en ce deuxième automne passé en Angleterre. Pourtant, la guerre continuait de se répandre telle une épidémie, dans les paradis bleus de l'Océanie où les Japonais s'inventaient un empire comme au cœur brumeux du Caucase et jusqu'au fond brûlant des déserts africains où les Allemands menaient l'attaque. La Méditerranée tout entière devenait un grand champ de bataille liquide qui engloutissait sa part d'hommes. Où pouvait bien se trouver Roselyn dans ce vaste chaos ? La question avait torturé Rodrigue tout l'été, d'autant qu'il n'avait rien reçu d'elle à part une petite carte le saluant une dernière fois avant son embarquement.

Aussi son cœur s'arrêta-t-il tout net quand, par un samedi pluvieux de novembre, alors qu'il distribuait le courrier aux douze soldats dont il avait la charge, il tomba sur une lettre qui provenait des services de la Royal Air Force. Il pensa tout de suite au lieutenant Leigh, le frère de Roselyn. Trop énervé pour rester sur place, il sortit pour calmer la peur mortelle qui écrasait sa poitrine. La pluie avait cessé, mais le ciel restait plombé. Il marcha un moment pour reprendre un peu de contrôle.

— Assez tremblé, se dit-il à mi-voix en déchirant prestement l'enveloppe. Elle ne contenait qu'une simple page. Il s'adossa au premier arbre à sa portée en tendant le papier vers le ciel pour mieux lire.

30 août 1941

Mon cher amour,

Pardonne-moi de n'avoir pu t'écrire avant et remercie le ciel qui me donne enfin le moyen de te joindre. Je me trouve maintenant au quartier sanitaire du porte-avions HMS Ark Royal *qui vogue quelque part avec toute une flotte de croiseurs et de cuirassés. Mon frère, qui s'y trouvait aussi en tant que pilote, vient de recevoir l'ordre de partir. Il a bien voulu se charger de cette lettre.*

Je n'ai donc que quelques précieuses minutes pour t'écrire. Ici, les nôtres se battent durement par tous les moyens. Notre travail est très difficile, mais je suis heureuse de l'accomplir pour mon pays, pour les miens, pour toi et pour notre avenir. Je me suis habituée très vite à ce milieu si particulier, contrairement à certaines compagnes qui souffrent cruellement du mal de mer. Mais je trime dur et je ne cesse de voir des choses horribles. Il n'y a ni jour, ni nuit, ni travail, ni repos. Il n'y a que le combat, tout le temps, contre un ennemi qui rampe le plus souvent sous l'eau. Il règne à bord une grande tension qui ravage les esprits. Nous devons souvent soigner des crises nerveuses. Je ne veux pas te cacher que je suis exposée afin que tu te fasses à l'idée que quelque chose pourrait m'arriver.

Pardonne ma cruauté. Mais il vaut mieux que tu le saches. Je t'aime. Notre dernière rencontre dans cette petite maison de chasse a laissé dans ma tête une sorte d'éblouissement qui ne s'est toujours pas éteint. Tout peut nous arriver, sauf la perte de cet amour. Et si cette méchante guerre nous laisse en vie, j'irai un jour dans ton pays de neige et tu m'apprendras le français. Et nous vivrons ensemble le temps de nos vies. Je dois te quitter déjà. Je t'embrasse de tout mon cœur.

Les lettres que tu m'as peut-être écrites ne me sont jamais parvenues. N'arrête surtout pas d'écrire quand même. Quelque part, nos pensées se croiseront au-dessus des flots.

Je t'embrasse encore.

Ta Roselyn

Le souffle court comme s'il avait couru sur toute la distance qui les séparait, il lut et relut le trop bref message. Elle était vivante et il savait au moins sur quel bateau elle se trouvait. Mais il serait difficile d'aller aux renseignements et de la suivre un peu, les déplacements du porte-avions étant évidemment secrets. C'était l'heure de la cantine et Rodrigue avait besoin de réfléchir avant de répondre à Roselyn. Il attendit la tranquillité du soir.

Angleterre, 1er novembre 1941

Ma Roselyn chérie,

Enfin ! Une première lettre de toi ! Je ne te cacherai pas que l'absence de nouvelles m'était de plus en plus pénible. Car j'ai beau me concentrer sur mes nouvelles fonctions de caporal-chef tout en me préparant avec mes hommes au grand combat qui finira bien par arriver, j'ai beau m'activer, boire et discuter avec les autres ou me promener pendant les permissions, rien ne me distrait jamais vraiment de l'amour que j'ai pour toi. Tu es ce qui m'est arrivé de plus grand et de plus beau après bien des années de grisaille.

Je suis surtout soulagé de te savoir bien portante. Je vois que tu es satisfaite de travailler auprès de nos blessés. Je ne doute pas de la dureté de ta mission et j'admire ton courage et ta détermination. D'une certaine manière, je t'envie même d'être aussi utile dans cette guerre alors que nous sommes toujours dans l'attente d'un engagement. Je m'absorbe dans les exercices, le sport quand c'est possible (le hockey, notamment, un sport national chez nous), je suis, à travers mes lectures et mes discussions avec notre officier supérieur, le déroulement des événements, en particulier les progrès décourageants des Allemands au pays de Staline. Et j'entretiens toujours cette correspondance serrée avec ma sœur Marie-Jeanne, dont je t'en dirai plus un jour.

Tu me parles d'avenir dans ta lettre et cela me comble de bonheur. Ainsi, tu veux connaître mon pays et apprendre ma langue. Rien ne pourra me rendre plus heureux. Mais je veux d'abord que tu deviennes ma femme. Pour le reste, que ce soit en Angleterre ou chez moi, nous nous établirons selon tes désirs. Je n'oublie pas que tu voulais devenir comédienne. C'est un merveilleux métier et je n'exigerai jamais que tu y renonces pour moi. Tu es jeune et pleine de talent et je sais trop bien ce qu'il en coûte de renoncer à ses rêves. D'ailleurs, je serai ravi d'avoir une actrice comme épouse! Moi aussi, j'aurai de grandes décisions à prendre, le temps venu. Soyons patients pour l'instant. Il faudra du temps avant que nous émergions de cette guerre. Il est sûr qu'elle changera beaucoup de choses en nous. Une seule certitude persistera: quoi qu'il arrive, nous nous aimerons. Quoi qu'il arrive, Roselyn, même si tu devais m'oublier, je suis et je serai à toi. À personne d'autre, jamais.

J'embrasse ton si beau visage et je te serre dans mes bras.

Ton Rodrigue

Deux jours plus tard, la lettre qu'avait écrite Marie-Jeanne le soir du mariage de sa Marie lui arriva. Les souvenirs qu'elle évoquait resurgirent. Il se rappela le triste Noël qui avait suivi son départ du séminaire cette année-là et le serrement de cœur qu'il avait ressenti en voyant sa sœur poser sur le jeune Anthime un regard nouveau dont il était exclu. Cela l'avait conforté dans sa décision de partir dans le bois, à Saint-Faustin, ce qu'il fit deux jours plus tard pour revenir tout bêtement après quelques semaines, atteint des fièvres typhoïdes et incapable d'assister au mariage de sa sœur. À partir de là, Marie-Jeanne avait été prise par une autre vie, avec ses enfants à elle, et chacun avait suivi un chemin qui n'avait rien à voir avec l'espérance que l'éducation avait pu nourrir en eux. Il s'empressa de répondre à Marie-Jeanne.

::

Ce 6 novembre, à l'heure précise où Rodrigue écrivait à Marie-Jeanne, *sister* Roselyn Leigh savourait dans le petit salon réservé au personnel médical un congé bien mérité. Jamais de toute sa vie, elle ne s'était sentie aussi fatiguée. Au quartier sanitaire du *HMS Ark Royal*, le travail avait décuplé depuis que le bâtiment accompagnait des convois d'approvisionnement en Méditerranée. Des éclopés provenant des bateaux escortés ne cessaient d'affluer à bord après les attaques de la flotte italienne ou des sous-marins allemands qui grouillaient sous les eaux. Le manque de sommeil et la tension sourde qui régnait durant les missions ne laissaient aucun répit. Malgré tout, elle se dit qu'elle avait une chance inouïe de travailler à proximité de son frère Bill, qui était l'un des pilotes de reconnaissance à bord. Il leur arrivait même de se retrouver brièvement autour d'un verre. Tant qu'elle pourrait travailler près de lui, elle ne serait pas seule. Sa rêverie fut interrompue par l'arrivée en trombe d'une collègue.

— Oh lala! C'est le branle-bas au service! On a encore eu un blessé grave et un disparu ce matin. Il paraît que l'un de nos trois avions en reconnaissance sur la côte espagnole a été abattu et que celui que pilotait le blessé est tellement amoché qu'on se demande comment il a pu se poser.

Roselyn eut soudain très mal au ventre.

— Mais qui manque à l'appel? Qui est blessé?

— Ça, je ne sais pas, répondit l'infirmière en se faisant servir un grand café.

Roselyn se précipita sur le pont.

— Mon Dieu, faites que ce ne soit pas Bill. Mon Dieu, je vous en prie !

Dieu ne l'entendit pas. L'avion tombé en mer était bien celui de Bill. Bill avait disparu. Il était dans l'eau, mort. Plus jamais elle ne le reverrait. Elle couvrit sa bouche de ses mains et son visage se tordit de douleur. Des tremblements convulsifs agitèrent tout son corps. Le regard affolé, elle empoigna sa gorge comme si quelqu'un voulait l'étrangler. Elle suffoquait. S'apercevant de sa détresse, un officier la ramena rapidement à la clinique. Elle était très choquée. Le médecin lui fit une injection et la mit au repos complet pour une semaine.

Quatre jours plus tard, le porte-avions partait livrer des appareils à l'île de Malte. Roselyn n'allait pas beaucoup mieux. Le voyage lui parut long alors qu'il ne l'était pas. Avec beaucoup de précautions, le bâtiment ne fit que s'approcher de l'île pour permettre aux avions de voler jusqu'à elle ; ensuite, il fit demi-tour et prit le chemin de la rentrée à Gibraltar. Il fallait se méfier des sous-marins ennemis maintenant très actifs dans la région. Le 13 novembre, on approchait enfin de la base. Sept jours s'étaient écoulés depuis la disparition de Bill. Cet après-midi-là, le médecin en chef du service tentait de convaincre Roselyn de rentrer à Londres pour se reposer davantage quand, brusquement, toutes les lumières du quartier s'éteignirent. Roselyn fut terrifiée. L'image du métro plongé dans une noirceur d'enfer lui revenait, affolante. Le médecin prit la main tremblante de Roselyn et ordonna que l'on coure aux nouvelles. Elles étaient des plus graves. Une torpille provenant sans doute d'un sous-marin venait de briser la coque. Il y avait une brèche à bâbord et à tribord. Les réserves de carburant et les stocks de munitions étaient touchés, la chambre des chaudières inondée ; celle des machines ne fournissait plus d'électricité.

Le porte-avions s'inclinait déjà. Dans la confusion générale, le capitaine Maund ordonna l'évacuation complète afin d'éviter le pire. Avec l'aide d'une infirmière, Roselyn revêtit son uniforme et s'assit sur son lit pour attendre les consignes. Mais au bout d'une heure et demie d'efforts, le bâtiment sembla se redresser un peu. On pouvait peut-être le remorquer jusqu'à Gibraltar et le réparer là-bas. L'évacuation fut annulée. Il faisait froid dans la salle. Roselyn étendit ses jambes et prit une couverture. Elle ne pouvait pas quitter l'infirmerie sans la permission du médecin et, d'ailleurs, elle ne s'en sentait pas la force. On fournit bien-tôt un minimum d'éclairage avec les moyens du bord puisqu'il fallait de toute manière organiser le transport des malades et du personnel sur les ponts. Le médecin responsable du service sanitaire fit le tour des patients en donnant les instructions qu'il fallait pour la suite des choses. Il trouva la jeune infirmière très ébranlée.

— Pour commencer, vous allez vous étendre sur une civière et y rester ; on vous portera, ordonna-t-il. L'attente sera longue. Ce remorquage n'est pas gagné, vous savez. On ignore si le *Ark Royal* tiendra le temps qu'il faut. Prenez un calmant et ménagez vos nerfs. Ne vous inquiétez pas, nous nous occuperons de vous quand le temps sera venu. Surtout, tâchez de rester calme.

Roselyn savait bien que le médecin avait raison. Elle avala la pilule qu'on lui tendait. Bien lui en prit, car la nuit fut un enfer pour l'équipage. Une équipe essaya de remettre une chaudière en fonction pour redonner un peu d'énergie ; rien n'y fit. Il fallut rester dans le noir pendant que le *Thames*, un petit remorqueur, s'attelait au porte-avions pour le tirer jusqu'à bon port. Mais le mastodonte continuait de s'enfoncer lentement. À quatre heures du matin, le capitaine dut se résigner à appliquer le plan d'éva-cuation, qui fut exécuté à la lettre. À part un matelot, les mille cinq cents personnes à bord furent ramenées saines et sauves à Gibraltar. Roselyn passa à terre dans une sorte d'état second. Ce n'est qu'une fois qu'elle fut couchée sous l'une des tentes dressées pour recevoir les blessés qu'un épuisement encore plus grand que son anxiété la jeta dans un sommeil profond. Deux heures plus tard, à une cinquantaine de kilomètres de la rive, le porte-avions brisé en deux sombrait dans l'épaisseur avide de la mer. En trois petites minutes.

::

Malgré ses efforts, Rodrigue ne sut rien des déplacements du porte-avions sur lequel se trouvait Roselyn jusqu'au soir du 18 novembre où, alors qu'il parcourait avidement les journaux, il tomba pile sur une photo du *HMS Ark Royal*. Une terrible nouvelle l'accompagnait. Le 14 novembre, alors qu'il mouillait en Méditerranée, le bâtiment avait coulé des suites d'une brèche énorme infligée la veille à sa coque par un sous-marin U-81. On mentionnait toutefois que presque tous les passagers avaient été transbordés. Où était Roselyn ? Que lui était-il arrivé ?

À la recherche d'informations touchant le sort des rescapés, il tenta d'abord de joindre le lieutenant Bill Leigh. Après tout, la catastrophe touchait un porte-avions célèbre, l'un des bâtiments maritimes les plus importants mis au service des forces aériennes. Il apprit que le pilote avait lui-même disparu en Méditerranée le 6 novembre, au cours d'une opération aérienne.

Décidément, le ciel tout entier tombait sur la tête de Roselyn. Quand et comment avait-elle appris la mort de son cher frère ? Bill Leigh était un des meilleurs pilotes de la RAF. Même si Roselyn n'ignorait pas les risques qu'il acceptait de prendre plus souvent qu'à son tour, Rodrigue craignait fort qu'elle n'ait pu supporter la perte du seul membre de la famille qui lui restait. Il dut attendre la veille de Noël pour qu'une lettre de Roselyn tombe enfin entre ses mains.

25 novembre 1941

Mon Rodrigue,

J'imagine que les journaux ont rapporté le naufrage du HMS Ark Royal *sur lequel j'étais en service depuis plusieurs semaines. Notre grand vaisseau gravement endommagé par une torpille allemande a effectivement coulé au petit matin, le 14 de ce mois. Je m'empresse de te rassurer. J'ai été ramenée saine et sauve à terre. On m'a transportée avec la vingtaine de blessés qui étaient sous nos soins dans le quartier médical du porte-avions. Je m'y trouvais non pas comme infirmière, mais comme patiente par suite du choc violent que m'avait causé la disparition de mon frère Bill le 6 novembre, au cours d'une mission de repérage pendant laquelle son avion a été descendu. Bill et deux autres pilotes avaient décollé de notre porte-avions quatre heures auparavant. Lui seul n'est pas revenu.*

Dois-je te le dire, mon cœur s'est brisé en mille miettes. Je n'ai même pas pleuré en apprenant la nouvelle. Mais mon corps m'a trahie. J'ai été prise de spasmes incontrôlables. J'avais l'impression que mes poumons allaient éclater. Un de nos médecins s'est occupé de moi et j'ai été mise en congé pour une semaine.*

Je suis encore considérée comme convalescente. On veut m'expédier à Londres pour un repos prolongé. Mais je refuse et je ferai tout pour l'éviter. Je ne me vois pas revenir sur Upper Cheyne Row pour entrer dans une maison où il n'y a plus que des morts. Ce serait la pire des choses. Un malheur chassant l'autre, le naufrage a eu ceci de bon qu'il m'a sortie de ma léthargie. Je dois combattre le sentiment de solitude qui m'envahit; il y a tant à faire et nos soldats souffrent tant! Je vais demander à repartir dès que possible, quitte à ce que l'on me confie d'abord des tâches légères. On se bat sur la Méditerranée presque autant que sur les continents qui la bordent. J'ai le sentiment que c'est par ici, quelque part entre* *l'Afrique et l'Europe, que se renversera le sort de cette guerre. Je veux donc y rester.*

Au moins, tu existes et je t'aime toujours,

Ta Roselyn

Rodrigue replia la lettre en tremblant. Il était soulagé, mais un malaise indéfinissable l'empêchait de se réjouir. Dans les heures suivantes, il relut plusieurs fois le message jusqu'à ce qu'il comprenne ce qui le troublait. Ce mot si pathétique de Roselyn n'avait pas la douceur frémissante de l'amour mais quelque chose de haletant, comme le désespoir. Roselyn était désespérée. Elle se sentait seule, terriblement seule, et personne n'y pouvait rien. Même pas lui! Comme s'il ne comptait pas ou pas assez. Pourquoi ne l'appelait-elle pas au secours dans sa détresse? Peut-être ne l'aimait-elle pas autant qu'il l'aimait? Il valait mieux réfléchir avant de lui répondre. Ah! S'il pouvait au moins en parler avec Marie-Jeanne! Elle saurait lui expliquer ce qui se passe dans la tête d'une femme en pareil cas. Écrire d'abord à sa sœur l'aiderait à y voir clair. Ce qu'il fit.

Angleterre, 25 décembre 1941

Chère Marie-Jeanne,

Aide-moi! Je n'y vois plus clair. Il est huit heures du matin, c'est Noël et je viens de recevoir un message de Roselyn qui me fend le cœur. Les catastrophes s'accumulent sur sa tête, deux grandes épreuves en quelques jours!

L'avion que pilotait son frère Bill a été descendu lors d'une mission de reconnaissance en Méditerranée le 6 novembre dernier. Elle était malade et sous le choc quand, huit jours plus tard, le porte-avions sur lequel elle travaillait a été torpillé et coulé près de Gibraltar. Heureusement, elle a été ramenée ainsi que tout l'équipage sur la terre ferme. Je suis évidemment soulagé de l'apprendre, mais une autre peur s'est glissée dans ma tête, presque aussi douloureuse que celui de la perdre. Je la sens au fond du désespoir le plus noir. Pour échapper à la solitude, elle ne pense qu'à remonter sur un autre navire pour continuer le même travail dans la même région actuellement très agitée. Elle refuse qu'on l'envoie à Londres se refaire des forces. Nous aurions pourtant une chance de nous rapprocher, de nous voir même. Cette perspective semble lui échapper, à moins qu'elle ne l'indiffère. On dirait que Roselyn ne compte pas sur moi. Et cela me tue littéralement. Elle ne me croit pas capable de la consoler, de pleurer avec elle. Elle ne met pas son espoir en moi. C'est tout simplement insupportable.

Du coup, je me sens aussi seul qu'elle. Elle a beau finir sa lettre par un « au moins, tu existes et je t'aime toujours », je n'en suis pas si sûr. Normalement, ses malheurs auraient dû la faire courir vers moi. Au lieu de cela, elle cherche sa consolation dans l'affrontement de risques encore plus grands, aussi loin de moi que possible. Je n'y comprends rien. Écris-moi et dis-moi quelle impression tout cela te fait.

Inutile d'ajouter que, dans ces circonstances, l'ambiance de Noël me laisse totalement indifférent. Enfin, je dois te dire que le régiment des Fusiliers est arrivé dans nos parages et j'ai rencontré Félix. Il m'a montré les dernières photos qu'il avait reçues de Romain. Un très bel enfant ! La photo de Marie en mariée était aussi très charmante. À propos de mon neveu, je te dois la vérité, Marie-Jeanne. Il boit énormément. Il n'est pas fait pour l'armée. La longue attente que l'on impose à nos troupes ne vaut rien pour lui. En plus, il est toujours aussi inquiet concernant sa femme, malgré les assurances qu'il a reçues de vous tous. Je le comprends. C'est déjà dur de s'exiler, même volontairement. Mais ce l'est encore plus quand on doute de ceux qu'on aime.

En tout cas, s'il y a quelqu'un dont je croirai toujours à l'affection, c'est bien toi, ma Marie-Jeanne. La distance n'a pas de prise sur nous deux. Passe un joyeux Noël et tous mes vœux à toi et à toute la famille pour l'année 42.

Your brother for ever,

Ton Rodrigue

Écrire à Marie-Jeanne l'avait un peu calmé. Maintenant, il devait répondre à Roselyn. Il relut encore une fois sa lettre. Elle avait tout de même pris la peine de l'informer dès qu'elle l'avait pu, malgré des circonstances difficiles. C'était la preuve qu'elle se préoccupait de son inquiétude et qu'elle tenait à le rassurer. Une chose était sûre: il ne devait rien dire qui rajouterait à sa solitude, mais au contraire se montrer aussi chaleureux que possible. Plus que jamais, elle devait sentir qu'il était là pour elle, quoi qu'il advienne. Il fit un petit tour à la cantine pour y chercher un café chaud et revint s'asseoir devant une page blanche.

Angleterre, 25 décembre 1941

Ma Roselyn chérie,

Puisque, malgré tous les maux que cette affreuse guerre t'inflige, c'est aujourd'hui Noël, laisse-moi d'abord t'embrasser et te serrer très fort dans mes bras.

Je t'aime tant, Roselyn! J'ai reçu avec le plus grand soulagement ta lettre depuis Gibraltar où je te crois encore, puisque tu as été rescapée non loin de là. Je savais évidemment pour le naufrage du Ark Royal comme aussi pour la disparition de ton frère. Bill était un pilote remarquable et l'un des hommes les plus braves qu'il m'ait été donné de rencontrer. Sa mort est une perte pour l'Angleterre. Pour toi, je sais que c'est pire que tout. Le malheur te prive de l'unique proche qui te restait. C'était bien assez pour suffoquer. Comment pourrais-je à moi seul soulager cette solitude douloureuse dont tu me parles ? Chaque personne aimée a sa niche dans nos cœurs et personne d'autre ne peut l'occuper. J'aurais beau t'aimer à en perdre la raison, je ne pourrais jamais combler le vide laissé par la disparition de ta mère, de ton père et de ton frère. Cette impuissance me désespère ; je voudrais tant avoir le pouvoir d'apaiser ta peine ! Me laisseras-tu au moins essayer ?

Tu m'écris que tu ne veux pas d'une permission à Londres et qu'il n'y a pas de meilleur remède pour toi qu'un retour sur le front. Moi, je serais évidemment fou de bonheur de te savoir ici quelque temps et peut-être même de te voir. Mais toi seule sais ce qu'il te faut en ce moment. Ce qui est certain, cependant, c'est que tu devras te reposer pour tenir le coup. Ne laisse pas le chantier éreintant des batailles liquider tes forces. Il faut absolument que tu prennes soin de toi. Fais-le pour moi. Ne désespère pas, je t'en supplie ! Je t'offre ce que j'ai et ce que je suis. Si tu m'aimes toujours, nous aurons un avenir.

Ici, il ne se passe rien de très nouveau pour l'instant. On me confie souvent des tâches administratives et je suis heureux de mettre ma plume et mes capacités au service de notre cause. Nos troupes sont plus que prêtes à réaliser les plans de nos grands stratèges. L'année 1942 sera peut-être la bonne. C'est ce que nous espérons tous.

Là-dessus, je te berce et je t'embrasse en espérant d'autres nouvelles de toi le plus tôt possible.

Ton Rodrigue

En signant cette lettre, Rodrigue ne se doutait pas qu'elle serait la première d'une série qu'il enverrait désespérément pendant plusieurs mois comme autant de bouteilles à la mer sans que jamais le ressac lui rapporte un signe d'elle.

PARTIE V

Saint-Jérôme, février 1942

Au Québec, l'année 1942 ramena d'abord le vieux débat de la conscription. On ne parlait que de cela dans la rue, au marché et sur le parvis de l'église de Saint-Jérôme. Pour que le pays envoie encore plus d'hommes que les cent vingt-cinq mille volontaires déjà partis là-bas, il fallait effacer la promesse faite par le gouvernement canadien de ne pas appliquer l'enrôlement obligatoire sans condition. Là-dessus, tout le pays s'apprêtait à passer aux urnes le 27 avril en vue d'un plébiscite. La province de Québec se mit sur un pied de guerre. Des mouvements sociaux et politiques menèrent une campagne fébrile pour le «non» afin de déjouer une procédure injuste et pipée d'avance, puisque la majorité anglaise, on le savait, dirait oui. Dans ce concert de protestations, une seule voix divergeait, mais c'était la plus importante, celle du clergé. C'est ainsi qu'un dimanche de février, ni Anthime ni Marie-Jeanne n'attendirent la fin de la messe pour quitter l'église. Au prône, le curé venait de lire une lettre de Monseigneur Villeneuve enjoignant à ses ouailles de voter pour la levée de la promesse fédérale afin de sauvegarder le monde et la religion. L'église se vida à moitié.

Laissant Marie-Jeanne regagner seule la maison, Anthime se dirigea droit vers l'hôtel Lapointe pour discuter avec ses amis.

La colère grondait; on n'y alla pas par quatre chemins. L'évêque était un traître et le curé un mouton. On se rappela les déboires de la guerre de 14-18 et de ceux sur qui l'armée avait tiré en pleine manifestation à Ottawa. Rien de moins qu'un coup de force déshonorant qui ne serait jamais oublié! Après un affront pareil, voilà que le clergé trompait son monde en prenant le parti des Anglais! Cela dépassait les bornes, malgré tout le respect qu'on leur devait! Pourtant, comme toujours, il se trouva un ou deux concitoyens bien placés pour prendre le contre-pied de l'opinion générale et défendre l'Église.

— Mangez du prêtre tant que vous voudrez, ça va se retourner contre vous autres! À part de ça, on peut pas empêcher la conscription. Le gouvernement, il l'a déjà, le pouvoir de nous enrôler de force! Tout ce qu'il y a dans le chemin, c'est une simple promesse. Oubliez pas, une promesse, c'est rien à côté d'une loi. Le gouvernement pourrait passer par-dessus, dit Gaston Lachance, commerçant de son état et marguillier de la paroisse.

On siffla. On cria! Anthime cracha par terre. Passer par-dessus une promesse? Passer par-dessus une parole donnée dans un arrangement avec le peuple? Encore une fois, il s'agissait d'une question qui séparait les gros des petits, c'est-à-dire les Anglais des Français, et, encore une fois, le clergé était avec les gros! Le vieux Jean-Baptiste Beauchamp, bien connu pour son méchant caractère, eut le dernier mot. Sa Dora lui avait donné quinze enfants vivants, tous des garçons sauf la petite dernière. Les quatre plus vieux, déjà partis depuis longtemps, attendaient les ordres en Angleterre. Il fendit les premiers rangs pour s'approcher du traître et parla dans un silence d'église.

— Bon, écoute-moi bien, Lachance. Pourquoi on voterait oui au plébiscite, baptême? Pourquoi on les laisserait nous forcer à prendre le fusil? Jusqu'à aujourd'hui, on s'est pas empêché d'y aller, à c'te maudite guerre, au moins autant que les autres provinces? Prend Anthime que tu vois icitte, son seul garçon a traversé en 40. Puis moi, j'en ai quatre qui sont partis là-bas. Tous des volontaires! Me semble que le Canada peut pas nous reprocher grand-chose! Jusqu'à aujourd'hui, Mackenzie King a eu tous les hommes qu'il lui fallait, pas vrai? En plus, même ceux qui restent ici travaillent pour la guerre. Même les femmes travaillent pour la guerre astheure! Si jamais il faut en faire plus, on les fera, les sacrifices, crains rien. On est pas instruits, mais on a du cœur!

Les applaudissements crépitèrent. Anthime se leva pour lui tendre la main devant tout le monde.

— Tu peux pas avoir plus raison que ça, mon Jean-Baptiste. Astheure, je m'adresse à tous vous autres. La Ligue organise un grand ralliement contre le plébiscite à Montréal, au marché Saint-Jacques, pour le 11 février. Il va y avoir des beaux discours. On est déjà cinq gars à partir par le petit train. Il nous faut le plus de monde possible. Qui est prêt à venir avec nous autres?

Plusieurs levèrent la main.

— Parfait. Oubliez pas. Le 11 février. Rendez-vous à la gare à six heures du matin.

Anthime se rassit pour finir son verre. La taverne se vida peu à peu. Il allait appeler le serveur pour régler la note quand l'ami qui partageait sa table, Henri Latreille, lui saisit le bras d'un air mystérieux.

— Anthime, reste donc. J'ai quelque chose de... de... à te dire.

Intrigué, Anthime frotta une allumette de bois sous sa semelle pour rallumer sa pipe.

— Anthime, on est des vieux amis, toi et moi. Je sais pas si je devrais te dire ça, parce que ça me regarde pas. Mais d'un autre côté, ma femme m'a dit que, pour le bien du petit, il faut que tu sois au courant de ça.

— De quel petit tu parles, toi là?

— Je parle du petit gars de ton Félix qui est parti de l'autre bord. Je sais pas comment te dire ça, mais sa femme Irma se conduit pas comme il faut, à ce qui paraît.

Henri essayait de lire sur le visage d'Anthime s'il devait continuer ou non. Ce dernier lui fit signe de poursuivre. Henri Latreille avait un frère du nom d'Hector. Anthime le connaissait bien. Hector, un gros buveur, passait ses soirées chez Plouffe. À plusieurs reprises, il avait vu Irma en train de boire plus que de raison avec sa jeune sœur Thérèse. Mais pire encore, les deux femmes montaient aux chambres avec des clients. À des heures pareilles, on pouvait se demander qui gardait son enfant et comment elle prenait soin de lui en rentrant. Henri jura qu'il ne parlerait de tout cela à personne.

— C'est correct. Je vais y voir, Henri. Puis je te remercie de m'avoir averti. Romain, c'est ce qui compte le plus pour moi. Là, il faut que je parte. Salut ben !

Dehors, il faisait un temps digne de la Sibérie profonde et pourtant, l'air n'était pas encore assez frais pour calmer le feu qui brûlait son visage. Il ne pouvait pas douter de la parole d'Henri, qu'il connaissait depuis des années. La première chose à faire était de vérifier ce qui en était et pas plus tard que ce soir. Il se dépêcha d'abord de rentrer à la maison.

Marie-Jeanne était perplexe. Pas plus que Clarisse, elle n'avait décelé de signe de négligence lors de ses brèves visites. Mais c'était toujours durant la journée. Cela ne prouvait pas qu'il ne se passait rien le soir venu. Elle proposa d'aller chez Irma après le souper sous prétexte de lui apporter quelques vêtements d'enfant prêtés par Caroline.

— Non. Prépare le sac. C'est moi qui y vas.

— Anthime, tâche de ne pas t'énerver trop vite et, surtout, ne dérange pas le petit, s'il dort. En cas d'urgence, Irma a le téléphone ; appelle Caroline. Elle viendra me prévenir et j'irai le garder. Sais-tu comment faire pour téléphoner ? Tu n'auras qu'à dire à l'opératrice que tu veux appeler Caroline Laforgue de la rue Saint-Georges. Ensuite, tu vas attendre pendant que son téléphone sonne. Tu parleras quand Caroline répondra. Comprends-tu ?

Anthime, qui n'avait jamais touché à un téléphone de sa vie, fit un signe vague de la tête. Il partit après les nouvelles à la radio. Une fois devant l'appartement d'Irma, il vit qu'une seule lumière brillait dans la fenêtre de la cuisine. Il s'approcha. Au lieu de la silhouette de sa belle-fille, il aperçut celle d'un petit homme. Le mieux était d'y aller carrément. Il actionna la sonnette. Au troisième coup, quelqu'un ouvrit timidement et Anthime eut la surprise de voir apparaître la tête d'un jeune garçon qui n'avait pas l'air d'avoir plus de douze ans. Il demanda à voir Irma.

— Ma tante est partie, répondit l'enfant, effrayé.

Il s'appelait Ronald Lacasse; il était le fils de Rosa, la sœur aînée d'Irma. Il était venu garder Romain. Anthime voulut savoir à quelle heure Irma rentrerait.

— Euh… je le sais pas. Ça dépend. Des fois, elle revient à neuf heures, des fois plus tard. Mais de toute façon, moi, je dors ici. Comme ça, ma tante est pas toute seule.

Anthime se présenta en expliquant qu'il était venu apporter quelque chose pour Romain en passant. Il demanda à le voir un instant. Penaud, Ronald conduisit son visiteur jusqu'à la chambre d'Irma, où se trouvait la couchette du petit. Romain dormait effectivement à poings fermés. Après l'avoir longuement regardé, Anthime se retira dans la cuisine et s'assit près de la fenêtre pour attendre sa bru.

— Il est tard pour toi, mon petit gars. Va te coucher, moi, je vais veiller ici jusqu'à tant qu'Irma arrive, dit-il en sortant sa pipe.

Le jeune Ronald sortit un oreiller et une couverture d'une garde-robe et s'étendit sur le vieux divan du salon après avoir ôté ses souliers. Deux heures passèrent. Irma ne revenait toujours pas. Si elle se trouvait encore chez Plouffe, elle devait être dans un état d'ébriété avancé à l'heure qu'il était. Qu'est-ce qui allait se passer quand elle le verrait là, dans sa cuisine, en train de l'attendre? Et alors comment parler avec quelqu'un qui n'a pas toute sa tête? Elle pouvait être complètement saoule. Pire encore, elle était peut-être en train de s'occuper d'un client, comme le disait Henri Latreille. En tout cas, elle ne méritait pas d'avoir un si beau petit garçon! Non. Il ne pouvait plus laisser faire ça. C'était sa première idée qui était la meilleure : prendre le petit, l'habiller et l'emmener chez lui. Comme ça, Irma pourrait se dévergonder tant qu'elle le voudrait, le petit serait à l'abri en attendant que son père revienne. Il nettoya lentement le fourneau de sa pipe refroidie et la remit dans sa poche. Puis il réveilla le jeune garçon et lui demanda où étaient les affaires de l'enfant. Il lui fit préparer un sac contenant des biberons, des couches et quelques objets de toilette. Il fouilla lui-même dans les tiroirs et prit de petits vêtements qu'il enfouit parmi les autres dans le sac qu'il avait apporté.

— Je vais habiller le petit et l'amener chez nous. Toi, recouchetoi, puis attends ta tante. Tu lui diras que le petit va rester chez nous, puis qu'elle a rien qu'à venir à la maison pour le voir, dit Anthime en enveloppant dans une grande couverture l'enfant qui pleurait de frayeur.

— Il pleure fort, le bébé. Il est trop surpris. Donnez-lui sa suce. Attendez, je vais mettre un peu de miel sur le bout, vous allez voir comment il aime ça.

Décidément, Ronald s'y connaissait! Il avait donc l'habitude de prendre soin du petit. Anthime, qui n'avait quasiment jamais pris ses propres enfants dans ses bras, le laissa faire. Le bébé se calma tout de suite et se mit à téter goulûment en levant vers son grand-père d'immenses yeux sombres encore pleins de larmes. Anthime le serra contre lui et sortit avec son précieux fardeau.

Quand elle vit l'enfant dans les bras d'Anthime, Marie-Jeanne crut défaillir. Ce qu'elle craignait depuis des mois venait de se produire. L'enfant terrifié se mit à pleurer à tue-tête.

— Anthime! Qu'est-ce que tu as fait là? Je t'avais dit d'appeler Caroline en cas d'urgence. Regarde-moi ce pauvre enfant tout apeuré. Ça ne se fait pas, Anthime. On ne réveille pas un bébé comme ça. Et puis je n'ai pas ce qu'il faut ici pour prendre soin de lui. Où veux-tu que je le couche ? Je n'ai même pas de lit d'enfant.

Elle était hors d'elle et l'enfant hurlait toujours. Anthime se fâcha pour de bon.

— Tais-toi, puis occupe-toi de lui, m'entends-tu ? Il était tout seul avec un petit gars de douze ans dans la maison. J'ai attendu deux heures puis elle arrivait pas. J'ai décidé que c'était assez. Le petit va rester ici, puis on va s'en occuper tant que Félix reviendra pas. Irma pourra faire la putain tant qu'a voudra. V'là ses affaires. C'est toi la femme. Tu sais ce qu'il faut faire, dit-il en lui tendant le sac.

::

Pour Marie, l'année 42 commençait tout aussi mal. Jusque-là, elle avait échappé au plus grand danger qui la guettait depuis son mariage : tomber enceinte. Chaque mois, elle remerciait Dieu quand ses règles apparaissaient ; c'était toujours ça de pris. Mais au début de février, elle eut beau s'agiter, laver les planchers de Clarisse, prendre plus de thé que d'habitude, rien n'arriva. La mort dans l'âme, elle se résigna à consulter le docteur Dugal. Ce dernier crut lui annoncer la bonne nouvelle qu'elle attendait. Elle était bien enceinte.

— Comment ça ? J'ai suivi la méthode Ogino à la lettre.

— Ogino ? Évidemment, c'est la seule méthode de contraception que l'Église permet. Ça aide, mais c'est loin d'être infaillible. Elle est basée sur l'abstinence durant les jours entourant l'ovulation. Que voulez-vous, une ovulation, ça peut se produire n'importe quand, en réalité.

Le médecin faisait semblant de ne pas voir sa déception. D'après ses calculs, l'accouchement était pour la fin d'octobre ou le début de novembre. Il s'enquit de son état. Tout semblait parfait. Le médecin recommanda de bons repas et du repos, ce qui signifiait le départ de l'usine. D'ailleurs, la place d'une mère était au foyer. Marie protesta, mais il insista : travailler n'était bon ni pour elle ni pour l'enfant.

— Vous savez, ma petite dame, on ne choisit pas. Il faut accepter le cadeau du bon Dieu, dit-il en lui tendant la main.

Elle sortit du cabinet, la mine basse. Malgré le vent aigre qui soufflait dehors, elle marcha lentement pour se donner le temps de penser. Le cadeau du bon Dieu ? C'était plutôt la misère qui commençait. L'exemple de sa mère était là pour le démontrer. Dix grossesses à la chaîne qui se terminaient par des cris terrifiants quand elle accouchait au fond de sa chambre close et pleine de mystères. Elle revit Marie-Jeanne, à bout de souffle, assise près de la table, un tablier douteux tendu autour de son ventre rebondi. Quand arrivait le temps de nettoyer et de faire de l'ordre dans la maison, elle n'en avait ni la force ni le goût. Et alors, le désordre ambiant rendait encore plus triste la pauvreté des lieux. Marie avait tant souffert de vivre dans un foyer mal tenu ! Comme elle avait été humiliée, elle, la plus douée de sa classe, de se voir reléguée au dernier rang lors de la visite de l'inspecteur à cause de sa robe pleine de taches et de ses vilaines chaussures ! Si tout cela arrivait, c'était parce qu'ils étaient pauvres et que sa mère avait trop d'enfants !

Une chose était sûre, maintenant. Elle n'aurait pas la chance de tante Marie-Anne, la sœur d'Anthime, l'olympienne tante Marie-Anne, souveraine et si élégante quand elle venait de Montréal une fois par année pour voir la famille ! Elle avait tout ce que Marie-Jeanne n'avait pas pour une seule bonne raison : Dieu lui avait fait la grâce de la stérilité. Elle était à l'abri de toute désorganisation. Son corps n'avait jamais été déformé ni sa maison mise sens dessus dessous par une nuée d'enfants.

Voilà. Sa vie venait de basculer. Déjà, elle allait s'appauvrir puisqu'elle devrait quitter l'usine. Et puis, il y avait l'épineux problème du logement. Plus question de rester en chambre chez Clarisse ! Il fallait trouver un appartement quelque part. Mais à quel prix ? Il y avait bien la mère de Ferdinand qui offrait le logis du premier étage, rue Saint-Jovite, mais jamais elle ne pourrait supporter une voisine comme elle ! La maison de Clarisse était maintenant en vue, elle ralentit le pas. Non, elle ne laisserait pas le destin conditionner sa vie n'importe comment. Son père pouvait peut-être l'aider ! Elle se mit à réfléchir et la solution apparut soudain devant ses yeux, claire comme du cristal. Elle accéléra et passa tout droit pour se rendre jusque chez Marie-Jeanne.

Celle-ci l'accueillit en chuchotant. Le petit Romain n'avait pas terminé sa sieste d'après-midi. Elles s'assirent toutes les deux dans la cuisine, devant une tasse de thé. Marie-Jeanne semblait très fatiguée. Sur le comptoir, une pile de couches malodorantes attendait le lavage. La maison, d'ailleurs, n'était pas très en ordre.

— Tu en as plein les bras, hein, maman ? demanda-t-elle gentiment.

Marie-Jeanne secoua la tête. Romain prenait presque tout son temps. La séparation brutale d'avec sa mère l'avait rendu nerveux et pleurnichard, surtout la nuit. En plus, Irma n'arrêtait pas d'appeler chez Caroline pour réclamer le petit. Elle n'osait pas encore venir cogner à la porte, mais la chose n'allait pas tarder. Anthime ne voulait pas la voir dans la maison. Il craignait trop qu'elle s'échappe avec le petit. Après tout, elle était bien assez folle pour faire une chose pareille.

— Oui, je sais, maman. Elle est allée se plaindre chez Clarisse et ça a tout pris pour la calmer. Ça n'a pas de sens que Romain ne voie pas sa mère. Il va être tellement perdu, le pauvre enfant ! Il faut trouver une solution.

Marie suggéra que l'on organise des visites chez Clarisse de temps à autre, en cachette d'Anthime, évidemment. Caroline pourrait y emmener le petit tranquillement sous prétexte de promenade. Avec bien du monde autour d'elle, Irma se comporterait peut-être mieux. C'était une bonne idée. Mais il y avait autre chose aussi.

— Marie, je peux te le dire à toi. Les deux bras me sont tombés quand ton père m'est arrivé avec le petit enveloppé comme un paquet dans sa couverture! Naturellement, je ne pouvais pas refuser d'aider ce pauvre enfant. Mais je n'en vois pas la fin. Personne ne peut dire quand Félix reviendra. Ça pourrait prendre des années. Je ne suis plus capable de m'occuper d'un jeune enfant. Ni dans ma tête ni physiquement. Regarde mes mains. L'arthrite recommence à me torturer. Frotter des couches sur la laveuse, c'est trop dur pour mes doigts. Ils sont déjà croches, comme tu le vois. Les pieds me font mal aussi.

— La vérité, maman, c'est que tu as fait ta part pour ce qui est de la maternité. Ce n'est pas juste que tu sois prise avec le problème. J'espère que la vie de mère de famille sera moins dure pour moi.

Elle porta la main à son ventre en poursuivant:

— J'attends un petit. Déjà! Ça aurait pu attendre, me semble. Le médecin veut que j'arrête de travailler, mais il n'y a pas de raison. Je ne suis pas fatiguée. Et puis, il faut ramasser l'argent le plus possible pendant qu'on peut! Oublie pas que ça va nous prendre un logement!

Marie-Jeanne était bien d'accord. Tant qu'elle se sentait bien, mieux valait rester à l'usine. Elle aurait ensuite tout le temps de s'encabaner dans sa maison. Mais pour ce qui était du logement, c'était une autre paire de manches. Marie voulait rester dans le bas du village où elle se sentait chez elle, près de ses parents et de ses sœurs déjà mariées.

— J'ai eu une idée, maman. Tu me diras franchement si tu l'aimes ou pas. Mireille va se marier au mois de mai. La maison ici est trop grande pour papa et toi. Qu'est-ce que tu dirais si moi, je prenais votre logis tout en vous gardant comme pensionnaires avec Romain? À partir du mois de mai, mettons. C'est moi qui paierais le loyer, puis papa me verserait une petite pension pour vous deux.

Marie-Jeanne hocha la tête. Sacrée Marie ! Elle trouvait encore le moyen de tirer parti de la situation. Que c'était tentant ! Marie tiendrait la maison. Elle serait déchargée des tâches ménagères et pourrait aller se promener dans les magasins ou chez ses autres filles ou chez son frère Pierre et sa femme Yvette qu'elle aimait bien. Ô bonheur qui miroitait soudain à l'horizon !

— Écoute, Marie, ça ferait bien mon affaire. Mais Romain, qui va s'en occuper ?

— Je vais réfléchir à tout ça. Je te promets que tu n'auras pas Romain sur les bras encore longtemps. Il s'agit de s'entendre avec papa. Je trouverai un moyen. En attendant, parle-lui de ma proposition. Je viendrai souper ici, dimanche soir prochain. S'il est d'accord, on s'entendra sur les conditions.

Trois jours plus tard, ils se retrouvèrent autour de la table de cuisine. Anthime aborda lui-même la question.

— Ta mère m'a rapporté ta proposition concernant notre logis. C'est pas une mauvaise idée. On est assez vieux, Marie-Jeanne puis moi, pour casser maison. Puis j'ai pas d'objection à être pensionnaire chez vous non plus.

Ferdinand faillit s'étouffer. Il posa sa fourchette et jeta sur Marie un regard d'homme traqué. Mais de quoi parlait-on ? Il n'avait jamais été question d'un pareil arrangement entre Marie et lui. Sans se démonter un seul instant, Marie lui expliqua ce qu'elle avait proposé à sa mère. Elle avait attendu de voir ce que son père en penserait pour lui en parler. De toute manière, il n'y avait pas d'autres solutions, compte tenu de la pénurie de logements dans le quartier. Ferdinand regarda tour à tour Marie-Jeanne, qui gardait les yeux baissés, et Anthime, qui attendait sa réponse d'un air surpris.

— Mon Ferdinand, dit alors Marie-Jeanne avec douceur, pour moi, c'est clair que si tu y vois un inconvénient, cela ne se fera pas. Je n'ai pas à me mêler de votre ménage, mais Marie aurait peut-être dû t'en parler avant, même si c'était encore rien qu'une idée.

La voix étranglée par la colère, Ferdinand expliqua que sa mère, Alma, était prête à lui louer son logis du bas pour pas cher. Il aurait bien aimé ajouter que la seule idée de supporter tous les jours un beau-père déplaisant comme Anthime le rendait malade; mais ça ne se faisait pas. Marie ne se laissa pas impressionner.

— Ferdinand, on a déjà parlé de ça. On peut pas vivre dans la maison de ta mère, puis tu sais pourquoi. Une femme qui passe ses journées dans la fenêtre à reluquer ses voisins! Imagine-toi quelle intimité on aurait! Je veux pas voir son nez dans ma marmite, comprends-tu?

Intimité? Avec ses parents comme pensionnaires, ce serait encore bien pire! Mais il se sentait trop responsable du comportement d'Alma lors de la fête du jour de l'An chez l'oncle Victorien pour le dire. Découragé, il repoussa son assiette et recula sa chaise en soupirant. Marie-Jeanne réfléchissait. D'un côté, Marie n'avait pas tort de vouloir vivre à distance de sa belle-mère. De l'autre, on ne pouvait pas se passer de l'accord de Ferdinand. Quant à lui, Anthime venait de comprendre que le torchon brûlait entre Marie et sa belle-mère. Il aurait aimé savoir pourquoi, mais il préférait en arriver à un règlement au plus vite.

— Bon! Marie, dis-nous tes conditions, après, je te dirai les miennes.

Marie savait quoi répondre. Pour commencer, elle était prête à s'occuper de Romain jusqu'à la naissance de son bébé, à deux conditions. La première était que sa sœur Caroline, qui habitait à côté, partage la tâche avec elle. Caroline était prête à le faire. La deuxième était qu'elle ne voulait pas voir Irma chez elle parce qu'elle ne supportait pas les chicanes. Cela laissait environ sept mois pour trouver une solution concernant le petit. Si Félix ne revenait pas d'ici là, le mieux était qu'il retourne chez sa mère et qu'on surveille la situation de près. De toute façon, la guerre finirait bien par finir.

— On verra ça, répondit Anthime qui ne voulait pas s'engager sur ce terrain.

Marie poursuivit. Le logement avait grand besoin d'entretien. Il fallait rafraîchir les murs et remplacer le prélart de la cuisine, usé jusqu'au papier goudron. Il fallait changer la vocation des chambres aussi. Marie voulait dormir dans celle qui donnait sur la rue ; elle était plus éclairée et Caroline pouvait lui coudre de beaux rideaux de velours. Le robinet de l'évier avait des fuites dans la cuisine. Le futur mari de Mireille, un plombier, viendrait le réparer. Pour ce qui était du montant de la pension, elle attendait une offre de son père. Anthime hocha la tête en esquissant une sorte de sourire. Avec elle, la maison serait bien mieux tenue et bien plus confortable.

— Bon, ça a du bon sens. Tu pourrais t'installer ici et payer le loyer à partir du 1er de mai. Il te coûterait douze piastres par mois. Mais je veux pas que tu chambardes la maison avant le mariage de Mireille. Après, tu feras ce que tu voudras. Pour ce qui est de la pension, je t'offre huit piastres par mois tout compris, pour le petit, Marie-Jeanne puis moi, c'est-tu correct ?

Marie frémissait d'aise. C'était plus que bien ! La pension chez Clarisse leur coûtait déjà huit piastres par mois. Elle aurait un logement bien à elle pour seulement quatre piastres de plus. Faire à manger pour quatre adultes au lieu de deux ne coûterait pas beaucoup plus cher. C'était un commencement qui avait de l'allure !

— Ça me paraît raisonnable, papa, conclut Marie.

— À moi aussi, ça me paraît raisonnable, ajouta Marie-Jeanne. Et franchement, j'en serais très contente. Maintenant, Ferdinand, c'est à toi de réfléchir. Prenez tout le temps qu'il faudra pour en discuter, Marie et toi. On n'est pas pressés.

— Ça donnera rien, de discuter. Si c'est ce que Marie veut, j'ai plus rien à dire, conclut-il en se levant de table pour bien montrer qu'il ne voulait plus parler du sujet.

Jusqu'à son départ et pendant qu'il marchait vers la demeure de Clarisse, Ferdinand se tut et Marie ignora son expression boudeuse. Il se coucha aussitôt rentré, laissant à sa femme le soin d'informer Clarisse et Gaspard de leur départ prochain.

Anthime aussi se mit au lit de bonne heure, très content de l'arrangement qui lui ramenait sa Marie. Marie-Jeanne au contraire n'avait pas sommeil. Un malaise l'empêchait de se réjouir de l'arrangement inespéré qui la délivrait de son lourd fardeau. Qu'il était difficile de penser un peu à soi quand on était mère! À neuf heures, Mireille se retira dans sa chambre. Romain dormait, les poings fermés comme un petit boxeur effrayé. C'était l'heure de s'envoler auprès de Rodrigue et de répondre à sa lettre qui racontait les grandes épreuves de sa chère Roselyn.

Saint-Jérôme, 5 mars 1942

Cher Rodrigue,

J'ai reçu ta lettre du 25 décembre dernier. Seigneur! C'est bien effrayant de lire ce qui est arrivé à ta chère amie! C'est assez pour devenir folle! Je ne connais pas ta fiancée, mais je peux t'assurer qu'il en faut bien moins que ça pour déboussoler une femme amoureuse. Songe que, dans la jeune vingtaine, elle est seule au monde, en pleine guerre. Une guerre où elle a le courage de faire sa part. En plus de son travail exténuant, elle ne voit que des horreurs tous les jours; c'est bien assez pour perdre pied. Pour aimer, Rodrigue, il faut en avoir la force. De grâce, donne-lui le temps de se reprendre. Montre-toi affectueux et sois patient. Surtout, ne te mets pas à douter d'elle. Et de vous deux.

Pour ce qui est de Félix, je ne suis pas étonnée d'apprendre qu'il boit et qu'il est malheureux. C'était déjà le cas quand il était ici. Alors, ce doit être pire dans les conditions où il se trouve, là-bas. D'ailleurs, ce qu'il craignait à propos de sa femme est justement arrivé. Anthime a su à la taverne qu'elle avait repris sa mauvaise vie d'avant. Il a fait ni une ni deux et il est allé chercher le petit pour me le ramener à la maison. En plein ce que je craignais! Je m'occupe de lui depuis et Irma proteste comme elle le peut. C'est un enfant difficile qui réagit mal à la séparation d'avec sa mère. La tâche m'épuise, en plus de l'arthrite qui me tourmente à nouveau.

Mais il doit y avoir un bon Dieu pour les mères usées à la corde comme moi. Imagine-toi que Marie, qui est enceinte, a offert de prendre notre logis à partir du mois de mai en nous gardant, Anthime et moi, comme pensionnaires. Elle s'occupera aussi de Romain avec l'aide de Caroline. Autrement dit, je ne tiendrai plus maison. Pour moi, c'est comme être graciée ou libérée de la prison à vie. J'aiderai Marie, bien entendu. Mais je ne ferai plus trois repas par jour, ni le lavage, ni le ménage, ni les courses. Anthime n'attendra plus ça de moi. C'est Marie qui s'en chargera. J'irai au magasin pour mon plaisir seulement. Je pourrai me promener quand je le voudrai, aller à Montréal même. Il n'y a que devant toi que je peux me réjouir si fort et sans gêne de cette délivrance.

En fait, l'affaire a été conclue ce soir, autour de la table. Tout le monde en est très content sauf mon gendre Ferdinand, qui aurait préféré s'installer près de sa mère. Marie n'a pas tort de refuser cette solution, vu le caractère d'Alma Ferland. Tout de même, le fait que Marie n'ait pas pris le temps de discuter avec son mari avant de nous faire la proposition me turlupine. Ferdinand a fini par céder, mais c'était pour ne pas affronter sa femme. S'il fallait qu'Anthime ne laisse pas Ferdinand régner dans sa propre maison, cela ferait du tort à leur mariage. Du moins, je tâcherai de mettre Marie en garde.

Ça y est. J'entends pleurer Romain. Je vais lui préparer un bibe-
ron bien chaud. Je te laisse. Prends garde à toi.

Ta sœur Marie-Jeanne

::

Plus l'échéance approchait, moins Ferdinand pouvait se résoudre à vivre dans la maison d'Anthime. Isolé au milieu de cette famille Gobeil si différente de la sienne, il ruminait une colère impuissante. Il s'en voulait d'avoir cédé si vite. Pourquoi avait-il toujours l'impression qu'il ne pouvait rien contre les volontés de sa femme ? Il devint taciturne et boudeur. Il prit l'habitude de s'arrêter chez sa mère après le travail pour se plaindre de son sort, sans se rendre compte du plaisir qu'il lui procurait en disant du mal des Gobeil. Alma écoutait, trop heureuse d'alimenter son mécontentement et d'ainsi lui faire regretter son départ du bercail. Ferdinand sortait de chez elle encore plus déprimé. Un après-midi d'avril, elle le poussa à donner un grand coup pour s'extraire du pétrin dans lequel il s'était mis. Chauffé à bloc, il se dépêcha jusqu'à la maison de Clarisse. Il trouva cette dernière et Marie sur le point de s'attabler près de Marie-Jeanne, qui avait été invitée pour le repas du soir.

— Enfin, t'arrives ! As-tu vu l'heure ? Dis-moi pas que tu viens encore de chez ta mère, je fais une crise de nerfs, dit Marie pour l'accueillir.

Clarisse et Marie-Jeanne baissèrent les yeux. Alors, il prit une grande respiration et décida d'attaquer sur-le-champ.

— Oui, j'étais chez ma mère. Et puis après ? J'ai bien le droit !

— J'espère qu'elle ne t'a pas encore monté la tête, Ferdinand.

— Ça s'adonne que je pense comme elle. Ma mère a raison, puis j'ai quelque chose à dire. Je veux que tout le monde sache ici que j'ai changé d'avis. Je n'irai pas habiter dans votre logis, madame Marie-Jeanne. Vous êtes bien bonne, mais votre mari n'a pas assez de considération pour moi. C'est moi l'homme, c'est moi qui décide. On va s'installer rue Saint-Jovite, dans la maison de ma mère, un point c'est tout.

— Quoi! Tu penses ça pour vrai, toi? Tu penses que moi, je vais me laisser espionner par ta mère? Oublie ça! Que ça te plaise ou non, je prendrai le logis de mon père. À part de ça, mon mari, tu mèneras pas ma vie comme ça. Jamais un homme va mener ma vie.

Ferdinand, sur sa lancée, en oublia sa peur. Il visa si juste que Marie-Jeanne eut presque envie d'applaudir.

— C'est tout le contraire. Il y a un homme qui mène ta vie, mais c'est pas moi, c'est ton père. C'est lui qui compte. Pas moi, ton mari. C'est lui qui décide pour toi, puis tu t'en aperçois même pas.

Un court instant embarrassée, Marie n'hésita plus à le blesser.

— Tu sauras que mon père, il a une tête sur les épaules! Il se laisse pas influencer par n'importe qui. Il m'a toujours donné de bons conseils. Il a confiance en moi, puis j'ai confiance en lui.

— Puis moi? Moi? T'as pas confiance en moi, c'est ça?

L'effort était trop grand. Il fallait aller trop loin; il perdait pied. Sa voix se brisa. Là, devant Clarisse qui avait l'air effaré et Marie-Jeanne qui, les coudes sur la table, tenait sa tête à deux mains, il éclata en sanglots et s'enfuit dans sa chambre. On n'entendit plus que le martèlement sourd de la cuillère de bois que Clarisse agitait dans son chaudron.

Marie fondit en larmes. Pour une fois, elle ne savait plus quoi faire. La crise de Ferdinand confirmant ses pires appréhensions, Marie-Jeanne se risqua à parler franchement à sa fille. D'abord, celle-ci aurait dû prendre le temps de convaincre son mari avant d'opter pour la rue Saint-Georges. Et puis, Ferdinand n'avait pas tort de craindre son beau-père. Tout le monde savait que Marie éprouvait une sorte d'adoration pour Anthime. On ne pouvait pas reprocher à un homme qui se respecte de vouloir occuper sa place chez lui. Si elle ne protégeait pas son mari dans cette affaire, la situation risquait d'empoisonner leur vie pendant longtemps. Clarisse ajouta son grain de sel.

— Maman a raison. Je te dirais même que mon Gaspard n'accepterait pas que son beau-père vive ici. Sois prudente, Marie. Ça fait un bout de temps que Ferdinand va pas bien. Tu ne vois pas qu'il ne mange plus? On voit bien qu'il peut pas supporter ce qui s'en vient.

— Ferdinand sait pas se défendre. C'est toujours bien pas de ma faute, répondit Marie en se mouchant avec énergie.

La discussion à mi-voix se poursuivit entre les trois femmes jusqu'à ce que Ferdinand apparaisse en chancelant à la porte de la cuisine.

— Clarisse, viendrais-tu dans la chambre?

Il était blanc comme un drap. Clarisse se dépêcha. Il lui montra le parquet sali de ses vomissures.

— Excuse-moi. J'ai été malade. J'ai très mal à l'estomac, ces temps-ci.

Marie-Jeanne apporta une serviette mouillée pour qu'il se lave la figure. La bataille avait été trop rude. Il se recoucha avec la docilité d'un enfant malade. Ce fut tout. Il manqua deux jours de travail. Ni lui ni Marie ne revinrent sur le sujet. Ils firent comme si la chicane n'avait pas eu lieu. Il n'avait pas la force de reprendre le combat; elle n'avait pas le courage de renoncer. À la place, elle se fit cajoleuse et se mit à lui parler de l'enfant qu'elle attendait, des préparatifs qu'elle faisait pour lui. Ils discutèrent du nom qu'il porterait. Si c'était un fils, il choisirait André, en l'honneur du bon frère André qu'il priait volontiers. Si c'était une fille, elle choisirait Lisette, un prénom à la mode qu'elle trouvait distingué.

Marie et Ferdinand s'installèrent comme prévu le premier jour de mai. Après le mariage de Mireille, qui fut presque aussi beau que celui de Marie, celle-ci s'affaira comme prévu à remettre la maison en ordre tout en prenant garde de trop prélever sur ses économies. Elle quitta l'usine au début de juillet et de concert avec Caroline, la couturière de la famille, prépara une layette qu'elle disposa soigneusement dans son coffre de mariée.

Marie se félicitait de la tournure de sa vie. La « misère » appréhendée à cause de sa grossesse était tenue en respect. Elle avait de l'énergie, du savoir-faire et la maîtrise de son foyer. Seule ombre au tableau : Ferdinand continuait de résister à sa manière. Il protestait chaque fois que Marie consultait son père sur quelque chose et il revenait toujours d'humeur boudeuse de ses visites chez sa mère.

Tout cela n'empêchait pas Marie-Jeanne de goûter la douceur de son nouvel état. Au début, elle tâcha d'aider sa fille à tenir la maison. Mais les deux femmes ne voyaient pas la vie domestique du même œil. Marie était obsédée par la propreté et la nécessité de déterminer une place pour chaque chose. Elle ne supportait pas une veste oubliée sur le dossier d'une chaise et tenait à ce que le repas du soir soit fin prêt à cinq heures, l'heure que son père aimait. Indifférente à ces détails, Marie-Jeanne fit de son mieux pour s'adapter au nouveau règne sans chercher le moins du monde à le partager. Elle se mit à sortir plusieurs fois par semaine pour rendre visite à l'une ou l'autre de ses filles ou se rendre chez Pierre et causer longuement avec sa femme Yvette, toujours calme et souriante parmi ses huit enfants dans sa grande maison entretenue par une servante.

Comme elle avait longtemps rêvé de le faire, Marie-Jeanne profita d'une belle journée de juin pour prendre le train vers Montréal en compagnie de sa belle-sœur afin d'aller voir la vieille cousine Lisa. Ensemble, elles se rendirent chez Dupuis frères pour reluquer toutes les belles choses qu'un grand magasin pouvait offrir et poussèrent même l'audace, un soir, jusqu'à visiter la piste de course Blue Bonnets pour miser un petit dollar sur quelque cheval. De cette incursion dans l'autre monde, Marie-Jeanne revint au bord du ravissement, en se promettant que la prochaine fois ce serait au théâtre qu'elle irait.

Mais ce qu'elle apprit au retour par une nouvelle lettre de Rodrigue la ramena sur terre.

Angleterre, 30 mars 1942

Ma chère Marie-Jeanne,

Je viens de relire la lettre que tu m'as écrite à Noël. Tu as sûrement reçu celle que je t'ai adressée le même jour et dans laquelle je te parlais des épreuves de Roselyn et de mon impuissance à la consoler. Après réflexion, j'ai décidé de lui donner le temps de reprendre ses esprits tout en lui faisant bien sentir mon affection. Depuis, j'attends toujours de ses nouvelles. Je ne sais trop à quoi attribuer ce long silence. Je m'efforce de ne pas l'interpréter avant le temps. Dois-je te dire à quel point elle me manque?

J'ai réfléchi aux propos de ta lettre concernant le peu de bénéfice que nous avons su tirer de notre éducation. Impossible de le nier. Je m'aperçois que, de réponse en réponse, on est en train de reconstituer notre petite histoire finalement. Sauf que tu as plus de mémoire que moi. Je me souviens à peine de ce Julien Granger de Sainte-Thérèse et de son notaire de père qui voulait me prendre à son bureau. Je le confesse: dans ma colère, j'ai tout balayé avec la rage impétueuse des dix-huit ans que j'avais. Comme un enfant qui ne voudrait rien d'autre que ce qu'on lui refuse et bonjour la visite! Qu'est-ce qui serait arrivé si notre père avait vécu? La question me trouble. Je n'y avais jamais pensé avant. D'ailleurs, je n'ai jamais beaucoup pensé à lui. Même son visage est flou dans ma mémoire. Il est mort au début de la quarantaine et j'étais petit. J'ai grandi avec l'idée que je n'avais pas de père. Ma mère occupait toute la place, avec le curé dont elle parlait tout le temps, qu'elle consultait tout le temps, qui lui fournissait ses médailles à vendre, justement. Franchement, à part les moments que nous passions ensemble dans le bois, toi et moi, je n'ai pas beaucoup de beaux souvenirs de ce temps-là. Toi qui as bien connu Edmond, peux-tu imaginer ce qu'il aurait fait quand l'histoire du séminaire est arrivée? Était-il aussi religieux que Cordélia?

En tout cas, si je t'ai déçue, à l'époque, j'en suis désolée. Moi, dans le même temps, je t'ai vue basculer du côté d'Anthime, pour qui tu avais des yeux d'amoureuse. Il était temps que je m'en aille.

Mais trêve du passé, passons au présent! Félix était pas mal triste et très nerveux ce soir. Nous avons pris un verre ensemble, peut-être pour la dernière fois avant longtemps. Son régiment s'apprête à partir pour un autre cantonnement quelque part en Angleterre. Ces déplacements sont plutôt coutumiers pour nos troupes, mais chaque fois, on se demande s'il n'y aurait pas là le signe qu'une offensive quelconque se prépare. Félix, en tout cas, prend ce nouveau départ plutôt mal, entre autres parce qu'il aimait bien l'endroit où nous sommes et qu'il avait l'occasion de nous voir quand même souvent, Zéphir et moi.

Mais ce qui le mine encore plus, c'est qu'Irma lui a écrit pour lui dire que Romain avait été enlevé par son grand-père et qu'elle ne pouvait plus le voir. Il se doute bien de ce que sa femme a pu faire pour mériter pareil sort. Il est très humilié et se sent impuissant. Je crois sincèrement que tu devrais lui écrire, si tu ne l'as déjà fait, pour lui expliquer ce qui est arrivé. Ne pas savoir et ne pas comprendre est encore pire pour quelqu'un qui est loin. Félix n'a pas besoin d'une angoisse de plus à l'heure où il pourrait affronter les dangers d'une première bataille.

Enfin, Zéphir va très bien, puisque tu me demandes des nouvelles de lui. Je suis très content que le commandement l'ait jusqu'ici gardé dans mon peloton. Son excellent caractère me facilite souvent la tâche quand un gars me donne du fil à retordre. Ici, les merveilleuses glycines fleurissent devant les maisons du village où j'aime flâner avec les autres pendant les permissions. Il ne faut pas manquer de regarder ce qu'aucune guerre ne peut empêcher: le retour du printemps.

Your brother for ever,

Ton Rodrigue

Songeuse, Marie-Jeanne posa la lettre près d'elle. Rodrigue avait cent fois raison. Elle aurait dû y penser la première. Qu'Anthime soit d'accord ou non, elle aurait dû, par égard pour son fils, lui adresser une lettre d'explication avant qu'Irma ne lui écrive pour se plaindre de la manière dont elle était traitée. Une blessure de plus pour ce pauvre Félix. Anthime était encore assis au salon. Aussi bien lui en parler tout de suite avant qu'il ne gagne le lit.

— Anthime, Rodrigue m'écrit qu'Irma a envoyé une lettre à Félix pour se plaindre au sujet de Romain. Il paraît que Félix est dans tous ses états. Tu comprends, il doit bien se demander pourquoi tu as pris le petit à ta charge. Il va falloir que je lui écrive pour lui donner des explications. C'est délicat. Je ne peux tout même pas lui dire que sa femme se dévergonde!

L'air infiniment triste, Anthime hésita.

— Je sais pas quoi te dire. Arrange ça comme tu voudras. Dis-en le moins possible pour pas l'énerver. Mais surtout, dis-lui que le petit est ben, icitte. C'est tout ce qui compte. Y va comprendre.

Elle écrivit à Félix du mieux qu'elle le pouvait. Ensuite à Rodrigue.

Saint-Jérôme, 15 juin 1942

Mon cher frère,

Une chance que j'ai un frère pour me rappeler à mes devoirs de mère! Je m'en veux tellement de ne pas y avoir pensé avant. J'aurais dû deviner qu'Irma se plaindrait à son mari et que Félix en serait bouleversé. D'ailleurs, Irma ou pas Irma, Félix, en tant que père, avait bien le droit de savoir ce qui arrivait à son enfant ! Merci de m'en avoir parlé. Je viens juste de rédiger la lettre. Pas facile d'expliquer le geste d'Anthime sans blesser personne ! Je me suis contentée de dire que c'était une précaution à cause du manque d'aptitude d'Irma et du fait qu'elle ne voulait plus de notre aide. Ce n'était pas le moment de lui parler de la mauvaise conduite de sa femme, même s'il doit bien s'en douter. Je lui ai dit aussi que si jamais il en était fâché, je comprendrais, puisqu'il est le père et qu'il le resterait toujours. Je lui ai suggéré de penser au petit et d'inciter Irma à rester calme pour qu'il soit possible d'organiser des visites qui ont de l'allure. Romain a besoin de la voir. Malheureusement, elle n'a pas pu se contenir les deux ou trois fois où Caroline a emmené le petit chez Clarisse ; il a fallu y renoncer. Je crois qu'elle boit pas mal, tu sais. Donc, si jamais il t'en parle, essaie de le conseiller en ce sens. Félix a toujours eu confiance en toi.

Ici, le logis est maintenant sous la gouverne de Marie et je me retrouve à peu près libre comme l'air. Je rentre tout juste de Montréal, où je suis allée rendre visite à ma vieille cousine Lisa en compagnie de la femme de Pierre. J'aime Yvette de plus en plus, bien que je ne comprenne pas comment elle peut accepter sans sourciller une neuvième grossesse à son âge. Sa dernière, la petite Carmen, n'a même pas deux ans ! Ma belle-sœur est maintenant devenue une véritable amie, pour moi. C'est une nouveauté dans ma vie.

Avec Lisa, nous avons passé des heures délicieuses dans la grande ville que j'adore. Que c'est gros, que c'est beau, que c'est vivant, Montréal ! Je pourrais en parler pendant des heures. Sauf qu'une chose m'a frappée. Tout est en anglais. Je veux dire les enseignes des commerces surtout. On entend aussi beaucoup d'anglais dans les rues, les tramways et les grands magasins. J'ai pensé à toi et à ton amour pour cette langue. Je me suis demandé si tu aimerais l'anglais à Montréal autant que l'anglais à Londres. Quelque chose me dit que tu aimes celui de Londres parce qu'il est à Londres.

Enfin, j'aimerais bien pouvoir répondre aux questions que tu me poses sur notre père Edmond. Mais c'est si loin. C'est vrai que je ne te parlais pas souvent de lui quand tu étais petit. J'avais peur de te causer de la peine. J'aimais mieux que tu penses à autre chose. Et puis c'était douloureux pour moi aussi de revenir là-dessus. Tout le monde aimait papa, mais moi encore plus que les autres chez nous. J'étais au désespoir de le voir partir. C'était un bel homme solide, aimable et d'humeur tranquille. Tout avait de la finesse chez lui, sauf ses grosses mains qui travaillaient la terre. On aurait dit que ces mains-là n'allaient pas avec son corps. Il aimait aussi beaucoup notre mère, avec laquelle il ne se disputait jamais. Pour répondre à ta question sur la religion, il accomplissait tous ses devoirs comme tout le monde, mais sans plus. L'engouement pieux de Cordélia l'amusait. Il s'en moquait un peu, mais toujours gentiment. Son obsession à lui, c'était plutôt l'école. Il se fâchait si un enfant ne faisait pas ses devoirs ou parlait de laisser les études. En fait, quand j'y pense, c'était plutôt un rêveur qui causait peu et pensait tout le temps. Il te berçait souvent sur ses genoux en attendant le souper et moi je m'assoyais à côté de lui pour vous regarder et lui raconter ce que la maîtresse nous avait dit durant la journée. C'était de bien beaux moments que l'on passait tous les trois ensemble.

Comment un homme comme lui aurait-il agi devant l'affaire du séminaire? Seul le bon Dieu le sait. D'un côté, il n'était pas batailleur, mais de l'autre, il y tenait tellement qu'il aurait sûrement fait quelque chose. À moins de trouver l'argent pour que tu recommences ton année scolaire dans un autre collège, il t'aurait sûrement demandé d'aller travailler chez le notaire Granger au lieu de prendre le bois pour aller bûcher. Et comme tu l'aurais certainement aimé autant que moi, je crois bien que tu l'aurais fait. En y pensant bien, je trouve que sa mort a été un immense malheur pour chacun de nous.

J'espère que tu auras le plus tôt possible de bonnes nouvelles concernant ta Roselyn. Je te dis bonjour et je t'embrasse,

Ta sœur Marie-Jeanne

::

Une semaine plus tard, par un de ces dimanches chauds et humides qui annoncent l'orage, quelqu'un se mit à agiter avec frénésie la sonnette de la porte. Midi approchait et Marie achevait de préparer le repas pendant que Romain jouait dans la cour avec le fils de Caroline. Marie-Jeanne prit l'initiative de répondre. Devant elle apparut une Irma furibonde, accompagnée de sa sœur Thérèse. À l'odeur qui se dégageait d'elles, Marie-Jeanne comprit tout de suite qu'elles avaient bu.

— Je m'en viens chercher Romain. C'est dimanche, Thésèse puis moi, on veut l'amener manger des patates frites au kiosque du parc devant l'église.

Elle parlait très fort en gesticulant pendant que sa sœur attendait derrière elle, l'air maussade. Marie-Jeanne n'eut pas le temps de répondre. Anthime venait d'apparaître au fond du couloir. L'expression furieuse de son visage avait de quoi figer n'importe qui.

— Qu'est-ce que tu dis, ma bru? demanda-t-il d'une voix tranchante en marchant vers elle les deux mains dans les poches de telle manière qu'il paraissait plus grand que nature.

Irma recula comme s'il allait se jeter sur elle.

— Je veux mon petit! Vous avez pas le droit de m'empêcher de l'avoir. Je le sais où il est : il est dans la cour avec son cousin. Je vais aller le chercher. Il est pas à vous, cet enfant-là! Puis si vous voulez pas, je vais aller voir la justice. Je connais du monde haut placé, moi.

— Ton petit, Irma, il va rester icitte tant que Félix sera pas revenu des vieux pays. C'est ce que j'ai décidé. Les gens haut placés que tu connais, on sait bien où tu les rencontres. Si tu vas voir la justice, comme tu dis, personne voudra rien savoir de toi. À part de ça, quand bien même je voudrais te laisser le petit cet après-midi, je pourrais pas parce que t'es en boisson. Va-t'en chez toi, va te coucher, Irma, dit Anthime avec un mépris écrasant.

— Je partirai pas tant que je pourrai pas avoir Romain, hurla-t-elle.

Excédé, Anthime la poussa sans ménagement dehors avec sa sœur et verrouilla la porte. Irma essuya ses yeux en l'insultant copieusement. À peine avait-il tourné le dos qu'il entendit un grand coup dans la vitre. Il se retourna et vit Thérèse qui lui montrait le poing à travers le verre craquelé. Marie était bouleversée.

— Papa! Tu m'avais promis que jamais Irma mettrait les pieds ici. Ces chicanes-là, ça me tue! S'il fallait que cette folle-là vienne faire du trouble un jour de semaine pendant que je suis seule avec le petit, ce serait assez pour que je fasse une fausse-couche.

Inquiète de la voir si agitée, Marie-Jeanne lui conseilla d'aller se reposer dans sa chambre pendant qu'elle finirait de préparer le repas. L'incident n'augurait rien de bon pour l'avenir.

— Marie n'a pas tort, Anthime, lui dit-elle à voix basse. Si c'est comme ça, je regrette l'arrangement qu'on a pris au sujet du logement. Marie est trop nerveuse pour supporter des histoires pareilles. Et puis, ce n'est pas le pire, mon mari. As-tu pensé à ce qui va arriver quand Félix va revenir par ici? Je te prédis que la première chose qu'il va faire, c'est de réclamer Romain. Puis il n'entendra pas à rire, comme je le connais. Qu'est-ce que tu vas lui répondre, Anthime?

— Ça me regarde! C'est mon affaire. Et pis, tu sais pas plus que moi comment les choses vont se présenter quand ça arrivera. Peut-être bien qu'il va se séparer de sa femme quand il va apprendre ses «couraillages»! Dans ces conditions-là, il va peut-être laisser le petit avec nous autres, vu qu'il pourra pas s'en occuper lui-même.

— Mais ça prend une femme pour l'élever, cet enfant-là ! Ce sera qui ? Je te le dis tout net, Anthime Gobeil : ce ne sera pas moi. J'ai déjà élevé ma famille et je suis trop vieille. Ce ne sera pas Marie non plus, elle va avoir son premier bientôt. Alors, il va aller où, Romain ? À part ça, mon mari, je trouve que tu connais bien mal ton garçon. Les « couraillages » d'Irma, comme tu dis, ne le choqueront peut-être pas tant que ça. Il savait quelle sorte de fille elle était quand il l'a choisie. En plus, Félix n'a pas de leçon à donner dans ce domaine-là. Ce n'est pas un enfant de chœur, lui non plus. Je suis prête à gager qu'il va finir par retourner avec elle et, si ça arrive, je ne vois pas comment tu vas pouvoir leur refuser l'enfant.

— C'est assez, trancha Anthime en frappant du poing sur la table. Mon garçon, c'est mon garçon, puis s'il est pas capable de s'occuper de Romain, c'est à moi, le grand-père, de faire ce qu'il faut. Un point, c'est tout.

Il repoussa bruyamment une chaise et se retira au salon sans réclamer son repas. Marie-Jeanne n'insista plus, de peur d'inquiéter davantage Marie. Mais comment protéger sa fille des apparitions intempestives d'Irma ? Anthime était inflexible : il ne rendrait pas l'enfant à sa bru tant que Félix ne serait pas revenu de la guerre. S'il revenait ! Elle pensa à la dernière lettre de Rodrigue. Il était peut-être justement en pleine bataille, sans doute la première de bien d'autres ! Non, il faudrait des mois, peut-être des années avant que les soldats rentrent au pays. Pendant tout ce temps-là, qui élèverait Romain ? Où se sentirait-il chez lui ? Qui l'aimerait comme un fils, alors que déjà son comportement difficile enlevait à tout le monde l'envie de le prendre chez soi ? Même Clarisse, si généreuse et ordinairement si prompte à aider son prochain, ne s'offrait pas. Le pauvre petit ! Il fallait des années pour bâtir un homme et une petite journée, parfois même une petite minute, pour le détruire. Romain n'avait même pas eu le temps de grandir que déjà il avait souffert. Elle soupira.

« Malgré tout, la moins mauvaise solution pour lui, c'est encore sa mère, se dit-elle intérieurement. Puisque personne d'autre ne l'aime autant qu'elle. Je ne sais pas comment je m'y prendrai, mais je ferai tout ce que je peux pour qu'Irma le reprenne, que Félix revienne ou pas. »

Il était déjà passé midi. Elle poudra son nez, planta son chapeau sur sa tête et sortit après avoir averti Marie que tout était sur la table pour le repas. Une petite visite chez Yvette lui ferait le plus grand bien.

PARTIE VI

Angleterre, France, juin 1942

En mettant les pieds sur l'île de Wight, Félix comprit que quelque chose se préparait et qu'il était de la fête. Le camp bourdonnait d'activité. Sur la longue plage de galets s'alignaient des barges ventrues dont l'une avait un côté ouvert de sorte qu'on pouvait y entrer de plain-pied. Le crépitement des tirs d'exercice venait constamment des champs situés un peu plus loin. Il s'aperçut aussi que les Fusiliers Mont-Royal n'étaient pas les seuls engagés dans le même exercice. Les quatrième et sixième brigades canadiennes étaient là au complet, en tout sept régiments. Il y avait aussi des Anglais regroupés en commandos, un bataillon de rangers américains et quelques Français.

L'entraînement fut effectivement intensif et différent de ce qu'il avait connu jusque-là. Le 11 juin, tous partirent de nuit pour un exercice spécial sur les plages de West Bay. La barge où se trouvait Félix s'égara. Elle se retrouva à cinq heures du matin dans la confusion générale à deux kilomètres de l'endroit prévu. De toute évidence, quel que soit l'objectif du haut commandement, il restait beaucoup de choses à mettre au point avant l'assaut.

Douze jours plus tard, Félix repartit pour un nouvel exercice du même genre au même endroit. Cette fois, il eut un avant-goût de l'épreuve qui l'attendait ; il tira de vraies balles et fit l'expérience des fumigènes. Chaque fois qu'il devait prendre ses affaires, son arme et courir vers l'une des barges pour s'y accroupir entre deux compagnons essoufflés, sa peur montait d'un cran. Plus il s'exerçait, plus il prenait conscience du danger. Courir sur un rivage sous le guet de l'ennemi, c'était comme offrir sa poitrine à un peloton d'exécution. Il n'était pas le seul à avoir peur. Beaucoup de ses compagnons allongeaient des mines inquiètes autour de lui. Dire qu'avant on s'était ennuyé au point de souhaiter partir en mission n'importe où...

— Fallait-tu être fou! C'est sûr et certain que j'en reviendrai pas. Ça peut pas faire autrement. Puis, je verrai jamais Romain. Maudite folie! Ah! Et puis tant qu'à y être, pourquoi on part pas tout de suite? Tous ces exercices-là, c'est juste bon à nous rendre fous!

Son estomac avait besoin d'alcool, le soir. Il dormait mal ou à peu près pas. Quand la fatigue était la plus forte et que le sommeil le gagnait, il rêvait souvent qu'un gros chien noir rôdait en bavant autour d'un bébé assis par terre. Le bébé pleurait en lui tendant les bras. Mais il n'arrivait pas à s'approcher de lui et se réveillait en sueur, parfois même en criant, disaient ses voisins de lit. Il fallait que tout cela cesse, vite, le plus vite possible.

Le 7 juillet, sans aucune explication, les soldats reçurent l'ordre de se préparer à partir. La journée s'annonçait chaude et humide. Félix ne voulut plus penser à rien. Il s'activa et rejoignit son groupe en formation sur la plage. Les consignes fusaient sous forme de hurlements qu'un vent fort emportait. À l'est, le ciel s'emplissait de gros nuages gris. L'embarquement terminé, quelque deux cents bateaux décollèrent selon un ordre établi, encadrés de contre-torpilleurs chargés de les protéger. La flottille prit le large. Dans quelle direction allait-elle au juste? Peut-être de l'autre côté de la Manche. Mais où? Le tangage épouvantable de l'embarcation sur une mer de plus en plus agitée lui donnait la nausée. Au début de l'après-midi, les officiers annoncèrent aux hommes qu'ils avaient

l'honneur de participer à l'opération Rutter, première grande initiative continentale des Alliés contre les Allemands. Un raid, avec
Dieppe pour objectif. La terreur fit haleter Félix. Il eut très chaud
et craignit que ses jambes ne puissent le porter le moment venu. Il
le fallait pourtant, puisque l'heure était arrivée. Il ne pouvait pas se
cacher, se coucher par terre et faire le mort. Il ne pouvait pas lancer
son arme par-dessus bord et déclarer qu'il n'était plus volontaire
dans cette galère de mort. Il ne pouvait qu'avancer, suivre les autres
qui étaient dans le même état que lui et faire ce qu'il pouvait. Il
regarda le ciel; la tempête venait. La nuit aussi. Le temps s'étira;
aucune rive n'était en vue.

Pendant deux jours, la flottille ballotta sur la mer en furie
autour des objectifs côtiers, car les bourrasques empêchaient
tout accostage. La marée n'avait pas la bonne hauteur non plus.
À un moment donné, Félix crut voir des bateaux allemands qui
croisaient autour; il entendit même quelques coups de feu. Puis,
brusquement, on fit demi-tour. Les ordres fusèrent, les bateaux
filèrent vers l'Angleterre. Opération annulée. Ce n'était pas
encore l'heure de mourir.

Ils accostèrent près d'une ville côtière, à Southampton. En des-
cendant de sa boîte flottante, Félix caracolait; ses pieds ne sentaient pas le sol ferme. Il mourait de fatigue et ses yeux brûlaient.
Les hommes, presque aussi éprouvés que s'ils étaient montés à
l'attaque, furent mis au repos. Félix avait l'impression d'être un
survivant, même si la bataille n'avait pas eu lieu. Il avait encore
quelques jours ou peut-être quelques semaines devant lui. L'été
avançait et d'autres hommes formant deux nouveaux commandos arrivèrent. C'était le signe qu'une opération encore plus
grosse était toujours prévue. Félix vivait avec la tension intérieure
d'un condamné qui attend son exécution dans sa cellule. Le matin
au réveil, il tendait l'oreille avant d'ouvrir les yeux pour s'assurer
qu'aucun bruit ne sortait de la routine. Chaque jour qui passait
pouvait être le jour du déclenchement. Il avait beau boire pour se

détendre, il s'était trop approché du feu pour ne pas avoir peur de s'y brûler.

Le 10 août, il reçut la lettre de Marie-Jeanne.

Saint-Jérôme, 15 juin 1942

Mon cher Félix,

Comment vas-tu? Mon frère Rodrigue m'a écrit que tu partais pour un autre entraînement et qu'il ne savait pas ce qui en découlerait. J'espère que cette lettre t'arrivera tout de même. Surtout, sois assuré que ton père et moi pensons tous les jours à toi, même si tu ne nous écris pas souvent.

Je te confirme ce que tu sais déjà : Romain est avec nous depuis quelques mois et il va bien. Il y a eu de gros changements dans la famille. Marie est tombée enceinte. Elle et son mari vivent maintenant dans notre logement et nous sommes, ton père et moi, leurs pensionnaires. C'est elle qui, avec l'aide de ta sœur Caroline, s'occupe principalement de Romain. Mon petit garçon, il n'est pas facile de t'expliquer à distance pourquoi ton père a pris la décision de déplacer ton fils. Il a jugé que c'était une précaution indispensable. Tu connais Irma encore mieux que nous. Tu sais qu'elle est très fragile et pas très capable de supporter de grosses responsabilités. Ce n'est pas parce qu'elle ne veut pas s'occuper de son bébé, au contraire. Elle aime beaucoup Romain. Mais le problème est venu du fait qu'elle en avait assez de notre aide et que sa manière de prendre soin de lui laissait trop à désirer. Ton père a trouvé qu'on ne pouvait pas courir le risque que l'enfant manque de quelque chose en attendant que tu reviennes. Nous avons fait pour le mieux.

Tu seras peut-être en colère devant tout cela; ce serait bien compréhensible. Tu es le père et tu le seras toujours, mon Félix. Mais je t'en supplie, fais-nous confiance et pense que ton garçon aura tout ce qu'il lui faut ici. Il grandit beaucoup, comme tu peux le voir sur la photo ci-jointe. Elle a été prise au mariage de Mireille, le 8 mai dernier. Il tient la main de la mariée et il est content parce qu'il vient de manger un gros morceau du gâteau de noce.

Il ne lui manque qu'une chose : voir sa mère de temps en temps. Mais Irma est tellement fâchée qu'il est difficile d'organiser des visites chez Clarisse aussi souvent que l'on voudrait. Je sais que c'est te demander beaucoup, mais si tu pouvais lui écrire et tâcher de la calmer un peu, on pourrait peut-être revenir à de meilleures relations et trouver ensemble une autre solution d'ici ton retour à la maison. C'est dur pour Irma, mais pensons d'abord à Romain.

Pour le reste, ton père travaille toujours et ne va pas trop mal. Les chaleurs d'été venant, je me remets tranquillement d'une autre crise d'arthrite. Le premier bébé de Marie naîtra au début de novembre. Toute la famille te salue. Prends bien soin de toi.

Ta mère Marie-Jeanne

Sa mère. Jusque-là, son visage avait flotté dans la mémoire de Félix comme un drapeau qu'il ne voulait pas voir.

C'était lui qui était parti, mais c'était elle qui était absente. Elle n'avait jamais été là pour lui, même avant. Il se revoyait, petit garçon, seul entre ses sœurs agitées comme des guêpes au soleil, toujours à s'obstiner entre elles, toujours entre elles. Il cherchait son semblable pour jouer, en particulier Oscar, le fils du troisième voisin avec lequel il faisait des bêtises. Il fallait bien qu'il s'amuse aussi. Marie-Jeanne le grondait en haussant les épaules.

« J'étais trop tannant. Elle a fini par baisser les bras, pensa-t-il. Et puis, elle était occupée avec les filles. Ma mère était pas faite pour avoir des garçons, je pense. Je l'intéressais pas. Ou elle m'aimait pas. J'ai pas peur de le dire, j'étais du mauvais bord de la famille. Celui de mon père. Heureusement, c'était le contraire pour lui. J'étais son gars. C'était lui décidait. Puis maintenant, il fait pareil pour Romain. Excepté que c'est mon garçon, c'est pas le sien. Il a besoin d'avoir des tabarnak de bonnes raisons pour avoir mis la main sur le petit comme un voleur. Je sais ce que je vais faire. Je vais écrire à Clarisse pour lui demander de le prendre. Je suis sûr qu'elle acceptera. C'est elle, ma mère. J'en ai jamais eu d'autre. Pour le reste, je serai mort avant longtemps. Comme ça, ça va finir comme ça a commencé. C'est ben parfait. »

Mais il n'eut pas le temps de mettre en œuvre son idée. Le matin du 18 août, vers les dix heures, Félix, chargé comme un mulet de tout son équipement, se retrouva dans la file des soldats appelés à l'embarquement. Les quais étaient noirs de monde et des bateaux de toutes sortes se serraient les uns contre les autres en attendant de gober leur part d'hommes. Félix ne ressentait rien et son calme l'étonnait lui-même. Cette fois, l'équipée semblait sérieuse, mais ça ne voulait rien dire. Ce pouvait être un autre faux départ.

Vers seize heures, les responsables de la météo confirmèrent que le temps se maintiendrait au beau. La flottille s'ébranla pour de bon. Une fois au large, l'officier demanda l'attention générale. Un silence bruissant de peur se répandit sur le pont. L'homme annonça aux soldats qu'ils faisaient route vers Dieppe pour l'engagement de la première offensive alliée sur le continent, un grand honneur pour les Canadiens ! Quelques instructions s'ensuivirent dont Félix retint surtout que son régiment n'interviendrait qu'en réserve.

« Il arrivera ce qu'il arrivera », se dit-il en tenant fermement la boîte de soupe chaude qu'on venait de distribuer. La mer était calme et pour une fois, son estomac était aussi stable que le bateau. Bientôt, la nuit attiédie par une brise qui soufflait du sud couvrit toute chose d'une obscurité totale.

« Tant mieux, les Allemands ne nous verront pas », pensa-t-il.

Vers les vingt-trois heures et quart, il vit un petit quart de lune briller au fond du ciel. Il en fut presque amusé.

« Ça a l'air d'un ongle. Ou d'une faucille. Pas la faucille de la mort, j'espère ! »

Vers les trois heures et quarante-cinq, il entendit loin devant une forte détonation et vit une énorme gerbe d'étincelles briller dans la nuit. Une fusée éclairante jeta une lueur tremblotante sur la mer, qui prit un aspect terrifiant. Félix tendit le cou. Apparurent à gauche, très loin, de petits objets vacillants, comme des bateaux-jouets d'où sortait du feu. Puis tout s'éteignit.

C'était un convoi allemand qui faisait route vers Dieppe : quatre petits navires et un bateau-citerne escortés par trois chalutiers armés. Ils attaquaient du côté des commandos. Le bâtiment sur lequel se trouvait Félix était trop loin pour s'en trouver menacé. Il continua d'avancer avec les autres vers l'objectif. Mais les défenses côtières des Allemands risquaient d'être averties de l'attaque maintenant.

Une heure plus tard, comme on approchait de Dieppe, Félix perçut à nouveau des bruits de canons. La rive française semblait proche. Il se dit que ceux qui se trouvaient devant avaient probablement entamé la bataille. Le commando numéro quatre venait en effet de débarquer à Vasterival avec l'ordre de détruire les batteries allemandes implantées dans les falaises. Le bruit s'intensifia quand le site de Pourville, tout à côté, fut à son tour attaqué par un autre régiment. Ensuite, un vacarme similaire vint de l'est. Les gars du Royal 22ᵉ Régiment descendaient sur Puys suivis du commando numéro trois sur Berneval.

Félix, toujours en attente, essayait avec ses compagnons de saisir le déroulement de l'attaque. Les obus éclairants et le feu des canons déchiraient l'air. Les hautes falaises renvoyaient le fracas des tirs très loin au-dessus des eaux. Il entendait le sifflement aigu des projectiles qui ricochaient sur les parois rocheuses. De là, les Allemands faisaient carton sur les hommes qu'ils voyaient courir en bas. Les choses se précisèrent comme le jour se levait. Félix prit la mesure des risques qui l'attendaient. Plus il approchait, plus la situation paraissait dramatique. Commandos et régiments affrontaient de plein fouet une résistance qui les clouait sur place. À cinq heures trente, le Calgary, un régiment blindé, avait fait descendre dans des conditions effroyables une partie de ses chars d'assaut sur la plage principale de la ville. Mais les chenilles s'étaient brisées ou enlisées dans le lit mouvant des galets. Ceux qui étaient parvenus à dépasser la plage s'étaient heurtés aux barricades qui barraient les chemins d'accès à la ville. Treize hommes avaient été tués juste là. La deuxième moitié des effectifs du Calgary n'avait pas pu faire débarquer ses engins. Des embarcations brûlaient, la plage était jonchée de cadavres et le sol martelé par le tir intense de l'ennemi pendant qu'une fumée très dense flottait.

Tout allait si mal que Félix espéra un instant que son régiment de réserve reçoive l'ordre de se retirer. Mais le major général Roberts, mal informé, ne le vit pas de cet œil. Il ordonna que les six cents Fusiliers encore en mer descendent à leur tour dans cet enfer.

La péniche de Félix s'approcha autant qu'elle le put. Le lieutenant-colonel Ménard, qui était à bord, s'époumona à lancer les ordres. La grande boîte flottante laissa tomber son portail comme une tombe qui s'ouvre. L'officier s'élança et tomba sur-le-champ, blessé par un projectile. Avec l'aide du suivant, il se releva et continua malgré tout sa marche vers la grève. Voyant cela, Félix sentit ses jambes trembler si fortement, qu'il n'osa plus bouger. Impuissant, il se mit à pleurer. Le soldat Dagenais, qui se tenait derrière lui, le frappa avec rudesse.

— Vas-y donc, maudit, tu peux pas rester là, tu vas te faire tirer. Viens! Suis-moi. C'est à notre tour. T'as pas le choix. Il faut que t'avances!

En disant cela, le soldat passa devant lui et bondit dans l'eau. En même temps, une balle le frappa en pleine face et il s'effondra. Félix, complètement figé, vit son visage détruit flotter au ras de l'eau. Une voix le sortit de son nuage.

— Gobeil, qu'est-ce que t'attends? Dépêche-toi et suis-nous, criait le caporal Dubuc qu'entouraient six ou sept hommes.

Comme un automate, Félix rejoignit le petit groupe et courut avec lui jusqu'au sol ferme. En suivant aveuglément Dubuc, il réussit à dépasser la plage que martelaient au hasard les tirs ennemis. Bientôt, il se retrouva sans trop savoir comment devant un petit chemin qui semblait entrer dans la ville. Le détachement s'y faufila. Ce fut un parcours sous le feu des patrouilles, qui, de muret en bosquet et de maison en maison, les fit passer par les premières rues de la ville pour aboutir devant des quais, tout près d'un petit boisé. Un bateau aux couleurs allemandes était amarré ; des soldats guettaient sur le pont. En les apercevant, Dubuc ordonna aux hommes de se jeter à terre et de s'approcher en rampant pour tirer. Les occupants répliquèrent immédiatement, de sorte que les hommes de Dubuc n'entendirent pas venir derrière eux le peloton ennemi qui les tenait en joue.

— *Aufstehen! Keine Bewegun!*

Dubuc se leva lentement, imité par ses compagnons à l'exception de Félix qui se trouvait embusqué derrière une pile de barils placée près des premiers arbres du boisé. Convaincu que les Allemands ne pouvaient pas le voir, il repéra du regard un petit sentier entre les arbres par lequel il pouvait s'esquiver. Au premier mouvement qu'il fit, une détonation partit du bateau. Le projectile le souleva dans les airs, les deux bras ouverts. Il retomba lourdement sur l'herbe, inanimé. Les cinq soldats allemands avaient profité de la surprise pour se rapprocher du groupe.

— *Sie sind unser Gefangenen! Waffen weg!*

— On est faits, les gars. Ça sert à rien de résister. Jetez votre arme à terre, dit Dubuc que l'un des Allemands dépouillait déjà avec brutalité.

Les soldats levèrent les bras en signe de reddition. Celui qui commandait le peloton envoya un de ses hommes voir ce qui en était de Félix, derrière les débris laissés par les barils pulvérisés. Il en revint aussitôt, l'air indifférent.

— *Er ist tot*, dit-il à son chef qui lui fit signe de ne plus s'en préoccuper.

Maintenant prisonniers, Dubuc et ses hommes avancèrent, les fusils dans le dos.

::

Félix reprit connaissance une demi-heure plus tard. Un silence étonnant régnait autour de lui. Son bras gauche lui faisait atrocement mal. Il se rappela peu à peu où il était et ce qui s'était passé. Où étaient les autres? Morts ou prisonniers? L'air était saturé d'une odeur indéfinissable. Il ouvrit les yeux et ne vit autour de lui que les débris visqueux laissés par les barils qui, heureusement pour lui, avaient absorbé en grande partie la force de l'explosion. Ses oreilles bourdonnaient fortement, pourtant, il percevait le fracas lointain des canons. Comment sortir de là? Le souvenir du petit sentier lui revint et il eut tout de suite envie d'essayer de se relever. Mais il fallait faire attention au bateau.

— Les câlices, y m'auront pas, se promit-il à mi-voix.

Lentement, très lentement, il leva la tête juste assez pour repérer le sillon dans l'herbe. Ce dernier était bien là, à moins d'un mètre de lui. Il s'aperçut aussi qu'il n'avait plus d'arme et qu'une de ses jambes était dénudée et couverte d'ecchymoses. En essayant de ménager son bras blessé, il rampa jusqu'à ce qu'il soit engagé sur le sentier. Aucun bruit ne provenait du bateau. Il décida de continuer sur le petit mètre qui le séparait des bosquets sous lesquels il pourrait avancer jusqu'à ce que les arbres le cachent. C'était absurde, mais il se sentait aussi soulagé que si la guerre était terminée pour lui. Dès qu'il fut à couvert, il se mit à genou pour mieux voir autour de lui. Le petit boisé n'était pas très dense. Le sentier, qu'il suivait en parallèle pour ne rencontrer personne, menait sûrement au bord de la mer, sur la plage. Pour aller plus vite, il se remit péniblement sur ses jambes endolories et marcha, plié en deux, son bras valide serrant l'autre contre lui.

Son intuition avait été bonne. Dix minutes plus tard, il débouchait sur la plage. À gauche en oblique, il aperçut la promenade qui longeait la grève. Il se risqua à ramper dans sa direction. Il était loin d'être à l'abri d'un autre obus, mais il était calme, complètement délivré de la tension extrême qu'il avait éprouvée avant d'être blessé. Une fois à l'abri d'une encoignure, il s'assit par terre et attendit du secours en contemplant les décombres de la désastreuse attaque, les corps déchiquetés, les armes abandonnées, les tanks enlisés et les barges enflammées. Quelle heure pouvait-il être ? Neuf heures peut-être ! Il entendit une voix tout près, sur sa gauche. Un gars des Essex était couché à plat ventre.

— Eh ! Toi blessé ?

— Oui, au bras, répondit Félix.

— Moi, c'est la jambe. *I can't walk.*

Quelques minutes plus tard, ils distinguèrent la silhouette d'un bateau derrière l'épaisse fumée qui bouchait l'horizon. C'était le *HMS Calpe*, accompagné de contre-torpilleurs, qui s'approchait pour entreprendre le sauvetage d'au moins une partie des combattants défaits. Les tirs ennemis n'avaient pourtant pas cessé et la marée était encore trop basse. Ils attendirent. Quand des péniches furent assez proches pour qu'on puisse espérer y monter, ils virent des gens du Corps de santé Royal Canadien courir bravement d'un homme à l'autre pour identifier les blessés. Félix se mit à crier pour qu'on vienne les aider. Mais qui pouvait l'entendre quand le vacarme des armes se mêlait à celui de la mer ? Alors comme un écervelé risquant le tout pour le tout, il se leva et courut en boitant jusqu'à l'infirmier le plus proche déjà penché sur un blessé.

— Allez chercher le gars, là-bas. Il ne peut pas bouger, à cause de sa jambe. Vite. Moi, je suis blessé, mais je peux marcher. Où est-ce que je vais ?

Il courut encore sans s'occuper des mortiers et des obus qui continuaient de pleuvoir autour de lui. Il pataugea dans l'eau jusqu'à la barge la plus proche où on le hissa, à bout de souffle et trempé jusqu'aux os. Grelottant de tout son squelette, il fut pris de spasmes qui l'empêchaient presque de respirer. Il était dix heures quarante-cinq. Il était sauvé.

Les yeux fermés, il cessa d'entendre les explosions qui continuaient de tonner autour de lui. La barge s'approcha du flanc du grand bateau. Quand il fut à son bord, on le fit coucher sur l'un des brancards alignés sur le pont. Une infirmière vint arracher les derniers lambeaux de sa manche gauche pour laver son bras blessé et le panser temporairement. Trop heureux, il respira un grand coup le bon air du large. Il ne sut jamais si le bien-être extatique qui l'envahissait venait de la morphine qu'on lui avait administrée ou du sentiment indiciblement exaltant d'avoir survécu à l'enfer.

Midi venait de sonner et l'euphorie de Félix était certainement justifiée. Pendant que les avions de la Royal Air Force sillonnaient le ciel pour couvrir leur retraite vers la côte anglaise, le haut commandement commençait à faire le compte de ses pertes. Des six cents hommes du régiment qui avaient participé au raid, seulement un peu plus du sixième était ramené en Angleterre, et Félix était l'un de ceux-là.

::

Il fut transporté comme un grand nombre de blessés à l'hôpital militaire canadien de Basingstoke. Dès qu'il en fut informé, Rodrigue profita de sa première permission pour aller le voir en compagnie de Zéphir. Le bras gauche plâtré pointant en l'air avec le support d'une tige de bois, Félix occupait un des lits blancs alignés le long des murs d'une grande salle. Dès qu'il les vit marcher vers lui, il se couvrit la face de sa main valide. Des pleurs convulsifs secouaient ses épaules. Les visiteurs attendirent qu'il se ressaisisse avant de s'approcher.

— Salut, Félix, comment ça va? demanda Rodrigue d'un ton faussement joyeux.

— Ah! Salut! Salut! Je suis ben content de vous voir. Laissez-moi vous dire que vous êtes chanceux d'avoir manqué celle-là, tabarnak! Mon oncle, je viens de passer par l'enfer. Je vous souhaite pas un pareil baptême du feu, ciboire!

— Ah! On s'en doute bien, mon vieux. Mais c'est fini, puis tu es vivant, c'est tout ce qui compte.

Ils évoquèrent les nombreuses critiques qui circulaient tout bas à propos du raid. Trop d'hommes manquaient à l'appel! L'opération avait été mal planifiée, pour ne pas dire bâclée! Des hommes sans grande expérience militaire avaient été exposés à la meilleure armée du monde avec des moyens insuffisants. Et pour rien. Une chose était certaine, cette opération n'allait pas améliorer la réputation des Alliés. Félix ne se gêna pas pour le dire.

— Chrisse! Hitler doit être mort de rire. Je me demande encore ce qu'on a été faire là-bas. D'après les plans, les Fusiliers devaient être les derniers à débarquer. Ben, si tu avais vu ce que j'ai vu de la barge quand la porte est tombée! Tout allait mal, y avait des corps partout, les Allemands bien placés nous tiraient dessus comme sur des canards, câlice! Nos chars étaient bloqués par les roches. En voyant ça, n'importe quel maudit commandant qui avait un peu de bon sens aurait dû nous faire virer de bord. Non, il a fallu y aller, câlice!

Félix mit encore sa main valide devant ses yeux comme pour chasser l'image terrifiante qui vibrait tout le temps devant lui, même quand il dormait. Puis il raconta avec force jurons ce qui lui était arrivé. Maintenant, ce qui l'inquiétait le plus, c'était son bras. L'articulation du coude était particulièrement endommagée. On l'avait opéré dès qu'il était arrivé pour enlever les morceaux de shrapnel qui s'étaient logés dans l'articulation.

— J'ai bien peur qu'y soit plus bon à rien. Comment veux-tu que je me serve d'une arme, arrangé comme je le suis ? Non, pour moi, la guerre est finie. Ils vont probablement me rapatrier, ils me l'ont dit, d'ici une couple de mois. Après, ils vont me soigner par chez nous.

— Tu ne sais pas combien ton père va être heureux de te voir revenir. Ça a été dur pour lui de te voir partir, dit Rodrigue.

— Mon père ? Ouais ! Je suppose qui va être content, répondit Félix. Mais on va avoir des petits problèmes à régler, par exemple.

Rodrigue, qui avait reçu la lettre de Marie-Jeanne, savait de quoi son neveu parlait. Il valait mieux discuter de choses plus encourageantes. À 25 ans, Félix avait toute la vie devant lui et le temps guérissait bien des blessures. Et puis, il pouvait rentrer la tête haute, avec la satisfaction du devoir accompli. Lui au moins l'avait faite, la guerre. En plus, son petit garçon l'attendait.

— Ouais ! Je vais voir mon garçon pour la première fois. Mais je pourrai peut-être pas le prendre dans mes bras, par exemple, répliqua sèchement Félix.

— Avez-vous faim aujourd'hui, soldat Gobeil ?

Une infirmière blonde comme les blés s'approcha, tenant un petit plateau d'où montait une bonne odeur de soupe au chou. En la voyant, le blessé s'anima un peu.

— Je n'ai pas l'diable faim, garde, mais je vais faire un petit effort, vu que vous avez des beaux yeux.

— En tout cas, Félix, tu peux pas dire que t'es pas ben servi, remarqua Zéphir, admiratif.

Les visiteurs quittèrent les lieux tout songeurs. Leur tour d'aller au front n'allait peut-être pas tarder. Le raid de Dieppe n'était certainement pas très réussi, mais il démontrait que les Alliés avaient l'intention de passer à l'attaque. Sitôt rentré, Rodrigue s'empressa d'écrire à sa sœur.

28 août 1942

Ma chère Marie-Jeanne,

J'ai reçu ta lettre du 15 juin, il y a une dizaine de jours. J'attendais de voir Félix avant de te répondre pour te donner des nouvelles de lui. Quand celle-ci t'arrivera, j'imagine que tu sauras déjà que Félix a participé au raid de Dieppe et qu'il en est revenu blessé au bras gauche. Laisse-moi te dire qu'il a eu beaucoup de chance malgré tout. La bataille a été très dure et plusieurs ne sont pas revenus. Ton garçon s'est comporté courageusement, d'après ce que je comprends, malgré la peur qui ne le lâchait pas depuis des semaines. Je ne te cacherai pas que sa blessure est sévère. Il a été opéré une première fois et le sera encore. Comme il ne pourra plus porter les armes, il sera rapatrié d'ici quelques semaines. Mais son moral m'inquiète. Il a subi un gros choc. Ce qu'il nous a raconté de sa participation à la bataille était atroce.

Par ici, on parle d'un raid réussi. On prétend que les Alliés en ont tiré des renseignements indispensables à une plus grande attaque et qu'ils ont montré la vulnérabilité des Allemands à l'ouest. Mais la démonstration a coûté cher en hommes. Qu'est-ce que tu veux? À mon avis, combattre l'armée allemande, telle qu'elle est, constitue le plus grand défi militaire jamais vu dans l'histoire. De voir Félix sur son lit d'hôpital m'aura plus préparé au front que tous les entraînements qu'on subit depuis trois ans. Le pauvre garçon! Je me suis attaché à lui avec le temps. Quand il aura quitté l'Angleterre, je me sentirai un peu plus seul de ce côté-ci de la mer.

Il faudra vous préparer à son retour, du moins en ce qui concerne le petit Romain. Lui qui est déjà ébranlé par l'épreuve qu'il vient de traverser, il devra affronter le problème en arrivant. Je peux te dire qu'il a hâte de voir son fils en même temps qu'il a peur. Il ne sait pas trop ce qui l'attend du côté de sa femme. Pour ma part, je suis un peu inquiet de la réaction d'Anthime quand Félix viendra réclamer son fils comme il en a fermement l'intention. Marie-Jeanne, de grâce, aide-le à reprendre sa place du mieux que tu pourras. C'est important d'avoir un père. Toi et moi sommes bien placés pour le savoir. Ce que tu écris dans ta dernière lettre est très vrai : nous aurions probablement été des personnes différentes si le nôtre avait vécu assez longtemps pour nous élever. S'il avait été là, après la cochonnerie du séminaire, il m'aurait dit que ça ne servait à rien de se battre contre les moulins en tapant du pied. Il m'aurait ôté la hache des mains et il m'aurait pris par le fond de culotte pour me rasseoir sur les bancs d'école jusqu'à ce que je devienne avocat. Et moi, j'aurais cru que Rodrigue Deschamps était bien celui qu'il pensait être et j'aurais foncé.

Changement de propos, je n'ai toujours aucune nouvelle de Roselyn. Je lui envoie de courtes lettres dans l'espoir de la joindre quelque part. Je l'imagine en Méditerranée parce qu'il se passe beaucoup de choses sur le front de l'Afrique du Nord depuis quelques mois. La huitième armée britannique l'a échappé belle face aux chars de Rommel dans le désert. Heureusement, les Anglais ont eu le temps de se regrouper à El-Alamein, grâce à la belle résistance des Français des Forces libres. Depuis ce temps-là, ils reprennent lentement le terrain pendant que la marine et l'aviation cherchent à bloquer le ravitaillement des Allemands. Tout ça peut expliquer qu'elle n'écrive pas ou que le courrier se perde.

Finalement, il n'y a pas que les morts à regretter dans une guerre. Il y a aussi la vie que les vivants pourraient avoir et qu'ils n'ont pas à cause d'elle. Mais à toi, ce temps de guerre n'apporte pas que des malheurs. Te voilà libre de découvrir le monde hors de Saint-Jérôme et même les courses de chevaux à Blue Bonnets ! J'avoue que de t'imaginer juchée dans les estrades, avec ta sacoche et ton chapeau à voilette, en train de surveiller la course de ton cheval me fait rire aux larmes. Profites-en, petite sœur. Tu ne l'as pas volé.

J'attends de tes nouvelles.

Your brother for ever,

Rodrigue

P.-S. *Tu as raison à propos de l'anglais de Londres. C'est celui-là que j'aime.*

: :

Rodrigue n'eut pas l'occasion de revoir son neveu, mais il put lui parler deux fois au téléphone. Félix fut envoyé au repos dans un centre de convalescence après avoir été déclaré inapte au combat. Son coude restait bloqué dans un angle de quatre-vingt-dix degrés et son poignet ainsi que quatre de ses doigts avaient perdu presque toute leur mobilité. Peu confiant, Félix se consola en pensant que son invalidité lui vaudrait probablement une pension de vétéran pour le reste de ses jours. Ce serait toujours ça de pris s'il ne pouvait plus travailler de ses mains ! Dans l'attente de son embarquement, il renoua quelque peu avec l'alcool et le jeu de cartes, tout en ruminant l'épineux problème de Romain. Finalement, il revint à l'idée qu'il avait eue avant le raid de Dieppe : demander tout de suite à Clarisse de prendre l'enfant chez elle. Tout serait plus simple à son arrivée. Il aurait le temps de se faire soigner et de voir venir du côté d'Irma, dont il n'avait pas eu de nouvelles depuis longtemps. Il trouva quelqu'un pour l'aider à écrire.

22 septembre 1942

Chère Clarisse,

J'ai été longtemps à l'hôpital à cause d'une blessure au bras que j'ai reçue à la bataille de Dieppe au mois d'août. J'ai bien souffert, Clarisse. L'opération que j'ai eue ici pour réparer mon coude n'a pas bien réussi.

J'ai le bras raide comme une barre pliée, puis il me fait bien mal. J'ai besoin d'être opéré encore et comme je ne peux plus servir dans les rangs, ils vont me ramener chez nous, ce qui fait bien mon affaire.

En attendant, j'ai appris que Romain est chez Marie et Ferdinand, qui le gardent avec l'aide de Caroline. Maman m'a expliqué dans sa lettre qu'Irma manquait trop de savoir-faire. Je ne sais pas trop à quoi m'attendre du côté de ma femme. Je verrai ça sur place, quand j'arriverai à Saint-Jérôme.

Ce qui est sûr, c'est que je veux reprendre Romain puis m'en occuper moi-même. Pour te dire la vérité, j'aimerais mieux que le petit soit chez vous quand je vais arriver à Saint-Jérôme. J'ai peur que le père ne veuille pas me le remettre, vu qu'il l'a pris sans demander la permission à personne. Tu le connais! Je veux pas faire de chicane avec ça, mais il va falloir qu'il comprenne que c'est moi le père de Romain. Comme ça, dans le cas où je ne pourrais pas le laisser à Irma pour une raison ou pour une autre ou s'ils me gardent un temps à l'hôpital des vétérans, ce sera plus facile. Je serai plus à l'aise pour aller le voir et tu me le remettras le temps venu. Je sais que je t'en demande gros, ma sœur, vu tout l'ouvrage que t'as déjà. Mais t'as toujours été bonne avec moi et je ne connais pas de meilleure femme que toi.

Je te remercie beaucoup, ma sœur. Espère-moi. Je serai probablement là avant Noël!

Ton frère Félix

22 septembre 1942

Cher papa,

J'espère que toi puis maman, vous allez bien. Je devrais revenir par chez nous dans les prochaines semaines. J'ai été blessé au bras gauche à la bataille de Dieppe, une maudite bataille que je te *raconterai quand je serai arrivé. Dès que j'aurai traversé de l'autre bord, je vous appellerai pour vous prévenir. Il faudra que je passe d'abord par l'hôpital militaire à Montréal pour faire examiner mon bras avant de mettre les pieds à Saint-Jérôme.*

Maman m'a écrit pour m'expliquer que tu avais pris mon petit garçon parce que Irma arrivait pas à en prendre soin comme il faut. Je peux pas dire si j'aurais été d'accord ou pas avec ça parce que j'étais pas là pour voir ce qui se passait. En tout cas, on en reparlera quand je reviendrai.

J'ai déjà écrit à Clarisse pour lui demander de prendre le petit chez elle en attendant. Comme ça, ce sera plus facile quand j'arriverai. C'est pas que Marie puis Caroline s'occupent pas bien de lui, mais je serai plus à l'aise avec Clarisse, qui m'a rendu bien des services dans le passé. J'espère, le père, que tu me comprends. Je ne veux pas te prendre par surprise, mais c'est à moi de décider.

En tout cas, pour moi, la guerre est finie, puis je suis pas fâché. J'ai bien hâte de me retrouver à Saint-Jérôme puis de revoir toute la famille. En attendant, je vous salue.

Ton garçon Félix

PARTIE VII

Saint-Jérôme, septembre 1942

Trente-six heures après le raid de Dieppe, alors que Marie s'af-
fairait à sortir du four la brique de lard qu'elle avait fait griller
pour son père, Caroline surgit en brandissant un journal où il
était écrit noir sur blanc que les Fusiliers Mont-Royal avaient participé à une grosse attaque sur les plages de la ville française. Le
régiment de Félix !

Anthime se précipita dans la cuisine, le visage décomposé. Il
entendait son cœur marteler dans ses oreilles. Comme si Félix
était mort dans ses bras. Marie-Jeanne lut le journal à voix haute.
L'article donnait peu de détails, mais madame Nadon, dont le fils
appartenait au même régiment que Félix, s'était fait confirmer
par son frère, un haut placé du ministère à Ottawa, que le régiment des Fusiliers était bien de la bataille.

— Marie, je mangerai pas tout de suite. Allume-moi le poste
de radio, Caroline !

Mais les heures passaient et les nouvelles arrivaient au compte-
gouttes, ce qui n'était pas étonnant vu le peu de journalistes qui
avaient été autorisés à accompagner les soldats. On félicitait les
Canadiens pour leur bravoure sans s'attarder aux pertes énormes
qu'ils avaient subies. Le 4 septembre, clergé en tête, on organisa

une manifestation monstre au Forum de Montréal pour rendre hommage aux valeureux combattants.

Comme toutes les familles touchées, les Gobeil attendaient des nouvelles de leur soldat. Le suspense dura jusqu'au 15 septembre et il fut un véritable calvaire pour tout le monde. Le cœur brisé, Clarisse entreprit une neuvaine et Anthime cessa pratiquement de manger, au grand désarroi de Marie qui le surveillait comme s'il était à l'agonie. Pour garder son calme, Marie-Jeanne s'occupa à aider l'une ou l'autre de ses filles. Enfin, la liste officielle des morts et des disparus parut : Félix n'en était pas. Bientôt, Irma reçut un avis d'Ottawa libellé comme suit :

SERVICE DE TÉLÉGRAPHE DU GOUVERNEMENT
DÉPARTEMENT DES TRAVAUX PUBLICS
DOMINIUM DU CANADA
Le gouvernement a reçu le message suivant pour transmission, sujet aux termes et conditions prévus dans le formulaire n° 1, tels qu'acceptés par l'envoyeur

F.G. Sims, superintendant général

OTTAWA ONT. 2 OCT. 1942
MME IRMA GOBEIL
LIVRAISON RÉGULIÈRE SAINT-JÉRÔME, QUÉ.
14364 LE MINISTRE DE LA DÉFENSE NATIONALE A LE REGRET DE VOUS INFORMER QUE LE SOLDAT T53401 FÉLIX GOBEIL A ÉTÉ OFFICIELLEMENT RAPPORTÉ BLESSÉ AU BRAS GAUCHE LORS D'UN ENGAGEMENT LE 19 AOÛT 1942 — stop — OFFICIELLEMENT DÉCLARÉ INAPTE À SERVIR — stop — SERA RAPATRIÉ À UNE DATE INDÉTERMINÉE. TOUTE AUTRE INFORMATION DISPONIBLE SERA TRANSMISE DÈS QUE REÇUE.
LE DIRECTEUR DES RAPPORTS

Irma courut chez Clarisse. La nouvelle fit le tour de la famille à la vitesse de l'éclair. Dès lors, heureux ou inquiet, chacun attendit Félix à sa manière. Marie-Jeanne pensait surtout à Romain. Le problème de sa garde allait se poser tout entier. Anthime refusait d'en discuter.

— Dans le temps comme dans le temps, répétait-il.

Que le raid sur Dieppe ait été un désastre ou un exploit, une seule chose comptait : son fils rentrait du front. Il avait survécu et, grâce au ciel, sa blessure le sortait des champs de bataille pour tout le reste de la guerre. Il n'y avait plus qu'à l'attendre en espérant que la traversée s'effectue sans encombre. Qui sait ? Peut-être serait-il de retour pour Noël ?

Mais quand les deux lettres envoyées par Félix au sujet de Romain arrivèrent à qui de droit, il fallut bien tenir une petite réunion de famille.

— Mon pauvre frère. Il m'arrache le cœur ! Je sais pas quoi faire. J'ai déjà de l'ouvrage sans bon sens. D'un autre côté, c'est le père. On peut pas ignorer sa volonté, dit en soupirant Clarisse.

Pour Marie qui allait accoucher d'une journée à l'autre, pareil suspense était insupportable.

— Je connais Félix, il est mauvais comme du chiendent quand il est contrarié. Si on refuse de faire ce qu'il demande, il est capable de tout casser !

— Marie a raison, renchérit Marie-Jeanne. Il n'a pas écrit deux lettres pour rien. Comme il ne sait pas trop quoi penser au sujet d'Irma, il dresse ses plans à sa manière. C'est vrai qu'il a toujours eu confiance en Clarisse. Il est sûr qu'elle ne cherchera pas à garder Romain plus longtemps qu'il le voudra. De toute manière, je te rappelle, Anthime, que Marie s'est engagée à s'occuper du petit jusqu'à la naissance de son bébé. L'accouchement est pour bientôt.

Anthime se tut encore un bon moment, sa pipe refroidie entre ses dents. Pourquoi s'énerver avant le temps ?

— On aura qu'à dire que Clarisse pouvait pas le prendre, c'est tout, dit-il pour clore d'avance toute discussion.

— C'est vrai que Gaspard a son mot à dire là-dessus. On a nos trois enfants en plus des pensionnaires. Et puis, il reste pas grand temps à attendre. À part de ça, vous allez voir que Félix puis Irma vont se remettre ensemble. Je connais mon frère. Il y aura plus qu'à retourner le petit chez lui.

Mais Marie-Jeanne sentait le danger de désobéir à son fils.

— Justement, Clarisse, comme ce n'est pas pour longtemps, on éviterait bien des ennuis si tu prenais le petit, quitte à ce que Caroline s'en occupe de temps en temps pour te permettre de respirer. Marie va accoucher d'une journée à l'autre ; elle va avoir besoin de tranquillité. Surtout, Félix serait rassuré tout de suite en arrivant. Il verrait qu'on a respecté sa volonté et que personne ne veut lui ôter son enfant.

Hors de lui, Anthime tapa sur la table.

— Gang d'imbéciles de câlice que vous êtes ! Vous êtes toutes des sans-cœur ! Si le petit s'en va tout de suite chez Clarisse, on aura plus de contrôle quand Félix va arriver. Qu'est-ce que vous pensez qu'il va faire ? Il va prendre le petit, puis il va se dépêcher de le remettre à sa mère. C'est ça qu'il va faire, rien d'autre. Y en est pas question, me comprenez-vous ? C'est une putain, une putain puis une ivrogne par-dessus le marché ! Une maudite niaiseuse en plus. Elle a pas de tête. Elle sait pas élever un enfant. Câlice de tabarnak ! J'en ai assez. Le petit va rester icitte. C'est moi qui décide, c'est pas personne de vous autres.

Marie se mit à pleurer en prenant son ventre à deux mains. Félix n'était même pas débarqué de son bateau que déjà la tempête se levait. Clarisse et Marie-Jeanne échangèrent un regard effrayé. Tant d'émoi était dangereux pour une future maman. En sueur, celle-ci haletait. Anthime lui-même s'en rendit compte. L'air buté, il gagna le salon sans un mot de plus pendant que Ferdinand, qui n'osait rien dire, reconduisait Marie à sa chambre pour la forcer à s'étendre.

Les deux femmes restèrent encore un instant à parler tout bas dans la cuisine. La situation était grave. Pire qu'avant, même. Il était clair, maintenant, qu'Anthime refuserait de rendre l'enfant à Félix quand l'heure fatidique viendrait. Il n'avait pas plus confiance dans le bon jugement de son fils qu'en la capacité d'Irma de jouer son rôle de mère. Jamais il ne lâcherait Romain. Or, Félix était imprévisible et capable des pires colères. Tout cela annonçait un affrontement majeur entre les deux hommes.

Durant les jours qui suivirent, Anthime se montra encore plus taciturne que d'habitude. Il attendait. Il attendait Félix et cette attente prenait en lui toute la place. Il voulait le voir en chair et en os, debout devant lui avec son bras massacré. Il voulait voir ses yeux bleus pareils aux siens et entendre la voix rugueuse qu'il avait héritée des Gobeil. Alors, seulement, il serait rassuré et peu importait le reste. Il n'avait que mépris pour la peur des femmes qui ne comprennent jamais rien. Ils se parleraient entre hommes, devant un grand verre de bière. Au début, Félix s'énerverait; ensuite, il laisserait aller. Leur complicité serait la plus forte.

À partir de là, non seulement il ne permit plus à Marie-Jeanne de revenir sur l'épineux sujet, mais c'est à peine s'il lui adressa la parole. Il ne lui pardonnait pas d'avoir voulu éloigner Romain de lui. Indifférente à son mutisme, Marie-Jeanne serait normalement partie, nez au vent, passer deux jours chez son frère Pierre ou n'importe où. Mais il y avait Marie, qui semblait de plus en plus nerveuse à l'approche de l'accouchement. La jeune femme avait beaucoup grossi au cours des dernières semaines; des varices bleues étaient apparues sur ses jambes et ses chevilles étaient enflées. Le médecin exigeait du repos. Marie-Jeanne resta donc à veiller sur elle. Elle prépara les repas à sa place et s'occupa de la lessive pendant que Ferdinand assumait l'ordre et la propreté de la maison.

Le matin du 11 novembre, les premières contractions réveillèrent la jeune femme. Le temps était venu. Marie-Jeanne accueillit le bon docteur Dugal après avoir préparé tout ce dont il aurait besoin. Ferdinand, exclu de la chambre en sa qualité d'homme, se berçait dans la cuisine en priant le frère André pour que tout se passe bien. Dieu l'exauça. Juste avant onze heures, Marie mit au monde une petite fille très vigoureuse, bien en chair, et dont la tête était presque entièrement couverte de cheveux d'un brun foncé. Quand Marie-Jeanne eut fini de laver le poupon et que tout fut bien en ordre, elle fit entrer son gendre dans la chambre. C'est avec ferveur que Ferdinand s'agenouilla au chevet de Marie pour l'embrasser.

— Merci. Merci, ma Marie. C'est un beau bébé, dit-il en caressant du doigt la joue de l'enfant posé contre sa mère.

Marie eut un sourire paisible, comme elle n'en avait pas eu depuis des semaines. Une petite larme menaçait de sortir de l'œil de Ferdinand.

— N'oublie pas, dit-elle. Elle s'appellera Lisette. Mais on ajoutera Andrée en l'honneur du frère André que tu aimes tant. Marie Andrée Lisette Ferland.

Ferdinand acquiesça. Comme il faisait très beau et que l'air était tiède, le baptême pouvait avoir lieu au cours de l'après-midi. Il était déjà prévu qu'Alma serait la marraine et Florient le parrain. D'avance, Marie-Jeanne disposa sur le dessus de la commode la robe brodée, le petit bonnet et le grand châle qui avaient servi pour les enfants de Clarisse et de Caroline. Puis, elle se retira au salon pour laisser les époux ensemble. L'émotion lui inspira une longue lettre à Rodrigue, le soir venu.

Saint-Jérôme, 11 novembre 1942

Mon cher frère,

La petite Lisette est née aujourd'hui, un peu avant onze heures. L'accouchement a été bref et facile; Marie se porte aussi bien que son bébé. Comme le temps était clément, Ferdinand est parti cet

après-midi avec l'enfant bien emmaillotée pour se rendre à l'église,
rejoindre son frère et sa mère qui seront dans les honneurs.

La petite est robuste et plutôt mignonne. Je n'ai jamais vu un
enfant naître avec autant de cheveux. Une mèche brune sortait du
bonnet de baptême pour lui tomber sur le front. Je ne sais pas pour-
quoi ce détail me plaisait tant. Moi, je n'ai eu que des bébés chauves
et plutôt blondasses. J'ai pensé à ta naissance et aux boucles cui-
vrées qui formaient une petite couronne autour de ta tête quand je
t'ai pris dans mes bras pour la première fois. J'avais l'impression de
tenir une belle poupée, moi qui n'en avais jamais eu. Tu vas rire,
mais c'est peut-être à cause de tes cheveux que je t'ai aimé plus que
tous les autres dès le début de ta vie.

La tendresse de Ferdinand quand il a vu le bébé couché près de
Marie m'a mis les larmes aux yeux. Moi, je n'ai pas de tels sou-
venirs de ma vie de femme. J'ai porté et mis au monde les enfants
d'Anthime. Pas une seule fois, il ne m'a dit qu'il était content,
même à la naissance de Félix. Il était pourtant fier d'avoir enfin un
garçon! Comme d'habitude, il a attelé la jument après avoir mis
ses beaux habits et il est parti au galop vers le village pour annon-
cer l'événement à ses amis, des cigares dans sa poche. Il est revenu
encore plus tard et plus saoul que les autres fois! Voilà comment il
m'a dit merci.

Des fois, je me demande si Anthime a déjà eu un peu d'amour
pour moi. En tout cas, il ne l'a jamais dit. Une fois mariée, j'ai
compris que je n'étais pas à son goût. Moi, je ne trouvais rien à
admirer chez lui non plus et beaucoup à craindre. Ah! Ce n'était
pas un batteur de femmes comme j'en ai vu dans le rang. C'est au
moral qu'il était dur. Il avait du mépris, du dédain pour mes gros-
sesses et mes histoires de femme. Je pense qu'elles lui faisaient peur.
Ce qui ne l'empêchait pas, quand les quarante jours étaient passés,
de se planter au bout du lit en déboutonnant son pantalon pour
avoir son dû! Pardonne mon langage cru...

Ma façon de parler le tannait aussi. La bouche croche pour se moquer de moi, il disait que je parlais comme une sœur. Si nous avions été assez riches pour avoir des livres à la maison, il n'aurait pas supporté de me voir assise à tourner des pages. Il ne respectait pas la connaissance, peut-être parce qu'il ne savait pas lire. Il ne s'est jamais montré fier de Marie et de Juliette qui recevaient toujours les meilleures notes de la classe. Pour lui, l'école n'existait pas. Je n'ai jamais pu savoir pourquoi il ne l'avait pas fréquentée étant jeune. Il n'en a jamais parlé, même quand il a voulu que je lui enseigne à signer son nom pour le mariage de Marie. Il est le seul à ne pas savoir lire dans sa famille. Même que Xavier, son frère le plus vieux, a été échevin à Saint-Janvier. Il avait l'air distingué comme un notable. Qu'est-ce qui a bien pu empêcher Anthime de s'instruire un petit peu? En tout cas, à défaut de savoir lire, il aurait pu être curieux! Il aurait pu apprécier le fait que j'avais de l'instruction. J'aurais pu lui apprendre l'alphabet, s'il avait voulu. Il était fermé ou, pire, il était comme emmuré.

Emmuré, il l'est plus que jamais pour ce qui est du problème de Romain. J'ai reçu, il y a quelques jours, ta lettre du 28 août dernier. Tu as raison de t'inquiéter pour Félix. Irma a reçu un télégraphe officiel du gouvernement disant qu'il avait été blessé et qu'il rentrerait au pays dans quelque temps. Félix lui-même a pris la peine d'écrire à son père et à sa sœur Clarisse pour demander que le petit aille chez elle au lieu de rester ici. Moi, je trouvais que c'était une bonne idée, pour autant que Clarisse soit d'accord. Anthime a piqué toute une colère en entendant cela. Un blasphème n'attendait pas l'autre, comme on dit! Il ne lui cédera pas l'enfant. Il a trop peur qu'il le redonne à Irma. Tu sais, ça pourrait tourner au drame, cette histoire-là. Et je ne peux rien faire, rien de rien, sinon essayer de protéger Marie, qui a peur de les voir se battre dans sa maison.

As-tu enfin reçu des nouvelles de Roselyn? Se passe-t-il quelque chose de nouveau pour nos soldats, là-bas? À quoi faut-il s'attendre après Dieppe? Ici, on a rendu de grands hommages aux combattants. Il paraît que ce fut une glorieuse bataille qui aura des suites importantes pour les Alliés. Mais trop d'hommes sont morts. Le fils de notre voisine, madame Nadon, est parmi les disparus. Elle ne sort plus depuis qu'elle a eu la nouvelle. Tu comprends que malgré tout on se trouve chanceux de voir revenir Félix.

Donne-moi de tes nouvelles,

Ta sœur Marie-Jeanne

::

Un froid humide saisit le visage de Félix quand il descendit du train à la gare Windsor, le 15 novembre. Il courut s'abriter et, dès qu'il le put, appela sa sœur Caroline pour annoncer à la famille son arrivée à bon port. Mais il ne fallait pas l'attendre tout de suite à Saint-Jérôme parce qu'il devait se présenter d'abord aux services médicaux pour son bras blessé.

On se remit à attendre Félix avec angoisse. Anthime se ferma comme une huître pour que personne n'ose aborder le sujet de Romain devant lui. Marie était nerveuse et Ferdinand aussi, au point que son estomac le faisait de plus en plus souffrir. Très tôt, un samedi de décembre, Caroline reçut un autre appel. Cette fois, Félix était sur le point de monter dans le petit train du nord. En apprenant cela, Marie-Jeanne prit la précaution d'envoyer Romain accompagné de Caroline chez Clarisse. Anthime qui avait son plan ne s'y objecta pas.

L'après-midi était déjà fort avancé quand le jeune soldat apparut. En le voyant dans son uniforme kaki, le bras immobilisé par un plâtre, Anthime se mit à le bourrer de tapes dans le dos. Marie-Jeanne, désolée de voir son fils tout amaigri, pâle et agité, prit son visage entre ses mains et l'embrassa sur les deux joues. Cette tendresse inattendue réchauffa Félix. Anthime glissa sa main sous son bras valide.

— Rentre! Arrive, mon garçon. Viens t'asseoir au salon avec nous autres. On va arroser ça, tu vas voir, j'ai tout prévu, dit-il sur le ton jovial qu'il avait avec ses amis à la taverne.

Entouré de visages qui avaient l'air content, Félix s'installa confortablement dans le salon, bien décidé à profiter de l'accueil qu'on lui faisait. Devant lui trônaient deux cendriers et quatre grosses Molson avec deux grands verres tout neufs achetés pour l'occasion. Marie-Jeanne et Marie échangèrent un regard inquiet. Anthime pensait sans doute adoucir son fils en l'enivrant.

— Je vois bien que tu fêtes ça en grand, le père! Ben, ça me fait plaisir, parce que, chrisse, moi aussi je suis content d'être revenu puis de savoir que j'y retournerai jamais, étant donné que je peux plus tenir un fusil. Mais dites-moi donc, Romain est pas ici, il va arriver avec Clarisse, je suppose?

Marie-Jeanne prit un ton naturel.

— Non. Caroline va l'amener pour souper. Mais je voudrais savoir à propos de ta blessure. C'est-tu si grave que ça? demanda-t-elle pour différer l'orage.

— Ah! Je vais rester infirme!

Il montra le plâtre qui enfermait son bras. Il venait de subir un autre examen à l'hôpital Queen Mary. Les médecins cherchaient le moyen de diminuer son handicap pour qu'il puisse travailler. Malgré sa blessure, il avait eu beaucoup de chance. Sa voix s'enroua.

— Y en a pour qui c'était bien pire. J'en ai vu qui avaient les jambes en bouillie; il fallait amputer. Puis là, je vous parle pas des morts. J'ai vu des choses abominables. La pire de tout, c'est ce qui est arrivé juste au moment de débarquer sur la plage, à Dieppe: vrai comme vous êtes là, j'ai vu le gars qui se trouvait devant moi se faire arracher la face par un obus.

La paupière de son œil droit se mit à sauter sans arrêt ; la tension qui nouait sa gorge rendait sa voix méconnaissable. Tous étaient figés devant l'horrible image qu'il venait d'évoquer. Félix vida le reste de son verre et le tendit à son père pour qu'il le remplisse à nouveau.

— Non, moi je vous le dis, j'aime mieux avoir le bras magané que d'autre chose. Comme ça, le gouvernement va être obligé de me payer une pension.

Il raconta en long et en large ce qu'il appelait son combat à Dieppe en buvant à grandes gorgées la bière qu'Anthime lui versait généreusement. Une fois la troisième bouteille vidée, Marie-Jeanne vit que son léger bégaiement s'accentuait, comme chaque fois qu'il prenait trop d'alcool. C'était l'heure de manger ; elle suggéra que l'on passe à la cuisine où la table était déjà dressée. Ça sentait bon le pot-au-feu. Marie-Jeanne s'activa pour servir la tablée. Pour l'instant, Félix paraissait d'excellente humeur. Peut-être Anthime avait-il eu raison de donner à ce retour la tournure d'une fête, quitte à ne pas lésiner sur la boisson. Félix était sur le point d'attaquer son assiette quand Caroline apparut, tonitruante et plutôt gaie, tenant par la main d'un côté son fils Germain et de l'autre le petit Romain.

— Ah ben, sacrement ! C'est-y ben mon garçon Romain, ça ? Câlice qu'il est beau, viens icitte. J'en reviens pas ! s'exclama Félix, les yeux humides.

Marie-Jeanne suivait la scène avec attention.

— Romain, c'est ton papa qui est arrivé, tu peux l'embrasser si tu veux, dit-elle.

Félix semblait intimidé par l'enfant, mais en même temps ravi de ce qu'il voyait. Le petit lui sourit et Caroline l'approcha tranquillement de lui. Félix semblait comprendre qu'il ne fallait pas l'effaroucher. Il vit que l'enfant était impressionné par son bras blessé. Il lui expliqua qu'il avait mal et que son bras se reposait pour mieux guérir. Il invita même le petit à toucher le plâtre si dur. Romain posa sa main avec précaution, puis se mit à le frotter en plissant le nez.

— Tu vois, c'est rude. Mais quand je serai guéri, les docteurs vont l'ôter, dit Félix en se penchant pour l'embrasser sur le front tout en passant légèrement sa main valide sur sa tête.

— Maudit que t'as les cheveux noirs, ajouta-t-il en pensant sans doute à Irma.

En tout cas, toute l'assemblée y pensa. Pour éviter que son nom soit prononcé, Marie-Jeanne s'empressa d'inviter Caroline à la table avec Germain. Elle souleva Romain pour l'asseoir comme d'habitude près d'Anthime, sur une chaise garnie d'un gros coussin. Romain regarda tout le monde comme s'il cherchait quelqu'un.

— Où bébé Lisette ?

Marie lui expliqua qu'elle dormait dans la chambre. Félix ne parlait plus. Il regardait son fils, dont il venait d'entendre la voix pour la première fois. La fixité subite de son regard avait quelque chose d'inquiétant. Le cœur de Marie-Jeanne se mit à battre. Mon Dieu ! Le moment approchait, inévitable. Félix finirait bien par la poser, la fichue question ! Elle s'approcha de lui pour verser un peu de thé dans sa tasse. Il n'y prêta pas attention. Il ne voyait plus que Romain, qui laissait Marie attacher un grand bavoir autour de son cou.

— Puis, mon petit gars, aimes-tu ça chez ma tante Clarisse ? demanda-t-il à brûle-pourpoint.

L'estomac de Ferdinand se contracta ; le ventre de Marie se serra. Caroline se mit aux aguets, la fourchette dans les airs. Seul Anthime, tout occupé à séparer les pommes de terre des légumes dans son assiette, ne broncha pas.

— Marie-Jeanne, tu sais que je peux pas sentir le navet. Ôte-moi ça de l'assiette, puis les carottes et les fèves aussi, puis mets-moi plus de patates.

Marie-Jeanne reprit le plat et se dirigea vers le gros chaudron où le bouilli ne mijotait plus. Félix se tourna vers son père.

— Ça fait-tu longtemps que Romain est chez Clarisse?

Marie-Jeanne prit son courage à deux mains.

— En fait, Félix, Clarisse n'a pas été capable de le prendre chez elle. Sa maison est pleine de pensionnaires. Ça fait qu'il est resté ici. On s'est dit que de toute manière tu étais à la veille d'arriver.

— Comment ça, tabarnak? Clarisse pouvait pas! Ben je suis ben surpris de ça. En tout cas, préparez ses affaires parce que c'est à soir que je le ramène.

Marie-Jeanne se dit qu'il était sûrement passé par la maison d'Irma.

— Si tu veux, mon Félix, laissons manger le petit. On en parlera après. Il faut y aller doucement, tu sais; les enfants sont sensibles à cet âge-là. C'est la première fois qu'il te voit. Il a l'air de t'aimer, mais il ne te connaît pas encore, dit-elle en redressant le coussin sur lequel Romain était assis.

Anthime jeta un regard courroucé du côté de Marie-Jeanne.

— Marie-Jeanne, c'est une question entre Félix puis moi. Mêle-toi pas de ça.

L'air buté, Félix déposa sa fourchette et but ce qu'il lui restait de bière avant de déposer son verre aussi bruyamment qu'il le pouvait sur la table. Tout le monde comprit qu'il n'y aurait pas d'amnistie. Romain, déconcerté, regardait tour à tour Caroline et Marie-Jeanne avec des yeux interrogateurs. Anthime ne pouvait plus reculer.

— Bon! Mon garçon, prends-le pas mal, mais j'aimerais mieux que le petit reste avec nous autres encore un peu. Tu viens juste d'arriver. Tes affaires sont pas réglées. Tu dis toi-même que tu devras te rapporter à Valcartier dans une couple de jours, sans compter que les docteurs peuvent encore t'opérer. Romain est habitué à nous autres. Il est bien ici, t'as pas à t'inquiéter.

Félix frappa un grand coup sur la table du plat de la main. Personne ne déciderait à sa place ce qu'il adviendrait de Romain. Il était le père et Irma la mère. Si Clarisse ne pouvait pas le prendre, sa décision était que le petit resterait chez sa mère à partir de tout de suite. À mesure qu'il parlait, sa voix devenait plus métallique. Cette fois, Anthime eut peur ; il se dit qu'il aurait dû lui faire boire la quatrième bouteille.

— Bon ben, viens avec moi, Félix. On va aller parler de ça entre hommes au salon. Il reste une bonne bière sur la table à café, dit Anthime en se levant.

— Le père, essaye pas de me saouler. Je suis chaud déjà, mais tu m'auras pas, répondit Félix.

Alors, Anthime, qui ne voyait pas comment il pouvait faire autrement, se rassit et lâcha la phrase allumeuse.

— Ton petit, je voudrais bien te le remettre. Mais Irma est pas capable de s'en occuper comme il faut, Félix. Tu peux pas y laisser. Si j'avais pu y remettre avant, je l'aurais fait. Mais ta femme boit, puis elle sort aussi. Aussi bien que tu le saches !

C'en était trop ! Furieux, Félix recula sa chaise, se leva et repoussa la table avec tant de force que la pinte de lait tomba sur le verre d'Anthime en éclaboussant Romain. Le fracas finit de terrifier tout le monde et le petit se mit à pleurer. Anthime se leva à son tour et prit l'enfant dans ses bras pour éviter que Félix ne s'en empare. Celui-ci essaya effectivement de le lui arracher de sa main valide. Les deux hommes se chamaillèrent jusqu'à ce que Anthime pousse l'autre assez fort pour le faire tomber au sol, entraînant avec lui une chaise qui se brisa net. On entendit les hurlements de la petite Lisette, que tant de bruit avait réveillée. Marie terrorisée courut la prendre dans ses bras. Anthime aurait bien voulu tendre Romain à Caroline, qui était tout près, mais le petit épouvanté s'agrippait au cou de son grand-père.

— Caroline, va falloir que tu ailles appeler la police, dit Anthime en reculant.

Félix chercha à se relever. Il attrapa la nappe et la tira en faisant tomber la moitié des couverts sur le sol. Quand enfin il parvint à se mettre debout, il tenait dans sa main droite un barreau de la chaise cassée qu'il brandit devant son père.

— Mon hostie, tu vas payer pour tout ce que t'as fait à Irma pendant que j'étais parti. Tu vas t'ôter de mon chemin une fois pour toutes, câlice ! Ça fait assez longtemps que tu mènes tout le monde dans la famille. Tu me feras pas peur à moi ! cria-t-il d'une voix déchaînée.

— Attention, papa, il va te frapper ! hurla Marie en serrant son bébé contre elle.

Mais c'est Marie-Jeanne que Félix trouva devant lui.

— Arrête, Félix, arrête-toi. Tu dépasses les bornes. On ne frappe pas son père. Je ne veux pas voir mon fils arrêté par la police. Ce n'est pas comme ça que tu vas régler le problème, mon garçon. Regarde Romain, il a deux ans, il ne comprend pas ce qui se passe ; il a peur. Tu lui fais peur. C'est pas ça que tu veux, Félix, faire peur à ton petit. Vous ne pouvez pas discuter de ça ce soir, ton père et toi. Vous avez pris trop de bière tous les deux. Pour le moment, rentre chez toi. Va retrouver Irma puis on reviendra sur la question quand tout le monde sera plus calme. Tu es trop fatigué des grosses épreuves que tu as traversées là-bas. Prends le temps de te reposer, mon petit garçon. Demain, tu verras plus clair. Quoi qu'il arrive, Romain te reviendra tôt ou tard. C'est ton fils, aussi vrai que tu es le mien, Félix, dit-elle en posant une main sur sa joue.

Son geste était tendre ; elle avait parlé avec une fermeté pleine d'une douceur qui venait droit du cœur. Félix semblait hypnotisé. Il laissa tomber le bout de bois qu'il tenait. Impuissant et toujours piégé par sa colère, il se mit à jurer comme un diable sorti de l'enfer.

— Câlice de tabarnak de saint chrême ! Comme ça, la mère, tu penses que je suis pas capable de prendre soin de mon garçon, c'est ça ? T'as pas confiance en moi, c'est ça ? On sait ben, j'ai toujours été un bon à rien. C'est ben toujours pareil icitte ! Vous autres, les femmes, vous avez toujours été contre moi, à part de Clarisse, hostie ! Aie pas peur, la mère, je m'en vais, hostie, si c'est ça que tu veux. Puis vous me verrez plus avant longtemps !

Et il détala en faisant claquer la porte si fortement que la fêlure qui zébrait déjà la vitre s'allongea. Sa disparition laissait tout le monde pantelant, comme si un obus était tombé dans la cuisine en causant des dommages irréparables. Accablé, Anthime s'agrippa au dossier de sa chaise en essayant de reprendre son souffle. Romain, qu'il avait déposé à terre, se cramponnait de ses deux petits bras à l'une de ses jambes comme s'il craignait de tomber. Quel fiasco ! Tout l'amour d'Anthime qui avait attendu Félix en tremblant pendant des mois n'avait pu empêcher que son retour finisse comme le raid de Dieppe, en déconfiture. La rencontre de Félix avec Romain était un désastre. Marie-Jeanne avait envie de pleurer. Elle n'avait pas su lui éviter l'humiliation. Après ce combat perdu, il risquait de ne jamais devenir vraiment le père de son fils. Ferdinand, blanc comme de la craie, semblait changé en statue pendant que Marie sanglotait tout bas en serrant une Lisette gémissante. Les mauvais fantômes de son enfance étaient revenus, ceux qu'elle croyait cachés sous son lit quand elle était petite et qui lui faisaient mouiller honteusement ses draps, une très ancienne terreur grise et terreuse qui l'envahissait comme la mauvaise odeur d'un puits sans fond dans lequel elle risquait de sombrer. Voyant la détresse de sa fille, Marie-Jeanne lui enleva le bébé pour l'emmener dans la quiétude du salon, un biberon à la main. Seule Caroline était indemne.

— Bon ! Calme-toi, Marie, pour l'amour du saint ciel ! Y a personne de mort. Félix est parti puis il reviendra pas de sitôt. Aide-moi à nettoyer tout ça, dit-elle en s'affairant déjà. Papa, va donc t'asseoir au salon toi aussi avec les enfants. Ici, il y a trop de verre brisé, c'est dangereux. Ferdinand, va me chercher une poubelle.

Anthime lui obéit sans dire un mot en prenant la main de Romain. Une seule idée était incrustée dans sa tête : désormais, c'était Romain qui comptait et personne d'autre. Soudain, on entendit le bruit mat de quelqu'un qui tombe. Ferdinand n'avait pas eu le temps de gagner la salle de bain pour vomir une autre fois. Il s'était évanoui devant la porte ouverte. Un peu de sang coulait de sa bouche. La vue de son mari sortit enfin Marie de sa stupeur épouvantée.

— Mon Dieu, Caroline, aide-moi. Ferdinand est sans connaissance ! Il a vomi du sang. Non ! Attends ! Va plutôt appeler le docteur Dugal. Il est trop malade. Ça peut plus durer.

On se dépêcha de nettoyer les lieux avant que le médecin n'arrive. Ce dernier parut très préoccupé par l'état du patient. Il parla d'un ulcère à l'estomac. En plus, son abdomen était douloureux et il avait de la fièvre. Il fallait le conduire à l'hôpital le plus vite possible. Le médecin se démena pour qu'une ambulance le transporte dès le lendemain matin au centre hospitalier de Sainte-Jeanne d'Arc de Montréal. Là-bas, on découvrit qu'il souffrait d'une hernie gastrique ulcérée et d'une appendicite qui suppurait. La péritonite menaçait. Il fallait l'opérer au plus vite pour le sauver d'une mort certaine.

La maladie de Ferdinand fit un peu oublier le retour orageux de Félix. Marie passa les deux semaines suivantes à Montréal pendant que Caroline prenait soin de Lisette. Le soir, elle allait dormir à Saint-Henri, chez la tante Marie-Anne qu'elle admirait tant. Malgré les circonstances dramatiques, cet éloignement obligé la reposait d'autant qu'elle ne réalisait pas à quel point son mari était malade. Cet optimisme eut du moins un effet tonifiant sur le malade qui, de retour à la maison, put achever sa convalescence dans le plus grand calme. Ni Anthime ni Romain n'étaient plus là, le premier ayant décidé de se retirer ailleurs pour la sauvegarde du second. Il avait pris pension chez les sœurs grises de la rue Laviolette. Marie-Jeanne en avait gros à raconter à son frère, qu'à son grand regret elle avait négligé.

Saint-Jérôme, 22 décembre 1942

Mon cher frère,

Il s'est passé tant de choses ici depuis quelque temps que je n'ai pas eu le temps de t'écrire.

Je suis malheureusement obligée de te dire que le retour de Félix à Saint-Jérôme s'est aussi mal passé que possible. Anthime l'a reçu à grand renfort de bière pour l'amadouer. Au contraire, la bagarre a commencé dès que Félix a su que Clarisse n'avait pas pris le petit chez elle comme il le voulait. Avant que le pire arrive, je me suis placée entre les deux hommes et pour une fois j'ai trouvé les mots pour arrêter Félix. Il a laissé tomber le barreau de chaise qu'il tenait dans sa main et il est parti en sacrant comme un damné. On est sans nouvelles de lui depuis.

Comme un malheur n'arrive jamais seul, Ferdinand, déjà malade de l'estomac, a été tellement ému par la bagarre qu'il a perdu connaissance. Il s'est retrouvé sur la table d'opération à l'hôpital Sainte-Jeanne d'Arc à Montréal pour éviter une péritonite. Comme c'est là, Romain ne veut plus entendre parler de son père, dont il a une peur bleue. Il ravale tout et ne parle pas; c'est sûr que l'incident a causé des gros dégâts dans sa petite tête. Par-dessus le marché, il est maintenant placé à l'hospice des sœurs grises avec Anthime, qui ne voulait pas le laisser tout seul là-bas. C'est grave, très grave, ce rendez-vous manqué entre Félix et Romain. Tôt ou tard, il faudra trouver une autre solution que l'hospice pour cet enfant-là. Qu'est-ce qu'on va faire de lui?

Du moins, la paix est revenue dans la maison et Ferdinand va mieux. Marie aussi. Sauf que le départ d'Anthime représente pour elle une perte de revenus qui tombe bien mal, vu que le salaire de

Ferdinand manque depuis plusieurs semaines. Elle est obligée de chercher un autre pensionnaire.

Je n'ai rien reçu de toi depuis novembre. Que se passe-t-il de neuf de ton côté ? Après le raid de Dieppe, beaucoup de personnes importantes critiquent ici le fait que nos troupes ne sont pas utilisées en Angleterre. On dit que c'est injuste pour nos soldats ; ils n'ont pas l'occasion de montrer leur valeur. D'autres, au contraire, prient pour que nos hommes restent à l'abri des combats ! La chose te surprendra sans doute, mais ce n'est pas mon cas. Il faut en finir et chasser une fois pour toutes les Allemands des pays qui ne leur appartiennent pas. C'est le seul moyen de revenir à une vie normale. Pour cela, il faut bien les attaquer ! Ce qui ne m'empêchera pas d'être folle d'inquiétude chaque jour que le bon Dieu amènera quand ce sera à ton tour de monter au front.

Là-dessus, petit frère, je t'embrasse et te souhaite un joyeux Noël et aussi à ce bon Zéphir. Surtout, sois prudent.

Ta sœur Marie-Jeanne

PARTIE VIII

Afrique, Europe, novembre 1942

Pendant que les premières neiges jetaient leur voile de froid sur Saint-Jérôme, loin, à des milliers de kilomètres, le soleil écrasait de lumière la vieille ville d'Alger où Roselyn avait trouvé refuge. La villa qui l'abritait était accueillante et cossue. Étendue dans la véranda aux portes grand ouvertes sur le jardin, elle humait avec délices l'odeur des rosiers exaltée par la touffeur de l'après-midi. En toile de fond brillait une mer éblouissante. Elle mordit le bout de sa plume, l'air songeur. Elle s'était décidée à écrire à Rodrigue.

Alger, 30 novembre 1942

Mon très cher,

Me voici. Je suis ici en pleine colonie française, étendue sur une chaise longue devant les jardins d'un brave officier de l'armée d'Afrique. Je me repose et me recompose, sur l'ordre de mes supérieurs, à la suite d'une grave pneumonie que mes forces épuisées ne pouvaient plus combattre. Je n'ai le droit que de dormir et de manger autant que possible. Dans le calme radieux de l'œil de l'ouragan, mon cœur se réchauffe lentement. Je pense à toi et à ce long

221

silence qui nous a séparés plus que l'espace. Voilà des mois que je ne t'ai plus écrit.

J'ai certainement été odieuse de t'avoir laissé si longtemps sans nouvelles de moi. Je crois bien que j'avais sombré avec notre grand bateau à Gibraltar, à côté de mon frère tombé en mer. Pourquoi lui, après mon père, après ma mère? Pourquoi pas moi? L'envie de mourir a fini par me faire aimer le danger. Après quelques semaines de repos forcé sur terre, j'ai obtenu de repartir en mission en février dernier. Je me suis jetée à corps perdu dans mon travail et j'ai pris ma part de risques. Je voulais rester dans le sillon de Bill pour être à la hauteur de son sacrifice. Loin de vouloir fuir la guerre, je voulais l'enfourcher comme un cheval de mort. Jusqu'à l'été dernier, j'ai servi à bord d'un contre-torpilleur chargé de protéger divers convois, en particulier ceux qui ravitaillaient nos troupes d'Afrique engagées contre Rommel. Je m'occupais aussi de la distribution du matériel sanitaire, ce qui m'obligeait à beaucoup de déplacements sur terre comme sur mer. J'ai vu des choses épouvantables pendant tous ces mois, des jeunes hommes desséchés par le reg, écrasés par les chars de Rommel, rendus fous par la chaleur des déserts et l'explosion des bombes. J'ai été témoin de cruautés sans nom, de délires et de rages horribles. Et cependant, mon cœur glacé ne bronchait pas.

Je sais. J'aurais pu et j'aurais dû te donner signe de vie durant tous ces mois, mais je ne voulais m'accrocher à personne. J'étais noyée et je ne voulais pas que l'on repêche mon corps. Ce n'est pas que je doutais de ton amour. Mais je doutais de ta survie dans cette guerre qui m'a tout pris. À part toi, je n'aimais plus que des morts, des êtres disparus. Ce n'est qu'une fois débarquée ici, le 10 novembre dernier, que j'ai fini par lire tes lettres. En les parcourant, j'ai cru t'entendre m'appeler de cette voix si tendre que tu as! J'ai revu ton beau visage d'homme. Et puis, j'ai pleuré.

Une femme m'a été d'un grand secours dans tout ceci. Elle m'a recueillie chez elle et soignée comme si j'étais sa propre fille, elle a *écouté mes silences et mes plaintes, jour après jour comme durant les nuits chaudes de cette ville dorée. C'est elle qui m'a ramenée à la surface. Elle est l'épouse du colonel Germain Jousse, major de garnison, l'un des protagonistes du putsch extraordinaire qui a eu lieu ici le 8 novembre dernier.*

Quand nous aurons gagné la guerre, l'histoire devra retenir que le premier vrai débarquement allié a eu lieu ici, à Alger, grâce à quelques centaines de résistants civils, dont un grand nombre de Juifs. À force d'audace et d'intelligence, ils ont pris le contrôle de la ville de sorte que notre armée a pu débarquer presque sans combattre. Leur coup de force avait l'appui de quelques officiers secrètement opposés à Pétain, parmi lesquels le major de garnison Germain Jousse, mon hôte. J'étais alors alitée au fond de l'infirmerie du contre-torpilleur où se trouvait Sir Harold Burroughs, le grand commandant de la flotte. On m'a débarquée en priorité, vu mon état.

J'admire ces Français magnifiques qui ont ainsi facilité notre débarquement. Moins chanceux, les gens d'Oran et de Casablanca ont dû se battre pendant trois jours contre l'armée de Pétain pour occuper le terrain. Quelle honte! Et ces Américains qui croyaient naïvement que les Français d'Afrique leur tomberaient dans les bras! À cause de cette erreur stupide, le vichyste Darlan et ses acolytes se trouvent maintenant à la tête du Haut-Commissariat de France en Afrique! L'orgueil puéril de ces officiers français frôle la bêtise la plus abominable. Le dos au mur, Darlan s'est rallié le 22 novembre dernier, après avoir donné aux Allemands le temps de se renforcer en Tunisie, d'où il va falloir les chasser! Beaucoup de gens lui en veulent ici.

Mais nous les aurons là aussi. Je crois que ce débarquement en Afrique du Nord est un excellent début. D'ici partira la grande offensive qui nettoiera notre continent, j'en suis certaine. Seras-tu de la prochaine bataille? Je sais que tu l'espères.

Cher Rodrigue, il faut garder espoir. Encore et toujours. Nos Alliés ne reculent plus. Ils attaquent. Il est encore trop tôt pour que je te dise ce que je ferai quand je serai complètement rétablie. Ce ne sera pas avant quelques semaines.

Je t'embrasse de tout cœur,

Roselyn

Indécise, Roselyn signa après avoir lu et relu ce qu'elle avait écrit. Quelle réception Rodrigue ferait-il à cette lettre? Il aurait bien le droit d'être fâché, puisqu'elle avait laissé sans réponse les messages désespérés qu'elle avait reçus de lui au cours des mois. Comment avait-elle pu se comporter ainsi envers un homme aussi bon et si sincèrement attaché à elle? Elle éprouva tout à coup une sorte de malaise, un doute affreux. Et si leurs amours n'avaient été qu'imaginaires? Après tout, elle avait rencontré cet inconnu dans des circonstances tragiques. En plein désarroi, elle s'était accrochée à lui au point de se croire très amoureuse de lui. C'est vrai qu'il avait été parfait, si beau et si fort, si intelligent aussi, si drôle et si tendre! Elle y avait cru au point de se donner à lui. Sa pauvre tête noyée de chagrin n'avait pas posé de questions, de sorte qu'elle ne savait presque rien de lui et de son univers. Il avait parlé des gens simples habitant une petite ville ouvrière au pied de vieilles montagnes et de forêts enneigées percées de lacs immenses, au cœur d'une province française isolée dans le grand Canada. Un pays si vaste et presque vide en comparaison de l'Europe! Elle ne savait même pas clairement ce qu'il faisait dans la vie. Seule sa culture impressionnante avait occulté le reste. Depuis Londres, tant de choses s'étaient passées qui avaient absorbé toutes ses forces et ses pensées, détourné son attention. Qu'est-ce qui serait advenu de leur histoire si cette bonne madame Jousse n'avait pas pris la peine de récupérer les nombreux messages du jeune homme pour la distraire un peu et surtout la sortir de ses pensées moroses? Roselyn se mordit les lèvres. Oui, elle avait peut-être imaginé cette passion juste pour survivre. La mort de Bill aura emporté le reste.

Maintenant, elle ne se décidait plus à cacheter la lettre. Si c'était ainsi, il ne fallait pas mentir. Rodrigue ne méritait pas qu'on lui serve des demi-vérités. Et ce n'était pas digne d'elle non plus. Énervée, elle se leva de sa chaise longue pour aller arpenter les allées du jardin. Autour d'elle, les rosiers blancs saturaient l'air d'un parfum lourd et capiteux que la chaleur rendait presque insupportable. Dire que toute cette beauté s'exaltait sous le soleil pendant que la mer, tout près, engloutissait des milliers de morts ! Elle chancela, prise de vertige. Si Rodrigue n'avait été qu'un mirage consolateur, alors elle était seule au monde. Vraiment seule. Orpheline de tout. Elle perdait toute chance de recommencer une autre vie. Mais en avait-elle seulement le désir ? Elle eut peur de mourir tout à coup et tourna les talons pour gagner précipitamment l'ombre fraîche de sa chambre.

À l'heure du dîner, elle fit l'effort de s'habiller et d'aller s'asseoir à la grande table où de jeunes officiers discutaient en partageant des poissons grillés sous l'œil bienveillant de leurs hôtes. Au début, Roselyn se tut. Elle écoutait et contemplait l'entourage en s'efforçant de rester du côté des vivants, de ceux qui pensaient, parlaient, riaient, mangeaient avec confiance, sans s'occuper de la mort qui les attendait peut-être. Elle examina attentivement les convives. L'un d'eux ressemblait un peu à Rodrigue, avec ses yeux bleus et ses cheveux d'un blond roux très chaud. Elle se força à lui parler. Visiblement flatté de l'intérêt qu'elle lui portait, le Néo-Zélandais à la carrure athlétique se montra charmant. Il s'appelait Sheredon. Ils discutèrent de tout, de son pays à lui et du rugby, de son travail à elle et de l'éventualité d'un débarquement en Italie que d'aucuns prédisaient comme la prochaine étape de l'offensive alliée. Que ferait-il après la guerre ? C'était loin, il ne le savait pas. Mais le sport étant ce qu'il aimait le plus au monde, il espérait en tout cas intégrer l'équipe d'élite qui l'attendait avant la guerre, toujours au rugby. Roselyn, qu'un petit excès de rosé avait attendrie, sourit en le voyant si plein d'espoir. Rien à voir avec les aspirations d'un Rodrigue plutôt porté sur la littérature! Mais la fraîcheur du jeune homme, son calme communicatif, la force pure et innocente de ses mains magnifiques lui faisaient du bien. Ils passèrent le reste de la soirée ensemble à échanger parmi les convives qui fumaient en sirotant un cognac. Au moment de se retirer, il demanda la permission de la revoir avant de repartir en campagne. Roselyn la lui accorda dans des termes vagues. Peu lui importait.

Revenue à sa chambre, elle s'assit à sa petite table pour relire ce qu'elle avait écrit à Rodrigue durant l'après-midi. Ce Sheredon! C'est vrai qu'il était beau et plein de vie. Elle n'aurait pas détesté sentir ses mains se poser sur elle. Elle aurait même été capable de le désirer en d'autres circonstances.

Elle se mit à imaginer ce qui se serait passé si, à sa place, Rodrigue en personne était apparu sans s'annoncer autour de la table des Jousse. Elle aurait levé les yeux; il aurait souri de ce sourire éclatant qui n'appartenait qu'à lui, celui qu'il avait à Chelsea, quand il la voyait surgir au coin de la rue où ils avaient rendez-vous. Ensuite, il aurait ouvert les bras et elle y serait tombée de tout son poids, comme un oiseau épuisé. Elle aurait demandé à son hôtesse la permission de se retirer avec lui et celle-ci aurait donné des ordres pour que le repas leur soit servi sur la terrasse, devant le jardin de roses. Ensemble, ils auraient passé la plus merveilleuse des soirées avant de disparaître dans la pénombre de sa chambre. Elle aurait eu envie de l'aimer. Oui, elle aurait été capable de l'aimer.

En toute honnêteté, que devait-elle écrire à Rodrigue? Elle chercha sa plume.

::

La lettre ne mit que trois semaines à franchir le Gibraltar.

— Caporal Deschamps, je n'ai rien pour vous du Canada aujourd'hui, mais vous avez une lettre d'Alger, figurez-vous. V'là que l'armée française vous écrit, dit plaisamment le jeune soldat en lui montrant les sceaux multiples qui noircissaient l'enveloppe.

Rodrigue ne montra aucune émotion en recevant le document et se força à marcher d'un pas ordinaire vers un endroit tranquille pour examiner la chose! Car un tumulte foudroyant venait de s'emparer de lui. Mon Dieu! Et si c'était elle? Il était évidemment au courant du débarquement en Algérie. Avec la lenteur un peu exagérée de celui qui veut rester maître de lui-même, il brisa le cachet, déplia les feuillets et lut. Après sa signature, Roselyn avait ajouté un long texte.

Post-scriptum:

Mon cher Rodrigue, ma loyauté envers toi m'oblige à ajouter ce qui suit.

Après avoir apposé la signature que tu vois plus haut, je me suis relue et je me suis sentie encore plus coupable de ne pas t'avoir écrit avant. J'ai eu peur de ma propre froideur. Avais-je manqué d'amour envers toi? J'ai réfléchi et la réponse est oui. Je ne veux pas te mentir. Au cours des derniers mois, je n'ai ni voulu ni senti le besoin de m'adresser à toi, même quand deux de tes messages m'ont été remis à la fin de juin lors d'une escale à Malte. J'ai bien vu qu'ils étaient de toi. Je les ai parcourus rapidement et je n'ai pas voulu y répondre. Je te fuyais. J'étais aux abonnés absents. J'étais prise et absorbée par tous les blessés qui m'entouraient. Eux seuls avaient besoin de moi, comme ce jeune Anglais d'origine juive que les médecins débordés m'avaient confié sous la tente trois semaines auparavant. Celui-là, je ne l'oublierai jamais. La peau si délicate de son œil droit était fendue. Il en sortait un liquide blanchâtre. Il me fallait oser des gestes qui dépassaient ma compétence pour le soulager. Alors, je me suis fait violence et j'ai soulevé sa paupière enflée pour nettoyer la plaie. Ensuite, j'ai choisi les pinces les plus fines et j'ai retiré méticuleusement les éclats de verre qui s'étaient incrustés dans sa tempe et son front et ceux encore plus petits fichés comme des étoiles dans sa joue déchirée, l'autre joue ayant à moitié disparu de son visage. Au-dessus du trou sanguinolent, son œil intact me regardait avec tant d'intensité que j'interrompis mon travail. Je crus qu'il avait trop mal et qu'il fallait le droguer davantage. Quand il vit la seringue et le masque s'approcher de son visage, son bras se souleva et me frappa avec une telle vigueur que tout vola dans les airs. Je lui demandai s'il aimait mieux mourir. Il me fit signe que oui et me montra sa poche. J'y trouvai sa kippa, que je posai sur sa tête, et je le laissai en paix. Voilà entre autres choses à quoi je m'occupais, jour après jour, semaine après semaine, sans penser à toi, jusqu'à ce que la pneumonie me terrasse et m'alite à l'infirmerie à dix heures de l'offensive sur la côte africaine.

Quand j'eus enfin le dessus sur la maladie, madame Jousse, qui avait accepté de m'héberger pendant ma convalescence, se préoccupa de mon moral. C'est elle qui retrouva trois autres messages de toi qui ne m'étaient pas parvenus.

Il est passé minuit. Tu n'imagines pas la douceur de l'air ici. J'ai dîné ce soir avec un groupe de jeunes officiers invités par mes hôtes. J'ai sondé mon cœur à ma manière. J'ai imaginé que tu étais l'un d'eux et que nous nous retrouvions comme par magie, inexplicablement et merveilleusement. Mon cœur s'est mis à battre plus fort. Il t'aime, mais il a peur. Il ne sait pas s'il veut battre ou s'arrêter. Alors, parle-moi. Je t'écoute.

C'était une lettre bien étrange, dont la fin lui mordait le cœur. Il n'était pas sûr de la comprendre. Plus il la relisait, plus il était mystifié par la drôle de démarche qu'il sentait derrière les mots. De toute évidence, elle avait été rédigée en deux temps et quelque chose s'était passé durant l'intermède. Ne sachant trop quoi penser, il la glissa dans sa poche et se promena au bord d'un petit boisé tout près, pour réfléchir. En tout cas, elle était vivante, sa santé s'améliorait et si elle l'aimait encore, tout reprenait un sens. Mais justement, il venait de lire qu'elle-même en doutait.

Ainsi, il n'avait pas rêvé, les sentiments de Roselyn s'étaient bien refroidis à son égard. Elle n'était plus tout à fait la jeune femme très amoureuse de Londres. Que lui avait dit Marie-Jeanne à ce propos ? Ah oui ! Elle trouvait normal qu'une si jeune fille réagisse ainsi après de si grands malheurs. Les bêtes blessées ne veulent pas qu'on les touche. Il fallait lui laisser du temps. Trop d'horreurs avaient épuisé ses forces. Après tout, chacun réagit comme il peut quand le destin frappe. Il y en a qui pleurent toutes les larmes de leur corps, d'autres qui lèvent le poing au ciel ou se noient dans l'alcool ou la drogue ou s'effondrent sur-le-champ ou se suicident. Roselyn, elle, avait fui par en avant, droit devant elle, ne pensant plus qu'à travailler là où la guerre était la plus meurtrière, qu'à sauver des vies partout où on lui demandait d'aller sans s'occuper des risques. Sa mère et son frère n'étaient plus là, mais les blessés si, avec leurs besoins inépuisables qui exigeaient tout.

Rodrigue leva la tête vers les nuages qu'un vent nerveux charriait. Les arbres agitaient leurs rameaux en le regardant marcher. Il se sentit soudain très fatigué, plongé dans une hébétude douloureuse qui lui donna envie de rentrer. Il avait besoin de temps.

Il se donna deux jours pour calmer sa déception et réfléchir à sa réponse. Il relut la drôle de lettre en s'attardant au post-scriptum, là où elle disait qu'elle avait sondé son cœur à sa manière, qu'elle l'entendait battre, qu'il aimait, qu'il avait peur et qu'il pourrait s'arrêter. En somme, elle tendait l'oreille. Elle souhaitait retomber sous le charme et se remettre à espérer. Tout n'était pas perdu.

— Elle veut que je la séduise de nouveau. Voilà ce qu'elle veut. Eh bien ! Essayons, dit-il à haute voix.

20 décembre 1942

Ma très chère Roselyn,

Je suis heureux que tu aies choisi de m'écrire et rassuré d'apprendre que tu vas bien et que tu te reposes dans cette ville qui fait rêver. Je veux que tu saches avant tout combien je suis conscient des souffrances que tu as traversées. Même s'ils m'ont coûté bien des nuits sans sommeil, je ne te reproche pas ton silence et encore moins le passage difficile qui a suivi la mort de Bill. Que ce deuil qui s'ajoutait aux autres et la détresse que tu voyais autour de toi t'aient empêché d'entendre ton cœur battre, je le comprends très bien. Je me doutais un peu de ce qui se passait en toi. Cette terrible guerre fait tant de ravages! Elle jette le désordre partout. Pas un arbre, pas un chien, par un enfant, pas une femme et pas un homme n'y échappent. Elle met à nu la part insoupçonnée de nous-mêmes. Nous avons pris tous deux bien des risques quand nous avons choisi de nous engager. Nous le savions, son envergure et sa cruauté allaient nous imposer une urgence d'agir qui balayerait le reste. Il y a tant à faire avant que la victoire nous délivre d'elle.

Je suis donc pleinement avec toi quand tu consacres tes forces et tes pensées au bien-être de nos soldats, même si tu oublies de m'écrire. Ce qu'il y a au fond de nos cœurs peut attendre. Il y a plus pressé. Cela ne change rien au fait que, guerre ou pas, lettres ou pas, je t'aime, tout simplement. Je t'aimerai aussi quand je serai moi-même sur le front, si occupé à la bataille que je n'aurai pas une minute pour penser à toi. Je te laisse donc tout le loisir de te taire et de soigner mes compagnons de combat.

J'ai été très touché par l'histoire de ce jeune Juif défiguré laissé à tes soins et dont tu as si justement respecté les dernières volontés. J'ai eu l'occasion de voir de près, il n'y a pas longtemps, ce qu'un combat peut faire à un homme. Mon neveu Félix, le fils unique de ma chère sœur Marie-Jeanne, est revenu de Dieppe dans un état physique et moral si sévère qu'il a fallu le rapatrier. Lors de ma visite à l'hôpital de Basingstoke où il a été opéré, il m'a raconté en pleurant ce qui s'était passé. J'ai compris ce qui m'attendait.

Avec toi, je me réjouis grandement du succès de ce premier débarquement en Afrique du Nord. J'ai toujours cru que c'était par là que les Alliés entameraient l'offensive. Il fallait commencer par l'Afrique. Par ailleurs, alors que les Russes achèvent d'épuiser les hommes de Paulus dans Stalingrad, j'ose espérer que les Alliés prépareront d'autres surprises, une fois que la Tunisie sera vidée des Allemands et des Italiens qu'il y reste.

Chère petite Roselyn si courageuse! J'espère que ce soir, quand tu te mettras à la table du colonel Jousse, tu me verras apparaître, tel un génie sur son tapis magique. Je me poserai doucement dans un coin pour n'effrayer personne et je me présenterai. À n'en pas douter, l'hôtesse m'invitera à partager le dîner. Ensemble, nous boirons beaucoup de bon vin en mangeant un fameux couscous. Ensuite, nous irons dans ce jardin qui m'a l'air fantastiquement beau! Là, nous compterons les étoiles en nous embrassant.

Rien de tout cela n'est impossible. Je suis toujours et en tous lieux tout près de toi, je tiens ta main et je te parle tout bas. N'entends-tu pas mon souffle dans ton oreille? Ne sens-tu pas mes bras qui t'enlacent et mon corps qui te retient contre lui?

Je t'embrasse longuement, longtemps, éperdument,

Ton Rodrigue

Il ne lui restait plus qu'à espérer une réponse favorable de Roselyn. La période des Fêtes ne fut donc pour lui qu'une longue attente. Seule l'arrivée de la lettre de Marie-Jeanne le sortit un peu de son ennui.

Angleterre, 3 janvier 1943

Chère Marie-Jeanne,

Je viens de recevoir ta belle lettre du mois de novembre. Elle m'a fait du bien non seulement parce qu'elle était agréable à lire, mais aussi parce qu'elle m'a distrait un instant d'une attente qui m'obsède.

Après des mois de silence, je recevais, il y a deux semaines, un mot de Roselyn! Elle a pris part au premier débarquement d'une flotte alliée en Afrique du Nord au début du mois de novembre. Elle se remet actuellement d'une grave pneumonie dans une villa d'Alger, résidence d'un officier français dont l'épouse l'a prise sous son aile. Sa lettre était étrange, mais j'en comprends que mon intuition avait été juste. Après la mort de son frère, c'est délibérément que Roselyn n'a pas répondu à mes nombreux messages parce que, pour reprendre ses mots, elle a manqué d'amour. Elle préférait se consacrer entièrement à sa tâche d'infirmière, laquelle, si je me fie à ce qu'elle décrit, était en effet très lourde et exigeante.

En d'autres temps, j'y aurais vu la marque de ma destinée malchanceuse et j'en aurais déduit que je l'avais perdue pour de bon. Mais j'ai changé. J'ai pris le temps de bien réfléchir avant de lui répondre afin de ne pas laisser parler l'amertume et la déception. Par les temps qui courent, je ne peux lui en vouloir de donner priorité à la guerre et au soin de nos blessés. Maintenant que j'ai vu ce que le combat de Dieppe avait fait à Félix, je sais que je serai comme elle lorsque mon tour viendra. Je ne verrai pas d'autres urgences que celle de combattre. La saison du combat n'est pas celle des amours.

Ce qui ne veut pas dire que je ne souffre pas de son désenchantement à mon égard. C'est vrai qu'au tout début notre passion a flambé très fort. Avions-nous raison de nous laisser emporter et de croire en notre avenir? Roselyn est si jeune! Elle appartient à un milieu très différent du mien. Ce que j'ai à lui offrir suffira-t-il

*à la rendre heureuse? C'est une femme instruite, l'amie de plu-
sieurs artistes, une artiste elle-même. Le temps nous le dira. Mais
il faut absolument gagner la guerre avant de penser à nous. Là-
dessus, nous sommes en parfaite harmonie, elle et moi. J'espère
qu'elle trouvera ma lettre assez convaincante pour avoir envie d'y
répondre. J'attends. Je ne fais que cela.*

*Mais parlons un peu de Saint-Jérôme. Tu féliciteras de ma part
Ferdinand et Marie pour la naissance de leur fille. Ils ont de la
chance, ceux qui s'aiment. Ce qui me frappe dans les réflexions
dont tu me fais part à propos d'Anthime et de toi dans ta lettre,
c'est de voir combien vous vous connaissez peu après tant d'années
passées ensemble. Ainsi, Anthime est un illettré et même toi, tu ne
sais pas pourquoi. Personne ne s'est demandé comment une chose
aussi regrettable avait pu se produire. D'ailleurs, pourquoi en est-il
ainsi de tant de gens dans notre province et pourquoi s'en arrange-
t-on si facilement alors que rien n'est pire que d'être enfermé dans
l'ignorance? Je peux me tromper, mais il me semble que si Anthime
avait été le moindrement instruit, il aurait été un mari très différent. Il aurait apprécié ton éducation et encouragé ses enfants à
aller à l'école, comme notre père Edmond le faisait de son vivant.
Surtout, il n'aurait pas senti le besoin de se cacher derrière un mur
de froideur et peut-être même aurait-il parlé d'amour à la femme si
attachante que tu es. Crois-moi, les hommes sont pleins d'orgueil!*

*Là-dessus, j'espère que vous avez tout de même passé un beau
Noël et je te souhaite une bonne et heureuse nouvelle année. Si,
malgré tout, tu en viens à voir Félix, dis-lui bien que moi, de ce
côté-ci de la mer, je ne l'oublie pas.*

Your brother for ever,

Ton Rodrigue

::

La réponse de Roselyn mit du temps à lui parvenir.

Alger, 28 février 1943

Très cher Rodrigue,

 Ta lettre était merveilleuse ; je ne la méritais pas ! Tu es plus que généreux. Non seulement tu ne m'en veux pas, mais tu comprends mieux que moi ce qui se passe dans ma tête pleine de fantômes.

 Surtout, je me réjouis que nous ayons la même compréhension de l'urgence du combat et le même désir de vaincre l'ennemi, serait-ce au péril de notre amour. Ceux qui, comme ton neveu Félix, ont vu les horreurs inimaginables du front savent que rien ne compte que l'issue du conflit. Tu seras un soldat magnifique, Rodrigue, et ce n'est peut-être pas si loin que tu le penses. Je suis persuadée que nous sommes au début de la gigantesque offensive qui va libérer l'Europe. Et tu en seras.

 Ici, je coule des journées bien douces pour le moment tout en apprenant la langue française dont les accents me ramènent souvent le souvenir de ta voix. En compagnie de ma chère hôtesse dans les beaux salons, je croise des Américains, des Australiens, des Néo-Zélandais ainsi que des reporters de guerre de partout. J'y apprends beaucoup de choses. Alger est devenue une plaque tournante où les stratèges alliés viennent se concerter. Savais-tu que Darlan a été assassiné la veille de Noël et que Giraud a pris sa place ? Je n'ai pas vu De Gaulle, mais il est venu aussi et c'est à savoir lequel des deux prendra la tête de la France libre.

 En attendant, la bataille est féroce en Tunisie, mais Rommel le sait déjà, c'est peine perdue pour les Allemands. Dès lors, tous les soldats venus de la Sicile seront nos prisonniers et ce sera autant de gagné quand le temps viendra d'attaquer l'Italie. Mussolini se débat avec un énorme mécontentement populaire en ce moment. Beaucoup d'officiers autour de moi estiment que c'est la voie à suivre. Je le crois aussi. Se pourrait-il que tu en sois? La longue attente des soldats canadiens en Angleterre trouvera bien son aboutissement. Donc patience! Ne cessons pas d'espérer.

Je t'embrasse de tout mon cœur.

Ta Roselyn

Rodrigue respira. Le ton de la lettre était simple et serein, preuve qu'il était parvenu à la libérer de toute contrainte face à lui. Il n'y avait pas de meilleure garantie pour assurer la persistance et la franchise de leurs échanges épistolaires dorénavant. En plus, si Roselyn avait raison, il pouvait avoir quelque espérance d'entrer enfin en action. Après tout, elle était au bon endroit pour voir les choses venir. Zéphir soupira en entendant son ami échafauder des hypothèses d'invasion.

— Si je comprends ben, d'après toi, quelque chose se prépare? Fais-toi pas des idées trop vite. C'est pas dit que le commandement choisira des régiments canadiens!

Mais il était temps que quelque chose leur arrivât, justement. On critiquait de plus en plus leur situation des deux côtés de l'Atlantique. Le Canada faisait pression pour que ses troupes soient engagées dès que possible. Un soir, autour d'une pinte de bière, le lieutenant Fisher confirma à mots couverts qu'il fallait s'attendre à une opération d'envergure dans les mois à venir.

— Selon les échos qui me viennent, en particulier du côté de mes amis anglais, vous aurez bientôt votre baptême du feu, Rodrigue. Depuis Stalingrad et l'entrée en guerre des Américains après l'attaque de Pearl Harbor, le vent a tourné à la défensive pour les Allemands. Ils ne progresseront plus. Ils vont devoir être partout pour maintenir leur position. Devant la puissance de frappe des Américains et l'acharnement incroyable des Russes, ils ne pourront pas tout faire. C'est le bon moment pour ouvrir un front sur le continent. L'offensive s'en vient, Rodrigue.

— Je pense comme vous. S'il faut y aller, il faut y aller. Je suis prêt.

— Personnellement, j'ai hâte de voir de quelle manière notre Division sera alignée et dans quel coin ce débarquement aura lieu. Là-dessus, les paris sont ouverts. Avec ce qui se prépare, le commandement voudra tirer le meilleur parti possible de nos hommes. Chacun devra être à la place qui convient. Ce qui m'amène à vous parler d'autre chose. Actuellement, je suis d'avis, avec d'autres officiers de l'état-major, que dans le contexte d'une éventuelle campagne, vous seriez sous-utilisé là où vous êtes. En résumé, si tout se passe comme prévu, vous serez bientôt sergent. Vous remplacerez Lalonde, qui sera affecté à la Compagnie A. Ça veut dire qu'en tant que sous-officier vous aurez parfois l'occasion de commander sur le terrain plus d'hommes que vous ne l'avez jamais fait. Je suis certain que vous en aurez la capacité. Il faudra voir à ce que chacun soit à son affaire. C'est une de vos forces, comme j'ai pu l'observer. Que dites-vous de cela?

Rodrigue se mit à rire.

— Eh bien, je vais attendre que l'on me remette les galons pour les faire coudre à mes manches! Ensuite, je m'efforcerai de gagner la guerre, mon lieutenant, comme vous! Ceci dit, je suis très heureux d'entendre ces bonnes paroles.

Rodrigue ne se surprenait plus de voir ses talents reconnus. Il était devenu conscient de sa valeur et pensait même que, s'il était entré dans l'armée par la bonne porte, il aurait pu devenir, comme Fisher, un des lieutenants du Royal 22e.

Peu après cette conversation, la Première Division canadienne au grand complet fut déplacée vers les montagnes d'Écosse pour un entraînement intensif à côté de la Huitième Armée britannique à laquelle elle était dorénavant intégrée. Le Royal 22e était commandé par le lieutenant-colonel Paul Bernatchez et Rodrigue, promu sergent.

20 mai 1943

Chère, chère Roselyn,

J'ai mis du temps à te répondre parce que, peu après la réception de ta lettre, nous avons été déplacés plus au nord.

Retiré sur une colline qui s'élève derrière notre cantonnement, je profite d'un répit pour t'écrire en paix. La mer n'est pas loin ; il vente et ça sent l'iode. Je crois que je saurai bientôt si ton pronostic était fondé. Nous sommes prêts, physiquement et moralement, ce qui ne nous empêche pas d'avoir peur. Je n'ai aucune idée de ce qui m'attend, ni quand, ni où, ni comment, ni combien, je sais seulement que ce sera pire que ce que je peux imaginer. Me connaissant, je sais aussi que je détesterai toute la pagaille qui vient avec le combat, les tirs meurtriers, les explosions, les écroulements, l'éclaboussement total, la plainte des blessés, les morts dans la boue. Peut-être que je ne devrais pas écrire cela. Personne n'en parle autour de moi ; il ne faut pas saper les forces des troupes. Mais à toi je peux le dire après ce que tu as traversé.

J'ai été promu sergent et les officiers de notre compagnie comptent tout particulièrement sur moi pour le contrôle des hommes. Après plus de trois années d'attente à regarder le train passer entre les périodes d'entraînement, l'entrée en action sera dure pour plusieurs lorsqu'elle viendra. Ceux qui piaffent d'impatience sont souvent ceux qui ont le plus peur. Il faut dire que les Allemands impressionnent par leur supériorité matérielle et technique, leur organisation militaire au quart de tour, leurs blindés imposants, leur discipline de fer ! En plus, on les sent capables de la pire cruauté. Le début de la victoire, c'est de ne pas broncher. Calme et détermination. Ce sont nos meilleures armes à ce stade-ci, à défaut de quoi ils auront gagné avant de se battre. J'ignore ce qui va m'arriver, mais je te le jure, je tiendrai le coup. Je les aurai, avec tous les autres.

De ton côté, repose-toi bien et repars au travail selon ce que ton cœur te dira. Je serai avec toi. Car je partirai sans te quitter. Je tiens ta tête entre mes mains et je te contemple jusqu'à ce que ton sommeil m'interdise l'eau bleue de tes yeux. Alors, je pose mes lèvres sur tes paupières de soie et je dors avec toi.

Je t'aime.

Ton Rodrigue

Il regarda sa montre ; il lui restait assez de temps pour répondre à la lettre de Marie-Jeanne.

20 mai 1943

Ma chère sœur,

Ta lettre du 22 décembre dernier est arrivée finalement. Elle a mis plus de temps que de coutume à me parvenir, probablement à cause de nos déplacements.

Pauvre Félix ! Quel pénible retour au pays il a eu ! Au moins, tu as évité le pire en t'interposant. Pauvre Anthime aussi ! Il ne comprend vraiment rien à rien, en plus d'être entêté comme une mule. Il aurait dû écouter tes conseils. Rien de tout cela ne serait arrivé si le petit avait été chez Clarisse comme Félix l'avait demandé. Le problème d'Anthime, ce n'est pas tant son ignorance que sa rigidité ou, si tu veux, son refus farouche de changer. Quand un homme est comme ça, c'est qu'il a peur. Pas étonnant que le pauvre Félix soit lui-même incapable de bien mener sa vie ! Je ne suis pas loin de croire qu'on ne devrait pas laisser Romain entre les mains de son grand-père tant je crains qu'il ne fasse de son petit-fils ce qu'il a fait de son fils. Qu'est-ce qui est le pire : ne pas aimer un enfant ou l'aimer de la mauvaise façon ?

De mon côté, je vois avec satisfaction que la guerre tourne de plus en plus en faveur des Alliés. Ils sont en train de chasser les Allemands de l'Afrique du Nord et ce n'est qu'un début d'offensive. Naturellement, je ne sais rien de précis au sujet d'une éventuelle opération, puisque ce genre de projets reste secret jusqu'à la dernière minute. En tout cas, nous sommes prêts à servir, le cas échéant.

J'ai été promu sergent. Pour être franc, je m'y attendais, vu les charges qu'on me confie souvent. Il paraît que mes capacités seront ainsi mieux utilisées une fois sur le terrain. J'accepte le compliment et je ferai de mon mieux. Mais je m'attends à une tâche difficile quand le temps viendra. Il n'y aura pas que les risques de blessures et de mort pour moi-même et pour mes compagnons à supporter. Il ne s'agira pas seulement de recevoir des coups, mais d'en donner. Je devrai tuer pour rayer de la terre l'engeance nazie. Même si je suis convaincu jusqu'à l'os d'une telle nécessité, ce sera difficile. Je n'aime pas la haine, tout ce qui vient d'elle est laid. J'espère qu'au milieu du massacre je garderai tout de même le cœur sensible que tu as forgé par ton affection. Si jamais quelque chose se déclenche pour nous, je ne pourrai naturellement pas te prévenir. Il faudra que tu sois patiente et que tu ne t'affoles pas. Tu finiras toujours par avoir de mes nouvelles, comme je te l'ai promis.

Your brother for ever,

Rodrigue

Un mois plus tard, ils étaient des milliers à s'embarquer avec armes et bagages sur de grands bateaux qui mirent le cap vers le sud-est. Rodrigue songea qu'il ne pourrait sans doute pas écrire à sa sœur avant longtemps alors que s'amorçait justement la grande aventure tant attendue. Pourquoi ne pas jeter ses impressions sur le papier en attendant?

Notes pour Marie-Jeanne:
28 juin 1943
Le moment est extraordinaire. Zéphir est content mais fébrile. Partis d'un port du nord, nous naviguons au milieu d'un énorme convoi qui s'en va-t'en guerre quelque part. Destination inconnue de nous pour l'instant, mais nos effectifs et le matériel de logistique emporté indiquent une opération importante. C'est le fameux général Bernard Montgomery, celui qui a fait la glorieuse campagne d'Afrique, qui nous commande. Un grand honneur pour notre Division.

Nous fonçons vers le sud en tout cas. La mer est grise et grosse. Elle m'impressionne toujours autant qu'à mon départ du Canada en 39. Assis sur un paquet de cordages empilés sur le pont du navire, je sens son haleine puissante souffler sur mon visage. Partons, la mer est belle... *Mon père chantait ça en me berçant quand j'étais petit. Ou était-ce Marie-Jeanne?*

5 ou 6 juillet 1943
Sommes toujours en mer. Premier choc brutal. Assaut à la torpille par des sous-marins allemands qui avaient repéré notre convoi. Trois bateaux ont coulé en 20 minutes dont un juste devant nous, le M. S. Davis, qui transportait le matériel du régiment! Vingt et un hommes ont disparu, dont le lieutenant Duclos. Zéphir, qui le connaissait bien, jurait comme un démon pour ne pas pleurer.

Entendu d'abord six longs coups de sirène, signal d'une attaque sous-marine. Quelque chose allait sauter quelque part. Le danger rampait comme un serpent sous nos bateaux. J'attendais qu'il choisisse sa proie. Rien à faire contre ces submersibles. J'ai décidé de faire l'innocent et de me laisser ballotter. Pensé à ma mère, à mon père, à Roselyn, à ceux qui ont fait ma vie. Me suis accroché à la pensée de Marie-Jeanne tout en veillant sur mes hommes. Certains priaient, les yeux fermés. C'est bon. Qu'ils prient. S'ils ont raison d'y croire, ça pourra toujours servir.

C'est la première fois que je vois la mort de si près. Elle fauche en deux secondes et on n'en revient pas. Un bel exemple des risques qui nous attendent! Que tous les volontaires de la terre se le disent: les risques d'être tués sont immenses. Pourtant, c'est plus fort que moi, je continue de croire que la mort ne m'attrapera pas. Enfantin, mais tant pis.

Les hommes en ont plein le dos de naviguer. Plusieurs souffrent du mal de mer pratiquement depuis le départ. Pas moi. J'ai de la chance. Depuis deux jours, des nuées de bombardiers nous survolent en direction du sud-est. Préparent-ils quelque part le terrain pour nous?

8 au 10 juillet 1943
Toujours sur le bateau. Je poursuis mon récit. Temps maussade. Grande impression et gigantesque fourmillement sur la mer agitée. On arrive au point de ralliement, au sud de l'île de Malte. Communication des officiers. Voici enfin la réponse à nos questions: nous débarquerons sur les plages de la Sicile sous le commandement suprême d'un général américain, Eisenhower. À perte de vue autour de moi, des navires et des péniches anglais et américains. Je grimpe pour mieux voir. Exaltant! J'en oublie que je manque de sommeil. Les gars sont pressés de descendre et de passer à l'action. En attendant, l'officier m'a fait distribuer un livret contenant des mots italiens que je regarde avec eux. On ne sait jamais, ça pourrait nous dépanner une fois à terre. Mangiare pane, *manger du pain*; acqua da bere, *eau à boire. Ça ressemble au latin du petit séminaire!*

Bientôt, toute l'armada marchera comme un gros crabe vers la pointe sud de la Sicile, les Américains à l'ouest du côté de Gela, les Anglais à l'est du côté de Syracuse et nous au milieu, sur la presqu'île de Pachino. Premier objectif: prendre l'aérodrome de Syracuse avant de remonter vers le nord en suivant la côte avec les Anglais.

Les gars sont fébriles. Puisqu'il faut y aller, que ce soit vite fait! Le temps est à la tempête.

....

Sommes arrêtés à peu près à huit milles de la rive. Il a fait très mauvais, mais tout semble rentrer dans l'ordre maintenant. Au-dessus de nous, des centaines d'avions volant en direction de l'île. J'en déduis que les Italiens et les Allemands nous attendent de pied ferme.

Premières lueurs de l'aube. Droit devant, la courbe bleutée des côtes siciliennes sort tranquillement des ténèbres sous une ligne rose qui se dore lentement. Je pense à la mer intemporelle d'Ulysse qui a porté tant de guerriers! Avant nous, des milliers de navires ont accosté sur l'île au cours des siècles. Car c'est elle, la Sicile. Je pense au vieux père Lalande qui nous parlait de la Grande Grèce au séminaire. L'île a hébergé une colonie grecque à l'époque antique. Peut-être que j'y verrai de beaux temples tout blancs. Si j'avais su que je l'attaquerais un jour! Zéphir, à qui je fais part de ces réflexions, trouve qu'on a bien d'autres choses auxquelles penser!

Ça y est. L'artillerie des contre-torpilleurs fait un malheur. Les premières péniches britanniques s'approchent de la rive. De drôles de camions amphibies sortent de grosses boîtes flottantes. Ça va vite, très vite. Il fait de plus en plus clair, de plus en plus beau. Les hommes courent sur la plage comme des fourmis, s'embusquent, se relèvent et repartent. Où est l'ennemi?

Huit heures. Signal de départ pour notre régiment gardé en position de réserve. Je ne pense à rien, sinon à regarder les gars s'installer en ordre dans la péniche. J'embarque le dernier. L'artillerie tape fort. Les ballottements sont pénibles et les parois de l'embarcation trop hautes pour que l'on voie où l'on va. Content de savoir que mes pieds seront bientôt sur du solide. Je sais que ça n'a pas de bon sens, mais je suis heureux. Me voilà, Roselyn, je suis avec toi.

On arrive. Un bruit grinçant nous fait tourner la tête. La grande porte de la rampe s'ébranle et s'ouvre lentement. Fascinés, les hommes fixent des yeux la fente lumineuse qui s'élargit en dévoilant un peu du grand mystère. Qu'est-ce donc qui nous attend derrière elle, en ce matin radieux où nous allons enfin combattre?

:::

Le débarquement s'effectua avec une facilité inattendue et l'avancée des troupes ne rencontra qu'une faible résistance de l'armée italienne, aucun Allemand n'encombrant l'horizon à ce moment. Le 11 juillet, Rodrigue se trouvait déjà six kilomètres plus loin, près de l'aérodrome de Syracuse dont les derniers résistants venaient de se rendre. Après avoir distribué quelques corvées pour organiser les hommes pendant que la cuisine mobile déployait ses odeurs, il se laissa tomber sur les rondeurs d'une grosse pierre et fit signe à Zéphir de le rejoindre. Les deux hommes n'avaient pas dormi depuis plus de trente heures; leur fatigue ajoutait à l'accablement de l'air chauffé par le soleil. Ils mangèrent enfin et burent du thé en contemplant les alentours. Les objectifs étaient bien atteints; la ville était sous le contrôle des Alliés et le lieutenant Fisher ne tarderait pas à transmettre les instructions concernant la répartition des hommes pour la nuit.

— Baptême! Qui fait chaud icitte! J'espère qu'ils vont nous fournir du linge plus léger pour marcher. Autrement, on va fondre. La campagne commence tranquillement, pas vrai? Les Italiens ont pas l'air de vouloir se battre fort, fort, commenta Zéphir en grattant sa gamelle de métal comme si elle contenait de l'or.

— C'est vrai. C'est surprenant. Faut dire que les Allemands ont le choix entre concentrer toutes leurs forces à un endroit ou les répartir aux trois points de débarquement. Faut croire qu'ils nous attendent ailleurs. Dans le moment, on se croirait quasiment en terre amie. Mais on ne perd rien pour attendre, mon Zéphir, tu vas voir. Tout ce que je souhaite, c'est de pouvoir dormir un peu avant de repartir d'ici.

— Oui, ben, ça, ça dépend si les gars de l'air nous laissent tranquilles ou pas, ajouta Zéphir en montrant du doigt trois avions qui longeaient la côte en tirant de leurs mitraillettes arrière, provoquant un barrage étourdissant du système antiaérien de l'ennemi. J'ai bien peur que la tranquillité, ce soit pas pour tout de suite. Je pense même qu'i' va falloir apprendre à dormir dans le vacarme. Je vais remettre mon casque d'acier, j'cré ben.

— C'est vrai ça. Chaud pas chaud, il faut l'endurer tant qu'on n'est pas sûrs d'être à l'abri, répondit Rodrigue en se relevant pour aller rappeler aux hommes de suivre la consigne.

Finie la détente après l'effort comme en Angleterre. On n'avait jamais droit au repos. Mais on avait droit aux surprises. Quand ce fut l'heure de reprendre l'offensive, l'état-major transmit aux Canadiens le plan d'un changement au programme. Il n'était plus question de suivre les Anglais en remontant la côte en direction de Catane au nord-est. À l'ouest, le débarquement avait été beaucoup plus ardu pour les Américains, qui peinaient à refouler le puissant barrage des blindés allemands et italiens. Les Canadiens avaient l'ordre de gagner Ragusa pour aider leurs alliés. L'énorme départ s'organisa rapidement. Rodrigue éclata de rire en voyant l'air tout content de Zéphir devant les belles mules qu'on leur proposait pour transporter armes et munitions sur les chemins étroits des collines rocheuses. Dans un décor comme celui-là, il n'y avait pas meilleur ami de l'homme. Son cœur de campagnard les aima tout de suite. Il en adopta une, qu'il couvrit de son attention tout au long d'un parcours hostile et épuisant sous un soleil implacable. La tension était grande ; le moindre méandre pouvait cacher une embuscade mortelle. Quand, au détour d'un sentier, une balle perdue passa à 12 pouces de sa poitrine, Zéphir serra les dents et fit son signe de croix.

Après Ragusa, pas le temps de se reposer. Ils avaient devant eux leur première vraie bataille contre l'arrière-garde allemande qui traînait encore autour de Grammichele. Le ravissant village du dix-septième siècle en forme d'hexagone juché sur une crête portait les marques de la bataille féroce que la première brigade venait de livrer avec l'aide du Régiment blindé des Trois-Rivières contre les incroyables canons allemands de 88 millimètres. La nuit tombait. Des camions arrivèrent dans lesquels ils s'entassèrent par pelotons pour rouler dans l'obscurité. Le chemin presque impraticable n'arrêtait pas de tourner en penchant toujours du même bord pendant que les Allemands abrités comme des oiseaux dans des nids creusés à même les hauteurs faisaient cracher leurs batteries sur le convoi. Le bruit des tirs se répercutant sur les parois arrachait les oreilles. Zéphir, assis juste en face de son ami, grimaça.

— Écoute, Rodrigue, écoute-moi ça. Un bruit de craquement, ensuite un genre de sifflement qui dure pas longtemps ; ça, c'est encore des obus de 88. J'ai jamais vu des canons pareils. Y paraît que la portée peut aller jusqu'à presque 15 miles, torrieu ! Le temps de le dire, à part de ça.

— Zéphir, ça n'a pas d'allure. On tourne tout le temps. C'est comme un fer à cheval, ce chemin-là, autrement dit un piège. Ils vont nous massacrer, murmura Rodrigue qui était assis au bord de la caisse arrière du second camion.

Il n'était pas le seul à sentir le danger. Ils étaient pris au fond d'un entonnoir, un piège énorme, sans artillerie pour rétorquer ni avion pour les couvrir. Soudain, des cris retentirent à l'avant. La file s'arrêta net. Les soldats reçurent l'ordre de descendre pour se répartir du mieux qu'ils le pouvaient de chaque côté de la route.

— Vite les gars ! Tout le monde à droite, on charge, câlice, cria une voix.

— Suivez-moi, dit Rodrigue qui commençait à mieux y voir dans la noirceur épaisse. Mettez-y tout ce que vous avez, les gars.

Au coude à coude avec les autres, presque à l'aveuglette, ils tirèrent comme des déchaînés en avançant coûte que coûte par petits coups, parce qu'il n'y avait rien d'autre à faire que d'avancer. Le barrage venait de haut. À certains moments, des pans de rochers s'écroulaient. Quand ce n'était pas le feu allemand qui frappait, c'était la montagne qui tombait en morceaux. L'affrontement dura des heures. Aux premières lueurs de l'aube, le pire était derrière eux. Ils étaient sortis de l'impasse. Dieu savait combien d'hommes y étaient restés. À sa grande satisfaction, Rodrigue n'en avait perdu aucun. C'était sans aucun doute un exploit. Les Allemands avaient reculé, les Canadiens occupaient le terrain et les Américains, débarrassés de ce côté-là, pouvaient au moins continuer leur route vers Palerme.

Rodrigue rallia son monde. Personne de son équipe n'avait trop souffert. Quand enfin il put reprendre son souffle et manger tranquillement sur l'herbe drue, le fusil couché sur ses genoux endoloris et le casque renversé vers l'arrière de la tête, il réalisa que, pendant toutes ces heures de combat, il n'avait pensé à rien d'autre qu'à tirer et à tuer autant d'hommes que possible avec une rage égale et sans nuances. Il ressentait même la fierté du devoir accompli. Il regarda les hommes assis tout autour de lui. Ils avaient l'air bien jeunes; aucun n'avait encore trente ans. Richard dit la crevette, le petit nerveux de Matane, savourait sa pipe en fronçant les sourcils pour protéger ses yeux de la fumée; Hector, le nez fourré partout, gueulait comme d'habitude; le gros Millette la patte drette de Sainte-Scholastique, placide mais fort comme un taureau, riait de la farce salace de Joseph Giguère, un bon vivant qui ne pensait qu'à manger. Il savait maintenant combien les hommes de sa compagnie étaient coriaces, énergiques et vifs, prêts à frapper avec la vigueur des orignaux qui chargent, quoique pas toujours dans l'ordre. Certains d'entre eux s'étaient tenus au milieu de la bagarre avec une désinvolture étrange, la cigarette au bec, comme s'ils ne risquaient pas de mourir à tout instant. Étaient-ils déjà endurcis ou faisaient-ils semblant d'être indifférents? C'était un mystère, vraiment. Zéphir s'approcha de lui.

— Ouais! T'es-tu vu l'air, Rodrigue? T'as une coupure au front, juste à la racine des cheveux. Ça m'a pas l'air trop grave.

Rodrigue se toucha. Un peu de sang figé resta sur ses doigts. Il haussa les épaules.

— J'ai dû me cogner le front quand je suis tombé en pleine face, juste comme une grosse roche tombait pas loin.

Il ne savait pas que le gros bloc pierreux qui s'était détaché de la paroi surplombant le chemin infernal l'aurait probablement tué si Zéphir, accroupi derrière lui, n'avait pas arrêté son élan en entravant sa cheville. Zéphir n'en parla pas.

— L'infirmier va m'arranger ça, ajouta Rodrigue laconiquement. Mais maudit que je suis fier de nous autres, Zéphir! Je ne sais pas combien d'hommes ça a coûté, mais on les a eus malgré une position mauditement mauvaise. Si le haut commandement voulait des preuves que notre Division était prête, il les a eues.

Rodrigue déposa sa gamelle à terre et se laissa aller sur le dos, le visage offert à la lumière du ciel. Une chaleur vaporeuse montait vers la voûte infiniment bleue.

— Il fait trop beau! Le soleil de la Sicile n'est pas fait pour éclairer des massacres pareils.

— Oui, ben on va encore en suer un coup aujourd'hui, répliqua Zéphir, qui s'étendit à son tour près de Rodrigue.

Le ciel l'avait entendu. Des boîtes arrivèrent bientôt qui ne contenaient pas des cartouches mais des uniformes d'été de coton avec culotte courte. Les gars ne se firent pas prier pour se changer après une petite plongée dans la rivière la plus proche pour se laver.

La marche reprit vers d'autres localités situées plus haut, dont Assoro, une escalade en file indienne par des sentiers de chèvres, encore à la grande obscurité, suivie d'une attaque en règle. Il fallut ensuite mener l'assaut à Leonforte, maison par maison et toujours de nuit. Montagne après montagne ou rue après rue, chaque pas grugeait leur énergie. La peur constante d'être surpris nourrissait leur vigilance. Car les Allemands étaient partout, bien installés et prêts à résister pour le moindre bout de terre. Parfois durant les répits, des femmes et des enfants sortaient de nulle part et s'approchaient des soldats pour demander de la nourriture ou des cigarettes. Mais les ordres étaient formels, il fallait garder les réserves que chacun transportait sur lui en cas de besoin. Rodrigue trouvait particulièrement dur de refuser, mais laissait Zéphir et quelques autres tricher un peu.

Encore plus loin, il fallut traverser deux montagnes pour prendre Catinuova que Millette la patte drette, décidément très porté sur les femmes, s'obstinait à appeler « la catin » pour faire le drôle. Un soir, pendant une accalmie, les hommes furent témoins d'une scène terrible et d'une fulgurance à couper le souffle. Ils venaient de tomber sur un gros char abandonné par l'ennemi ; c'était étrange parce qu'il semblait intact. Pour satisfaire sa curiosité, le soldat Léo Dupré s'était penché pour examiner le dessous de l'engin. Juste à ce moment-là, un obus avait touché l'engin en enflammant le réservoir d'essence et le corps instantanément déchiqueté du pauvre homme. Il était mort si vite et si cruellement devant eux que les gars ne pouvaient proférer une parole ni même se regarder.

Le lieutenant Fisher fit distribuer des cigarettes pour détendre un peu tout le monde avant de désigner ceux qui allaient ramasser ses pauvres restes et les enterrer après une bénédiction rapide du *padre*. Il fallait se presser, la compagnie avait l'ordre de pousser du côté de Grotta-Calda, où des hommes mal placés se faisaient tirer dessus comme sur des lapins de carton à la foire par une mitraillette embusquée. Un certain Potvin lâcha un cri en désignant des blessés :

— Sergent Deschamps, tirez ces deux-là par en arrière pendant que Lorrain puis moi, on s'occupe de ce chrisse de *gun*-là avant qu'il démolisse tous nos canons.

Avec une bravoure époustouflante, les deux hommes attaquèrent furieusement pendant que Rodrigue et Zéphir portaient chacun leur blessé vers l'arrière. Ils sauvèrent les canons et méritèrent les félicitations du capitaine de la compagnie. Des scènes comme celle-là se répétèrent plusieurs fois jusqu'à ce que la Sicile soit enfin délivrée. On pouvait affirmer, désormais, que les hommes du régiment savaient se tenir au front. Ils avaient appris très vite la musique et montré leur valeur, forgé leur manière d'affronter la bataille et même un style de combat bien à eux.

— Je considère que nos hommes sont pleins de cœur. La discipline n'est pas parfaite, ils prennent souvent trop de risques, mais ils veulent. Ils veulent gagner. C'est ça qui compte au final, commenta Rodrigue lors d'une discussion avec le lieutenant Fisher, quand les Canadiens purent enfin rejoindre les autres à Catane pour un repos bien mérité.

Grâce à leur intervention vigoureuse, l'armée allemande avait été coupée en deux et les Américains avaient pu en profiter. Ce beau travail ne manqua pas d'être souligné par un grand discours du général Montgomery qui réchauffa le cœur de Rodrigue.

— T'entends ça, Zéphir? Il dit que la Première Division vient de démontrer la valeur exceptionnelle des soldats canadiens. Sans nous vanter, il a raison. On peut dire qu'on est parmi les plus importants libérateurs de la Sicile. C'est un bon début.

En attendant d'autres ordres, Rodrigue eut le temps et le loisir de reprendre la plume et de rassurer Marie-Jeanne, que l'absence de lettre risquait d'inquiéter.

20 août 1943

Ma chère Marie-Jeanne,

Ça y est. C'est commencé pour nous. Je sors avec mes hommes de cinq semaines de combats intenses dans des conditions rendues difficiles par la configuration du pays. L'Italie est un pays splendide, Marie-Jeanne, très vieux, tout en collines et en rivières, en vignes et en orangers, en petits villages magnifiques. J'ai même vu de superbes temples grecs d'un blanc immaculé; ils sont là depuis au moins deux mille ans; te rends-tu compte? Ici, le soleil est roi et je me pâme devant de grands rideaux de bougainvilliers qui tombent des arbres en guirlandes colorées!

Comme je le disais à Zéphir, l'endroit est trop beau pour servir de décor à une guerre aussi sauvage. J'en aurais long à te raconter sur tout ce qui est arrivé durant ces semaines d'offensive. Mais tu ne perds rien pour attendre. J'ai pris quelques notes pour toi depuis mon départ de l'Angleterre. Je pense maintenant qu'elles peuvent passer la censure de l'officier et je te les joins en vrac.

Je peux te dire qu'on s'est bien battus, comme l'a reconnu le commandant en chef dans un discours officiel. C'est vrai qu'on a souffert. Mais on est plus contents que fatigués. Les Allemands viennent de perdre leur premier morceau d'Europe. Ils ne sont plus invincibles.

J'ajoute que nous nous portons bien, Zéphir et moi, et que rien de fâcheux ne nous est arrivé. Je ne sais pas quand cette lettre te parviendra, mais je t'en prie, ne t'affole pas si tu restes longtemps sans nouvelles de moi. La circulation du courrier sera probablement encore plus perturbée dans les mois qui viennent. Moi-même, je n'ai rien reçu de toi depuis longtemps. J'espère que toute la famille va bien. C'est ici que je te laisse. J'ai encore un peu de temps pour écrire à Roselyn.

Your brother for ever,

Rodrigue

PARTIE IX

Saint-Jérôme, mai 1943

Ferdinand reprit le chemin de l'usine à la saison des lilas. Il était temps ! Comme ce qu'il restait des économies de Marie avait fondu, il avait même dû se départir de son bel accordéon contre la grosse somme de trente-cinq piastres. Mais la santé était revenue et c'était l'essentiel. Un bonheur n'arrivant jamais seul, le nouveau pensionnaire que cherchait Marie fit son apparition le lendemain.

L'homme que Marie-Jeanne accueillit paraissait fort aimable. Elle le fit passer au salon et causa quelques minutes avec lui en attendant Marie. Philémon Riopel était un bel homme au visage paisible. Sa crinière blanche, son habit bien coupé et ses souliers reluisants lui donnaient un air distingué. À la manière dont il parlait, Marie-Jeanne comprit qu'il était instruit. Il se leva poliment quand Marie apparut enfin, la petite Lisette dans ses bras.

— Bonjour, madame. Quel beau bébé vous avez là ! Je me présente à propos de l'annonce que vous avez fait paraître dans *l'Avenir du Nord*.

Ancien commis voyageur, Philémon Riopel s'occupait depuis deux ans de transport et de livraison entre les différents centres militaires de la région. Le plus souvent, il faisait la navette entre Montréal, l'usine de munitions Bouchard à Sainte-Thérèse, le collège régimentaire de Saint-Jérôme et celui de Sainte-Agathe. Son attention avait été attirée par le nom de Ferdinand Ferland mentionné dans l'annonce du journal. Sa chère Eulalie, dont il était veuf depuis trente-deux ans, était une Ferland de Saint-Calixte.

— J'ai bien connu la famille Ferland, vous savez. J'ai eu longtemps une maison d'été, là-bas, ce qui fait que j'ai entendu parler des jumeaux de ce pauvre Hervé qui est mort si jeune, Ferdinand et Florient.

Marie posa toutes les questions d'usage. Il avait cinquante-deux ans. Sa santé était bonne. Son travail l'obligeait à s'absenter assez souvent. À part ça, il sortait peu, ne buvait pas, mais fumait à l'occasion un petit cigare en lisant ses livres et ses journaux. Marie n'avait rien à redire. Il jeta un coup d'œil sur la chambre et s'en montra très satisfait. Ils discutèrent du prix. Il paya d'avance, annonçant qu'il s'installerait dès le samedi suivant. En apprenant la nouvelle, Ferdinand courut chez sa mère pour en savoir plus long sur cette Eulalie Ferland de Saint-Calixte. Sa sœur Laurence, qui écrivait souvent aux petits cousins là-bas, confirma les dires du pensionnaire, ajoutant qu'il passait pour avoir de l'argent, ce qui ne manqua pas d'impressionner Marie.

Son entrée dans le cercle familial se fit en douce. C'était un causeur discret, intéressant et très affable. Marie-Jeanne aimait sa conversation qui lui rappelait quelque chose de Rodrigue. Outre sa prédilection pour la petite Lisette, il semblait apprécier Ferdinand. Il finit même par l'appeler par son prénom tout en continuant de le vouvoyer.

— Je le trouve bien plaisant, monsieur Riopel, avait dit Ferdinand après une semaine. C'est comme avoir de la belle visite tout le temps, vous ne trouvez pas, la belle-mère? À part de ça, il a de belles manières. Avez-vous vu la bague en or qu'il porte à la main gauche? On dirait une bague d'évêque! Elle doit valoir une fortune!

Le pensionnaire ne fit pas de mystère quand Ferdinand osa quelques questions à propos du bijou. En or jaune et sertie d'une améthyste entourée de deux grenats, la bague était dans la famille Riopel depuis des générations. Jacques de Geay, un des premiers curés de l'Assomption, l'avait donnée en héritage à son aïeul Joseph Riopel pour le remercier de services rendus à la paroisse. Des mauvaises langues avaient colporté à l'époque que c'était surtout parce qu'il cachait dans sa grange un gros montant d'argent que le curé refusait de remettre à quelqu'un. C'était resté un mystère. Mais en tout cas, la bague était le trésor de la famille Riopel depuis ce temps-là. Marie-Jeanne sourit en lui versant une deuxième tasse de thé.

— Mon propre père n'a pas eu le temps d'en hériter; il est mort trop jeune. Voyez-vous, j'ai été élevé par mon grand-père, que j'admirais beaucoup. Le jour de mes quinze ans, il m'a fait monter dans sa chambre et là, il a sorti une petite boîte en velours tout usé cachée sous son matelas de paille. Il m'a montré la bague en me disant qu'il me la donnerait le jour de mes vingt et un ans. Ce sont des choses qui ne s'oublient pas. Ensuite, il a payé mes études au Collège de l'Assomption; c'est là que je me suis intéressé à l'histoire du village. D'ailleurs, je peux vous dire que la famille Ferland est originaire du même coin. Il y a eu, dans le temps, des mariages puis des échanges de terres entre votre famille et la mienne. Mais ça remonte à loin.

Marie-Jeanne était tout oreilles.

— Votre histoire passionnerait mon frère Rodrigue s'il était là. Lui a étudié au Séminaire de Sainte-Thérèse. C'est toujours plus facile de comprendre ces choses-là quand on est instruit.

La conversation continua de rouler jusqu'à ce que Marie ait fini de nettoyer la cuisine.

— Bon! C'est bien intéressant de vous écouter, monsieur Riopel, mais il va être huit heures bientôt. Ferdinand, tu te lèves à cinq heures et demie demain matin, on va se coucher, décréta-t-elle en retirant son tablier.

Là-dessus, les pleurs de la petite Lisette retentirent au fond de sa chambre. Elle avait encore de ces mauvais réveils à l'occasion et il fallait du temps pour la calmer et l'endormir à nouveau. Marie-Jeanne, qui voulait causer plus longtemps avec Philémon, proposa de la bercer en lui donnant un biberon. Marie ne se fit pas prier et Marie-Jeanne s'installa confortablement dans la chaise d'Anthime, au salon, où Philémon la rejoignit, un livre à la main, selon son habitude. Mais la présence du bébé lui ôtait le goût de lire.

— Il n'y a rien de plus beau qu'un petit enfant qui dort, vous ne trouvez pas, madame Marie-Jeanne ? Je n'ai jamais eu le bonheur de tenir le mien dans mes bras. Eulalie en a eu quatre, tous morts à la naissance. Le dernier accouchement l'a emportée. Elle avait vingt-six ans.

— C'est bien triste ! Vous parlez souvent de votre femme. On voit que vous l'aimiez beaucoup.

C'était peu dire. Quand Eulalie était partie, il avait cru devenir fou. Il était encore jeune et sans enfant et, pourtant, il n'avait jamais pu se résoudre à un remariage.

— Comment elle était, votre Eulalie ? demanda Marie-Jeanne timidement.

Philémon retourna à sa chambre d'où il rapporta une photographie. Marie-Jeanne posa le biberon presque vide sur la petite table et prit la photo pour mieux la contempler. La jeune femme, qui avait les yeux clos, était très belle. Des cheveux blonds et bouclés encadraient un visage parfait avant de retomber sur des épaules dénudées.

— On dirait un ange endormi, dit Marie-Jeanne tout bas pour ne pas éveiller la petite qui sommeillait enfin.

— Elle ne dort pas. Elle est morte. J'ai fait prendre la photo avant qu'on la sorte de la chambre. Je ne pouvais pas me résigner à la voir disparaître.

Le cœur de Marie-Jeanne bondit. Elle ne savait pas quoi dire. Elle était morte. La femme qu'elle voyait là était une morte.

Pourtant, elle aurait juré qu'elle était vivante, très vivante même, repliée sur ses rêves. Il était certainement fou de douleur. Se peut-il qu'un homme aime une femme à ce point-là, au point de ne jamais l'oublier, de rester volontairement prisonnier du grand malheur de l'avoir perdue? Comme Rodrigue l'avait été de sa malchance. Mais lui, c'était par colère tandis que Philémon c'était par amour.

— En tout cas, les années n'ont pas diminué votre chagrin.

Il sourit tristement.

— C'est comme ça. J'ai décidé d'attendre le jour où je la rejoindrais.

— Vous êtes croyant?

Marie-Jeanne regretta tout de suite sa question. Philémon Riopel n'était pas Rodrigue! D'ailleurs, le visage de Philémon trahit son étonnement. Il fut sur le point de lui dire: «Pas vous?» Mais il se retint. Adepte de la foi, il l'était de tout son cœur. Il aimait penser que les femmes mortes en couches allaient droit au ciel. De là-haut, Eulalie continuait de veiller sur lui. Au fond, Eulalie et lui ne s'étaient jamais quittés. Marie-Jeanne fit mine d'acquiescer et garda le silence un instant. Pas la peine d'être instruit si c'était pour croire des choses pareilles! Enfin! S'il voulait revoir un jour la disparue, il fallait bien qu'il y croie. La foi peut sauver du désespoir. En tout cas, Marie-Jeanne n'avait jamais vu un homme aimer une femme à ce point-là.

— Malgré tout, votre Eulalie a eu de la chance. Elle a été aimée. Vous n'avez pas eu d'enfants, mais vous avez eu un grand amour. Pour moi, on peut dire que ça a été exactement le contraire, murmura Marie-Jeanne en lui rendant la précieuse photographie.

Philémon, surpris par la confidence, baissa les yeux. Depuis son arrivée, il avait appris au hasard des conversations que Marie-Jeanne avait de nombreux enfants tous mariés et un mari qui vivait ailleurs avec son petit-fils. Mais il ne s'était jamais permis la moindre question sur cette drôle de séparation.

— Que voulez-vous? À chacun sa part de bonheur et sa part de malheur. C'est la Providence qui décide. C'est vrai que j'ai eu ma part d'amour, mais quand il a rappelé mon Eulalie à lui, le bon Dieu aurait pu aussi bien me laisser l'enfant. C'était un petit garçon. Je l'aurais élevé, je l'aurais fait instruire; il aurait l'âge de Ferdinand, aujourd'hui. Peut-être même que j'aurais des petits-enfants, comme Lisette.

— Elle dort comme une bûche maintenant. Aimeriez-vous la prendre quelques minutes avant que je la recouche?

Le visage de Philémon s'illumina. Cela faisait des siècles qu'il n'avait pas tenu un bébé dans ses bras. Il prit délicatement la poupée impassible et, sans la quitter des yeux, la blottit contre son épaule, au plus près de son cœur. Marie-Jeanne remarqua la douceur de ses gestes. Ils causèrent encore quelque temps, puis elle expliqua qu'elle avait une lettre à écrire avant d'aller au lit. Il lui rendit l'enfant.

— Eh bien bonsoir, madame Marie-Jeanne. Merci de m'avoir prêté Lisette.

— J'y pense, monsieur Riopel. Je ne sais pas si vous êtes comme moi, mais je n'aime pas trop les cérémonies. Appelez-moi donc Marie-Jeanne, ce sera plus court; je vous appellerai Philémon de mon côté. À moins que vous y voyiez un inconvénient?

Quand Lisette eut regagné son berceau et Philémon sa chambre, son livre toujours à la main, Marie-Jeanne répondit au courrier qu'elle avait reçu de Rodrigue trois jours auparavant.

Saint-Jérôme, 30 juin 1943

Mon cher frère,

On dirait que le courrier fonctionne moins bien qu'avant. J'ai reçu en même temps il y a quelques jours deux lettres portant des dates très différentes, soit une du 3 janvier et l'autre du 20 mai.

La première a dû se perdre quelque part; l'important, c'est qu'elle ait retrouvé sa route. Car elle m'apprend que Roselyn a repris contact avec toi. J'en suis bien heureuse pour toi. Je ne sais pas où j'ai déjà lu un jour que les chemins du cœur sont souvent difficiles à comprendre. En tout cas, rien n'est plus vrai. Aimer donne de grandes joies, mais comporte aussi bien des risques. Fais-toi confiance. Si, comme tu le crois, Roselyn est la femme de ta vie, vous trouverez bien le moyen de surmonter vos différences.

Je te félicite de tout mon cœur pour ta promotion. Je n'y comprends pas grand-chose, mais j'imagine qu'un sergent doit bien commander quelques hommes. Tu as certainement toutes les qualités pour assumer ces nouvelles responsabilités et même au-delà. Cependant, on dirait que le nouveau grade et tout ce qui se passe autour annoncent quelque chose sans trop l'annoncer. Se pourrait-il que tu aies été sur le point de partir au combat? Je sais que tu l'espères depuis longtemps. Si c'est bien le cas, ce sera pour moi la fin d'un long sursis et aussi le réveil d'une inquiétude qui s'était engourdie. Je vois que tu réfléchis aux actes que tu devras poser comme soldat. Si justes et nécessaires que ce soit, c'est tout de même terrible de devoir tuer son prochain. Irréparable aussi. En plus, il faut en supporter le souvenir. Tant que tu seras conscient de cela, ton grand cœur sensible battra toujours.

Ici, tout est calme et Ferdinand va très bien. Il a repris son travail avec entrain. Je ne vois Anthime qu'une fois par semaine, quand il vient dîner avec Romain après la messe du dimanche. On n'entend pas parler d'Irma ni de Félix non plus. Mon pauvre garçon est sans doute en train de se faire soigner à Montréal. La grande nouveauté à la maison s'appelle Philémon Riopel. C'est le pensionnaire que Marie voulait pour arrondir ses fins de mois depuis le départ de son père. C'est un homme bien intéressant. Avec son camion, il fait de la livraison et du transport entre les centres militaires de la région. Il est instruit, distingué et c'est un fin causeur que Ferdinand et moi aimons écouter parler à l'heure des repas. Il lit beaucoup et connaît l'histoire de nos aïeux mieux que personne. Son seul défaut est d'ailleurs de vivre dans le passé. Il parle tout le temps d'Eulalie, sa femme morte à son quatrième accouchement après avoir perdu tous ses bébés, il y a bien des années. Ce soir, nous en avons causé seul à seul pendant que je berçais la petite. Il m'a montré une photo d'elle sur son lit de mort. Qu'une morte puisse être si belle m'a glacé le sang. Il est sûr qu'elle est au ciel et il attend l'heure de la rejoindre. Alors forcément, il croit très fort en Dieu.

On ne peut pas reprocher à quelqu'un qui a de la peine de s'accrocher à ce qui peut le consoler. Mais en voilà un autre qui a peut-être gaspillé le temps de sa vie en s'égarant dans le chagrin. Imagine-toi que sa femme était une Ferland de Saint-Calixte, la propre famille de Ferdinand. Du coup, il s'intéresse beaucoup à mon gendre et, surtout, il a jeté son dévolu sur Lisette, qu'il a prise sur lui pour la première fois, ce soir. On aurait dit qu'il tenait le petit Jésus dans ses bras.

C'est drôle comme tout ce qui touche la religion m'irrite. Personne n'est jamais revenu du ciel ou de l'enfer pour nous en parler ! Quant au purgatoire, je me demande combien il faut y gagner de points avant d'avoir droit au paradis ! J'espère que personne ne lira jamais ce que je viens d'écrire. Je passerai pour une impie et pourtant, tu le sais, je crois en Dieu. En tout cas, prends bien garde à toi et continue de me donner de tes nouvelles.

Ta sœur Marie-Jeanne

P.-S. À propos, je ne sais pas si tu es au courant, mais les Canadiens français ont perdu le fameux plébiscite au printemps. Dorénavant, le gouvernement a le chemin libre pour envoyer les hommes se battre de l'autre bord. Ça fait peur !

::

Un peu grâce à Philémon Riopel, l'été de la campagne de Sicile fut une période plutôt heureuse pour Marie-Jeanne. L'homme avait le don d'animer la maison par ses déplacements constants et le récit toujours plaisant qu'il en faisait autour de la table, le soir. Marie-Jeanne trouva aussi en lui un interlocuteur averti pour discuter de la guerre et de ses effets dans le pays. Quant à Ferdinand, il appréciait de plus en plus sa relation avec lui. Le pensionnaire savait lui donner confiance en lui-même ; il n'hésitait plus à donner fermement ses opinions, au point que Marie-Jeanne découvrait un autre Ferdinand, loquace et presque audacieux.

Seule Marie n'avait pas l'air de partager leur enthousiasme. Elle se méfiait du nouvel aplomb de son mari. Il avait repris ses petites visites de fin de journée chez sa mère, que le récent mariage de Florient venait de priver d'un autre revenu. Alma se plaignait constamment du manque d'argent et ne se gênait pas non plus pour critiquer Marie à tout propos. Influencé, Ferdinand en revenait d'humeur maussade, la plupart du temps. Certains soirs, il se permettait même de garder un silence boudeur qu'il ne rompait que pour converser avec le pensionnaire. Marie-Jeanne observait la situation. Elle connaissait sa fille ; un jour ou l'autre sonnerait l'heure de la crise. Philémon, qui n'était pas dupe, essayait maladroitement de détendre l'atmosphère. Ainsi, pour dérider Marie qui rêvait de posséder un jour sa propre maison, il parlait parfois des belles occasions qui ne manqueraient pas d'apparaître sur le marché, une fois la guerre terminée. Comme Marie mordait à l'hameçon, Ferdinand faisait immanquablement valoir qu'un tel achat serait une folie hors de portée. Marie rétorquait qu'il était aussi peureux que sa mère. Philémon, plutôt penaud, se retirait dans le salon.

Un soir, Ferdinand lui transmit tout de même une invitation d'Alma, qui voulait l'entendre parler des vieux souvenirs de la famille Ferland. Un peu embarrassé, il attendit le coucher de ses hôtes pour demander conseil à Marie-Jeanne, seul à seul dans le salon. Il la trouva songeuse et les larmes aux yeux.

— Ça ne va pas, Marie-Jeanne? Qu'est-ce qui vous chagrine tant?

— Je suis certaine que mon frère Rodrigue est au front. Les Canadiens sont en Sicile et, si j'ai bien compris, son régiment est engagé. Je n'ai pas fini d'être inquiète! Il peut mourir à tout instant. Il va falloir que j'apprenne à vivre avec cette crainte-là. Je n'ai pas reçu de lettre de lui depuis un certain temps. J'imagine qu'il n'est pas dans des conditions pour écrire.

— Ma pauvre Marie-Jeanne! C'est de ça que les femmes souffrent le plus durant une guerre: attendre leur mari, leur père, leur frère ou leur fils! Il faut trouver le courage de passer au travers sans penser au pire. Le courage, c'est pas ça qui manque à une femme comme vous.

— Il faut que je m'y fasse. Mon chagrin ne pèse pas lourd à côté de ce qu'il doit endurer là-bas. Mais je ne peux pas imaginer ma vie sans lui. J'ai beau avoir un mari, des enfants, des petits-enfants, je pense que s'il disparaissait je me sentirais seule au monde. C'est comme qui dirait une partie de moi qui disparaîtrait avec lui. Je l'ai pratiquement élevé du début ce garçon-là. La famille était grosse chez nous, mais lui et moi, on était ensemble, à part.

Elle se leva pour aller chercher un mouchoir et revint en essuyant ses joues.

— Bon! Assez pleuré. Sinon, j'en aurai pour des mois. Parlons d'autre chose. Madame Ferland vous a invité chez elle, m'a dit Marie?

— Eh oui et je suis bien embêté. J'hésite à accepter l'invitation. J'ai cru comprendre que votre fille ne s'entendait pas bien avec sa belle-mère. J'ai peur de lui déplaire en acceptant. Déjà, je ne suis pas certain qu'elle apprécie beaucoup ma présence ici. Elle s'arrange souvent pour interrompre mes conversations avec Ferdinand.

Sûre que Philémon était digne de cette franchise, Marie-Jeanne l'éclaira sur le conflit qui sévissait entre Marie et Alma Ferland et sur l'incident survenu chez l'oncle Victorien qui en avait marqué le début.

— Marie aime beaucoup son père et Ferdinand est très attaché à sa mère. Disons que les deux femmes se combattent et que mon gendre est pris au beau milieu. Je pense aussi que ma fille n'aime pas l'influence que vous avez sur son mari. En général, Ferdinand est un homme doux ; elle le mène à sa guise. Dans sa lutte contre sa belle-mère, elle ne veut pas le voir reprendre du poil de la bête, comme on dit. Vous avez une manière de vous adresser à lui qui lui donne confiance en lui-même. Moi-même, je suis souvent surprise de l'effet que vous avez sur lui.

Philémon la regarda, médusé. Et qu'y avait-il de mal là-dedans ?

— C'est très bien, au contraire. Votre présence dans la maison est ce qui lui est arrivé de mieux depuis longtemps, sans trahir ma fille, bien entendu. Seulement, Marie n'aime pas qu'il lui résiste, surtout si c'est sa belle-mère qui en profite. D'ailleurs, un jour ou l'autre, Marie va réagir et ce ne sera pas drôle pour lui, soyez-en certain.

Philémon soupira. Il avait mis le pied dans un nid de guêpes.

— Bon. Alors, j'accepte ou pas l'invitation ? Moi, je ne veux pas jeter de l'huile sur le feu.

Marie-Jeanne lui conseilla de l'accepter, malgré tout. Autrement, Ferdinand, qui n'y comprendrait rien, en serait blessé. Après tout, la parenté de sa défunte femme avec la famille Ferland rendait la chose bien naturelle.

::

C'est ainsi que, par un clair samedi matin du début de septembre, Philémon et Ferdinand prirent avec entrain la direction de la rue Saint-Jovite. Chez Alma, ils eurent la surprise de rencontrer

l'oncle Victorien venu apporter comme chaque samedi à sa belle-
sœur les légumes achetés au marché que tenaient dès l'aube les
cultivateurs de la région à côté de l'église.

— C'est la belle saison ! T'aurais dû voir les légumes à matin,
Alma ! De toute beauté ! Des carottes grasses de terre noire, des
patates, des petites puis des grosses, des beaux navets joufflus,
du chou, en veux-tu en v'là, même du melon puis des pommes
d'Oka ! Puis pas chers à part de ça !

— Bien, heureusement qu'on a ça. Le gouvernement en finit
plus de nous rationner. En janvier, c'était la viande, après c'était
le beurre, puis le sucre d'érable au mois de mars. C'est rendu qu'il
faut des coupons pour le moindre morceau de bœuf, se plaignit
Alma d'un ton hargneux.

— Qu'est-ce que vous voulez ? Il faut bien nourrir les troupes.
On envoie des tonnes de denrées en Angleterre ; ça fait partie de
l'effort de guerre, comme ils disent, expliqua Philémon sur un ton
compatissant.

— Et c'est pas fini. L'avis vient d'être publié en fin de semaine
dernière : tout le sucré va être rationné, le miel, les confitures, la
gelée puis la marmelade, ajouta Victorien. C'est comme rien, les
gens vont se plaindre ! C'est un pays froid, ici ; on a besoin de
sucre.

Là-dessus, Laurence posa sur un napperon brodé une grande
assiette débordante de biscuits à la mélasse tout chauds et une
théière fumante. Tout le monde s'empressa de faire honneur à la
cuisinière.

— Vous avez dû suivre les nouvelles au sujet de la Conférence
de Québec, monsieur Riopel. Roger Beaulu nous a traduit le discours de Churchill à la radio. Je me demande bien ce qu'ils ont
décidé avec Roosevelt là-bas, au Château Frontenac. Certains
prétendent que le pape a demandé asile. Croyez-vous ça, vous ?
demanda Victorien entre deux bouchées.

— Non. Je ne vois pas ce qui pourrait menacer Pie XII à ce point-là. Je pense plutôt qu'ils ont discuté de l'offensive des Alliés, après la Sicile. Nos soldats viennent juste de traverser en Italie. Mon avis, c'est que ça va être très long et très dur. Les Allemands vont résister tant qu'ils vont pouvoir. Il faut s'armer de patience, répondit Philémon.

Victorien sourit, malgré la gravité du propos. Il avait trouvé en Philémon un causeur à son goût.

— Parlant du Château Frontenac, c'est le chef de l'opposition qui n'était pas content ! Vous savez que monsieur Duplessis habite toujours au Château Frontenac pendant la session du Parlement. Imaginez-vous que les patrons de l'hôtel ont vidé leur établissement pendant la Conférence pour des raisons de sécurité bien normales dans les circonstances. Duplessis s'est senti insulté ! Un homme de son importance ! Faut-tu être orgueilleux !

Alma montrait des signes d'impatience. Elle n'aimait pas que son beau-frère critique Maurice Duplessis. D'après le curé, il avait le respect de la religion bien plus que le libéral Godbout. Il était temps d'en venir au but de sa visite. Philémon était en verve. Alma, qui avait sorti son album de souvenirs, montra la photo jaunie de ses beaux-parents, Joseph Ferland et Philomène Grenier, qui avaient vécu à Saint-Calixte dans le temps. Philémon savait bien des choses sur la famille d'Eulalie. Avec l'aide de Victorien, il parcourut la galerie des anciens pour en conclure que sa femme était bel et bien leur cousine. Il fut aussi question de la fameuse bague du curé de Geay. Chacun admira le bijou et sa légende.

— Dire qu'elle a été au doigt d'un saint curé, dit Alma comme si elle était devant une relique.

Mais l'heure avançait et Delphine attendait Victorien pour le dîner. Ce dernier s'excusa et quitta les lieux après avoir chaudement serré la main de Philémon devenu son cousin par alliance. Quand les autres visiteurs se levèrent aussi de table pour se retirer, Alma était prête à tenter sa chance.

— Monsieur Riopel, mon Florient s'est marié au mois de juin, ce qui fait que j'ai une belle chambre bien meublée à louer. Je cherche un pensionnaire recommandable. En connaissez-vous?

Philémon promit de s'informer auprès des gens que son métier mettait sur sa route. L'air innocent, Alma insista.

— C'est tranquille ici, vous savez. Y a pas d'enfant qui dérange. Si ça vous dit de déménager, moi, je vous louerais la place pas cher. Vous seriez bien nourri. Vous le regretteriez pas, je vous le garantis.

Philémon n'en revenait pas. Alma tentait d'arracher à Marie son pensionnaire! Et Ferdinand écoutait tout ça sans broncher! Il refusa l'offre en termes vagues. Sur le chemin du retour, il se permit d'exprimer son étonnement.

— J'étais au courant, dit Ferdinand. C'est aussi un peu pour ça que maman vous a invité. Je trouvais que l'idée était bonne, vu sa situation financière. Ma sœur Laurence veut pas travailler à l'extérieur, ce qui fait qu'il y a pas d'argent qui rentre. Vous êtes un homme fiable, vous payez votre pension rubis sur l'ongle. Ce serait une sécurité pour elle. De son côté, Marie est débrouillarde. Elle trouvera bien un autre pensionnaire.

Philémon ne pouvait pas le croire! Il était normal que Ferdinand se fasse du souci pour sa mère désargentée, mais de là à manœuvrer en sa faveur à l'insu de sa femme et à l'encontre de l'intérêt de son foyer, il y avait une marge à ne pas franchir. Philémon lui exprima tout net sa désapprobation.

— Écoutez, monsieur Riopel, le bon Dieu a dit: honore ton père et ta mère. Je calcule que mon premier devoir, c'est de m'assurer que ma mère ne manque de rien. Quand je vais la voir après l'usine, je vois bien qu'elle est plus pauvre qu'avant. Nous, on a tout ce qu'il nous faut maintenant que je suis retourné à l'ouvrage. Si Marie a pris un pensionnaire, c'est parce qu'elle cherche à mettre de l'argent de côté pour s'acheter une maison plus tard. Elle a des idées de grandeur. Comme je viens de vous le dire, elle n'aura qu'à trouver un autre pensionnaire si elle y tient tant que ça. Pour le reste, c'est à vous de décider quel endroit vous convient le mieux.

Philémon pensait à ce que lui avait dit Marie-Jeanne, l'autre soir. Il comprenait encore mieux!

— Chez madame Alma, y pas de petite Lisette, Ferdinand. S'il s'agit d'aider votre mère, je ne dis pas que je n'irai pas un jour m'installer chez elle pour autant que je puisse voir la petite de temps en temps. Mais je ne partirai jamais de chez vous si votre femme n'est pas d'accord.

Ferdinand attendit l'intimité de la chambre à coucher pour tâter le terrain auprès de Marie. Il n'avait pas dit trois phrases que celle-ci, vive comme l'éclair, avait flairé le danger. Elle n'eut pas de peine à lui faire avouer le complot.

— Non, mais ça prend-tu une vieille haïssable pour faire une affaire pareille! Avertis-la de chercher ailleurs avant que je le fasse moi-même, t'as compris?

Marie entendait d'autant moins à rire qu'une inquiétude d'un autre ordre la hantait. Elle n'avait pas eu ses règles. Lisette venait d'avoir dix mois. Elle ne voulait absolument pas d'un autre enfant si vite. Deux bébés aux couches en même temps, c'était trop pour elle. Les jours passèrent en renforçant ses craintes. Quand le médecin finit par confirmer son état, elle pleura comme une condamnée. Encore neuf mois de grossesse, encore un accouchement et tout ce qui s'ensuit. Mais comment un homme affaibli par une grave opération avait-il pu lui faire un enfant si facilement? Après tout, les occasions n'avaient pas été si nombreuses! Pourquoi n'avait-il pas fait attention, aussi? Et dire qu'il passait son temps à aller voir sa mère pour en revenir de mauvaise humeur en plus d'être en retard pour le souper! C'était arrivé deux fois cette semaine déjà. Il était grand temps de mettre fin à ce détournement de mari. Si par malheur il rentrait une troisième fois en retard ce soir, il aurait affaire à elle. Elle paraissait si fâchée en arrivant de chez le docteur que Marie-Jeanne, qui savait d'où elle venait, comprit tout de suite.

— C'est vrai que c'est un peu trop vite, mais il faut bien se faire à l'idée, ma pauvre Marie.

Celle-ci, le visage fermé, ne répondit pas. Elle laissait l'orage monter en elle. Marie-Jeanne se mit à préparer le souper. Cinq heures sonnaient déjà quand la porte s'ouvrit. Mais c'était Philémon plutôt que Ferdinand. Marie fulminait.

— Il est encore en retard. Il est encore chez sa mère! C'est à soir que je vais régler ça. Je te préviens, maman, t'en mêle pas, t'as compris?

— Ce n'est pas mon habitude, Marie. Je ne sais pas au juste quelle est ton intention, mais demande donc à Philémon d'aller promener la petite pendant que tu parles à ton mari. Elle est déjà assez nerveuse comme ça. J'irai avec lui.

La demie de cinq heures sonna et Ferdinand n'était toujours pas là. Marie-Jeanne et Philémon partirent en promenade avec Lisette, qui s'endormit presque tout de suite. Marie s'installa à la fenêtre pour mieux voir venir son mari. Au bout d'une autre demi-heure, elle aperçut sa silhouette au coin de la rue. Il marchait sans se presser, l'air mécontent. Marie se planta comme une sentinelle dans le corridor pour le regarder entrer. Les poings sur les hanches, elle le fixait des yeux pendant qu'il retirait sa veste. Ferdinand, la bouche serrée, n'eut pas le temps de choisir l'attitude qui convenait.

— As-tu vu l'heure qu'il est? Six heures! Encore à soir, tu rentres tard puis, la face longue comme le carême. Je suppose que tu reviens de chez ta mère?

— Oui. Puis après? J'ai bien le droit d'arrêter chez ma mère si je veux. Qu'est-ce ça peut te faire?

L'audace de la réponse la mit au comble de la fureur. Elle lui tourna le dos et se dirigea vers la cuisine. Presque aussitôt, un fracas de vaisselle se fit entendre. Incrédule, Ferdinand s'avança jusqu'à l'entrée de la pièce. Marie avait ouvert toutes les portes de l'armoire et sortait une à une les assiettes qu'elle projetait de toutes ses forces contre le mur. Déjà, le parquet était jonché de tessons blancs. Même l'image du Sacré-Cœur s'était décrochée du mur et gisait par terre, sortie de son cadre.

— Es-tu en train de devenir folle, Marie, qu'est-ce que tu fais là? Arrête! Tu vas te faire mal.

Mais elle continuait en répétant d'une voix d'hallucinée:

— C'est fini, c'est fini, ça peut plus durer comme ça. Tu vas choisir, mon vieux.

Hébété, Ferdinand la regarda sans dire un mot. Elle s'immobilisa enfin.

— C'est fini, je te dis. Tu vas choisir une fois pour toutes. C'est elle ou c'est moi. Chaque fois que tu vas chez elle, elle te monte la tête contre moi puis toi, comme un beau niaiseux, tu te laisses embobiner; avec le résultat que t'arrives ici de mauvaise humeur puis muet comme une carpe. C'est assez. Là, je te le dis, c'est assez. Je ne supporte plus tes bouderies. C'est moi, ta femme, pas elle. Si t'aimes mieux la vieille, retourne chez elle. C'est tout ce que tu as à faire.

Elle projeta sur le mur la tasse qu'elle tenait à la main.

— Mais avant, il faut que tu saches une chose. Je suis allée voir le docteur Dugal, cet après-midi. Il m'a dit que j'étais enceinte. Enceinte d'un deuxième quand Lisette a juste dix mois. Il faut que je passe à travers une deuxième grossesse en plus de la maison à tenir, du pensionnaire puis de la petite. Je ne me taperai pas en plus un mari qui colle aux jupons de sa mère. As-tu compris?

Sa voix s'était brisée sous l'effet des larmes qui avaient finalement rempli ses yeux. Ferdinand, plus blanc que la nappe maintenant couverte de débris, se sentit perdu.

— J'ai tu bien entendu? On va avoir un autre enfant?

— Je vais avoir un autre enfant. Pas toi. Parce que ta mère t'intéresse plus que ta famille. Quand je pense que, l'autre jour,

tu as manigancé avec elle pour nous faire perdre notre pensionnaire à son profit ! Mais, espèce de nono d'enfant d'école, tu nous
arrachais le pain de la bouche pour le lui donner ! C'est ça que tu
faisais. Je suis certaine que c'est elle qui t'a mis ça dans la tête. T'es
trop stupide pour y avoir pensé tout seul. Pas assez de jugeote
pour la remettre à sa place non plus ! T'aurais pu lui demander
d'envoyer Laurence travailler ? Pourquoi elle va pas gagner sa vie
comme tout le monde, ta sœur ? Ils se battent à l'usine pour engager des filles. Non, mademoiselle préfère rester tranquille avec
sa petite maman. Bien, ça marchera pas comme ça, mon vieux.
Dorénavant, je ne veux plus que tu ailles chez ta mère après ta
journée. Tu te contenteras de lui rendre visite le dimanche, avec
la petite. Je veux plus te voir bouder non plus. Surtout, tu vas te
comporter comme un mari et un père, pas comme le petit gars à
sa mère. Si ça fait pas ton affaire, dis-le tout de suite. Je prendrai
la petite puis je m'en irai vivre ailleurs. Fais ton choix.

Ferdinand baissa la tête, incapable de parler. La perspective
de perdre Marie lui coupait le souffle. Il n'avait ni la clairvoyance
nécessaire pour départager les torts ni la force de vivre sans elle et
sans Lisette. Devant son visage pétrifié, Marie comprit qu'il était à
terre, vaincu, condamné à changer d'allégeance pour toujours. Sa
crise épouvantable et son ultimatum venaient de lui faire réaliser
d'un coup qu'il appartenait maintenant à une autre maison, que
sa vie n'était plus avec sa mère, mais avec sa femme et ses enfants
qui avaient besoin de lui. Tout cela faisait partie du oui qu'il avait
prononcé devant l'autel au mois d'août 1941. Il s'avança dans la
cuisine ; les débris de vaisselle crissaient sous ses pieds. Il prit une
chaise et s'assit pour réfléchir pendant qu'elle pleurait aussi fort
qu'elle le pouvait. Après un temps, il leva vers elle de beaux yeux
de chien fidèle.

— J'ai compris, Marie. Je ferai comme tu veux. J'ai compris.

Épuisée, Marie se dirigea vers le grand évier pour passer son
visage sous l'eau froide.

— Va te reposer. Je vais nettoyer la cuisine, ajouta-t-il.

Voilà. Cette guerre-là, du moins, était finie. La bataille venait de casser la chaîne qui attachait Ferdinand à sa mère, le libérant bien malgré lui. Cependant, la fin de sa sujétion ne lui donnait pas vraiment la liberté. Ferdinand ne connaissait pas la liberté. Il connaissait seulement le prix qu'il fallait payer de soumission et de fidélité à son devoir pour aimer Dieu et gagner son ciel. Il cessa d'être l'enfant d'Alma pour devenir celui de Marie. Du moins, c'est ainsi que Marie le vit.

: :

Pendant ce temps, Philémon et Marie-Jeanne marchèrent tranquillement jusqu'à l'île Idéale située non loin de là, un coin charmant que la rivière entourait de petits récifs bouillonnants. Ils s'assirent sur un banc pour causer un peu.

— J'ai bien peur que Ferdinand soit en train de passer un mauvais quart d'heure, dit Philémon, qui se sentait de plus en plus mal à l'aise dans la maison de Marie.

Il se demandait même s'il ne devait pas la quitter. En tout cas, ce ne serait certainement pas pour celle d'Alma. C'était trop triste d'assister, impuissant, à ces disputes quand, à ses yeux, le couple avait tout pour être heureux, la santé, la jeunesse et une si belle enfant !

— Marie est encore enceinte, lui apprit Marie-Jeanne. C'est loin d'être une bonne nouvelle pour elle. Lisette n'a que dix mois.

Ça non plus, Philémon ne le comprenait pas. Eulalie et lui auraient été fiers d'avoir une grosse famille. Marie-Jeanne vit à l'expression de son visage ce qu'il pensait. Elle ressentit une sorte d'impatience.

— Vous êtes surpris, Philémon, qu'une femme ne soit pas toujours contente d'attendre un enfant ? Ça arrive souvent, vous savez. On dirait que vous ne comprenez pas à quel point c'est exigeant pour une femme, d'avoir un enfant. D'ailleurs, ça me donne envie de vous poser une question. Vous y répondrez si vous voulez. Vous êtes-vous déjà demandé pourquoi votre femme perdait tous ses bébés dans le temps? Il devait bien y avoir une raison.

Philémon se tourna brusquement vers elle. Comment aurait-il pu le savoir? Le médecin lui-même ne pouvait pas l'expliquer. La maternité, c'est comme la mort; c'est une chose si grave que le bon Dieu la gouverne directement! Une fois de plus, Marie-Jeanne trouva que la religion le rendait bête, lui si intelligent et si connaissant sur tant de sujets!

— Tout de même, Philémon, on ne peut pas toujours se contenter de tout mettre sur le dos du bon Dieu. Votre femme a certainement souffert. Elle avait probablement un problème de santé de ce côté-là, quelque chose qui l'empêchait d'être mère. Que les médecins ne puissent pas l'expliquer, c'est une chose. Mais fallait-il vraiment qu'elle continue d'essayer jusqu'à tant qu'elle meure? C'est dur pour le corps, vous savez, de porter un enfant et de le mettre au monde. J'en sais quelque chose.

Pour la première fois, Marie-Jeanne vit le visage de Philémon perdre son air aimable et se couvrir d'une ombre presque hostile. La question que posait Marie-Jeanne était celle de sa responsabilité devant la mort prématurée de sa femme. Il se leva brusquement et fit quelques pas pour se rapprocher de l'eau. Il avait envie d'arrêter la conversation sur-le-champ, de rentrer faire ses valises et de quitter la pension. Marie-Jeanne se rendit compte qu'elle était allée trop loin.

— Mais j'imagine que c'était la volonté d'Eulalie elle-même d'avoir à tout prix un petit et de vous rendre heureux. Elle devait vous aimer avec la passion de cet âge-là.

C'était vrai. Philémon acquiesça de la tête sans se retourner. Mais la volonté d'Eulalie n'atténuait pas sa responsabilité, au contraire. Elle n'avait été qu'une enfant très amoureuse au cœur débordant. Il aurait dû y prendre garde et l'obliger à attendre, à se reposer davantage, ou aller consulter un docteur plus savant, à Montréal peut-être. En trente ans, il ne s'était jamais posé le problème de cette mort comme Marie-Jeanne venait de le faire si rudement. La mort, c'était quelque chose de sacré qu'il fallait respecter infiniment. Pourquoi des enfants mouraient-ils souvent à la naissance et les mères en couches ou dans la force de l'âge ? On ne savait presque jamais ce qui faisait mourir les gens au juste et encore moins comment l'éviter. La mort, c'était comme l'orage. On ne pouvait pas l'empêcher. Dieu en décidait, de cela seulement on était certain. Philémon ne livra pas ces pensées qui le bouleversaient. Il regarda sa montre.

— On devrait peut-être rentrer, maintenant. L'heure du repas est presque passée. Qu'en pensez-vous, Marie-Jeanne ?

La petite Lisette dormait toujours dans sa poussette. Il la contempla, la gorge serrée.

À leur arrivée, ils trouvèrent Ferdinand en train de ranger le balai après avoir nettoyé la cuisine. Un silence étonnant régnait dans la maison. Marie, les yeux bouffis, sortit de la chambre et prit la petite dans ses bras pour la changer. Le souper n'était pas tout à fait près.

— Ce doit être l'heure de vos nouvelles à la radio, les hommes. Allez au salon tous les deux, si ça vous dit, pendant que je mets la table, dit Marie-Jeanne qui avait tout compris.

Philémon prit place près d'un Ferdinand silencieux. Une voix distinguée, devenue familière à cette heure du jour, sortit de l'appareil.

« Ici Marcel Ouimet de Radio-Canada qui vous parle d'Italie. Après leur course de trois cent cinquante milles en montagne et le long de la côte sud de la botte italienne depuis Reggio de Calabre, les Canadiens se sont arrêtés pour reprendre haleine avant de pousser vers leur prochain objectif. Aujourd'hui, ils se trouvent assis à Potenza, sur [sic] un croisement de routes stratégiques à proximité du territoire italien occupé par l'ennemi et où leurs patrouilles font sans cesse des randonnées de reconnaissance. Hier soir… »

— Si je ne me trompe pas, Ferdinand, Rodrigue Deschamps, le frère de Marie-Jeanne, était sur le front de Sicile, le mois dernier, c'est bien ça ? s'enquit Philémon.

Ferdinand acquiesça d'un signe de tête.

— Alors, il doit être là, à Potenza.

Mais le reportage avait mis du temps à parvenir dans le salon de Ferdinand. C'était le 28 septembre 1943. Potenza était prise depuis huit jours.

PARTIE X

Italie, septembre 1943

En pleine nuit, le 2 septembre, les troupes alliées traversèrent le détroit de Messine au milieu d'un véritable feu d'artifice. Cette fois, les Canadiens étaient en tête du convoi et Rodrigue n'avait pas assez de ses yeux pour tout voir. Le littoral italien flambait littéralement sous le tir des canons pendant que des obus éclairants indiquaient la route à suivre vers Reggio de Calabre.

L'accostage se fit au petit jour, dans le plus grand calme. Les Italiens résistèrent à peine. En peu de temps, Rodrigue et ses hommes firent leurs premiers pas dans la ville.

— On dirait bien qu'on fait le bonheur de la population. Les gens nous prennent pour des sauveurs, fit remarquer Paquette, qui venait de se laisser embrasser par une belle fille en passant sur la place de l'église, grouillante d'une foule joyeuse.

Rodrigue et les autres ne savaient pas encore que l'Italie venait de capituler et que par suite de l'armistice signé par le roi Victor Emmanuel, le pays tout entier avait changé de camp. Mussolini capturé était gardé à l'ombre, dans un endroit secret au sommet d'une montagne. Du coup, Rommel et les troupes sur place n'étaient plus les alliés des Italiens mais des occupants bien décidés à le rester, coûte que coûte. Le lendemain matin, une belle surprise attendait les soldats : la distribution de courrier. Rodrigue entendit son nom deux fois.

— Les deux femmes de ta vie, t'es chanceux en maudit, lança Zéphir juste avant d'entendre le sien. Il avait une lettre de sa mère.

Rodrigue décacheta l'enveloppe qui venait d'Algérie. Elle contenait une carte postale représentant un bord de mer sous le soleil couchant. Roselyn y avait griffonné quelques mots dans un style télégraphique.

15 juillet 1943

Cher Rodrigue,

Ai bien reçu lettre du 30 mai. Convalescence terminée. Partirai dans quelques jours. Ai suivi débarquement en Sicile; les Canadiens formidables. J'espère que tu vas bien. Pense à toi tous les jours. Je t'embrasse. Je t'aime.

Roselyn

Il sourit de bonheur. C'était terrifiant de la voir repartir au front, mais en même temps infiniment doux de la sentir amoureuse. Ces quelques mots lui disaient mieux que toutes les lettres du monde qu'ils étaient ensemble, engagés dans la tempête d'un commun accord. Ils ne pouvaient rien espérer de plus de leur amour pour l'instant. Il lut ensuite la lettre de Marie-Jeanne datée du 30 juin, celle qui annonçait l'arrivée d'un pensionnaire intéressant chez Marie, un certain Philémon Riopel.

Il n'eut pas le loisir de lui répondre. Les ordres arrivèrent, très différents de ceux auxquels on s'attendait. Les choses ne se passaient pas bien pour les Américains débarqués sur la côte ouest, du côté de Salerne. La résistance farouche des Allemands menaçait presque de les rejeter à la mer. Les Canadiens et les Britanniques partirent à leur rescousse en direction de la ville de Potenza. Le parcours de deux cents kilomètres fut particulièrement dur parce que l'ennemi avait détruit tous les ponts derrière lui. Plus d'une fois, Rodrigue et ses hommes durent avancer en silence sur des routes ravagées où, des deux côtés, le regard ne pouvait se poser que sur la désolation la plus atroce. Les convulsions des batailles avaient fait souffrir jusqu'aux objets. Ils ne voyaient partout que camions renversés, chars éventrés, découronnés de leur tourelle, étranges squelettes d'acier tordu parmi lesquels finissait de pourrir le corps noirci d'Allemands que la mort avait figés dans des postures grotesques. En entrant parfois, le cœur serré, dans l'unique rue d'un village traversé par le combat, ils ne longeaient plus que des maisons en ruine d'où montaient des odeurs de cadavres ou des granges rongées par le feu où se dessinait encore la silhouette d'animaux brûlés vifs, la chaîne au cou. Tant d'images insoutenables épuisaient dangereusement les cœurs les plus solides. Le régiment de Rodrigue déboucha aux environs de Potenza le 20 septembre. Ce n'est qu'une fois la ville prise qu'ils eurent droit au repos. Il était temps. Rodrigue n'eut que le courage de jeter sur papier quelques notes à l'intention de Marie-Jeanne.

Notes pour Marie-Jeanne :
29 septembre 1943
   Potenza. A fallu ratisser partout pour nettoyer la place. Si triste de marcher dans les rues défoncées ! Suis tombé sur la façade innocente d'une vieille église démolie à la mitraillette. Des siècles de civilisation réduits en gravats dans ce si beau pays. C'est absurde ! Ça me rentre dans le corps…
   Déchiffré un journal trouvé dans la rue : Hitler a fait délivrer Mussolini pour qu'il dirige un nouveau gouvernement fasciste au nord. Pauvre Duce trop fou ! Les Italiens d'ici n'en veulent plus. A fendo il duce ! Je l'ai entendu plusieurs fois. Ils finiront par le tuer, j'en suis certain.

Recul des Allemands partout. Ils en ont trop sur les bras. Mais à fort prix pour nous. Ce sont des soldats formidables. Coriaces, ils nous font payer cher chaque pouce de terrain. Comme s'ils tenaient à se venger avant la défaite. La victoire sera d'autant plus belle.

La bagarre ne dérougit pas à mesure que les Alliés montaient vers le nord, de plus en plus féroce et épuisante, notamment autour de Naples. La misère causée à la population par les tactiques allemandes confinait au crime de guerre.

— Je ne sais pas si c'est pour se venger du peuple italien qui a viré capot, mais les Allemands sont particulièrement méchants envers les civils par ici. C'est une chose de tuer sans merci ton ennemi sur le front, mais pourquoi priver la population d'eau comme ils font là et rudoyer le pauvre monde ? C'est de la barbarie pure et simple, marmonna Rodrigue comme ils passaient tout près du corps d'une vieille femme laissée morte sur le chemin, son chat couché à côté d'elle.

— Ah ! C'est ben épouvantable. C'est pour ça que plus ça va, plus ça me fait plaisir de les tuer. Je me dis que, chaque fois que je tire, j'ai une bonne chance de casser une de ces maudites faces pâles. Si c'est dur pour nous autres, ce l'est encore plus pour eux autres. Nous, au moins, on gagne, on les refoule, câlice, pis ils reculent tout le temps. Ils vont la perdre, la guerre ! Pis mal, à part de ça. Y aura pas de miséricorde pour ce monde-là.

Zéphir avait parlé avec une telle hargne que Rodrigue baissa la tête sans dire un mot. Son tranquille et pacifique compagnon des bois était devenu un guerrier vengeur. C'était un autre méfait de la guerre auquel s'ajoutaient, de jour en jour, les dommages moraux causés à ses hommes. Rodrigue voyait bien que tous étaient atteints, d'une manière ou d'une autre. Le jeune Richard Beaupré, celui qu'on appelait la crevette parce qu'il venait de Matane, lui paraissait de moins en moins capable de supporter le combat. Rodrigue en avertit son officier afin qu'il soit renvoyé sur la ligne arrière avant de craquer. En attendant, il l'avait à l'œil et faisait tout ce qu'il pouvait pour lui éviter les coups trop durs.

Quitte à mentir lorsque l'insupportable arrivait, comme en ce jour d'octobre où ils patrouillaient dans les environs d'un modeste village proche de Naples. Rodrigue faisait avancer ses hommes sur une petite route en hauteur quand ils tombèrent sur un grand terrain tout labouré où des gens marchaient en pleurant, des fleurs dans les mains. De toute évidence, on venait d'y ensevelir plusieurs personnes. Rodrigue fit arrêter ses hommes et questionna une jeune fille qui se trouvait là. Il comprenait déjà suffisamment l'italien pour saisir l'essentiel de ce qu'elle racontait d'une voix éteinte.

La veille, un peloton d'Allemands en retraite avait traversé le village, sans doute à la recherche de nourriture. La rue était déserte et tous les habitants se terraient derrière leurs portes closes. Tout à coup, l'une de ces précieuses poules que les gens élevaient autour de leur maison pour ne pas mourir de faim s'était approchée du chemin. Un des soldats s'était rué sur elle. Elle se débattait encore entre ses mains quand un garçon de seize ans avait ouvert une fenêtre et tiré sur lui à bout portant. En représailles, l'officier commandant avait rassemblé de force tous les villageois devant l'église et choisi vingt citoyens de tous âges, dont le jeune tireur. Il les avait fait marcher en file jusqu'au champ en question et les avait obligés à s'agenouiller longtemps avant de les abattre froidement d'une rafale de mitraillette.

Rodrigue regarda encore la terre fraîchement remuée. Tant de détresse! C'était trop fou, trop hideux, trop atroce.

— Sergent, qu'est-ce qui s'est passé ici? demanda le petit Richard Beaupré, le teint blême.

Il tremblait. Rodrigue prit le temps de remercier la jeune fille et de lui remettre un paquet de cigarettes emprunté au gros Paquette avant de parler aux hommes.

— Écoutez. Je n'ai pas tout compris, ils ont enterré là des soldats ramenés au village pas plus tard qu'hier, des gars d'ici, ça m'a tout l'air. Allez, on continue.

Dès qu'il eut une chance de s'arrêter, ce soir-là, il se jeta sur son petit carnet.

Notes :

Octobre 1943

Vu ce qui s'appelle un crime de guerre aujourd'hui. Se résume comme suit : vingt civils innocents sont exécutés à cause d'une volaille volée par un soldat. L'enfer existe. Il est ici, sur terre. Il a deux pattes, des plumes, un bec ; c'est une petite poule qui picore autour des maisons sans savoir qu'en entrant dans l'œil d'un Allemand elle deviendra la cause absurde et pathétique d'une vengeance immonde. Je n'arrête pas de penser à ces gens arrêtés, humiliés, agenouillés dans l'impuissance, qui ont vu la mort fondre sur eux pour ça. Les bras m'en tombent. Ça me tue. Je n'ai rien dit aux hommes. Ils en ont assez vu comme ça.

Ces militaires de la glorieuse Wehrmacht sont-ils encore des êtres humains ? Je ne sais pas comment se terminera cette guerre, mais telle qu'elle est, j'ai bien peur que l'Histoire ne puisse jamais la pardonner aux Allemands. Comment ce maudit commandant a-t-il pu faire une chose pareille sans tenir compte de la disproportion inouïe de sa vengeance par rapport à l'affront d'un petit gars affamé ! Qui était cet officier ? Un de ces désaxés qui bombaient le torse à cause de leur fusil ? Un de ces bons pères de famille obnubilés par l'honneur de la Wehrmacht ? Peut-être même qu'il lisait Goethe ou aimait Bach ! Tout cela est trop tordu pour moi. Finalement, civilisés ou sauvages, ça ne change rien.

J'écoutais parler Zéphir, l'autre jour. Le problème par les temps qui courent, c'est la haine qui se met à nous pousser dans la tête comme du poil sur le corps. Elle dope au point que l'on ne sent plus rien en dedans. On tue son premier homme pour la patrie, la liberté et la justice, le deuxième aussi; c'est quasiment un geste sacré. À la longue, on devient fatigué de tirer, mais on continue puisque quelqu'un doit mourir et que ça doit être l'autre. Peu importe qui! Une grande face pâle, comme dit Zéphir, des cheveux blonds, des yeux bleus, un casque nazi, on presse la détente. Un de moins! Un écœurant de moins. Une haine pure et sans arrière-pensée qui me donne de l'urticaire! Dire qu'il faut continuer...

Rodrigue arrêta d'écrire pour prendre la bouteille de vin rouge que lui tendait Zéphir.

— Où est-ce que tu as pris ce trésor-là?

— T'occupe pas de ça, mon frère. Bois! J'ai comme l'impression que t'en as besoin. T'as pas tout dit aux gars, après-midi, hein?

— Décidément, tu lis dans mes pensées, Zéphir. C'est pas toujours nécessaire de tout dire non plus. Tu connais les Allemands, tu dois bien te douter de ce qui est arrivé. Aussi bien oublier ça. Là, je suis inquiet pour le petit Richard. Il file un mauvais coton.

Rodrigue avala d'un coup presque la moitié de la bouteille; ses nerfs se détendirent un peu.

— T'as raison. Si tu veux, je vais lui porter le reste, suggéra Zéphir. Il en a plus besoin que toi et moi.

Le lendemain, la marche reprit par un temps froid et pluvieux pour des jours de combats et de montées très pénibles, en direction nord-est. Malgré des efforts acharnés, la ligne de défense allemande bloquait toujours les Américains en route vers Rome. Rodrigue marchait au milieu d'un monde fait de l'eau du fleuve Sangro, de montagnes hostiles, de villages perdus, détruits et désertés, avec son régiment toujours en alerte et pressé d'avancer sans reprendre son souffle. Le soir, après le regroupement de ses hommes à l'arrêt, le répit leur venait du tabac ou du vin, quand parfois on tombait sur une buvette improvisée chez l'habitant, en allongeant une ou deux boîtes de conserve. Zéphir était passé maître dans ce genre de transaction.

— Les gars sont fatigués, ça n'a pas de bon sens. J'en ai parlé au capitaine. Plus ça va, plus c'est ardu et plus ils nous poussent dans le dos. Une maudite chance que le petit Richard vienne de partir. Le transport des réserves sur la ligne arrière, c'est tout ce qu'il est capable de faire. Te rends-tu compte, Zéphir, qu'on est rendus à la mi-novembre, puis qu'on n'a même pas libéré la moitié du pays encore? Après deux débarquements à Tarente et à Naples en plus du nôtre! Maudit qu'ils sont forts ces fritz-là, tenaces, puis fins stratèges à part de ça! Ils savent où se replier puis quand le faire. Les lignes de défense sont tellement bien organisées que tu sors d'un enfer pour tomber dans un autre, dit-il un soir, assis à terre près des mules qui les suivaient comme en Sicile.

— Ah! C'est ben dur! Même pour des gars de bois comme nous autres! Tu sais, Richard est pas le seul à avoir de la misère. Y en a une couple qui sont malades, mais qui en parlent pas. On dort pas. On mange quand on peut. C'est une rivière après l'autre; on est tout le temps dans la bouette! Me semble que les hivers qu'on passait à bûcher, c'était le paradis à côté de ça! Ces maudits-là sont embusqués partout, répondit Zéphir qui, pour une fois, acceptait de se plaindre.

— En plus, dit Rodrigue, je ne pensais jamais qu'il pouvait faire aussi froid que ça en Italie à ce temps-ci de l'année! La pluie est glaciale, même qu'il a neigé, il y a deux jours! C'est bien simple, je changerais tout ça pour une belle tempête de neige drue puis tranquille de par chez nous.

— Ouais, ben souhaite-nous pas ça ici parce qu'arrangés comme on est là, on ferait pas de vieux os.

Leurs voix traînaient dans le crépuscule. Zéphir regarda longuement son ami. Le visage de Rodrigue était gris et ses yeux tournés vers le sol ne voyaient plus rien. On aurait dit que sa mâchoire serrée retenait des sanglots. Il se leva sans dire un mot, alla fouiller du côté des mules et revint s'asseoir au même endroit.

— V'là un petit remontant, dit-il en sortant une bouteille de vin de sous son bras. J'ai mes petites réserves à moé.

La bouteille avait une odeur de crottin que Rodrigue huma avec délectation.

Le 23 novembre, le contingent canadien avait enfin passé le cap du Sangro, qu'il avait fallu traverser à pied, les bras en l'air et la poitrine cernée par l'eau glacée. Toujours, les Allemands reculaient, mais après avoir obtenu leur tribut de morts, de blessés et de ruines. Il était incroyablement difficile de leur arracher l'Italie. De plus en plus aguerri, le régiment de Rodrigue se voyait confier les missions les plus dures et s'en acquittait chaque fois avec courage, comme lorsqu'ils marchèrent vers le village de San Pietro. Cette fois-là, Rodrigue eut mortellement peur de perdre son vieux compagnon.

Tout commença quand le lieutenant Fisher désigna Zéphir et le gros Millette pour former, avec quelques autres, la patrouille de reconnaissance envoyée en avant. Le reste de la compagnie partit peu après, mais elle fut stoppée devant les débris du pont de la petite rivière Biferna. Impossible de la traverser à gué. La grosse pluie qui tombait depuis des heures avait gonflé son flux. Il fallut prendre le temps de fabriquer un semblant de passage. Une angoisse sourde s'insinua dans la tête épuisée de Rodrigue. Chaque minute qui passait éloignait Zéphir de lui. Isolée du contingent comme elle l'était, la patrouille risquait fortement de tomber dans une de ces embuscades dont les Allemands avaient le secret !

Une équipe de corvée s'attela à fabriquer un semblant de pont avec les moyens du bord. Rodrigue, impatient, surveillait le travail.

— Giguère, grouille-toi le cul mieux que ça, maudit paresseux ! Ça sert à rien d'être fort puis de manger comme un bœuf si t'es pas capable de faire ta part. Ça presse, comprends-tu, la patrouille est toute seule en avant.

Fisher s'étonna de l'agitation de son sergent.

— Ne vous en faites pas, Deschamps, il y en a pour moins d'une heure maintenant. Quand ce sera prêt, voulez-vous que vos hommes partent devant ?

Rodrigue ne se fit pas prier. Il força la marche. Lorsque enfin, après des heures d'efforts, il déboucha sur une grande clairière d'où sortaient des éclats de voix à sonorité française, son cœur fondit. Ils étaient là, regroupés sous un bouquet d'arbres ! La patrouille avait bien été attaquée. Non seulement elle avait tenu le coup, mais elle avait fait cinq morts et quelques prisonniers ! Zéphir, qui tenait en joue les Allemands assis dans la broussaille et désarmés, se tourna vers lui avec un large sourire. Rodrigue le salua de la main sans s'approcher. Il voulait d'abord reprendre son calme. À l'autre coin de la clairière, le lieutenant Fisher remarqua deux chars et des mortiers regroupés. Suivi du capitaine de la compagnie, il fit quelques pas pour s'en approcher et voir ce qu'il fallait en faire. Rodrigue, qui observait la scène, eut soudain une intuition folle.

— Arrêtez, lieutenant. Quelque chose ne tourne pas rond. Pourquoi tout ce matériel est-il rassemblé là ? À votre place, je demanderais aux gars de l'artillerie d'examiner le sol avant d'approcher.

Ils cherchèrent et trouvèrent trois pièges à explosifs disposés autour du matériel !

— Les enfants de chienne ! On aurait pu y passer. Il m'en faut au moins un pour payer ça, cria le gros Millette en posant durement le bout de son fusil sur le front d'un prisonnier.

— Stop, Millette. Il s'est rendu, c'est un prisonnier, cria Rodrigue, la voix étranglée par l'émotion.

— Câlice, tout le monde sait que les Allemands tirent sur les ambulances qui passent devant leur mire. Pensez-vous qu'ils se gêneraient si on était à leur place ?

Très pâle, Fisher, qui venait de passer à deux doigts de la mort, fit un effort pour émerger.

— C'est un ordre, soldat Millette. Écartez-vous et comptez-vous chanceux de ne pas être sanctionné. Sergent, choisissez trois prisonniers pour enterrer les morts.

Le jour baissait de plus en plus. On entendait le bruit de l'artillerie allemande. L'ennemi n'était pas très loin. Le commandement donna les ordres qui s'imposaient pour préparer la nuit. Les artilleurs prirent position en demi-cercle pour protéger l'infanterie. Les hommes creusèrent afin que chacun ait un trou où se cacher pour dormir si c'était possible. Fisher remit à Rodrigue une grosse boîte métallique pleine de nourriture et de cigarettes.

— Vous avez assez de rations pour quatorze personnes, le déjeuner compris demain matin, sergent. Il faut que les hommes se reposent. L'artillerie va occuper les Allemands toute la nuit.

Plus tard, alors que Rodrigue achevait de tapisser son trou de feuilles mortes pour se donner un semblant de confort, quelqu'un lui apporta une invitation de Fisher à le rejoindre dans la tente des officiers pour un petit cocktail improvisé.

— Entrez, sergent, dit le lieutenant en lui tendant un verre.

La forte senteur de scotch qui régnait dans l'abri était à elle seule un réconfort. C'est fou comme une simple odeur peut être rassurante parfois !

— Vous voulez une cigarette ?

— Merci lieutenant, je ne fume pas.

— Je voulais vous remercier ; vous m'avez sauvé la vie. Vous avez eu un sacré flair. À bien y penser, c'était à moi de me douter de quelque chose. Même sans savoir comment s'était déroulée l'embuscade, c'était évident, le dispositif qu'il y avait là ne pouvait pas être l'effet du hasard. Il faut croire que ma fatigue était plus forte que ma vigilance.

— Aujourd'hui, c'est moi qui ai vu clair, demain ce sera vous ou un autre. Vous savez, on fait ce qu'on peut, répondit sobrement Rodrigue.

— Je dois aussi vous remercier pour autre chose : avoir empêché le soldat Millette de tuer ce prisonnier.

Rodrigue ne savait pas quoi répondre à ces paroles. Il s'était contenté d'observer les règles de la guerre. Le lieutenant sourit tristement.

— J'ai suffisamment confiance en vous pour vous faire une petite confidence. Sur le coup, j'ai eu envie de le laisser tirer, je m'en confesse. Vous n'êtes pas sans savoir que ces choses-là arrivent dans les meilleures armées, sergent. Naturellement, on n'en parle jamais. C'est entre combattants. Aujourd'hui, ça serait peut-être arrivé dans notre compagnie si vous n'étiez pas intervenu. Voilà.

— Vous savez, moi, je ne blâme personne. Devant les explosifs, Millette a dû réaliser qu'il était passé à deux doigts de sauter. Son réflexe n'avait rien d'anormal dans les circonstances. Après tout ce que j'ai vu depuis le début de la campagne, j'ai compris que la folie de la guerre pouvait contaminer n'importe quel soldat de n'importe quel bord, qu'il soit civilisé ou pas. Disons que je suis sur mes gardes là-dessus. Je ne veux pas que la sauvagerie m'emporte avec le reste. Je le regretterais trop. Quand tout ce barda sera terminé, je ne veux pas avoir des remords en plus de mes mauvais souvenirs.

Le lieutenant ajouta qu'il ferait un rapport sur l'excellence de sa conduite. Rodrigue but une dernière gorgée et gagna son trou, à côté de Zéphir qu'il trouva recroquevillé comme un insecte, en train de faire semblant de dormir. Le vacarme des artilleries qui s'affrontaient à l'avant arrivait jusqu'à eux. La ligne d'attaque n'était pas loin ; elle restait très active. L'un des coups résonna si fort que Rodrigue eut l'impression que l'obus allait tomber directement sur lui. Il ferma les yeux. Pendant que son corps luttait contre l'humidité de la terre, la peur donnait à sa solitude l'opacité du plomb. Seul ! Maudit qu'il était seul ! Même à côté de Zéphir ! Mon Dieu que c'était dur ! Et il faudrait recommencer demain !

::

Ce n'est qu'au début du mois de décembre et beaucoup plus loin au nord-est que le régiment bénéficia d'un répit, après avoir traversé dans des conditions toujours aussi pénibles le Moro et mené une succession de combats épuisants. La compagnie se trouvait alors assez proche de ville d'Ortona, sur la côte de l'Adriatique. Il fallait attendre le reste de la Division avant de l'attaquer. Petite attention qui donnait toujours beaucoup de réconfort aux troupes, on distribua une correspondance abondante. Rodrigue avait un colis et une lettre de Marie-Jeanne.

Saint-Jérôme, 10 octobre 1943

Mon cher frère,

Je viens de recevoir plusieurs lettres que tu m'as écrites au début de l'été et envoyées toutes en même temps, après avoir combattu en Sicile. Je vois qu'au départ, malgré ton émoi et ta peur bien compréhensible, tu étais comme exalté et heureux de participer à l'offensive. On est rendus en octobre et comme je suis fidèlement les événements à travers les journaux et la radio, je pense que tu poursuis ton combat en Italie, maintenant.

Mon cher grand garçon, je n'ai pas besoin de te dire que je pense à toi et que je tremble pour toi tous les jours. Mais je me dis que cette inquiétude perpétuelle n'est rien à côté des sacrifices et des souffrances que tu dois traverser au combat. Dans les pires moments, pense que je suis ici et que je t'attends. Rappelle-toi qu'au milieu des pires saccages Saint-Jérôme est toujours là, avec le nord et ses épinettes que tu aimes tant, ses belles montagnes, le lac Granet de tes hivers, et que tes livres sont bien à l'abri chez Pierre.

Ici, la vie va doucement. On n'a toujours pas revu Félix, et Anthime est toujours à l'hospice avec le petit. Marie est enceinte d'un deuxième enfant et elle a eu du mal à l'accepter, ce qui a bien étonné Philémon pour qui avoir une grosse famille est le summum du bonheur. Je le trouve toujours aussi avenant, mais parfois bien abêti par la religion. Je ne comprends pas qu'un homme aussi intelligent que lui puisse avoir cette foi d'enfant, sans rime ni raison et sans poser de questions.

Je n'ai pas de nouvelles de toi, mais comme tu me l'as dit, je ne dois pas m'en étonner quand tu te trouves en plein combat. Je ne sais pas quelle température il fera en Italie quand tu recevras cette lettre, mais je t'envoie mon sucre à la crème (c'est Philémon qui m'a trouvé le sucre, une vraie rareté), un petit livre de poèmes d'Émile Nelligan qui est un poète de chez nous (c'est Pierre qui me l'a donné pour toi avec un petit mot de sa main écrit sous le couvert,) ainsi que des gants et un foulard que j'ai fait tricoter par Caroline à ton intention.

Dans l'attente d'un signe de toi, je t'embrasse de tout mon cœur,

Ta sœur Marie-Jeanne

La lettre, dans sa chaude simplicité, lui tira des larmes. «Pense que Saint-Jérôme est là…», écrivait-elle, et tout le reste aussi, tout un monde si facile et si doux, ordinaire et humain, juste humain, fait de travail, de repas et de nuits tranquilles, de cris et de paroles, de rues que l'on traverse en saluant ses voisins et de soirées tièdes sur les bancs de bois du parc Labelle, devant le soleil qui se couche. Au-delà du magma de boue et d'obus qui le séparait de tout cela, il pensa très fort à cet univers qui était le sien, le sien propre, celui qui l'avait mis au monde et dont il était fait. Cet univers, il en valait bien d'autres! Il n'y avait qu'à le bâtir de toutes ses forces quand enfin il le reverrait. Il prit son temps pour explorer le colis, humant l'odeur suave du sucre. Il enfila les gants de laine et noua le foulard autour de son cou. Il sourit en constatant que leur couleur était celle de son uniforme; le kaki était à la mode, là-bas! Il parcourut au hasard le petit recueil de poèmes. Quelle bonne idée ils avaient eue, Pierre et Marie-Jeanne!

> J'ai ce désir très pur d'une sœur éternelle,
> D'une sœur d'amitié dans le règne de l'Art,
> Qui me saura veillant à ma lampe très tard
> Et qui me couvrira des cieux de sa prunelle
> *Rêve d'artiste*, seconde strophe

Ça alors! Il ne savait pas que Nelligan rêvait d'avoir une sœur, ou mieux, une âme sœur qui le ferait écrire. Lui en tout cas, il en avait une et elle avait une âme qui ressemblait à la sienne. C'était tout de même un beau cadeau de la vie. En plus, il avait Roselyn.

— Dis-moi pas que t'as du sucre à la crème de Marie-Jeanne, dit soudainement Zéphir en s'approchant du petit paquet enveloppé de papier ciré.

— Sers-toi, mon vieux.

— Tu diras ce que tu voudras, le sucre, ça console de bien des affaires, ajouta-t-il avec grande satisfaction.

Il en bavait littéralement.

— N'oublie pas, Zéphir. Demain matin, le commandement veut toute la compagnie au rapport. Je ne sais pas ce qui se prépare, mais le capitaine Paquet est revenu du quartier général, l'air pas mal plus excité que d'habitude.

— Ouais! Ben, ça doit être sérieux! Lui qui est bien calme d'ordinaire. Je peux-tu te prendre un autre sucre?

Rodrigue tendit la boîte. Sûr que le capitaine était un homme solide! Les bons coups et les mauvais coups des hommes, la complexité décourageante du terrain, la perversité tactique des Allemands, leur férocité, rien ne le faisait jamais sortir de ses gonds, du moins en apparence.

— En tout cas, je peux te dire qu'il ne se laisse pas emporter par les principes; l'efficacité passe avant. Je vais t'en raconter une bonne, Zéphir, rien qu'à toi. Je ne veux pas que tu en parles aux autres. Ça concerne Millette «la patte drette». Un gars pas plus malin que les autres, pas vrai? Eh bien l'autre jour, je… passais près d'une étable. J'ai entendu quelqu'un qui pleurait. Je suis entré; il était en train de violer une femme. Pas une jeune à part de ça! De l'âge de Marie-Jeanne à peu près.

Hors de lui, Rodrigue l'avait frappé dans le dos avec son arme. Millette avait décampé en tenant ses culottes à deux mains. La pauvre femme l'avait remercié en se relevant de peine et de misère. Rodrigue avait immédiatement rapporté l'incident à son officier afin qu'il fasse appel au prévost. Après tout, c'était une affaire de justice qui relevait de la gendarmerie militaire. Mais le capitaine avait d'abord appelé Millette pour entendre ses explications. Ce dernier avait prétendu que c'était la femme qui l'avait appelé dans l'étable et qu'elle voulait de la nourriture en contrepartie. C'était plausible. Tant de femmes venaient s'offrir aux soldats pour en tirer quelque chose. L'affaire n'était pas allée plus loin. Le lendemain, tout le régiment repartait au galop et il y avait plus important. Pourquoi perdre un aussi bon soldat quand on avait besoin de toutes nos forces sur le terrain? Rodrigue prit à son tour un carré de sucre à la crème.

— Enfin! Si sa conscience lui dit que c'est correct d'agir comme ça, c'est son affaire, c'est lui qui commande la compagnie. Pour la mienne, ce serait pas mal plus compliqué. Il fait passer les besoins de la guerre avant ceux de la justice; ça doit être pour ça qu'il est capitaine et moi simple sergent. Pourtant, je sais et je saurai toujours que c'était un viol. Millette aussi. Aie confiance en moi pour le surveiller, dorénavant. D'ailleurs, depuis ce temps-là, je peux lui demander n'importe quoi. Il est doux comme un mouton.

Rodrigue finit la soirée en écrivant à sa sœur une première lettre d'Italie.

13 décembre 1943

Chère Marie-Jeanne,

D'abord, pardonne-moi de ne pas avoir pu t'écrire au cours des derniers mois. J'ai reçu ta lettre du 30 juin quelques jours après t'avoir écrit de Catane, en Sicile. Je viens tout juste de recevoir celle du 10 octobre avec tes petits cadeaux! Un gros merci! J'imagine que tu es informée par les journaux de notre parcours de combattants. La bataille a été longue et très dure, comme tu le verras en lisant les petites notes que j'ai griffonnées entre deux coups de fusil. La campagne que nous menons est exigeante au moral comme au physique. Quand j'étais en Angleterre, le capitaine Johnston m'avait dit de m'attendre au pire. Il avait raison. Ce qu'un soldat peut vivre dans une guerre pareille, ça ne se dit pas. On aurait beau décrire chaque minute dans ses moindres détails, on n'aurait jamais tout dit. Les Allemands ont aligné leurs meilleures troupes contre nous. Ils savent que chaque pouce perdu met en danger le reste. Alors ils sont féroces.

Ta lettre et ton colis m'ont fait l'effet d'un grand verre d'eau fraîche au milieu du désert. En respirant la bonne odeur du sucre à la crème, j'ai revu le pays et toi aussi et tout ce qui fait notre monde. Finalement, je crois que je l'aime, malgré ses travers. Après tout, on a le pays qu'on mérite. À nous de l'améliorer, n'est-ce pas? Ce que je sais maintenant pour toujours, c'est que la civilisation et le raffinement des cultures n'empêchent pas la cruauté. Au contraire.

Pour le reste, je suis évidemment fatigué, mais je vais bien et Zéphir aussi. Je m'efforce de veiller sur mes hommes du mieux que je peux. Ils sont devenus des soldats aguerris, assez solides et courageux pour affronter les missions les plus ardues. Je suis fier du travail accompli.

Mais parlons un peu de chez nous. Tu me disais dans ta lettre de juin que le Québec a perdu le plébiscite et que ça fait peur. Si les gens voyaient ce qui se passe ici, ils courraient se cacher au pôle Nord! Il faut se faire une raison ; on ne peut ni laisser gagner Hitler ni laisser la bataille aux autres. Ce serait encore plus immoral que de faire la guerre en soi.

Je suis désolé de lire que rien n'est arrangé pour Félix, mais très heureux d'apprendre que tout va bien pour toi et les autres. Par ailleurs, on dirait bien que tu as maintenant un nouvel ami en la personne de ce Philémon. Vues d'ici, toutes ces petites histoires qui font le soleil et la pluie de tes jours me paraissent sortir d'un conte, dans un paradis d'enfance que j'aurais perdu. Mais continue de me les rapporter ; ça me rappelle qu'il y a toujours, dans le monde, des gens ordinaires qui sont heureux.

Pour ce qui est de Roselyn, j'ai reçu un mot d'elle. Elle a repris du service et Dieu sait où elle se trouve présentement. Zéphir va bien aussi, compte tenu des circonstances. Il veille sur moi comme un père et apprécie au plus haut point ton sucre à la crème. Remercie Caroline pour les beaux tricots qu'elle m'a confectionnés. Il fait froid ici, présentement. Ils me seront très utiles. Quant au recueil de poèmes, il servira à me rappeler, quand la fatigue et l'accablement seront trop forts, que la beauté existe et qu'elle repose le cœur. Merci à Pierre.

Prends bien soin de toi, grande sœur, et salue tout le monde pour moi.

Your brother for ever,

Rodrigue

::

La question de l'heure concernait la prise d'Ortona, une ville portuaire de la côte est où les Alliés s'étaient cassé les dents jusque-là. Que ce soit la première ou la deuxième brigade, avec ou sans le support de l'artillerie, tout le monde avait échoué devant le barrage allemand. Or il fallait absolument prendre Ortona si l'on voulait arriver à Rome un jour. Qui donc allait relever le défi ? Nul autre que le Royal 22ᵉ Régiment avec ses hommes à toute épreuve !

C'est ce que le brave capitaine Paquet annonça à l'aube du 14 décembre aux soldats de la Compagnie C qu'il commandait. C'était là un grand défi qu'il fallait relever avec courage et confiance. Huit chars de l'Ontario Tanks Regiment allaient les assister. Ce n'était pas compliqué à comprendre. Pour commencer, il fallait prendre le contrôle de la route d'Ortona. Pour contrôler la route d'Ortona, il fallait mettre la main sur la Casa Berardi, un bloc d'habitations au centre de quatre fermes. Les Allemands la défendaient comme des démons à cause du pont qui se trouvait là et qui était indispensable au ravitaillement des troupes. Rodrigue écoutait attentivement l'officier supérieur. Plus ce dernier parlait, plus il sentait monter une sorte de peur vague mêlée de dégoût, un sentiment nouveau et paralysant qu'il essaya de combattre. Il se tourna vers Zéphir, qui écoutait le discours sans broncher. Un roc, ce Zéphir ! Son regard était calme mais en même temps troublé comme celui d'un vieillard dont le front resterait perpétuellement plissé. L'angoisse de Rodrigue monta encore d'un cran. Paquet avait beau présenter les choses comme la plus belle course à obstacles du siècle, ce n'était pas pour rien que toutes les tentatives avaient tourné à la dérive jusqu'à ce jour !

Il observa ses compagnons d'armes. Tout le monde avait l'air fatigué. Seul le capitaine Paquet semblait frais comme une rose et tout excité par la nouvelle mission ! Il continuait de parler. Là où les autres avaient échoué, ils réussiraient tous ensemble, ça ne faisait aucun doute. Depuis le débarquement en Italie, tous les objectifs qu'on leur avait fixés avaient été atteints. Il ne pouvait pas en être autrement à Berardi. Sans susciter un enthousiasme délirant, son emprise sur les hommes finit par emporter leur adhésion. Les gars embarquaient, c'était évident. À la fin de la rencontre, Rodrigue aborda le lieutenant Fisher.

— Le capitaine Paquet a l'air d'engager notre compagnie dans cette attaque avec une sacrée confiance malgré les pertes énormes que nous avons eues là jusqu'à présent. J'imagine qu'il a son plan.

— Vous êtes inquiet, je le vois. Vous n'avez pas tort, ce sera très risqué. J'étais avec lui à la réunion de l'office de renseignement du quartier général, hier. Il a convaincu le lieutenant-colonel Bernatchez que, jusqu'à maintenant, on a eu tort d'attaquer la place de front. D'après lui, il faut faire un crochet et passer par le flanc en utilisant un petit chemin latéral. Avec l'effet de surprise et en chargeant fort, il pense que nous avons une chance sérieuse de déloger l'ennemi.

— Et vous, le croyez-vous ?

— Oui, je suis aussi de son avis. Mais ça peut nous coûter cher.

L'opération annoncée n'était pas pour le lendemain, mais pour tout de suite. Les préparatifs furent expédiés avec ardeur. À six heures trente du matin, l'artillerie commença par arroser copieusement les positions allemandes, histoire de déstabiliser l'ennemi. Les tirs étaient si furieux que le bruit donnait à lui seul l'envie de prendre ses jambes à son cou. À six heures cinquante, le capitaine Paquet fit décoller les soldats afin que la compagnie soit sur la ligne de départ à sept heures pile.

PARTIE XI

Saint-Jérôme, novembre 1943

Vers le milieu de novembre, Marie-Jeanne eut le bonheur de recevoir, après plusieurs mois de silence, la lettre que Rodrigue lui avait adressée depuis Catane en Sicile, accompagnée des notes qu'il avait rédigées à son intention. Elle en eut pour des heures à lire, relire et situer le long parcours de son frère sur l'atlas de Pierre. D'après ce qu'elle lisait quotidiennement dans les journaux, les Canadiens maintenant passés en Italie continuaient à se battre en remontant vers le nord du pays dans une succession de lourdes batailles. Elle savait que tous les jours Rodrigue souffrait et qu'il pouvait mourir. Plus que jamais, elle eut envie de lui faire sentir sa présence et son affection. Elle réfléchit sur ce qu'elle pourrait lui envoyer. Pas de tabac puisqu'il ne fumait pas. De quoi un soldat en plein combat manquait-il le plus avec l'hiver qui commençait sinon de gâteries et de chaleur ? Du sucre à crème et un bon tricot feraient l'affaire. Elle demanda à Philémon de lui trouver le supplément de cassonade dont elle aurait besoin.

— Je vous trouverai ce qu'il faut. Ça me paraît une bonne idée. Puis des tricots aussi. Italie ou pas, il y a des montagnes, là-bas. Les nuits doivent être fraîches puis humides.

Philémon n'en dit pas plus. C'était déjà beau qu'il lui ait donné son opinion. Car depuis leur petite discussion au sujet de sa femme défunte, le pensionnaire gardait poliment ses distances. À table, il s'adressait plutôt à Ferdinand. Le soir, il se retirait dans sa chambre pour lire afin d'éviter un tête-à-tête avec elle. Marie-Jeanne, qui cherchait l'occasion de réparer les pots cassés, se jura de briser son petit jeu du chat et de la souris. Elle y parvint grâce aux premiers pas de Lisette.

Cet après-midi-là, Marie partit de toute urgence à l'hospice des sœurs grises en compagnie de Clarisse et de Caroline. Anthime était aux abois. Les sœurs menaçaient de le renvoyer avec Romain, qui échappait souvent à sa surveillance et commettait des frasques insupportables. Le jour précédent, on avait surpris le petit bonhomme debout sur une grosse roche plantée dans l'eau de la rivière qui longeait l'arrière du bâtiment. Les bottines et les jambes mouillées jusqu'aux genoux alors qu'il faisait froid, il s'amusait à lancer des cailloux pour tuer des poissons. Affolée à l'idée qu'il pouvait se noyer ou attraper la mort, la mère supérieure avait ordonné à une jeune religieuse de se déchausser et de retrousser sa robe pour marcher dans l'eau jusqu'à lui. L'enfant pris de force s'était débattu et la pauvre sœur s'était retrouvée assise sur le lit pierreux de la rivière, son saint habit trempé jusqu'à la taille et sa cornette de travers. Une indignité qui n'avait pas sa place dans une institution respectable. Cette fois, l'avertissement était sérieux.

Pendant l'absence de sa fille, Marie-Jeanne veillait donc sur Lisette. En attendant l'heure du dodo, l'enfant jouait sur le plancher du salon pendant que Philémon, le nez dans son journal, achevait de prendre son repas du midi à la cuisine. S'apercevant soudain que la petite se tenait debout sans appui, Marie-Jeanne se mit à genoux en lui tendant les bras.

— Viens, ma belle fille. Viens voir grand-maman. Viens !

La petite fit trois tout petits pas hésitants. Leurs mains se touchèrent.

— Tu marches, Lisette! Tu marches, s'écria-t-elle tout excitée.

Marie-Jeanne la souleva en riant et la remit debout pour qu'elle recommence.

— C'est bien dommage que ses parents ne soient pas là pour la voir, dit dans son dos Philémon, attiré par la scène.

Il ne pouvait s'empêcher de contempler les efforts de l'enfant. Mais fatiguée, Lisette finit par retomber sur les fesses et refusa de répéter son exploit. Philémon n'en était pas moins émerveillé.

— Bravo ma Lisette, dit-il d'un ton joyeux. C'est si rare de voir un enfant faire ses premiers pas.

— Moi, je ne compte plus les fois où ça m'est arrivé, mais c'est toujours le même miracle, dit Marie-Jeanne.

Leur visage affichait la même émotion confuse. Voyant que Philémon baissait déjà les yeux, elle sauta sur l'occasion.

— Philémon, je sais que vous êtes mal à l'aise avec moi depuis quelque temps et je sais pourquoi. Je voudrais que vous m'excusiez… pour ce que j'ai dit au sujet de votre femme, l'autre jour. C'était un sujet trop intime. Je n'aurais jamais dû. Je vous ai blessé et je le regrette. Pardonnez-moi, je vous en prie. Je tiens à ce que nous restions des amis.

Il fut pris de court. Marie-Jeanne avait décidément l'art d'attaquer directement les sujets les plus délicats.

— En tout cas, vous ne vous embarrassez pas de politesses quand vous voulez exprimer quelque chose, dit-il. Je vois bien de qui tient Marie!

Marie-Jeanne eut un demi-sourire.

— Vous savez, s'il y a quelqu'un à qui Marie ne veut pas ressembler, c'est bien moi. Elle m'a toujours trouvée trop résignée devant son père.

— Oui, vous me l'avez dit. Vous avez eu dix enfants, mais pas l'affection de votre mari. Mais j'ai bien de la peine à croire que c'était par esprit d'obéissance, répondit Philémon avec une pointe d'agressivité qui réjouit Marie-Jeanne, trop heureuse d'échanger enfin avec lui.

Il avait raison. Elle n'avait jamais été vraiment docile pendant toutes ces années de misère. Mais alors, pourquoi avait-elle enduré tout ça ? Certainement pas à cause de la religion en tout cas.

— Je l'admets. Ce n'était pas pure docilité de ma part, mais plutôt un manque de courage. Autrement dit, je n'ai pas osé sortir des rangs. Vous savez comme moi que chez nous une femme honnête peut faire seulement trois choses : se marier, rentrer au couvent ou rester vieille fille auprès de ses vieux parents. Si elle choisit le mariage, comme je l'ai fait, elle doit obéir à son mari et avoir tous les enfants que le bon Dieu lui envoie, quoi qu'il arrive. Dites-moi donc une chose, Philémon : auriez-vous aimé être une femme dans ces conditions-là ?

L'homme soupira en secouant la tête. Elle venait juste de s'excuser et voilà qu'elle le provoquait de nouveau.

— Comme si on pouvait choisir ! Le bon Dieu a voulu que je sois un homme, c'est tout. Franchement, Marie-Jeanne, je me demande si vous croyez en Lui. Vous avez une manière de vous révolter qui pourrait en scandaliser plusieurs, vous savez.

Pour ne pas interrompre la conversation, Marie-Jeanne décida de bercer la petite plutôt que d'aller la coucher.

— C'est sûr qu'on ne choisit pas son sexe. Mais vous ne m'avez pas répondu. Admettez quand même que les vérités éternelles sont bien plus dures pour les femmes que pour les hommes. On a bien le droit de se demander, de temps en temps, si elles sont justes et raisonnables. Admettez au moins que j'ai le droit de poser des questions, Philémon.

Il n'eut pas le temps de répondre. Marie arriva en trombe, encore plus inquiète qu'avant au sujet de son père et très mécontente de voir Lisette dans les bras de sa grand-mère plutôt que dans son lit.

— Va la coucher, maman. Il faut que je te parle de papa. Plus ça va, plus c'est clair : il faut trouver une autre solution pour Romain. Il est trop tannant. En plus, imagine-toi donc qu'un voisin de chambre de papa prétend qu'il a vu Félix passer devant le palais de justice, hier après-midi !

::

L'homme qui affirmait avoir reconnu Félix ne s'était pas trompé. Deux jours plus tard, Clarisse le vit se présenter en chair et en os à la porte arrière de la maison. Il lui montra son bras qui venait d'être opéré à nouveau à l'hôpital des Vétérans de Montréal. Officiellement démobilisé, il voulait revenir à Saint-Jérôme pour de bon. Clarisse mit devant lui un grand bol de soupe avec du pain.

— Qu'est-ce qui se passe au sujet d'Irma, mon Félix ?

— Ben ! Après ce qu'elle a fait pendant que j'étais dans les vieux pays, tu comprends qu'on s'est chicanés. Mais j'ai pensé à mon affaire. Je suis pas parfait moi non plus. Le passé, c'est le passé. On commence une autre étape. C'est ma femme, je veux rester avec elle puis reprendre mon garçon Romain.

Là-dessus, Clarisse ne pouvait pas être plus d'accord. Ils étaient mariés et nul n'avait le droit de séparer ce que Dieu avait uni. Son devoir était de revenir auprès d'Irma, même si elle s'était mal conduite durant son absence. Lui-même n'était pas sans taches. Donc, il faisait bien de lui pardonner. Mais pour ce qui était de Romain, les choses étaient plus compliquées. Félix regarda son bol de soupe qui refroidissait. Il prit lentement la cuillère et se mit à manger sans grand appétit. Il était bien conscient qu'il s'était aliéné toute la famille en se battant avec son père dans la maison de Marie. Clarisse pouvait-elle l'aider ? Elle lui promit d'essayer, avec d'autant plus d'empressement que les circonstances étaient de plus en plus favorables.

— Tu sais, ça ne peut plus durer bien longtemps chez les sœurs grises. Elles ont averti papa de surveiller le petit, à défaut de quoi elles ne pourront plus le garder. Romain est agité ; c'est clair qu'il est pas à sa place, là-bas. En plus, papa s'ennuie à mort à l'hospice. Tout ça fait que t'as des chances d'arriver à tes fins. Mais de grâce, en attendant, reste tranquille, puis sois patient. La première condition, c'est que tu boives pas. Quand tu bois, la moutarde te monte au nez le temps de le dire, puis c'est là que tu fais tout rater. Me promets-tu de te tenir loin de la boisson, mon Félix ?

Il promit. Elle l'embrassa sur le front avec tendresse. Il sortit comme un voleur, en tâchant de ne pas être découvert. Il avait beaucoup vieilli. Sa démarche sautillante avait quelque chose d'incertain. Clarisse qui l'avait vu naître pensa que sa vie était partie de travers dès le début et que ça continuait. Il n'avait pas trente ans et il portait déjà les stigmates de la misère. Elle ne voulait pas blâmer ses parents, mais son frère n'était pas seulement une victime de la guerre, ça, c'était certain.

Pendant les semaines qui suivirent, il tint parole. Il retourna vivre avec Irma et modéra sensiblement sa consommation d'alcool. En le voyant se promener dans les rues, chacun finit par apprendre, non sans inquiétude, qu'il était de retour dans la ville. Or, la période des Fêtes approchait, un temps de réjouissances entre parents et amis !

Arriva la veillée du jour de l'An, celle que Clarisse et son mari Gaspard organisaient chaque année. Comme d'habitude, Marie-Jeanne arriva tôt pour aider sa fille à préparer le festin. Vers les six heures, Anthime la rejoignit, accompagné du petit Romain tout heureux de rencontrer ses cousins qu'il voyait trop rarement. Les autres invités étaient attendus un peu plus tard. Aussi Gaspard fut-il surpris de voir Philémon à sa porte avant le temps. Il se dépêcha de lui ouvrir. Un froid profond, sauvage, capable de figer toute chose envahit le portique. Le visiteur mit dans ses mains deux gros sacs de papier brun qui contenaient pêle-mêle un paquet de sucre, un autre de farine, des sacs de noix et de bonbons, du chocolat, une bouteille de scotch et trois autres de vin français comme on n'en voyait jamais à la Commission des liqueurs. Gaspard le remercia chaudement et insista pour qu'il vienne s'asseoir au salon avec Anthime en attendant les autres. Philémon finit par déboutonner son gros manteau de chat sauvage.

— Bien, c'est à mon tour de vous remercier. Ça sent rudement bon par ici. Ça promet d'être une belle veillée.

Philémon rejoignit Anthime. Les deux hommes se saluèrent timidement pendant que Gaspard portait les victuailles à la cuisine. Il en revint en compagnie de Marie-Jeanne et de Clarisse qui tenaient à remercier le visiteur.

— Je regarde ma montre, là, il serait temps d'allumer la radio pour écouter les nouvelles de l'autre bord. Depuis que Félix s'est engagé, c'est mon habitude, dit Anthime en les voyant.

— D'abord, un gros merci pour vos largesses, monsieur Riopel. C'était pas nécessaire, mais ça fait plaisir, dit Clarisse en allumant le poste.

Il lui fallut un certain temps pour venir à bout d'une friture irritante qui brouillait les ondes. On entendit bientôt monter dans le salon le chant d'une chorale lointaine.

— Écoutez! Ils chantent «Ô sainte nuit», constata Clarisse. On dirait que ça vient de l'autre côté de la terre.

«Pour la première fois depuis le début de la guerre, des soldats canadiens doivent passer Noël en plein front, sur la ligne de feu, dans la boue et sous une pluie battante...»

— Seigneur, quelle misère! Ces pauvres hommes, soupira Marie-Jeanne en s'assoyant pour écouter.

«... Les voix que vous entendez maintenant appartiennent à une chorale improvisée par quelques infirmiers, des brancardiers et des cuisiniers venus chanter pour les blessés réunis dans une salle, près d'un immense sapin garni de banderoles... »

— Mon Dieu, si ça vient d'Italie, peut-être que mon frère Rodrigue est là en train de chanter avec la chorale, lui qui a une si belle voix ! dit Marie-Jeanne.

— Chut ! Écoutez, pesta Anthime, impatienté par les commentaires.

« ... Ce sont les voix que je vous ai fait entendre à Campobasso, à part celles des gens qui sont morts depuis ou qui ont été blessés. Ensemble, ils ont bravé le mauvais temps dans l'espoir d'offrir un troisième concert depuis leur arrivée en Italie. Ils devaient en effet s'exécuter la nuit dernière dans une petite église proche du front, au milieu des ruines laissées par les récents combats, lors d'une belle messe de minuit préparée pour nos fameux régiments... »

— Je gage que c'est le 22ᵉ est par là, dit rapidement Gaspard.

« ... Mais les dures nécessités de la guerre ont tout empêché. Les hommes ont dû remonter en première ligne dans le silence d'une nuit sans étoiles et combattre ceux qui empêchaient les hommes de bonne volonté de célébrer la naissance du Christ. Au moment où je vous parle, Noël s'achève et ils tirent toujours sur l'ennemi. Il n'y a plus de musique, mais le bruit de la guerre, le grondement des canons et l'explosion des obus. Car pour la cinquième journée consécutive, des hommes meurent dans Ortona où l'on enfonce les barricades. Pour nos combattants, ce Noël est fait du chant des mitrailleuses... »

On n'entendait plus en effet qu'un déchaînement de sifflements aigus entrecoupés d'explosions terrifiantes. La terre giclait, mêlée au sang des hommes dans la nuit noire. Tout espace aboli, on était avec eux, couchés au bord du gouffre boueux à regarder tomber la mort contre laquelle les lumières de Noël ne pouvaient rien. Tout le salon était figé dans une mélancolie profonde. Anthime pleurait en serrant sa pipe entre ses dents et Marie-Jeanne écrasait des larmes sous ses lunettes avec l'ourlet de son tablier. Philémon ne pouvait détacher ses yeux d'elle.

— Mon pauvre frère! Il est peut-être là, en train de souffrir. Quand on pense! Ça fait des mois que je n'ai pas de ses nouvelles. Je prie tous les saints du ciel qu'il soit toujours vivant. Où peut-il bien être pendant qu'on fête ici? dit-elle d'une voix brisée.

Mais Gaspard décida qu'il fallait retrouver un peu de gaieté. Il se leva brusquement pour tourner le bouton de la radio.

— Bon! Les amis, c'est assez! On n'est pas pour pleurer un soir comme à soir! Les autres vont commencer à arriver d'ici une demi-heure! Les femmes, avez-vous fini à la cuisine? Il est grand temps!

Ils arrivèrent en effet, les uns après les autres, du côté des Gobeil comme du côté des Laforgue. Il ne manquait que Juliette et son mari qui habitaient trop loin et ceux auxquels on essayait de ne pas trop penser, Félix et Irma. Léon Laforgue, le frère de Gaspard, avait apporté sa guitare, dont il jouait très bien. C'était assez pour que la fête l'emporte sur le reste. Comme chaque année, les invités chantèrent à tour de rôle leur air de prédilection, à commencer par Gaspard qui entonna de sa puissante voix de basse profonde *Mon beau sapin*.

Presque aussi romantique que Tino Rossi, le mari de Mireille enchaîna avec la *Marinella* rendue célèbre par le fameux chanteur corse. La bière coulait un peu plus que de raison aux yeux de Clarisse qui surveillait son Gaspard et les enfants rôdaient autour des bonbons forts que Philémon avait apportés. Vers les dix heures, un buffet fut servi dans la pièce attenante au salon et les gâteries de Philémon mises à l'honneur. Il ne manquait plus qu'une petite demi-heure avant que l'année 43 ne tourne de l'œil quand le mari de Caroline, l'air préoccupé, avertit tout bas Gaspard qu'un visiteur imprévu et dans un drôle d'état l'attendait dans la cuisine.

Félix était entré par la porte de derrière et dans le brouhaha général, on ne l'avait pas entendu. Gaspard et Clarisse se précipitèrent à sa rencontre. Il ne fallut pas beaucoup de temps pour que les hauts cris du vétéran passablement éméché parviennent aux oreilles des invités. Du coup, un silence inquiet se répandit dans le salon. Anthime, complètement déconcerté, ne savait pas comment réagir. Il avait lui-même trop bu pour avoir les idées claires. Tout le monde s'énerva, sauf Caroline.

— Papa, c'est Félix ; il est dans la cuisine. Il faut pas qu'il vous voie, toi puis Romain. Ça va faire un drame à plus finir. Viens. Amène le petit. Je vais vous cacher dans le grand placard de la chambre de Clarisse.

Elle sortit en un tour de main une partie des vêtements de la grande penderie et Anthime s'y glissa tant bien que mal avec le petit qui croyait jouer à la cachette, la bouche pleine de bonbons. Caroline se dirigea ensuite d'un pas décidé vers la cuisine.

— Tiens, v'là mon petit frère. Bonsoir, mon Félix, comment ça va ?

Le pauvre en eut le souffle coupé. Il fixa sur sa sœur des yeux noyés.

— Quoi, on salue pas sa grande sœur ? Ça fait pourtant longtemps qu'on s'est pas vus, ajouta Caroline.

Il se mit à bégayer.

— Euh ! J'ai vu, j'ai vu de la lumière. Je sav… je savais que c'était la veillée chez C… Clarisse. Je, je, j'ai pensé que vous étiez là, t… tout le monde, puis que Romain aussi, de… devait y être avec, avec le pè… le père.

— Ben oui. Ils sont venus. Ils étaient là, le père puis Romain. Mais là, il est trop tard, ça fait longtemps qu'ils sont partis. Tu connais les sœurs. Elles ferment leurs portes de bonne heure. En plus, le petit dormait debout, mentit le plus naturellement du monde une Caroline éblouissante. Félix la regarda, l'air de douter.

— C'est… c'tu vrai, ça ?

— Ben sûr que c'est vrai. Mais tu peux saluer les autres, par exemple. Tout le monde t'attend dans le salon.

Dans le salon justement, on retenait son souffle. Marie se jeta sur Lisette comme sur une bouée.

— Ouais... lâcha Félix qui ne savait pas quoi faire alors que Caroline l'attendait en souriant, les deux poings sur les hanches.

L'idée d'affronter toute la famille le terrifiait.

— Non, sais-tu m... ma sœur, si mon g... garçon Romain est pas là, ça m'intéresse pas. J'y vas pas. Laisse faire.

Il tourna les talons et mit la main sur la poignée de la porte.

— Ça fait que, dites b... bonsoir à tout le monde de ma p... part. Pis une b... bonne et heureuse année.

Et il partit comme il était venu. Les conversations reprirent au salon et les accords de la guitare retentirent à nouveau. Gaspard n'en revenait pas.

— Caroline, torrieu, tu lui as offert d'aller voir au salon si le petit y était ! T'as pris un gros risque, là !

— Pas du tout. J'ai bourré le petit de bonbons puis je l'ai caché avec le père dans la penderie de ta chambre, si tu veux savoir. D'ailleurs, faut aller les sortir de là.

Dans l'hilarité générale, tout le monde se précipita pour délivrer Anthime. Gaspard se tenait les côtes, Clarisse s'essuyait les yeux. Anthime cuvait sa bière assis par terre, le petit entre les jambes.

— Coucou ! Romain, c'est fini la cachette. Viens voir grand-mère, dit Marie-Jeanne en lui tendant les bras.

Gaspard dut aider son beau-père à se remettre sur ses jambes.

— Ouf ! La belle-sœur, des fois, je te trouve bien tannante. Mais là, t'as été formidable.

— J'ai pas peur de lui. C'est tout. Y reste que, sérieusement, il va falloir trouver une solution. Ça peut plus durer. C'est une histoire de fous. Félix est retourné avec Irma. Ça va mal à l'hospice, puis ça prend pas la tête à Papineau pour voir que Romain pousse tout croche là-bas. Il faut que tu te décides à remettre le petit, papa.

Anthime ne répondit pas.

— Attention tout le monde. On arrête la discussion drette là. Il est minuit, c'est le temps des embrassades, clama Gaspard d'une voix qui emportait tout.

::

Quelques semaines plus tard, Clarisse vint annoncer à Marie-Jeanne la grande nouvelle que Félix était venu lui apprendre triomphalement le matin même : Irma était enceinte. C'était la première fois que Félix osait revenir à la charge depuis le petit esclandre qu'il avait commis à la veillée du jour de l'An. Cet autre enfant qui allait naître, ça changeait tout au sujet de Romain.

— D'ailleurs, j'avais promis à Félix que je ferais mon possible pour lui ramener son garçon. Je pense que l'heure est arrivée. Pour commencer, Félix a fait des progrès depuis deux mois. Il a trouvé un emploi au comptoir de la ferronnerie Laviolette, rue Labelle. C'est pas du plein temps, mais il fait ce qu'il peut avec son bras quasiment invalide. Il prend pas un coup non plus. Avec l'enfant qui s'en vient, c'est clair qu'on peut pas tenir Romain éloigné plus longtemps. J'ai pensé que toi et moi on pourrait aller voir papa à l'hospice pour le mettre au courant. Quelque chose me dit qu'il est mûr pour lâcher prise.

Marie-Jeanne trouvait l'initiative excellente, mais où irait Anthime ? Outre la chambre occupée par Marie et Ferdinand, elle-même partageait la seconde chambre avec la petite Lisette et la troisième était louée par Philémon Riopel. Marie les écoutait parler, la tête en ébullition.

— Dans le fond, finit-elle par dire, y a qu'ici qu'il est bien, papa. Des six filles, c'est avec moi qu'il s'entend le mieux. Tu peux pas dire le contraire, Clarisse. Pourvu que Romain ne soit pas là, moi, je ne suis pas contre son retour dans ma maison.

Clarisse en convint aisément. Mais que dirait Ferdinand, pour qui le départ d'Anthime avait été un vrai soulagement ? Marie-Jeanne avertit Marie : cette fois, le consentement de son gendre était indispensable. Marie haussa les épaules.

— Je suis sérieuse, Marie, dit-elle avec fermeté. Je ne resterai pas ici une journée de plus si Anthime revient sans l'accord complet de Ferdinand. Puis pas un accord arraché, un vrai consentement, j'entends. Ton mari est un homme sensible, ma fille. C'est pas pour rien qu'il a été si malade il y a un an. Après tout, il est chez lui, ici. En plus, il y a le problème de Philémon Riopel, un bon pensionnaire, celui-là, que Ferdinand aime beaucoup. Si ton père consent à revenir, il faudra que monsieur Riopel parte, sinon, ça te fera trop de monde. Surtout avec le bébé qui s'en vient. Parle à Ferdinand d'abord. Si c'est oui, on ira voir Anthime demain.

Marie savait comment s'y prendre pour remplir la condition posée par Marie-Jeanne. Ce soir-là, au lit, elle régla rapidement la question.

— Ferdinand, j'ai pensé à mon affaire. Je laisserais partir monsieur Riopel si mon père revenait vivre ici. Sans Romain, naturellement.

Ferdinand se dressa dans son lit. Quoi ? Elle laisserait aller Philémon chez sa mère, vraiment ? Oui, mais le prix à payer serait d'avoir la face de bois de son beau-père devant lui chaque soir. Il se laissa retomber sur son oreiller.

— Avoir ton père dans la maison, c'est pas bien drôle. Il n'a pas de considération pour moi. Il faut que tout se passe à sa manière. En plus, il est exigeant pour toi. Tu vas avoir un deuxième bébé, t'es déjà bien fatiguée. Surtout, je ne veux plus de chicane dans ma maison.

Marie fit valoir qu'il n'y aurait plus de problèmes si Romain retournait chez ses parents. Maintenant que l'on savait Irma enceinte d'un deuxième enfant, c'était difficile de le retenir plus longtemps. En plus, Romain ne pouvait tout de même pas passer sa vie dans un orphelinat alors qu'il avait des parents ! Donc, s'il était d'accord, elle était prête à se rendre à l'hospice avec Clarisse pour en faire la proposition à son père.

— Tu le sais, Ferdinand, papa voudra pas aller ailleurs qu'ici. Je considère que c'est mon devoir de l'accueillir.

Ferdinand était partagé. Avoir Anthime dans sa maison lui répugnait toujours autant. Mais l'idée que Philémon irait enfin vivre comme pensionnaire chez sa mère prit le dessus. Ce dernier lui avait bien dit qu'il était prêt à emporter ses pénates rue Saint-Jovite si Marie y consentait. Alma avait tellement besoin de ce revenu. Et puis, il le verrait souvent; il lui emmènerait la petite qu'il aimait tant !

— Quant à ça… je comprends tes sentiments, finit-il par répondre. Mais il faudrait t'assurer que ton père reste à sa place. Puis il faut que tu comprennes que c'est moi, l'homme de la maison.

Marie le rassura. Pour elle, l'affaire était réglée.

Le lendemain, les deux femmes franchirent à pied le pont de bois qui traversait la rivière du Nord en face de l'hôtel Lapointe pour se rendre au Foyer d'Youville. Anthime les écouta, la pipe aux lèvres. Apprendre qu'Irma allait avoir un autre enfant lui donna un coup. Il n'avait jamais pensé à cette éventualité, qui était pourtant plus que probable. Ce nouvel enfant, il ne pourrait pas aller le chercher ! Romain aurait un petit frère ou une petite sœur qu'il ne connaîtrait pas ! Il devenait de plus en plus difficile de résister aux pressions unanimes de l'entourage. D'un autre côté, la perspective de quitter enfin cet hospice où il mourait d'ennui et ne mangeait pas à son goût pour revenir vivre chez

Marie était presque irrésistible. Il se donna tout de même l'air d'hésiter.

— Es-tu sûre, Marie, que c'est correct? J'ai pas envie de déménager une autre fois au bout d'un mois, dit-il d'un ton bourru.

— Oui papa. Ferdinand est d'accord aussi. Notre pensionnaire, Philémon Riopel, va déménager chez sa mère, Alma Ferland, puis il est bien content de ça, vu qu'elle a besoin d'argent. Pourvu que Romain retourne chez ses parents, on est tous d'accord. Tout ce qu'on demande, Ferdinand et moi, c'est qu'il ne soit plus question des histoires de Félix chez nous.

Anthime hocha la tête. C'était l'offre qu'il attendait au fond. Il savait bien qu'il n'était pas en position d'élever cet enfant lui-même. Par ailleurs, le seul endroit au monde où il voulait vivre désormais, c'était plus que jamais chez sa fille Marie, la Marie qui lui ressemblait tant et avec qui il pourrait entretenir cette complicité qu'il n'avait connue avec personne d'autre, sauf sa mère, Philomène, qu'il ne voulait jamais quitter quand il était petit. Il retira sa pipe de sa bouche en la cognant sur ses dents.

— C'est correct, dit-il simplement.

PARTIE XII

En ce Premier de l'an, le caporal Legault, que l'on avait amputé de la main gauche deux jours plus tôt, s'était assis dans son lit pour raconter à Rodrigue ce qui lui était arrivé. Il sortait de la bataille d'Ortona qui avait suivi celle de Berardi et il en parlait sans arrêt.

— Ouais! La bataille d'Ortona, ç'a été la plus sauvage que j'ai jamais vue. On voyait les bâtiments sauter les uns après les autres pis on pouvait même pas passer avec nos chars d'assaut, les rues étaient trop étroites. Ça fait qu'il a fallu se battre quasiment au corps à corps, rue par rue, maison par maison. Un vrai saccage. Rendu à la veille de Noël, on était venu à bout d'une bonne partie de la place. Mais ç'a été quand même pour moi la pire nuit de Noël qu'un soldat peut pas vivre, tout seul, dans son trou. Veux-tu savoir pourquoi? Parce que dans le secteur qu'on tenait, il y avait un Allemand. Il n'arrêtait pas de faire jouer Lily Marlène sur un tourne-disque, le maudit. J'en braillais comme un enfant. Pour tourner le fer dans la plaie, à minuit juste, il a fait jouer « Ô sainte nuit » en allemand. La chanteuse avait une voix belle à crever le cœur. Je me suis mis à penser à ma famille puis à ma petite amie au Canada. Qu'est-ce qu'ils pouvaient bien faire là-bas? J'ai calculé qu'il devait être plus de bonne heure qu'icitte et que donc ils devaient se préparer pour la messe de minuit puis le réveillon. Je me suis dit: « Baptême! Qu'est-ce que je fais là, à 4000 miles de chez nous, à essayer de tuer des gens que je ne connais ni d'Ève ni d'Adam, qui ne me connaissent pas non plus, puis qui veulent me tuer, eux autres aussi? Tout à coup, j'ai trouvé le monde épouvantable! L'officier nous a fait passer deux ou trois flacons. J'ai bu tout ce que j'ai pu pour me changer les idées. Ensuite, durant la journée de Noël, tout était tranquille et le lendemain aussi. Mais il y avait du bruit sur le front allemand, comme si on déplaçait de l'équipement lourd, des camions. On attendait une contre-attaque. Les officiers sont venus vérifier nos munitions. Rendu au 28 au matin, il se passait toujours rien. Mais ça sentait fort la bouette, le sang puis les gravats. Nos patrouilles sont allées voir à la périphérie de la ville. Plus d'Allemands vivants à l'horizon. Que des morts! Ortona était à nous. C'est en sortant de la ville que j'ai été blessé. Une mine. Une tabarnak de mine. Mon chum est mort, lui. Me v'là infirme. Penses-tu que ma blonde va vouloir encore de moi?

Une infirmière apparut, les poings sur les hanches.

— Caporal Legault, vous parlez comme une pie. Vous ne voyez pas que le sergent Deschamps est trop fatigué pour vous répondre? Couchez-vous, puis je ne veux plus vous entendre. D'ailleurs, c'est l'heure de la sieste, on va éteindre.

Rodrigue n'était pas fâché. Il n'avait aucune envie de répondre à la question de son voisin et encore moins de lui expliquer ses propres blessures. À Berardi, son régiment avait remporté la plus remarquable des victoires. Mais il n'avait plus les moyens d'en être fier. Blessé et victime d'une grave infection, il était cloué au fond d'un lit dans un petit hôpital de campagne. Quand la lumière revint, il écrivit à Marie-Jeanne.

1ᵉʳ janvier 1944

Ma chère Marie-Jeanne,

Après des semaines de campagne intense dans cette Italie si difficile à conquérir, j'ai tout le temps qu'il faut pour t'écrire. Notre régiment a été mis en réserve après avoir mené une bataille féroce pour libérer Ortona, un port de mer situé sur la côte est du pays. Mais j'étais quant à moi déjà sorti du front depuis le 19 décembre. À l'hôpital, on soigne mon bras gauche qu'un projectile a traversé juste en haut du coude. Ne t'inquiète pas, je ne risque pas d'en sortir estropié. Par contre, on me traite aussi pour une grosse infection causée par une petite plaie sur une jambe. Je suis terriblement fatigué au physique comme au moral. Je commence juste à me sentir assez d'aplomb pour reprendre notre correspondance. Commençons par le pire de tout.

Il me faut tout mon courage pour l'écrire: Zéphir Bélanger est tombé le soir du 14 décembre dernier, à la suite des blessures qu'il avait subies durant l'attaque d'un poste appelé Casa Berardi. Rien ne pouvait me faire plus mal, à part la mort de Roselyn ou la tienne. Il était plus que mon cousin et mon ami, il était mon compagnon de vie depuis presque vingt ans, mon chum de bois, de drave, de pêche, mon frère de cœur. J'ai quasiment voulu m'en aller avec lui, pour ne pas le laisser seul de l'autre côté. C'est un coup terriblement dur à encaisser. Je ne sais pas quoi faire, comment compenser sa mort ou l'adoucir ou la réparer. En plus, je n'étais pas là au dernier moment. Si, au moins, j'avais pu m'asseoir à côté de lui, lui tenir la main en lui parlant de chez nous, de nos aventures dans le bois, de nos histoires de pêche, de nos virées à Montréal, le faire rire un peu juste avant!

Où est-il maintenant, Marie-Jeanne? L'idée qu'il n'existe plus et qu'il ne reste plus de lui qu'un corps en train de retourner en poussière m'est insupportable. Pour une fois, je voudrais croire qu'il y a un ciel, un ailleurs, appelle-le comme tu voudras. Toutes les religions de la terre sont issues de ce désespoir-là.

Ah! La guerre! Dire qu'il faisait si beau au lac Granet, le soir où nous avons décidé de partir ensemble, comme des aveugles! Mais qu'est-ce que j'écris là? C'est moi qui ai sorti l'idée de ma grosse tête instruite, comme un numéro de bingo. La guerre était déclarée; il fallait aller au secours de la civilisation. Zéphir n'aurait jamais eu

pareille idée tout seul. J'aurais dû penser que si je lui annonçais
mon intention de partir, il voudrait me suivre parce qu'il m'aimait
et que nous étions inséparables. En fait, c'est encore pire. J'étais
sûr qu'il me suivrait, que l'ascendant que j'avais sur lui jouerait
malgré l'énormité du risque. Au fond, je suis un peu responsable de
ce qui lui est arrivé.

Rodrigue, sidéré par ce qu'il venait d'écrire, éclata en sanglots.
L'infirmière chargée de sa rangée de lits l'avait à l'œil. Elle s'approcha d'un pas vif.

— Ça suffit, sergent! On va servir le souper bientôt. Et après,
dodo. Je vous retire votre papier et vos crayons jusqu'à demain
matin. Je vous les rendrai seulement si vous vous réveillez avec le
sourire. Compris?

Il eut beau plaider que ce n'était qu'une lettre pour sa sœur
et qu'il l'avait presque terminée, l'infirmière fit la sourde et la
muette. Il ne servait à rien de protester. Il regarda du côté de
son voisin bavard : le caporal Legault somnolait, pour une fois.
Celui-là, après ce qu'il avait subi, avait besoin de parler. Pour
la plupart des autres, dont lui-même, c'était le contraire. Mais
Marie-Jeanne! Il avait envie de lui raconter tout comme quand
il était petit et qu'il courait vers elle au moindre bobo. Et puis,
c'était scellé depuis le début entre eux; à travers leurs lettres, ils
partageaient l'aventure. Oui, elle devait savoir ce qu'il avait vécu
à Berardi. Sans compter que mettre pour une fois de côté cette
pudeur des braves lui permettrait peut-être d'arrêter le tourbillon d'images qui tournait dans sa tête. Il soupira après ses
crayons.

Le lendemain matin, il fit semblant d'avoir très faim quand la
petite infirmière apporta une sorte de bouillie chaude avec du thé.
À force de blagues et de bonne humeur, il réussit à obtenir d'elle
ce qu'il voulait et se remit à écrire tout d'une traite ce qu'il avait
dans la tête.

*Me permets-tu, Marie-Jeanne, de te raconter cette bataille-là,
même si c'est dur à lire? Partager avec toi ce que je viens de vivre
m'aidera à remettre mes idées en place. Et puis, je veux que tu te
rappelles avec moi comment notre Zéphir est mort. Ce ne fut pas
une bataille comme les autres.*

*À sept heures du matin, nous étions sur la ligne d'attaque. Au
début, ce fut facile. Une quinzaine d'Allemands ébranlés par le
bombardement sauvage qu'on venait de leur servir se rendirent
tout de suite. Je les regardais marcher les bras en l'air. Pour eux,
c'était fini. Comme nous poursuivions l'avancée, trois gros chars
allemands sortirent de l'arrière des maisons pour s'arrêter droit
devant nous, attendant que nous soyons à leur portée. Nos propres
tanks firent sauter les deux qui se trouvaient à droite, puis notre
attention fut attirée vers la gauche. Le boisé grouillait d'Allemands.
Il en sortit deux autres chars qui reculèrent aussi vite vers le bois
tellement on tirait fort. Pendant ce temps-là, le troisième char du
début nous barrait toujours la route et il venait de détruire un des
nôtres. Alors, sans attendre les ordres, le lieutenant Richard a lancé
ses fusils antichars contre lui avec un courage époustouflant. Le
chemin était débarrassé.*

*À ce stade-là, le capitaine Paquet nous a ralliés pour faire le
point. Il était content de nous. Une quinzaine d'hommes manquaient, dont trois morts. Zéphir et deux autres reçurent l'ordre
de changer de position et de monter à leur place en avant. L'opération était effroyablement dangereuse, mais il ne fallait pas lâcher
d'un pouce et nous devions avancer coûte que coûte. Déstabilisés
par notre agressivité, les Allemands n'avaient pas leur cohérence
habituelle. Avec les sept chars qui nous restaient, plus décidé que
jamais, le capitaine Paquet nous remit en marche vers l'objectif
avec une détermination dure comme du fer. Je te le jure: il était
impossible de ne pas le suivre. Par bonds, on a fait encore trois
cents pieds. Les Allemands ripostaient, mais comparativement au*

début de l'attaque, c'était presque une accalmie. Ils nous laissaient venir.

À un moment donné, le bruit des tirs s'est mis à monter en crescendo : une charge inouïe de mortiers d'artillerie nous est tombée dessus. Paquet tout près de moi criait « Never mind…. ». Pas question de reculer, pas question de se replier ou de faire le mort ou de se rendre. Il fallait avancer n'importe comment, sur les mains, les coudes ou les genoux, sur le ventre ou sur le dos, tout en s'abritant le mieux possible. Avec le gros Millette, je me suis lancé sous une vieille charrette de bois à moitié brisée qui attendait contre un muret de pierre. Mauvais choix : une pierre arrachée du mur par un projectile cassa une roue ; l'essieu me fit une entaille au mollet. Millette sortit de sa poche un petit foulard de femme (c'est sûr que c'est une fille qui le lui a donné) et l'enroula bien serré autour de ma jambe pour arrêter le saignement. Ensuite, il me montra une grosse butte surmontée d'une pierre à une vingtaine de pas en avant de nous. J'hésitais. Le feu roulait autour de nous ; je voyais les corps étendus sur le chemin au milieu d'une poussière étouffante. J'ai ramassé mes forces. Je me suis levé d'un bond et j'ai couru pour aller m'accroupir contre la butte.

C'est là, Marie-Jeanne. C'est là que j'ai entendu une plainte. Je me suis retourné. Zéphir était étendu sur le dos, le visage couvert de sang. J'ai hurlé son nom. Je me suis jeté à plat ventre pour attraper son pied et le tirer vers moi. Je l'ai pris par les épaules pour l'asseoir contre le rocher. Son casque arraché pendait sur son cou ; j'ai vu un trou horrible au sommet de son front par où sa vie s'échappait. Je l'ai secoué, appelé, supplié ; il ne bougeait plus. Il n'était peut-être pas mort. Je suis resté là, à genoux, à sangloter comme un idiot. J'ai fini par entendre la voix de Millette qui cherchait à me faire réagir en me bourrant de coups. Le capitaine Paquet venait encore d'appeler au ralliement. Il fallait rejoindre le peloton qui était maintenant devant. Millette appela le lieutenant Fisher, qui sauta sur nous le temps de le dire. Entre les deux hommes qui m'encadraient serré, je suis venu à bout de me relever et j'ai marché comme un automate pour rejoindre les autres.

Paquet parla encore. Il était dix heures du matin et il restait cinquante-deux hommes valides. On avait dégagé sept cents pieds, il restait deux mille verges à couvrir jusqu'à notre objectif. Il nous a fait remarquer que les Allemands risquaient de reformer leur ligne derrière nous à mesure et que nous serions isolés. Au lieu de nous dire qu'assez d'hommes étaient tombés et qu'il n'y avait plus qu'à nous rendre, il en conclut que la seule solution était de poursuivre notre avancée. Personne n'avait l'air d'en douter et pourtant c'était de la folie pure.

Une sorte de rage me prit, une vraie fureur ! Pas le temps d'avoir peur ou d'évaluer nos chances ! Sans regarder les morts, on s'est battus comme des sauvages, pouce par pouce, avec un entêtement de tous les diables, aussi bien ceux des chars que nous. À deux heures et demie de l'après-midi, on rentrait dans la Casa. Il nous manquait un char et nous étions vingt et un pour tenir le fort. En plus, nos munitions diminuaient à vue d'œil. Paquet nous ordonna de nous planquer et de ne plus tirer que des coups sûrs. Puis il communiqua avec l'arrière. L'ordre qui revint du commandement était impitoyable. Tenez ! C'est tout ! La compagnie B est en route, elle refait le chemin. Les compagnies A et D suivront. Tenez !

Paquet organisa notre position défensive. De mon trou, je guettais l'ennemi en pensant que les gens du médical allaient sûrement récupérer Zéphir. Peut-être n'était-il pas trop tard ! La première compagnie en renfort apparut vers six heures du soir et une drôle de nuit commença. Il y avait à manger, mais je n'avais pas faim, j'avais plutôt soif et, par-dessus tout, je m'endormais. On entendait l'ennemi rôder autour de la Casa. Deux fois, des voix sortirent de la noirceur pour nous ordonner de nous rendre en français ! Ça voulait dire qu'ils étaient assez proches pour nous comprendre. Il semblait évident en tout cas qu'ils nous préparaient une belle surprise pour le lendemain !

À quatre heures du matin, les deux dernières compagnies arrivèrent. Les quatre commandants de compagnie préparèrent leur plan pour attaquer à sept heures et quart. Les Allemands étaient au rendez-vous avec un barrage d'artillerie et de mortiers effroyable. C'est là que j'ai été blessé au bras. Voyant que nos moyens ne suffiraient jamais à percer leur résistance, le commandement décida de nous ramener à l'intérieur de la Casa, avec ordre de tenir la place jusqu'à l'arrivée d'un autre régiment. Il fallut supporter cinq jours d'attente pendant lesquels l'ennemi tenta plusieurs fois de reprendre le poste. Le renfort arriva le 19 décembre. La bataille de la route vers Ortona pouvait recommencer à partir de l'axe que nous avions maintenu avec tant de peine.

Pour notre compagnie, c'était fini. Quand le capitaine Paquet annonça qu'elle était relevée et renvoyée à l'arrière, il ne mit pas longtemps à nous rassembler. De quatre-vingts que nous étions au départ, il restait neuf hommes, dix avec lui. Pour moi, il était grand temps. J'étais en piteux état. La tension qui me tenait debout tomba d'un coup, en même temps que ma vigilance. Ma blessure à la jambe s'était infectée. La fièvre monta si vite et si haut que je sortis de là sur une civière.

On m'a transporté ensuite jusqu'à cet hôpital de campagne où je suis toujours. J'ai eu la confirmation de la mort de Zéphir deux jours avant Noël. Voilà donc où j'en suis, ma bonne Marie-Jeanne. J'ai eu l'incroyable chance de survivre à cette boucherie. Mais j'ai bien peur que cette bataille-là ait changé ton frère pour longtemps! La mort de mon meilleur ami faisait partie des risques que je prenais en m'engageant dans cette guerre. Maintenant qu'elle est devenue une réalité, je ne souffre pas seulement d'avoir perdu mon frère. Je souffre d'y avoir contribué en l'entraînant avec moi.

Ma belle Marie-Jeanne, l'homme qui est à l'origine d'une guerre pareille aurait mieux fait de ne pas naître. Ce qu'il faut de sacrifices pour la gagner dépasse l'entendement. Pour le moment, je ne *sais pas encore ce qu'il adviendra de moi. J'attends la décision des médecins.*

Je pense à vous tous et j'espère que la famille se porte bien. Comment va mon neveu Félix? S'est-il bien rétabli de sa vilaine blessure? A-t-il enfin son fils avec lui?

Pour finir, je tiens à te dire qu'à travers toutes ces tribulations, j'ai toujours ta photographie que j'ai placée près de moi sur la petite table qui sépare nos lits, juste à côté de celle de Roselyn dont, incidemment je n'ai eu aucune nouvelle depuis le 15 juillet dernier.

More than ever, your brother, for ever.

Rodrigue

Rodrigue déposa son stylo près des photos et relut sa lettre. Satisfait, mais fatigué, il remit au lendemain celle qu'il voulait adresser à Roselyn. Il n'avait pas fini de réfléchir à tout ce qui était arrivé. Pourquoi au juste Zéphir s'était-il porté volontaire en 39? Il essaya de recomposer la scène où tout s'était décidé sur la rive du lac Granet. Quand Nicholson leur avait montré le journal, il s'était senti excité, en tout cas en pleine forme et très concerné. Le monde en péril appelait au secours et il l'entendait mieux que les autres. Et c'était juste: combattre Hitler était un devoir hautement humain. Tout ce qu'il avait vu d'horreurs depuis le début de la campagne d'Italie le confirmait. Mais en y pensant bien, il y avait autre chose. Partir comme volontaire, c'était défier son entourage, sa mère morte, les curés, les esprits étroits obnubilés par la conscription, les ignorants contents, ceux qui n'aimaient ni les livres ni la connaissance et se moquaient des gens qui les aimaient, comme lui. Ceux-là avaient fait de lui un étranger parmi les siens. Oui, toute sa vie, il avait été un étranger, quelqu'un de différent parce qu'il aimait trop la vie de l'esprit! À Londres, Roselyn l'avait délivré de ce sentiment de solitude, réconcilié avec cette partie de lui-même qui le différenciait des autres. Fallait-il donc qu'un gars comme lui s'exile pour être heureux?

Mais Zéphir? Ce bon Zéphir! Des larmes lui montèrent aux yeux quand il le revit éclater de rire devant les poissons qui doraient sur la braise, là-bas, au bord de l'eau. Lui en tout cas n'était pas différent des autres. C'était un bon gars généreux, à peine instruit et pas trop curieux, mais gros travailleur et bon croyant, à bien des égards tout le contraire de lui. Pourquoi cet homme-là était-il devenu son plus grand ami et pas Antoine Granger, le fils du notaire avec qui il partageait tout au séminaire? Et pourquoi un homme simple comme Zéphir s'était-il attaché à lui au point de l'écouter pendant des heures discourir sur tout avec respect et patience, au point même de le suivre dans cette guerre de fou? L'amitié, c'était peut-être comme l'amour, ça ne s'expliquait pas. Pour ce qui était de la guerre en tout cas, il connaissait assez son Rodrigue pour savoir qu'il voudrait entrer dans le grand jeu, monter sur la scène historique, tenir un rôle au théâtre des batailles. Mais pensait-il si loin? Avec les gens qui ont peu de mots pour s'exprimer, on ne sait jamais jusqu'où va leur compréhension des choses. Pourtant, Rodrigue avait toujours eu l'impression d'être compris de lui. Zéphir était comme quelqu'un qui ne parle pas une langue, mais la comprend. Tant de gens sont comme ça, par chez nous, pensa Rodrigue.

Les lumières de la grande salle s'éteignirent bientôt sans calmer son esprit aux prises avec la probabilité qu'en ce jour de septembre 1939, si Zéphir avait décidé de se porter volontaire, c'était à cause de lui.

Le lendemain, il écrivit à Roselyn.

Italie, 2 janvier 1944

Ma chère Roselyn,

Je ne sais pas où tu es ni ce que tu fais puisque je n'ai rien reçu de toi depuis cette carte datée du 15 juillet 1943. Loin de moi l'idée de te le reprocher puisque moi-même, je n'ai pris que quelques notes ici et là, au cours des derniers mois. Comme toi, j'ai été pris par la bataille, ce qui n'enlève rien à l'amour que je te porte.

Depuis des mois, nos troupes tentent de libérer l'Italie. Comme tu le sais certainement, il s'agit d'une campagne très dure et trop longue contre un ennemi qui s'acharne d'autant plus qu'il ne peut plus gagner. Malgré cette évidence et sans doute à cause d'elle, les Allemands tuent, massacrent et saccagent tant qu'ils le peuvent avant de reculer. Leur comportement en dit long sur le degré d'inhumanité de ce conflit sur ce vieux continent pourtant hautement civilisé.

C'est ainsi qu'au cours d'une bataille acharnée juste avant la prise d'Ortona, j'ai perdu mon grand ami, Zéphir Bélanger. Nous étions inséparables, lui et moi. Ensemble au pays, nous avions travaillé, voyagé, bu et flirté avec les filles pendant des années. J'ose dire que, comme toi, j'ai perdu mon frère et je ne te cache pas que j'en suis d'autant plus affecté qu'il s'était porté volontaire un peu pour me suivre à l'époque.

Au cours de cet engagement à Berardi, j'ai été blessé au bras gauche ainsi qu'à une jambe. Mais c'est d'une infection majeure que j'ai souffert le plus, de sorte que je suis encore au lit dans un petit hôpital de campagne où j'essaie de reprendre des forces. Les regrets m'assaillent. Tu le sais pour être passée par là. Au cœur du combat, on ne pense pas. Mais quand le répit arrive, l'esprit se réveille, la mémoire s'active et les émotions refoulées remontent, comme la mauvaise eau d'un marécage.

Dans cette pluie d'images qui tourbillonnent sous mon crâne revient le visage de mon ami perdu, mais aussi le tien, si lumineux, pour me consoler. Je me rappelle alors que nous avons rendez-vous à la fin de la guerre et que je te reverrai et te tiendrai dans mes bras, comme lors de ce jour béni où nous nous sommes aimés à Chelsea.

J'aime m'en souvenir, revivre la douceur de ta peau, le feu de tes lèvres essoufflées, la senteur chaude de tes cheveux et le poids délicieux de ton corps que je portais quand nous descendions de l'étage en chantant. Des moments d'une eau pure comme le diamant qui me suivront toute ma vie.

Le bruit court que notre régiment retournera au front dans deux semaines. Les médecins m'ont averti qu'ils me garderaient plus longtemps. Si tu le peux, je t'en prie, donne-moi de tes nouvelles.

Je t'aime immensément,

Ton Rodrigue

::

À la mi-janvier 1944, le Royal 22ᵉ Régiment partit sans Rodrigue pour rejoindre le reste de la Division sur la ligne de feu. Son bras était guéri et presque fonctionnel. Cependant, la cicatrice tordue comme un cordon mal noué sur son mollet le faisait encore boiter. L'infection avait été sévère et les médecins étaient d'avis qu'il n'était pas prêt pour le front. En attendant, il offrit de rendre de petits services à l'hôpital. On attendait un nouvel afflux de blessés, après le récent débarquement américain à Anzio. Des milliers d'hommes et beaucoup de matériel venaient d'être jetés dans la bataille par le haut commandement impatient d'en finir avec cette Italie si longue à délivrer des meilleures divisions allemandes. Les fronts se multipliaient, tous plus meurtriers les uns que les autres, engageant des Américains à Anzio, des Français dans les montagnes et, surtout, deux régiments de tête littéralement massacrés au mont Cassin. Bientôt, les éclopés se mirent à arriver si nombreux que le vieux monastère converti en hôpital de campagne se trouva débordé; il fallut installer des abris temporaires tout autour.

Ce jour-là, Rodrigue se promenait autour des installations quand on vint le prévenir qu'il était demandé au dispensaire. Il contourna en hâte la rangée de civières disposées dans l'ancien cloître pour se diriger vers le dépôt de médicaments. Assise derrière le bureau poussiéreux, l'infirmière lui tournait le dos ; elle semblait chercher quelque chose dans la paperasse empilée sur une tablette.

— Au rapport, *sister*, sergent Rodrigue Deschamps. Vous avez besoin de moi ?

La jeune femme se retourna lentement vers lui.

— Bonjour, sergent, dit en français une Roselyn radieuse.

Il cria son nom. Elle éclata de rire et courut se jeter dans ses bras.

— Ce n'est pas vrai. Je rêve, je rêve, répétait-il en la serrant de toutes ses forces contre lui, riant à son tour à travers ses larmes. Encore incrédule, il la repoussa pour mieux la regarder.

— Eh oui ! C'est bien moi, Roselyn Leigh. Je suis débarquée juste après Anzio. J'ai eu ta lettre. J'ai demandé à rejoindre l'équipe de terre et me suis débattue pour obtenir une affectation dans cet hôpital dans l'espérance que tu y sois encore. Les blessés arrivent de partout, l'hôpital est plein, ça n'a pas été difficile. Voilà, tu es là ! Je suis comblée. J'ai tant de choses à te dire.

Rodrigue la reprit dans ses bras pour la couvrir de baisers. Il n'arrivait pas à y croire.

— Viens. Sortons d'ici. Je connais un petit oratoire retiré où nous serons tranquilles. Cet endroit a déjà été peuplé de moines, tu sais, dit-il en l'entraînant vivement derrière des vignes en friche, à l'intérieur d'un oratoire minuscule et délabré qui avait certainement, dans un passé lointain, recueilli la méditation de chastes ermites.

— Nous allons prier, dit-il plaisamment en s'assoyant avec la jeune fille à même le sol.

Ils joignirent leurs mains et se regardèrent longuement. Roselyn sembla tout intimidée tout à coup. Le cœur battant, elle baissa les yeux et brisa le silence d'une voix hésitante.

— Rodrigue, je suis venue aussi pour m'expliquer. Cette drôle de lettre que je t'ai écrite d'Alger après des mois de silence a dû te surprendre, te blesser même. J'en suis désolée. Je veux… je veux être sûre que tu as compris ce qui s'est passé en moi à la mort de Bill. Je suis tombée dans une sorte de gouffre, comme tu le sais. Dans ce gouffre, la mort tragique de ma mère est revenue me hanter comme jamais auparavant. Je sais que tu n'aimes pas que je ressasse ces mauvais souvenirs, mais je n'y peux rien, je me reproche toujours de l'avoir échappée, de m'être laissé gagner par la panique. Ne proteste pas, je n'ai pas été à la hauteur ce jour-là. Il n'y avait probablement rien à faire pour la sauver, mais sa perte aurait été moins dure si j'avais au moins tenté quelque chose au lieu de m'évanouir. À Gibraltar, après le naufrage, je n'arrêtais pas d'y penser. Dans l'état où je me trouvais, je dois t'avouer que je n'avais pas notre bonheur en tête, pour le dire comme ça. À Londres, notre histoire avait été si courte, tout ça n'avait peut-être été qu'un mirage comme on peut s'en inventer pour soulager un grand chagrin. Et puis, je réalisais que je ne te connaissais presque pas. En fait, j'ignore qui tu es, même si je t'aime. C'est fou, non?

Qui était-il? Il avait marché à côté de lui-même la plus grande partie de sa vie! Il haussa tristement les épaules et embrassa tendrement sa main pour l'inciter à poursuivre.

— Tu comprends? Père, mère, frère, je les avais tous perdus. Il ne me restait que toi, mais dans quelle mesure? Est-ce que je pouvais placer tous mes espoirs sur la tête de quelqu'un que je connaissais si peu? Sans compter que tu pouvais tout aussi bien mourir au front, toi aussi! Je me disais: à quoi bon! Je n'étais plus sûre de rien, rien du tout. Alors, je me suis rendu compte que je te devais la plus stricte franchise. Et j'ai écrit ce que tu as lu au bas de ma lettre. En fait, je suis ici parce que je veux comprendre où nous en sommes vraiment.

Roselyn avait mille fois raison. L'heure était à la vérité, simple et nue. Lui aussi lui avait caché des choses. D'abord et avant tout, il fallait lui dire pourquoi elle ne devait plus s'accuser au sujet de sa mère, même si cela risquait de ruiner leurs merveilleuses retrouvailles. Il l'attira contre lui, la coucha sur sa poitrine et l'enferma dans ses bras en enfouissant sa tête dans le creux de son cou.

— C'est comme ça que je te tenais pendant le bombardement à Londres, après nous avoir sortis de ce trou, dit-il tout bas. Dans ma tête, tu n'as jamais quitté mes bras. Tu es toujours là. Ton empreinte ne s'effacera jamais. C'est aussi simple que ça. Oui, j'ai souffert en lisant ta lettre, surtout de ne pas pouvoir soulager ta peine. J'étais surpris que tu n'aies pas davantage besoin de moi après tant de malheurs ; j'étais déçu de voir que tu n'accourais pas en Angleterre pour te jeter dans mes bras. Je me suis dit qu'on fond tu n'avais peut-être pas éprouvé autre chose qu'un béguin passager pour moi. Ensuite j'ai réfléchi. J'ai même demandé conseil à ma sœur Marie-Jeanne dans une lettre. J'ai fini par conclure qu'il fallait te laisser le temps de retrouver tes forces et qu'en attendant je devais garder le cœur et les bras ouverts. Voilà comment j'ai réagi à ta lettre. Sauf que, je l'avoue, je n'ai pas pensé une seconde que la mort de ta mère comptait à ce point. Tu continues donc de te sentir coupable malgré tout ce qui a été dit à l'hôpital après le jour du bombardement. Je croyais vraiment que tu étais rassurée là-dessus, que tu avais compris à quel point tes regrets n'avaient pas de sens. Bill était le premier à le dire.

Roselyn redressa la tête en secouant les épaules.

— Qu'est-ce que tu veux, c'est comme ça. Je crois que je n'y arriverai jamais complètement. Ce n'est pas clair dans mon esprit. Ce ne le sera sans doute jamais. La seule chose dont je sois certaine, c'est que ma mère voulait plus que tout au monde que je lui survive et que je sois sauvée. Tu te rappelles comment elle nous demandait de la laisser sur place parce qu'elle avait peur de peser trop lourd?

Rodrigue frémit devant l'étrange clairvoyance de Roselyn. Quelque chose lui manquait qui l'empêcherait toujours d'assumer son deuil et de retrouver la paix. Elle était peut-être prête à l'entendre. En fait, elle voulait l'entendre.

— Ma chérie, tu ne sais pas à quel point ce que tu dis est vrai.

— Qu'est-ce que tu veux dire? demanda abruptement Roselyn dont le cœur s'était emballé sans qu'elle comprenne pourquoi.

Rodrigue respira profondément. Il risquait beaucoup en lui disant la vérité, de la perdre surtout. Mais c'était le prix à payer pour la délivrer de ses remords.

— Tu ne sais pas tout de ce qui s'est produit dans ce métro le 15 août 1940.

Roselyn se dégagea de lui brusquement, se leva et fit quelques pas pour s'éloigner un peu de lui. Elle appuya son dos sur le mur décrépi et attendit.

— Je vais te raconter ce qui est vraiment arrivé pour que tu ne te sentes plus jamais responsable de sa mort.

Après quelques instants d'un silence lancinant, il reprit la parole.

— Tu te souviens de ce qui s'est passé, ce jour-là: nous étions coincés dans une vraie cuvette où l'eau commençait à monter. Le système électrique a lâché. Il faisait très noir; nous longions le mur en direction d'une lueur rouge qui signalait peut-être une porte de secours. Quelqu'un nous a heurtés de plein fouet; sous la force du choc, tu as échappé ta mère. Eh bien, contrairement à ce que je t'ai dit à Londres, moi je la tenais toujours solidement, sauf que j'avais perdu le contact avec le mur. En entendant ton cri, ta mère s'est redressée en s'agrippant à moi pour me dire quelque chose comme: «S'il vous plaît, sauvez-la, lâchez-moi, cherchez-la; c'est ma fille, il ne faut pas qu'elle meure ici.» Je ne suis pas sûr des mots, mais c'est à peu près ce que j'ai compris. Pendant qu'elle parlait, ma main droite avait retrouvé la paroi, mon seul guide si la petite lumière s'éteignait. Alors, tout s'est passé très vite. Ta mère essayait de me repousser avec une vigueur surprenante. J'ai voulu la faire passer à ma droite pour la coller au mur pendant que je me tournerais en direction de ta voix. Ce fut sa chance de m'échapper pour de vrai. Tu m'appelais toujours, de plus en plus fort. J'ai tendu la main aussi loin que je le pouvais vers l'arrière et j'ai senti ta robe, puis ton bras que j'ai saisi de toutes mes forces. Ensuite, j'ai plié les genoux et bougé mes pieds dans l'espoir de heurter son corps quelque part autour de nous, mais je n'ai rien senti. Comment la chercher? Nous n'avions pas le temps. Je me suis dit que c'est elle qui avait raison et qu'il fallait sauver ce qui pouvait encore l'être. J'ai continué d'avancer avec toi vers la lumière de secours. Voilà très précisément ce qui est arrivé.

Il fit une pause pendant laquelle même les murs semblaient attendre. Roselyn gardait ses lèvres durement fermées comme pour empêcher un cri de sortir.

— Et si tu me demandes pourquoi je ne t'ai pas tout révélé dès le début, c'est que je te croyais incapable d'entendre la vérité sans que tu souffres davantage. Et surtout parce que j'avais peur que tu m'en veuilles au point de ne plus vouloir de moi.

Rodrigue la regardait avec des yeux suppliants. Il avait dit tout cela d'une voix saccadée, dans une telle tension que sa bouche était sèche et ses tempes douloureuses. Le dos de Roselyn glissa le long du mur vers le sol. Assise sur ses talons, les genoux repliés, elle pleurait en silence. De longues minutes s'écoulèrent pendant lesquelles Rodrigue fut, malgré tout, envahi d'un soulagement inespéré. Voilà. Elle savait tout. Pourquoi ne lui avait-il pas parlé de cela avant? Pourquoi n'avait-il pas compris avant qu'elle avait besoin de savoir et que ce secret avait toujours été un obstacle entre eux?

— Tu pleures, mon amour. Je ne sais pas sur quoi au juste, tu as tant de raisons de pleurer ! Je réalise enfin à quel point il était important que tu saches, pour toi et pour nous. Je te demande pardon de ne pas t'avoir dévoilé ce secret avant aujourd'hui.

Roselyn leva enfin les yeux vers lui.

— Je ne comprends pas comment tu as pu faire cela et me le cacher si longtemps, dit-elle d'une voix morte.

— Comment j'ai pu continuer d'avancer dans l'eau sans la chercher plus longtemps ? Si on m'avait raconté une histoire pareille avant que je n'entre dans cette guerre, j'aurais posé exactement cette question-là. Comment peut-on faire cela, laisser une vieille femme malade tomber dans l'eau sans essayer de la secourir alors qu'elle allait vers une mort certaine ? Mais j'ai appris bien des choses depuis. J'ai vu un de nos meilleurs gars commettre un viol, j'ai vu des meurtres massifs de civils par pure vengeance, beaucoup de morts, beaucoup de ruines. J'ai vu des gens en trahir d'autres pour sauver leur peau, des vieux abandonnés dans leur maison par leurs enfants, des enfants laissés sur le quai dans l'espoir qu'un passant s'occuperait d'eux. Ce n'est pas à toi que je vais apprendre ce qui peut arriver d'inimaginable au cours d'une guerre. Tu peux m'en vouloir, Roselyn, je le comprendrai, comme j'ai compris l'acte que tu as posé pour ce soldat juif défiguré qui voulait mourir, celui dont tu me parlais dans une de tes lettres. Tu as respecté son désir. C'était sa vie à lui et son choix était le meilleur. En toute honnêteté, je ne regrette pas ce que j'ai fait parce que c'était la volonté de ta mère et qu'elle avait raison de vouloir d'abord te sauver. C'était une vraie mère.

Roselyn pleurait toujours, mais ce qu'elle venait d'entendre semblait l'avoir calmée. Il s'approcha d'elle. Elle lui céda sa main et se laissa glisser lentement contre lui. Rodrigue ne l'aima jamais autant qu'à cette minute précise où, après l'aveu, elle basculait de tout son être vers lui.

— C'est à mon tour de te retourner la question que tu me posais tout à l'heure. Maintenant que tu sais tout, toi seule peux me dire où nous en sommes, dit Rodrigue à son oreille.

Elle enroula ses bras autour de son corps et approcha ses lèvres des siennes dans une plainte fiévreuse qui l'appelait. Une sorte de joie douloureuse se mêla à son chagrin. Ah! S'unir, se fondre en lui, s'engloutir dans sa chaleur et se couvrir du poids de son corps! Elle glissa sa main sous sa chemise pour mieux sentir sa peau et son cœur qui battait très fort. La respiration montante de Rodrigue souffla comme un vent chaud sur son visage. Fou de désir, il lui fit l'amour avec tout ce qu'il savait maintenant de la vie, de la mort et de la guerre, des années perdues, poussé par la vague puissante d'un amour monté du fond de lui-même, un amour réel, insondable, essentiel. Quand leurs corps exultèrent, leurs cœurs avaient trouvé l'autre. Un long moment passa avant que Rodrigue ne murmure à son oreille:

— Je crois que nous ne pouvons plus douter de nous deux, malgré toutes nos peurs, mon amour.

Roselyn se serra contre lui, prolongeant un silence qui n'était que l'écho d'une paix inespérée.

Ils parlèrent encore pendant une heure de ce qu'ils avaient vécu au cours de ces longs mois de guerre. Il lui raconta en détail la bataille de Berardi et ce qu'il savait de la mort de Zéphir. Il parla aussi de leur amitié, de l'existence qu'il avait menée jusqu'à son départ pour l'armée. Mais le jour baissait. Roselyn dut se résoudre à jeter un coup d'œil à sa montre. Il était presque temps de reprendre son service. Ils retournèrent main dans la main vers l'hôpital. De combien de temps disposaient-ils maintenant? Sans doute trois semaines tout au plus, dont il ne fallait pas perdre une seule minute.

Avec la complicité de quelques infirmières, ils s'arrangèrent pour se voir tous les jours et purent même passer plusieurs nuits ensemble, se réfugiant le plus souvent dans le petit oratoire abandonné pour échanger longuement avant de goûter aux voluptés toujours plus douces de l'amour. Pour la première fois depuis très longtemps, Roselyn se sentit heureuse et comblée, forte et tournée vers l'avenir. Elle échafauda les projets de vie les plus abracadabrants, tantôt à Londres, tantôt à Saint-Jérôme ou à Montréal, deux villes dont elle ne connaissait rien. Rodrigue l'écoutait en riant, ne cessant de lui prêcher la patience. Une fois la guerre terminée, il fallait d'abord qu'elle rentre à Londres pour arranger ses affaires, qu'il la rejoigne et qu'elle fasse connaissance avec le Québec, son monde, sa petite ville. Il fallait aussi, Rodrigue insistait beaucoup là-dessus, qu'elle voie si elle avait toujours envie de théâtre. En somme, il fallait réfléchir puisque tout était à voir et à décider ! Une seule certitude soudait leur cœur en un roc unique : ils allaient se marier et passer leur vie ensemble. De cela, ils ne devaient plus jamais douter.

Mais la guerre poursuivait son cours et il fallait commencer par la gagner. Les médecins décrétèrent enfin que Rodrigue pouvait reprendre son service. Il reçut l'ordre de regagner son régiment au combat sur la ligne Gustav, un réseau défensif qui traversait le pays d'est en ouest et bloquait l'accès à la vallée entourant la Liri, une rivière parallèle à la route de Rome. Au beau milieu se trouvait le fameux monastère du mont Cassin investi par l'ennemi et réputé imprenable.

La dernière nuit que passèrent ensemble les amoureux fut la plus brûlante. Cette fois, ils ne voulaient plus laisser la guerre décider de leur sort. On était à la fin de février et même si l'occupation allemande constituait encore un obstacle énorme et non résolu, Rome était assez proche pour que l'on puisse espérer y entrer dans quelques mois. C'est en tout cas le vœu qu'ils formulèrent en se promettant de tout faire pour se rejoindre dès que la ville serait libérée. La chose était devenue possible puisque Roselyn avait obtenu son rattachement au secteur sanitaire de la Huitième armée britannique, une façon comme une autre de se rapprocher des troupes canadiennes qui en faisaient partie.

Les amants étaient désormais impatients. Un vent de délivrance venait vers eux. La déferlante guerrière avait renversé
son cours en vidant l'Afrique, la Sicile et la moitié de l'Italie des
Allemands. À l'est, la Russie et son armée massive, puissante
et inlassable achevaient de les chasser. Nul ne pouvait prédire
comment les choses tourneraient, mais la victoire était en route,
c'était certain. Résolument optimistes et bien décidés à être heureux, ils se séparèrent avec courage et la ferme intention d'en finir
avec la guerre.

29 février 1944

Chère Marie-Jeanne,

*Je vais mieux. Je suis maintenant tout à fait remis de mes bles-
sures et je m'apprête à rejoindre mon régiment. D'après ce que
nous savons présentement de l'état du front, de gros combats seront
engagés pour ouvrir la route vers Rome.*

*Contre toute attente, je retourne au combat le cœur plus léger
qu'avant, malgré la perte de mon cher Zéphir. C'est que je viens de
vivre quelques semaines de pur bonheur. Roselyn, ma chère Roselyn
était ici, près de moi, dans cet hôpital où elle a obtenu d'être affec-
tée dès qu'elle a su que j'y étais. Nous avons pu nous voir tous les
jours et passer pas mal de temps ensemble. Nos échanges et nos
longues conversations nous ont permis d'éclaircir bien des questions entre nous, à commencer par ce qui s'était réellement passé le
jour où sa mère a perdu la vie au cours du fameux bombardement
du 15 septembre 1940. Imagine-toi que le regret de ne pas avoir
secouru sa mère la rongeait toujours. Pour la soulager, j'ai pris le
risque de lui dire ce qu'elle ne savait toujours pas, soit que c'était
sa mère elle-même qui, après m'avoir supplié de la lâcher, s'était
débattue pour m'échapper afin que je puisse sauver sa fille. J'avais
été stupide de lui cacher cela ; j'avais peur qu'elle ne me croie pas*

et qu'elle s'éloigne de moi. Le coup a été dur, mais elle a fini par comprendre et accepter l'idée que sa mère avait choisi de disparaître et que c'était là un cadeau de vie qu'il fallait honorer. Plutôt que de pleurer sur une faute imaginaire, elle a pleuré sur la mort de sa mère et c'était tant mieux. En même temps, ce fut comme si un mur s'évanouissait entre nous. Il ne nous restait plus qu'à tomber dans les bras l'un de l'autre.

Nous avons passé ensuite côte à côte trois semaines magnifiques pendant lesquelles, de jour comme de nuit, nous nous sommes aimés et mieux connus. Dieu seul sait ce que cette guerre nous réserve encore. Si elle veut bien nous épargner, j'ai la certitude maintenant que nous passerons le reste de nos vies ensemble quelque part dans le monde. En attendant, nous espérons que la conquête de Rome nous permettra de nous croiser à nouveau. Comme elle suivra le mouvement des troupes anglaises, peut-être avons-nous une petite chance d'y arriver.

Je ne sais pas quand je pourrai t'écrire à nouveau. Ne t'affole pas si tu ne reçois rien de moi avant longtemps. Je te l'ai dit et c'est pour moi plus vrai que jamais : j'ai bien l'intention de survivre à cette campagne d'Italie.

Your brother for ever,

Rodrigue

:::

Au moment où Rodrigue écrivait ces lignes, ce rendez-vous amoureux sous le ciel de Rome était loin d'être assuré. Au mont Cassin, les Alliés allaient d'échec en échec ; pourtant, ils avaient tristement bombardé le monastère millénaire au point de le détruire pour en déloger les Allemands. Mais ceux-ci ne s'étaient que mieux embusqués parmi les ruines. Les six jours de combats féroces du mois de mars furent tout aussi décevants. Il fallait décidément revoir toute la stratégie. Pour sortir de l'impasse, les Américains proposèrent une attaque de front autour de la rivière Liri afin de dégager la route qui menait à Rome. Les Français offrirent plutôt de surprendre l'ennemi en passant par les monts Aurunci, réputés impénétrables. C'était risqué, mais les tirailleurs nord-africains du général Juin savaient se battre en altitude mieux que n'importe quelle armée. Pendant que les Anglais boudaient l'idée, le général américain comprit que si le plan français réussissait, il serait le premier à mettre les pieds dans la ville du pape. Va pour les montagnes!

Pendant que son régiment attendait les plans de la prochaine offensive, Rodrigue reçut de Marie-Jeanne la lettre qu'elle lui avait adressée au début de l'année accompagnée d'un colis qui sentait bon dès qu'on l'ouvrait.

Saint-Jérôme, 2 janvier 1944

Cher Rodrigue,

J'espère au moins que vos chefs vous ont donné le temps de vous reposer pendant la période des Fêtes et que mon gâteau aux fruits va te faire plaisir. Ce que j'apprends par les journaux de la campagne en Italie me fait trembler pour toi tous les jours. Tiens bon, mon petit frère. Pense qu'au bout il y a Roselyn et tous ceux qui t'aiment ici et qui t'attendent en pensant à toi.

À Saint-Jérôme, tout le monde va bien. Marie attend un deuxième enfant pour le mois de mai. Elle était déçue qu'une deuxième grossesse arrive si vite puisque Lisette n'a que quatorze mois. Elle semble plus sereine maintenant. Il faut dire qu'elle a eu quelques chicanes avec Ferdinand à cause de sa belle-mère. Comme je l'avais prévu, elle a réglé le problème à sa manière, c'est-à-dire par une bonne crise et la menace pure et simple de se séparer! Ferdinand a compris où devait aller sa loyauté. Depuis, la petite fête donnée à l'occasion du premier anniversaire de Lisette a été l'occasion d'établir un semblant d'entente entre les deux femmes.

Cette année encore, Clarisse et Gaspard ont donné le réveillon du jour de l'An. Une belle veillée qui aurait pu mal tourner! Imagine-toi que Félix est entré par en arrière sans prévenir. Il était passablement éméché et, comme tu peux l'imaginer, il voulait voir son petit! C'est Caroline qui a sauvé la situation d'une manière qui nous a fait rire aux larmes. Elle a caché Anthime et Romain dans une garde-robe et fait accroire à son frère qu'ils étaient retournés à l'hospice à cause du couvre-feu. Félix a eu peur d'affronter tout le monde au salon; il s'en est allé, la tête basse.

À la radio, ce soir-là, les nouvelles de la guerre étaient bien émouvantes. On entendait une chorale chanter «Ô sainte nuit» pour des blessés quelque part en Italie. Toi qui chantes si bien! J'ai pensé que tu étais peut-être un des choristes! On ne sait jamais. En tout cas, le récit que faisait le journaliste du combat arrachait les larmes. J'ose croire que tu n'étais pas parmi ceux qui passaient Noël dans les tranchées. Je n'ai jamais vu la guerre, mais je me doute bien de ce que tu supportes de souffrances et de fatigue. Dis-toi que la paix est au bout et aussi l'amour. Parce que maintenant, je suis comme toi. Je suis certaine que tu me reviendras.

Je te souhaite une bonne et heureuse année envers et contre tout, avec ta Roselyn et ton Zéphir à qui j'en souhaite tout autant.

Ta sœur Marie-Jeanne

P.-S. Tu donneras un morceau de gâteau à Zéphir de ma part.

Les yeux de Rodrigue s'embuèrent. Cette chère Marie-Jeanne ne pouvait pas savoir qu'il n'y avait plus de Zéphir. Avait-elle reçu la longue épître qu'il avait écrite de son lit d'hôpital? Et celle de la fin de février? Il décida d'attendre sa prochaine lettre avant d'écrire à nouveau, pour voir comment elle répondrait à toutes les bonnes et mauvaises nouvelles qu'elles contenaient.

À partir du 4 avril, les Alliés se réalignèrent selon le nouveau plan. Le régiment de Rodrigue se retrouva à côté des troupes polonaises sur la droite du front, pendant que les Américains tenaient la gauche, ce qui laissait les Français au centre, devant les montagnes. Le 11 mai, c'était l'attaque. Rodrigue et ses hommes attendaient de pied ferme le signal de départ pendant qu'un bombardement d'enfer préparait l'offensive. La première brigade canadienne donna d'abord l'assaut ; ensuite, ce fut à eux de marcher au combat. Le terrain était complexe et encombré, entre forêts et cours d'eau, comme toujours. Sous une pluie de feu crachée par les lance-flammes postés en hauteur, Rodrigue entraîna ses hommes le long d'épais rideaux de barbelés pour éviter des champs qu'il devinait farcis de mines. Impossible d'avancer à une vitesse raisonnable dans ce fouillis d'obstacles où la violence de l'ennemi s'ajoutait aux difficultés naturelles. Déjà, on avait perdu beaucoup d'hommes, en particulier chez les Polonais, alors que les Français s'enfonçaient résolument dans les montagnes.

Quand les hostilités s'arrêtèrent enfin à cause de la noirceur, Rodrigue se laissa choir sous le premier buisson en cherchant son souffle, incapable d'aller plus loin. Autour de lui, il entendait les hommes s'affaler. On distribua des biscuits, un peu de *corned beef* et du chocolat. Il n'avait rien pris depuis le matin et, pourtant, il dut se forcer à avaler la nourriture, tant la fatigue enrayait la faim. Il s'arracha ensuite un effort pour se lever et s'assurer que ses hommes avaient chacun leur trou pour passer la nuit. Lui-même s'endormit comme une brute. Mais presque aussitôt, le train d'enfer d'un barrage en règle le fit sursauter. L'avion que l'on attaquait était si proche qu'il entendit le moteur respirer comme une bête pourchassée. La lueur aiguë des obus lançait des arcs lumineux dans le noir de l'air que des explosions agitaient sans cesse. Il se dit que la défense antiaérienne finirait sans doute par l'abattre et referma les yeux.

Quand, quelques heures plus tard, le lieutenant Fisher vint le secouer, il lui sembla n'avoir dormi que quelques secondes. Il était sept heures du matin. Il tremblotait dans son uniforme crasseux de sueur et de poussière. Il se jeta sur le thé chaud qu'on lui tendait et croqua des biscuits accompagnés de fromage en contemplant les grands pins mêlés aux hêtres dressés comme un mur hostile autour du campement improvisé. À ce moment précis, il aurait donné n'importe quoi pour avoir Zéphir à ses côtés. C'était là, dans la boue misérable du champ de bataille, que son ami lui manquait le plus.

Le combat dura ainsi plusieurs jours. Le 15 mai, en fin de journée, le capitaine de sa compagnie rapporta une première bonne nouvelle en provenance du front : les Français avaient gagné leur pari et franchi les hauteurs montagneuses pour se jeter sur les Allemands pris de court. Le général Juin avait attaqué avant que ceux-ci n'aient le temps de reprendre leur souffle en les prenant par-derrière sur le flanc sud. C'était une incontestable percée. Un coup de maître, conclut Rodrigue, plutôt content qu'il soit imputable aux Français. Remonter la côte en direction de Rome devenait pensable et son espoir d'y revoir Roselyn monta d'un cran.

— C'est de valeur, mon lieutenant, qu'on n'ait rien pour fêter ça, se plaignit Millette en sortant ses cigarettes.

— Sergent ! On devrait entrer dans le petit village qui est là. Des fois qu'on trouverait quelque chose à boire, suggéra Hector Charlebois à Rodrigue, qui questionna Fisher du regard.

— Ce n'est pas une mauvaise idée. Pas de problème, vous pouvez allez faire un tour avec vos hommes, sergent. Je vous donne une heure.

En entrant dans l'unique rue du hameau, les gars éclatèrent de rire. Les habitants avaient placé des casques allemands sur chaque piquet jusque devant la petite église.

— Tu peux pas avoir de plus belles décorations, dit le gros Millette en se dirigeant vers une maison.

Bientôt, quelques villageois sortirent de leurs cachettes pour saluer les soldats. L'un d'eux tira de son pantalon deux bouteilles de mauvais vin. Ce fut un bonheur de trinquer quelques instants.

Mais ce n'était pas fini. En pleine nuit, à Spigno, l'ordre arriva de remplacer la division indienne dans la vallée de la Liri. Il fallait battre le fer pendant qu'il était chaud et foncer vers Pontecorvo. La marche forcée de Rodrigue se compliqua quand, au petit matin, un éclat de pierre érafla sa cuisse gauche sur une longueur de huit pouces. La blessure était superficielle, mais il se rappelait trop les ennuis que lui avait causés l'infection d'une plaie négligée à Berardi pour ne pas se faire soigner le plus vite possible.

Passant au beau milieu du barrage d'artillerie qui précédait l'offensive du matin, il se dirigea droit vers le poste de soins régimentaire : une vieille grange attenante à une maison de pierres qui servait en même temps de quartier général et d'hôpital. Pendant qu'on nettoyait sa blessure avant de la panser, il regarda autour de lui. Un défilé pitoyable de blessés ne cessait d'arriver du front. Plus loin, derrière des fenêtres sans rideaux de la maison, il devina le mouvement confus des officiers et de tout un personnel agité. Un obus qui tomba tout près le fit sursauter. Des gens crièrent. C'étaient des prisonniers allemands que le projectile avait probablement frôlés. Épuisés, sales, ils tenaient à peine debout. Voilà à quoi était réduite l'indomptable armée d'Hitler ! L'idée que ces hommes avaient tout enduré pour servir la folie grandiose de leur führer l'écœura. Un seul homme et tant de misère, tant de ravages, tant de vies détruites ! Comment était-ce possible ? Pourquoi ne s'était-il trouvé personne d'assez fort et d'assez lucide pour l'arrêter avant qu'il n'entre en Pologne en 39 ?

Pourquoi le peuple allemand avait-il cru en cet atroce messie avec un aveuglement aussi total? Mais il n'avait pas le temps de réfléchir. Il demanda quelque chose à manger. On lui apporta un bol de soupe, du pain et du thé, qu'il avala rapidement avant de rejoindre sa position.

La bataille féroce dans laquelle il entra alors commença par une série d'affrontements violents dans une brume épaisse et sur un sol que la pluie avait transformé en champ de vase. L'humidité était extrême. Après des heures de combats acharnés, il restait, le soir venu, encore cinq kilomètres à franchir avant d'atteindre la ligne de défense d'Hitler. Mais personne n'eut le loisir de dormir. Ce n'est que vingt-quatre heures plus tard que Rodrigue, qui transpirait de faiblesse, put enfin s'arrêter et se laisser tomber avec ses hommes là où ils se trouvaient. La manne habituelle fut distribuée: *corned beef*, biscuits. Malgré l'épuisement, la nourriture leur donna assez d'énergie pour se moquer du général Kesselring qui venait enfin d'abandonner Cassino par peur d'être encerclé par les Français.

— Quand est-ce qu'on va dormir une vraie nuit? se plaignit Joseph Giguère en se faisant donner une deuxième ration.

— Ça, mon vieux, seul le diable s'en doute, répondit Millette en allumant sa cigarette.

Il fallut encore quelques jours de combat et une autre descente aux enfers dans la région d'Aquino avant de satisfaire le pauvre Giguère. Après avoir tenté une offensive hasardeuse qui coûta beaucoup d'hommes, le haut commandement arrêta tout et mit enfin le régiment en réserve. C'est là que la compagnie C tomba sur un hôtel quatre étoiles, c'est-à-dire un orphelinat désert et de vrais lits à l'abandon. Rodrigue et ses gars se jetèrent avec délectation sur les matelas humides. Pas moins de dix heures de sommeil en ligne! Au réveil, Rodrigue demanda que l'on panse à nouveau sa jambe. À son grand soulagement, la plaie semblait en voie de cicatrisation.

Pendant qu'il dormait, les deux brigades canadiennes avaient réussi à percer la ligne Hitler. Rodrigue et son régiment repartirent donc avec la mission d'élargir la brèche, une besogne que les troupes encouragées n'eurent pas de mal à accomplir. Il était content malgré sa lassitude, parce qu'il avait l'incroyable chance d'avoir gardé tous ses hommes. Les Canadiens s'étaient magnifiquement comportés et la fameuse vallée de la Liri appartenait maintenant aux Alliés. Tout compte fait, la bataille était rude depuis le début, il fallait payer cher chaque avancée, mais la victoire était toujours au rendez-vous. Rome se profilait de plus en plus. Le bruit courait maintenant que, pour éviter l'encerclement, les Allemands se repliaient vers le nord en déclarant ouverte la capitale italienne. Sentant venir l'affrontement final, le pape lui-même avait demandé qu'on évite à Rome les dégâts d'une bataille.

Les Alliés poursuivirent leur montée. Dans la foulée, Rodrigue participa encore à la prise de plusieurs villes aux noms chantants, Ceprano, Arce, Frosinone, pendant que sur la côte ouest les Américains libéraient une ville après l'autre, dont Velletri, prise qui affaiblissait particulièrement la ligne de défense allemande. Chaque avancée était payée de durs combats que Rodrigue s'efforçait d'encaisser avec courage, ne pensant qu'à Roselyn qui entrerait sans doute dans Rome avec les troupes britanniques.

Mais une grande déception attendait les Canadiens. À la hauteur de la ville d'Anagni, le premier juin, le commandant de la Huitième armée britannique les arrêta pour permettre aux troupes françaises venant du sud de se placer à droite de l'armée américaine avant l'ultime assaut contre la Quatorzième armée allemande aux environs de Rome. Le 4 juin au soir, les Allemands étaient défaits et les premiers Américains foulaient les abords de la Ville éternelle.

Le bruit courut alors que les Canadiens ne suivraient pas tout de suite les Anglais. Les plans étaient révisés à cause du grand débarquement qui avait lieu en Normandie le 6 juin. Maintenant que

Rome était conquise, les Anglais prenaient la direction de l'est en ciblant Florence. Cela signifiait-il que Roselyn ne rentrerait pas dans Rome? Rodrigue perdit tout espoir de la revoir quand les Canadiens reçurent l'ordre de retourner sur leurs pas pour s'installer en réserve dans un cantonnement de la vallée du Volturno, plus au sud. Il fallait oublier leur rendez-vous. Il eut du moins la consolation d'y recevoir une lettre d'elle, et pas n'importe laquelle.

10 avril 1944

Mon cher amour,

Déjà presque six semaines que j'ai dormi dans tes bras dans notre petit oratoire poussiéreux. J'ai eu, pendant ces jours vécus avec toi, assez de bonheur pour passer à travers les horreurs de cet affreux mois de mars. J'aspire plus que jamais à la fin de cette abominable guerre pour te retrouver. Car il m'arrive la chose la plus extraordinaire qui puisse arriver à une femme. J'attends un enfant. J'attends ton enfant. On vient juste de me le confirmer. Naturellement, la nouvelle a créé quelques remous au sein du service puisque, comme tu dois t'en douter, une telle chose n'est pas précisément ce qui est attendu d'une «sister». Je devrais normalement rentrer à Londres pour poursuivre ma grossesse à l'abri et au repos. Mais je ne veux pas m'éloigner de toi tout de suite ni manquer notre rendez-vous à Rome, si la fortune des armes finit par libérer la ville. Je n'assume plus mes fonctions habituelles et je travaille dans la paperasse encore pour quelques semaines. J'aide à la gestion de nos effectifs et du matériel entre nos postes sanitaires sur le front. Physiquement, je me sens très bien. Il ne faut t'inquiéter de rien.

Ici, personne ne bouge depuis l'offensive infructueuse du 14 mars dernier sur le fleuve Rapido. Toujours ce mont Cassin où les Allemands restent enterrés! Le combat interminable a fait beaucoup de morts et plus de blessés que nous ne pouvions en traiter. Chaque fois qu'il en arrivait, j'avais une peur mortelle de te trouver sur l'une des civières que l'on alignait dehors, sous la tente, en attendant les premiers soins. Une révision stratégique s'impose pour l'état-major. Il me paraît urgent d'en finir pour vivre ma vie comme il se doit et mettre au monde notre bébé en dehors de tout danger. Si tout va aussi bien que je l'espère, il naîtra au début du mois de novembre.

Rodrigue, nous en avons déjà vaguement parlé avant de nous quitter, pourquoi ne pas nous marier à Rome? Il ne manque pas de prêtres dans cette ville, que je sache! Même si nous ne devions passer que quelques jours ensemble, ce sera toujours cela de volé à la guerre. À moins, bien sûr, que tu n'y voies quelque empêchement? Je t'aime. Réponds-moi vite si tu le peux.

Je t'aime,

Roselyn

Ébloui, Rodrigue ferma les yeux pour mieux sentir la joie fulgurante qui le submergeait. Si seulement Zéphir était là pour partager son bonheur et recueillir le fleuve de mots et d'impressions qui bouillonnaient dans sa tête! Roselyn, la première grande certitude de sa vie, allait faire de lui un père! Ça changeait tout de même l'ordre des priorités dans sa tête. Roselyn et lui pouvaient attendre la fin de la guerre pour être heureux ensemble. Mais pas lui, pas l'enfant. Victoire ou défaite, il fallait qu'il naisse dans les meilleures conditions possible. Se rendre à Rome devint une obsession. Une sorte de frénésie le saisit. Il courut avertir son capitaine de la nouvelle afin de connaître la procédure à suivre pour se marier. Pouvait-il espérer une permission? Pour l'heure, personne ne savait combien de temps durerait le séjour de réserve et dans quel contexte le régiment passerait par la grande ville. On rapportait que la Huitième armée britannique était rendue à Popoli, au bord de l'Adriatique, mais Rodrigue était certain que Roselyn n'avait pas suivi les troupes, ce que l'officier trouva raisonnable de penser aussi. Dans les circonstances, les chances qu'elle se trouve maintenant à Rome étaient grandes ; le plus urgent était de s'en informer. Le lieutenant Fisher promit de plaider sa cause du mieux qu'il le pouvait auprès du capitaine.

L'officier lui fit aussi part d'un autre obstacle. Aucun militaire ne pouvait contracter mariage sans l'autorisation du haut commandement. Or, les autorités militaires cherchaient justement à freiner le nombre grandissant des unions entre soldats canadiens et citoyennes britanniques. Rodrigue se démena comme un diable en plaidant que sa fiancée attendait un enfant de lui. Son meilleur allié fut l'aumônier régimentaire Langevin, que l'histoire de cette rencontre amoureuse vieille de presque quatre ans avait ému. De toute manière, la stricte moralité et le bien de l'enfant à naître passaient par ce mariage.

— Je sais que vous n'êtes pas précisément un pilier d'église, Deschamps, mais pourquoi ne pas vous joindre à ceux qui assisteront sous peu à l'audience papale ? Vous en avez entendu parler ?

Les soldats du Royal 22e venaient, en effet, d'être invités à Rome pour rencontrer le pape le 3 juillet. Pie XII avait ainsi répondu à la demande de Mgr Henri Dumas, un chanoine de Québec attaché à la Curie romaine, en reconnaissance de la contribution remarquable de l'armée canadienne à la délivrance de la ville éternelle.

— Oui, bien sûr. Mais…

— Deschamps, si ce n'est pas pour le pape, du moins venez pour voir Saint-Pierre-de-Rome. Le chef-d'œuvre du Bernin est un des plus beaux endroits du monde.

— Mais je le sais et j'espérais bien aller au Vatican. Accepteriez-vous qu'un mécréant comme moi se joigne aux autres même si je ne vais pas souvent à la messe ?

— Évidemment.

Rodrigue reçut bientôt les documents l'autorisant à se marier. Tout semblait se mettre en place, mais encore fallait-il que Roselyn se trouve au bon endroit, au bon moment. Quand le lieutenant Fisher vint le prévenir qu'une communication téléphonique l'attendait au bureau de l'état-major du régiment, Rodrigue s'énerva au point d'en oublier le salut réglementaire. Fisher sourit tout de même en lui tendant le combiné.

— *Hello darling, hello! Oh! I am so happy to talk to you.*

C'était bien sa voix, la voix chérie de Roselyn, à la fois pleine de larmes et de rires. Rodrigue fit un effort pour retrouver son calme. Ils avaient peu de temps pour se parler. Il ne fallait pas perdre une seconde.

— Mon amour, si tu savais comme c'est bon d'entendre ta voix. J'ai eu ta lettre. Je suis fou de joie. Comment te sens-tu?

— Bien. Je vais très bien. Je suis ici entourée de copines qui me traitent aux petits oignons. Rodrigue, tout ce que je veux, c'est te voir. Nos troupes sont reparties. Moi, je suis restée à Rome. Je ne suis pas encore officiellement démobilisée; pour l'instant, je m'occupe d'aider les nombreux blessés civils qui sont un peu abandonnés dans la ville; ils manquent de tout. Je prévois y rester encore, peut-être deux ou trois semaines, avant mon rapatriement à Londres. Qu'est-ce qui se passe de ton côté?

— Non seulement je viendrai, mais je t'épouserai, ma belle. Tout sera prêt pour notre mariage, tu as ma parole. Écoute-moi bien. Notre régiment doit se rendre à Rome pour assister à une audience privée avec le pape le 3 juillet! C'est providentiel pour nous deux! J'ai eu l'occasion de parler au chanoine Dumas à la Curie romaine au sujet de notre mariage grâce à l'abbé Langevin, notre *padre*, qui m'a beaucoup aidé à obtenir rapidement l'autorisation du haut commandement. Vu ton état, il est prêt à faire très vite. Le chanoine Dumas désire cependant te rencontrer avant. J'espère qu'il n'y aura pas d'obstacle de ton côté. Comme tu es de religion anglicane, il faudra remplir certaines conditions et, aussi, que tu promettes d'élever nos enfants dans la religion catholique. Puisque tu as parlé toi-même de « prêtres » dans ta lettre, j'ai pensé que tu n'y verrais pas d'inconvénient.

Roselyn partit d'un rire excité.

— Non, non, il n'y a pas de problème pour moi s'il n'y en a pas pour toi. Le commandement de notre service ne fera pas obstacle non plus. Donc, je t'attends avec joie et je me prépare.

— Le chanoine Dumas m'a offert de bénir notre mariage en présence de notre aumônier et d'un camarade dans une église qu'il connaît bien. De ton côté, tu choisis qui tu veux pour t'accompagner. Je communiquerai avec toi dès mon arrivée dans nos quartiers romains.

On fit signe à Rodrigue qu'il devait mettre fin à la conversation.

— Tout cela te convient-il ? On me fait signe que je dois raccrocher maintenant.

— C'est très bien, je suis ravie. Tu…

La phrase inaudible se perdit dans un vacarme agaçant de friture avant que la ligne ne s'interrompe tout à fait. Il eut beau secouer le combiné, plus un son n'en sortait.

PARTIE XIII

Saint-Jérôme, mars 1944

Quand il fut prié de s'en aller vivre chez Alma, Philémon ne posa pas de questions. Le retour d'Anthime était à prévoir un jour. Mais l'air satisfait de Ferdinand le laissait perplexe. Avait-il seulement pris les précautions qui s'imposaient pour garder la paix dans son foyer? Même Marie-Jeanne avait l'air de s'en accommoder. Elle ne donnait pas le moindre signe de regret de le voir partir alors que leurs petites conversations étaient de plus en plus plaisantes depuis qu'elle s'était excusée. Maintenant qu'il s'était habitué à son parler frondeur, il voyait en elle une femme avenante, intéressante, belle aussi, malgré son âge. Il admettait même que ses propos déplacés sur le triste sort d'Eulalie méritaient réflexion. Sa pauvre femme ne serait peut-être pas morte si jeune s'il avait cherché à comprendre pourquoi elle perdait toujours ses bébés au lieu de s'entêter sans s'occuper des risques qu'elle courait. D'un autre côté, si les médecins avaient découvert la cause du problème sans trouver le remède, il aurait quasiment fallu pratiquer l'abstinence pour préserver sa santé puisque la contraception était strictement défendue par le curé, qui ne se gênait pas pour refuser l'absolution aux insoumises. Comme tout le monde, Eulalie et lui auraient été enferrés dans une série d'interdits qui les auraient obligés à choisir entre l'amour et le péché ou l'amour et la mort, si telle était la volonté de Dieu.

Philémon se débattait comme un animal pris au piège. Pour la première fois de sa vie, le doute s'infiltrait dans ses certitudes. Eulalie aurait tout de même eu le droit de vivre. Sa mort n'était pas seulement injuste, elle était absurde. Si seulement il avait usé de son cerveau pour poser les questions intelligentes qu'il fallait avant qu'il ne soit trop tard au lieu de s'abandonner aveuglément à la volonté divine ! Où était la bonté de Dieu dans tout cela ? Cependant, ce n'était peut-être pas Lui qui voyait le mariage comme ça, mais les curés qui interprétaient sa Loi à leur convenance ! Qu'est-ce qu'un curé qui n'a jamais touché une femme de sa vie pouvait comprendre à ces choses-là, dans le fond ? Ils se trompaient peut-être. Eulalie avait été sacrifiée, et sa vie à lui s'était arrêtée avec celle de sa femme pour devenir une longue attente de… de sa propre mort, puisque c'était le seul moyen de la retrouver !

Plus sa pensée évoluait, moins il était fier de lui. Mais peut-être était-il en train de commettre un grand péché en réfléchissant de la sorte ? L'idée lui vint d'aller consulter le père D'Anjou, un vieux dominicain qu'il avait connu lors d'une retraite fermée à Saint-Hyacinthe, un homme ouvert qu'il avait justement trouvé un peu trop moderne dans le temps. Lui n'aurait pas peur de répondre à ses questions, de les entendre surtout.

Toujours était-il qu'il ne restait plus que deux jours avant son déménagement et qu'il voulait absolument causer avec Marie-Jeanne avant de partir. Or, elle était partie aider sa belle-sœur Yvette au grand ménage. Il ne fallait pas l'attendre avant la soirée. Philémon s'installa au salon pour lire pendant que Marie s'apprêtait à gagner son lit.

— Monsieur Riopel, quand maman arrivera, vous lui direz que le facteur a apporté ça pour elle. Elle va être contente ; c'est une lettre de mon oncle Rodrigue, dit Marie en déposant une grande enveloppe sur la table à café.

Il essaya de s'absorber dans sa lecture, assis sous la seule lampe allumée dans la maison. La pendule sonna bientôt neuf heures et elle n'était toujours pas là. Ce n'est qu'une demi-heure plus tard qu'un bruit de porte fit battre son cœur plus vite. Pendant qu'elle secouait ses couvre-chaussures chargés de neige fondante sur le paillasson, elle alluma l'ampoule du couloir avant de ranger ses vêtements mouillés dans le petit placard de l'entrée. Il éprouva du plaisir à l'entendre arriver ainsi, vivante et pleine d'entrain, apportant l'odeur froide et vivifiante de la rue ! Si pressé qu'il fût de la voir apparaître, il trouva plus convenable de ne pas bouger. Elle s'arrêterait sûrement au salon en le voyant assis.

— Bonsoir, Philémon, fit-elle brusquement.

Un peu essoufflée, Marie-Jeanne avait les joues rougies par le froid et les yeux brillants. Son regard tomba tout de suite sur l'enveloppe qui l'attendait. Elle s'en saisit vivement et prit un fauteuil pour l'ouvrir sans attendre. Philémon se leva pour allumer une autre lampe, de peur qu'elle ne décide d'aller lire la lettre ailleurs. Elle le remercia du regard en dépliant une liasse de feuilles couvertes d'écriture.

— Seigneur, c'est un vrai roman, dit-elle avant de s'abîmer complètement dans sa lecture. Dès les premières lignes, son visage exprima l'horreur. Elle émit de petits cris en portant une main à son cœur. Si Marie-Jeanne n'avait eu l'air de reconnaître l'écriture de son frère sur l'enveloppe, Philémon aurait cru qu'on lui annonçait sa mort. Mais il resta silencieux, attendant qu'elle veuille bien partager avec lui la nouvelle qui la bouleversait si fort. À la fin, elle laissa tomber ses mains sur ses genoux en pleurant à chaudes larmes.

— Marie-Jeanne, il n'est rien arrivé de grave à votre frère, j'espère ?

— Son ami Zéphir Bélanger a été tué au combat; Rodrigue lui-même est blessé; il m'écrit d'un hôpital, répondit-elle en s'efforçant de contenir ses pleurs.

Plutôt que de lui expliquer ce qui était arrivé, elle lui donna la lettre à lire et se dirigea vers la cuisine. Philémon apprécia cette familiarité confiante. Ses manières hardies avaient du bon tout de même! Un peu calmée, elle revint au salon avec deux tasses de thé bien fumant.

— Ma pauvre amie, ce que je viens de lire est effrayant. C'est comme si on était là, c'est horrible. Mais au moins votre frère s'en sort avec des blessures sans gravité.

Marie-Jeanne en convint. Toutefois, elle avait beaucoup de peine pour Zéphir. C'était un cousin. Il avait été élevé sur la terre voisine de celle de leur père. Rodrigue et lui avaient tout fait ensemble. Ils étaient comme des frères.

— Dire qu'il est mort! Je n'arrive pas à accepter l'idée. Puis ne venez pas me dire, Philémon, que c'était la volonté de Dieu!

Le coup de griffe habituel. Il retint un sourire qui eût été inconvenant dans les circonstances. De toute manière, ce que Rodrigue avait écrit dans sa longue lettre à propos de la religion l'éclairait enfin : le frère et la sœur n'avaient pas les mêmes convictions religieuses que lui. Il prit quelques secondes pour réfléchir avant de répliquer.

— À chacun sa foi, Marie-Jeanne. Pour moi, celle de nos pères a toujours été, comment dire… évidente, naturelle. Votre frère a raison : ce doit être bien plus dur de passer à travers une perte comme celle-là quand on ne croit pas en l'au-delà. Mais c'est dommage qu'il s'attribue la responsabilité du décès de son cousin juste parce qu'ils se sont engagés ensemble en 39.

Marie-Jeanne lui raconta ce qu'elle savait de cet épisode lointain. Ce qui était certain, c'est que Zéphir, qui n'avait pas été à l'école très longtemps, vouait une admiration indéfectible à

Rodrigue, qui en prenait souvent avantage. Zéphir parlait peu; il s'opposait rarement aux suggestions de Rodrigue.

— Autrement dit, il se pourrait que Zéphir se soit porté volontaire sous l'influence de Rodrigue, d'après vous? En tout cas, moi, je me dis une chose: seul Zéphir Bélanger lui-même pourrait nous dire ce qui l'a poussé à s'engager, puis il n'est plus là pour nous en parler. Que ce soit pour suivre Rodrigue ou pas, ce n'est pas important. Il savait certainement qu'il courrait des risques. Qu'il l'ait fait par fidélité pour votre frère ou pour d'autres raisons ne change rien à son courage. Il ne faut pas enlever son mérite à un homme qui a sacrifié sa vie. Il va falloir que Rodrigue le comprenne, s'il veut être capable de retourner au combat sans lui.

Marie-Jeanne regarda Philémon. Ces paroles étaient les plus sensées qu'elle avait entendues depuis longtemps. Elle savait maintenant ce qu'il fallait écrire à son frère pour le soulager de la culpabilité qui s'ajoutait à son chagrin.

— Vous avez raison, Philémon. Je vais lui répéter vos paroles dans ma lettre. Puis tout de suite, à part de ça, répondit Marie-Jeanne en oubliant sa fatigue.

— Bon! Alors, je vous laisse. Je vais me coucher. J'ai de gros préparatifs à faire. Je déménage après-demain chez madame Alma. Vous savez, Marie-Jeanne, malgré nos petits accrochages, j'ai beaucoup aimé jaser avec vous. Vous m'avez souvent fait réfléchir, bien malgré moi. J'espère que nous aurons l'occasion de nous reprendre.

Marie-Jeanne revint sur ses pas.

— Moi aussi, Philémon, j'ai bien aimé parler avec vous. Vous écouter raconter vos pérégrinations ici et là, surtout. C'était toujours intéressant, répondit-elle.

Elle hésita quelque peu, chercha ses mots avant d'ajouter, l'air malicieux:

— Surtout, je n'ai jamais connu un homme aussi gentil que vous. Si je vous avais rencontré à dix-huit ans, je vous aurais peut-être marié. Mais non, j'y pense : vous auriez eu peur de moi, dit-elle en éclatant de rire. N'empêche que ça me fera toujours plaisir de vous revoir. Saint-Jérôme n'est pas bien grand. Je ne pense pas qu'il y ait de loi contre l'amitié entre un homme et une femme de notre âge.

Elle s'esquiva pour qu'il ne voie pas le rouge qu'elle sentait monter à ses joues.

Saint-Jérôme, 10 mars 1944

Mon cher frère,

Je viens de recevoir ta longue lettre du 1ᵉʳ janvier. J'ai cru perdre la tête en la lisant. Mon Dieu, quel grand malheur, Zéphir est mort! Je sais mieux que personne ce qu'il représentait pour toi. On peut quasiment dire qu'il partageait ton existence, vu la vie de célibataire que tu menais et les métiers que vous avez pratiqués ensemble. Vous étiez pourtant si différents l'un de l'autre! Tu avais toujours la tête dans les nuages et lui les pieds bien sur terre. Tu passais ton temps libre à lire pendant que lui flânait ici et là. Tu parlais comme un grand livre de questions qu'il ne comprenait sûrement pas toujours, mais il t'écoutait avec patience, bien tranquillement. On voyait qu'il t'admirait beaucoup, lui qui avait presque toujours été parmi les derniers de classe, le peu de temps qu'il avait fréquenté l'école. Mais il ne t'aimait pas juste pour ça. Tu l'emmenais dans un monde où il ne pouvait pas aller tout seul. C'est toi qui l'entraînais là et ça le rendait certainement heureux. Quand j'enseignais à la petite école du rang, j'avais deux sortes d'enfants doués pour la connaissance. Ceux qui avaient de l'intelligence et de la mémoire comme toi et ceux qui sentaient le beau par instinct. Te rappelles-tu le pauvre petit Xavier Latour qui était dans ta classe? Son père avait l'avant-dernière terre du rang. Je l'aimais bien et tu ne comprenais pas pourquoi parce que tu le trouvais insignifiant. Des fois, je le gardais après la classe pour lui montrer des images. C'est là qu'il posait le plus de questions. À sa manière, il était aussi brillant que toi, malgré ses zéros en calcul. Eh bien, j'ai toujours pensé que Zéphir était comme ça. Il pouvait comprendre l'essentiel des choses, mais par un autre chemin que toi. C'est pour ça qu'il a pu être ton ami.

C'est pour ça aussi, mon petit frère, que tu ne dois pas te sentir responsable de ce qui lui est arrivé. J'ai montré ta lettre à notre pensionnaire, Philémon Riopel, qui m'a vue pleurer à chaudes larmes en la lisant. Il a été impressionné par ta description de la bataille, mais il s'étonne que tu te mettes sur les épaules la mort de ton ami, vu que tu l'avais entraîné dans l'armée. Il trouve qu'on ne doit pas enlever son mérite à un homme qui vient de sacrifier sa vie. Il dit que seul Zéphir, s'il était encore là, pourrait expliquer pourquoi il t'a suivi sans hésiter. Qu'il l'ait fait par amitié pour toi ou pour d'autres raisons, ça n'a pas d'importance, selon lui. D'ailleurs, je suis sûre que le risque que tu tombes au combat l'inquiétait au moins autant que celui de sa propre mort. Zéphir est mort au champ d'honneur, comme un brave. Il a droit à tout notre respect.

Si j'ai bien compris, tu devais retourner au front dès que tu serais remis. J'imagine que c'est déjà fait au moment où j'écris cette lettre. Prends bien garde à toi, mon frère, et ne perds pas courage. Voici en attendant une nouvelle qui te fera plaisir : ça va mieux pour Félix. Il est retourné vivre avec Irma, qui attend un deuxième enfant, et il a trouvé un travail de préposé au magasin de fer Laviolette de la rue Labelle. Il ne boit presque plus, ce qui est déjà un progrès. Dans les circonstances, Marie et Clarisse sont venues à bout de faire plier Anthime. À l'heure où je t'écris, Romain est enfin revenu chez ses parents, au grand soulagement de tout le monde. Le retour d'Anthime ici est pour dans deux jours et Marie en est bien contente. Il était temps, parce que toute cette histoire l'a fait vieillir sans bon sens. En plus, il supporte mal les troubles qui règnent à la General Rubber. Les ouvriers sont

divisés entre le syndicat catholique et les syndicats internatio-
naux qui attirent de plus en plus de travailleurs dans les usines de
la région. Certains en sont venus au poing. Il est question d'aller
devant un juge pour décider qui a raison. Il va peut-être y avoir
d'autres grèves alors que les gens sont si pauvres! Faut bien le
dire, partout où la religion se mêle de ce qui ne la regarde pas, ça
cause des problèmes!

Enfin, mon ami Philémon déménagera ses pénates chez
Alma Ferland, qui avait une chambre à louer. J'espère que je le
reverrai quand même. Une de ces fois, je te raconterai le petit
duel que nous nous sommes livré au sujet de la religion et aussi
du sort des femmes. Il me trouve bien païenne et bien insoumise!
Ce qui est un comble quand on pense à la vie que j'ai eue avec
Anthime!

Quant à toi, j'ose croire qu'on t'aura donné tout le temps qu'il
fallait pour récupérer avant de reprendre ton fusil. D'après ce que
je lis dans les journaux, la guerre s'en va du bon bord, en Russie
par exemple. J'espère aussi que tu auras des nouvelles de ta chère
Roselyn. Écris-moi dès que tu le pourras. Je pense à toi tous les
jours.

Ta sœur Marie-Jeanne

Philémon quitta la maison rapidement, après avoir remercié
poliment Marie de son accueil. Pour ne pas interrompre ses jeux,
il n'embrassa pas la petite Lisette qui s'amusait ferme dans la cour
avec ses cousins Laforgue. Ce n'est que le soir, à l'heure où elle
avait l'habitude de monter sur ses genoux avant d'aller dormir,
qu'elle le réclama en pleurant. Marie-Jeanne, qui regrettait le
départ de Philémon presque autant qu'elle, la berça à la place de
l'absent. La petite avait maintenant dix-huit mois. Elle ne pouvait
pas encore comprendre pourquoi les gens apparaissaient, la ber-
çaient et disparaissaient ensuite. Elle ne savait pas que si le bon

Philémon était sorti de son univers, quelqu'un d'autre était sur le point d'y entrer comme un immense cadeau de la vie, un cadeau pour la vie.

Un matin de mai, ce fut Marie-Jeanne qui vint la cueillir dans son lit au lieu de Marie. Son papa était là ainsi que le fameux docteur Dugal qui, l'air tout content, aspirait à grand bruit le contenu d'une tasse de café. Une drôle d'odeur flottait dans la maison. Marie-Jeanne lui dit qu'elle avait maintenant une petite sœur. Inquiète, Lisette réclama l'ourson que Philémon lui avait donné avant de se laisser entraîner dans la chambre où Marie se reposait. Quelque chose de mystérieux s'était passé. Un petit cri, un vagissement, une voix nouvelle percèrent le silence. Cela provenait du berceau garni de coton bleu placé près de la fenêtre. Ferdinand la prit dans ses bras et lui fit voir la chose incroyable qui s'y trouvait, un bébé presque aussi petit que son ourson, avec une couronne de duvet blond autour de la tête et des joues de porcelaine blanche qui lui donnaient l'air d'un ange. Les yeux clos, elle ne bougeait pas. Ferdinand lui annonça qu'elle s'appellerait Colette.

::

Anthime arriva quelques jours après, l'air aussi content que s'il venait de guérir d'une maladie mortelle. Il reprit une routine que Marie modela selon ses désirs. Au repas du soir, il retrouva sa petite brique de lard salé, ses patates bouillies et ses gros cornichons salés au vinaigre dont il ne se lassait jamais. Il fit entrer dans la cuisine une autre chaise berçante, près de laquelle il garda en permanence le crachoir du fumeur de pipe, un objet dégoûtant duquel même Lisette, qui fourrait son petit nez partout, ne s'approchait pas! Le verre de bière écumante et la grosse Molson refirent leur apparition, au rythme des visites impromptues des gens de la famille qui venaient prendre de ses nouvelles. On ne pouvait pourtant pas dire que la maison était plus gaie pour autant. Au contraire, l'ordre un peu maniaque qu'imposait Marie et le côté taciturne d'Anthime plombaient l'atmosphère. Marie-Jeanne regrettait les conversations ensoleillées de Philémon. Pour s'évader, elle augmenta le rythme de ses pérégrinations dans la parenté et se surprit à regarder autour d'elle dans la rue, espérant sans le dire une rencontre qui ne venait pas.

De son côté, Philémon trouvait tout aussi morne la maison si ordonnée d'Alma. Aussi, passait-il pas mal de temps en face, chez son ami Victorien Ferland, pour discuter du grand projet de ce dernier : se faire élire au poste d'échevin aux élections municipales qui approchaient. Victorien avait hésité entre l'équipe libérale d'Alfred Chénier, le maire sortant, et la bannière bleue de Charles Landry, un conservateur de vieille souche entré dans l'orbite du nouveau parti de l'homme de l'heure, Maurice Duplessis. Après avoir pesé le pour et le contre, il s'était rangé du côté de Landry, au grand plaisir d'Alma qui ne déviait jamais des bons conseils de son curé. C'est ensemble que les deux hommes se rendirent à la grande salle du marché par un beau dimanche après-midi pour participer à l'une de ces fameuses assemblées contradictoires où allaient s'affronter les meilleurs orateurs en lice.

Dans la foule qui s'agitait autour de l'estrade avant que les discours ne commencent, Philémon repéra Anthime Gobeil en train de serrer énergiquement la main du candidat libéral. Tout endimanchée, Marie-Jeanne se tenait près de lui, ainsi que Ferdinand, qui était sûrement venu supporter son oncle. Dès que Victorien eut rejoint son équipe devant la foule, Philémon se dirigea vers Marie-Jeanne, dont le visage s'éclaira aussitôt.

— Je gage que vous êtes venu supporter votre ami Victorien Ferland ! dit-elle les yeux brillants en lui tendant la main. Ferdinand aussi, évidemment. Mais pas mon mari ! Il est plus rouge que Sir Wilfrid Laurier, si c'est possible.

— Et vous, Marie-Jeanne, de quel bord êtes-vous ?

— Moi? Je ne suis ni pour les rouges ni pour les bleus. Je suis pour le meilleur. Je suis venue pour me faire une idée, justement, vu qu'en tant que femme je vais voter pour la première fois, grâce à notre bon premier ministre Godbout.

Ils rirent de bon cœur. Philémon aurait voulu la complimenter pour son chapeau garni d'une rose de satin noir, mais il n'en eut pas le temps. Le maître de cérémonie appela l'assistance à prendre place. L'assemblée débuta, passablement houleuse dès le début. Quand ce fut à lui de parler, Victorien ne manqua pas de faire rire l'assistance en retournant comme un gant les prétentions de ses opposants. Une main repoussant sa veste pour bien laisser voir la belle chaîne et la montre en or qui pendaient sur sa poitrine, il fit le tour des problèmes de voirie en commençant par la planche pourrie qui avait cédé au beau milieu du plancher de bois du pont de fer de la rue Castonguay. On pouvait voir la rivière qui coulait en dessous! Une administration pleine de trous, conclut-il à l'amusement général. Il parla avec un sourire égal du manque de logements, des pauvres accablés par les prix qui montaient, des grèves qui agitaient les manufactures et du chômage qu'il fallait prévoir avec la fin de la guerre. Il eut des mots galants pour les rares femmes présentes dans l'assistance. Leur comportement électoral était encore un mystère!

Marie-Jeanne avait beau écouter de toutes ses oreilles, elle trouvait bien difficile de se faire une opinion à partir de ce combat de coqs qui n'analysait pas les choses à fond. Soit tout allait bien dans la plus belle des villes, soit tout allait au contraire à vau-l'eau à force de négligence. Ça dépendait de l'orateur.

— Mieux vaut se fier aux journaux et à sa tête, dit-elle en se penchant du côté de Philémon.

L'assemblée terminée, celui-ci se dépêcha de féliciter Victorien, qu'il abandonna à Ferdinand et à ses partisans. Comme Anthime s'était esquivé pour suivre ses amis à l'hôtel, son idée était d'inviter Marie-Jeanne à prendre un café au Coq d'or, le nouveau

restaurant situé rue Labelle, juste en face du parc du même nom.
À son grand plaisir, elle ne dit pas non.

— Chère Marie-Jeanne! Je me suis ennuyé de vos petites
attaques! Comme ça, vous allez peut-être annuler le vote de votre
mari, si je comprends bien.

— Laissez-moi tranquille avec Anthime. Il va voter rouge
comme toujours, même s'il ne sait pas pourquoi. On est au municipal, pas au provincial ici. Lequel va s'occuper le mieux de la
ville? C'est ça, la question. Saint-Jérôme n'arrête pas de grossir,
avec toutes ces usines qui attirent de plus en plus les habitants
de la campagne. Ça fait du monde, ça! Tellement que le curé
Dubois parle de séparer les gens de Saint-Antoine de ceux de
Saint-Jérôme pour former une nouvelle paroisse.

— Ah! Le chanoine Dubois! C'est un homme d'envergure, vous
savez. Il a écrit des livres dont un que vous aimeriez beaucoup.

Marie-Jeanne ouvrit de grands yeux.

— Ça s'appelle *Le feu de la Rivière-du-Chêne* et ça raconte
l'insurrection des patriotes à Saint-Eustache en 1837. Je vous le
prêterai, si la chose vous intéresse. En plus, c'est lui qui a fondé,
avec d'autres, les syndicats catholiques dans la paroisse en 39.

— Ouais! J'ai lu ça dans *L'Avenir du Nord*. La doctrine sociale
du pape Léon XIII! À voir les chicanes d'ouvriers qui n'arrêtent
pas dans la région depuis ce temps-là, on se demande s'il a bien
fait. Avec tout le respect que je lui dois, le curé Dubois, c'est un
prêtre; il prêche pour sa paroisse, autrement dit sa religion. Pourquoi faut-il que ce soit un religieux qui organise les syndicats par
chez nous? Me semble qu'on devrait être assez grands pour se
passer de l'avis du curé quand il s'agit de défendre notre dû.

Philémon posa sa tasse en soupirant. Il la retrouvait là, dans
ces mots pleins d'une révolte fière qui l'étonnait toujours. Mais
la question se posait, en effet. Le chanoine Dubois avait-il agi
pour empêcher l'exploitation des travailleurs par une industria-
lisation galopante ou pour garder les catholiques ensemble, loin

de l'influence anglophone, américaine et protestante? Il se promit d'y réfléchir et changea brusquement de sujet pour parler de son nouveau séjour chez Alma. Il se plaignit du climat mortel qui régnait dans la maison, dont il partirait certainement dès la fin de la guerre. Avait-elle des nouvelles de Rodrigue?

— J'ai justement reçu de lui une lettre datée de la fin de février. Il allait mieux et il retournait au front. Imaginez-vous que son amie Roselyn, qui est infirmière, était près de lui, à l'hôpital où on le soignait. Les amours ont fleuri de plus belle. J'espère pour lui que tout se passera bien et qu'ils se retrouveront à la fin de la guerre. Je crois qu'il a enfin trouvé la femme de sa vie, vous savez.

Philémon hocha la tête. Une idée folle venait de lui traverser la tête. Si la chose avait été possible, là, dans ce restaurant, il aurait pris dans la sienne cette main un peu flétrie qu'elle laissait reposer sur la table. Mais il se contenta de lui rappeler à quel point elle comptait pour son frère.

— Ce n'est pas pareil, dit-elle, songeuse. Je suis sa grande sœur; je me suis occupée de lui depuis tout petit. Il dit toujours que je suis sa seconde mère. Mais ce qui nous unit et nous unira toujours, mon Rodrigue et moi, c'est plutôt une manière... de penser, de sentir. Comment vous expliquer? Nous sommes allés à l'école plus longtemps que les autres dans la famille, nous voyons presque tout le temps les choses de la même manière. Par exemple, nous avons pris tous les deux nos distances de la religion pour les mêmes raisons. Nous tenons à notre liberté de penser. Autrement dit, nous sommes deux escogriffes ou, si vous aimez mieux, deux rebelles tout seuls, mais ensemble parmi les autres.

Elle rit doucement, gênée d'avoir parlé de choses aussi intimes avec cet homme. Ému, Philémon la dévorait des yeux. Il trouvait merveilleux d'entendre cela et il le lui dit.

— Vous êtes une femme surprenante, Marie-Jeanne. J'apprends beaucoup avec vous. Vous me faites voir les choses sous un jour nouveau, si je peux dire. C'est vrai que vous êtes dure parfois! Je n'ai pas l'habitude d'un parler aussi direct, surtout chez une femme. Mais j'aime votre franchise. On ne s'ennuie jamais avec vous! Ça me fait penser que...

S'interrompant, il tourna sa cuillère dans sa tasse presque vide avec l'air de réfléchir.

— Je ne sais pas si je devrais, mais j'aurais une proposition à vous faire. Dans deux jours, il faut que j'aille au centre de Longue-Pointe, à Montréal, pour le travail. Je vous ai déjà entendue dire que vous adoriez la grande ville. Que diriez-vous de monter à bord de mon camion avec votre belle-sœur Yvette? Vous pourriez aller dans la parenté. Moi, j'aurai du travail, mais rien ne nous empêcherait de faire de belles sorties. Je vous emmènerais au théâtre toutes les deux, si vous voulez.

Marie-Jeanne était plus que tentée. Elle lui demanda un peu de temps pour rejoindre Yvette avant de lui donner une réponse. En attendant, il se faisait tard; l'heure du souper approchait. Son camion n'étant pas loin, il offrit de la raccompagner. Elle se fit déposer devant la maison de Clarisse et marcha de là jusque chez Marie en se disant qu'il valait mieux ne pas avoir à expliquer pourquoi l'ancien pensionnaire la ramenait chez elle.

— On ne sait jamais ce que les gens pourraient s'imaginer, se dit-elle.

Quelques jours plus tard, en compagnie d'une Yvette toute pimpante et prête à s'amuser, elle savoura une joyeuse traversée du chemin de la grande ligne, en passant devant les usines de munitions Bouchard pour ensuite traverser le pont de Sainte-Rose et les terres si riches de Sainte-Dorothée. À Montréal, la cousine Noëlla les accueillit chaleureusement. Les quatre jours que dura le voyage furent un tourbillon de rencontres et de sorties qui les emmenèrent dans les grands magasins, au concert du parc Sommer, aux courses de Blue Bonnets et même, pour faire plaisir à Philémon, à l'oratoire Saint-Joseph nouvellement construit et si imposant! Le temps manqua cependant pour aller au théâtre, au grand dam de Marie-Jeanne. C'est une femme fatiguée mais ravie que Philémon ramena devant la maison de Marie vers les dix heures du soir, à la fin du palpitant périple. Marie-Jeanne se sentait vaguement triste que ce soit terminé.

— Philémon, vous êtes un fameux compagnon de voyage. Ma belle-sœur Yvette vous a trouvé bien aimable. Je ne sais pas comment vous remercier. Voyager par la route, c'est tellement mieux qu'en train. On voit bien mieux le pays !

— Moi aussi j'ai adoré votre compagnie. C'est pas toujours drôle, vous savez, de voyager tout seul. Il y a des années que je fais la même route. Je la connais par cœur. Ça fait que la meilleure façon de me remercier, c'est de m'avertir quand vous aurez envie de retourner en ville. Si je le peux, ce sera un plaisir de vous y conduire. Après tout, on est des vrais amis, Marie-Jeanne.

Elle opina de la tête. Secouant la petite gêne qu'elle éprouvait au moment d'ouvrir la portière, elle tourna hardiment la tête pour planter ses yeux dans les siens.

— Oui, Philémon. Vous êtes mon ami, en fait le premier depuis longtemps.

Alors, quelque chose d'inimaginable se produisit : il prit sa main gantée et la porta à ses lèvres. L'émotion en elle fut si forte qu'elle en eut mal au ventre. Elle descendit du camion sans rien dire et marcha vers la maison sans se retourner. Philémon, presque tremblant, fit démarrer lentement son camion.

— Mon Dieu, faites qu'elle ne m'en veuille pas ! pensa-t-il encore tout surpris de lui-même.

Comme elle s'y attendait, tout le monde dormait dans la maison. La tête lui tournait un peu. Avait-elle honte de ce qui venait de se passer ? Qu'auraient dit ses enfants, Clarisse, Caroline, Lucienne et les autres, si elles avaient vu Philémon lui baiser la main ? Et pas n'importe comment ! Avec une tendresse respectueuse, une lenteur solennelle, dans le silence. Jamais un homme ne lui avait fait une chose pareille, jamais! Des larmes montèrent. Pendant qu'elle se préparait sans bruit une tasse de thé frais, elle repassa plusieurs fois le film dans sa tête, mais au ralenti. C'est vrai que Philémon avait pris tout son temps pour faire ce qu'il avait fait, comme s'il posait une question. Et puisqu'elle n'avait pas retiré sa main à temps, elle avait répondu quelque chose. Elle avait dit oui, à cinquante-deux ans! Fâchée contre elle-même, elle secoua les épaules en poussant un grand soupir épuisé. Ça faisait belle lurette, des dizaines d'années en remontant jusqu'au jour de son mariage, que l'amour, l'émoi amoureux et tout ce qui venait avec lui n'étaient pour elle que des histoires d'ignorantes jeunes filles en chaleur, prêtes à se laisser piéger! *Dix livres de souffrances pour une once de bonheur*, disait le dicton. Un mirage trompeur, un feu de paille qui finissait par un accouchement! Jamais, ô grand jamais, pendant ces années, n'avait-elle cherché ni même pensé à plaire à un homme, à commencer par Anthime lui-même. Avec lui, ça n'avait été qu'une question de devoir qu'elle n'avait plus à remplir, Dieu merci!

Elle regarda la main que Philémon avait embrassée avec tant de ferveur. La peau était sèche et ridée, les doigts gonflés, un peu déformés par l'arthrite. Heureusement qu'elle portait ses gants, il ne l'avait sans doute pas bien vue! Elle se servit encore du thé. Pourquoi Philémon avait-il fait une chose aussi ridicule et inconvenante? Il voulait peut-être la consoler, lui donner un peu de l'affection qu'elle n'avait pas eue. Une sorte d'aumône, un geste charitable de la part d'un homme au cœur généreux. Lui qui regrettait tant sa chère Eulalie! Et puis, ce n'était peut-être pas sa main qu'il voyait mais celle de sa femme adorée. Il rêvait qu'elle était Eulalie.

— Qu'est-ce que tu fais là à cette heure-ci, ma femme?

Elle sursauta. Sans attendre la réponse, Anthime s'enferma dans la salle de bain. Elle se leva brusquement et rinça la vaisselle qu'elle venait d'utiliser, comme pour effacer toute trace de ce qui s'était passé.

— Retourne te coucher. Il faut que je répondre à Rodrigue pendant que la maison est tranquille, lança-t-elle à son mari revenu dans la cuisine.

Il ne fallait plus trop penser à cette histoire et encore moins en chercher le sens. Elle avait toujours été une femme à sa place; il n'y avait pas de raison pour que les choses changent.

Saint-Jérôme, 15 juin 1944

Cher Rodrigue,

Je rentre tout juste de Montréal. Il est tard, mais il faut que je réponde à ta belle lettre du 29 février dernier pendant que tout le monde dort et que la maison est tranquille.

Tu m'annonces que tu retournes au front. Ayant appris depuis par les journaux et la radio combien il a été difficile de reprendre la région du mont Cassin aux Allemands, je me doute bien des durs combats que tu as traversés au cours des derniers mois. J'espère que ta santé a tenu le coup. Rome est maintenant libérée et peut-être t'y trouves-tu déjà au bras de ta bien-aimée? En tout cas, j'aime l'imaginer.

Je suis touchée par ce que tu me racontes au sujet de la mort de la mère de Roselyn. Il aurait en effet mieux valu que Roselyn apprenne dès le début le sacrifice que sa mère avait fait pour elle. Mais c'est plus facile à dire maintenant qu'à l'époque. Aveuglée par son chagrin, elle ne t'aurait peut-être pas compris. Qui sait? Tu as agi pour le mieux. Ce qui compte, c'est qu'elle a fait son deuil et que vous êtes plus unis que jamais. Pour vous deux, les portes de l'avenir sont grandes ouvertes. Je suis heureuse pour toi! Mais dépêchez-vous de la finir, cette fameuse guerre!

Votre histoire prouve bien qu'il n'y a pas d'amour possible sans vérité. Moi aussi, j'ai souvent eu peur d'elle dans ma vie. Le problème, vois-tu, c'est quand la vérité risque de paraître inconvenante, surtout pour une honnête femme. Par exemple, en ce moment, je me pose des questions sur le fameux Philémon Riopel dont je t'ai parlé dans d'autres lettres. Je rentre d'un beau voyage à Montréal avec Yvette. Comme il avait à faire là-bas pour son travail, j'ai profité de son offre de nous emmener dans son camion. Ma cousine Noëlla nous a bien reçus et nous avons fait de belles sorties en sa compagnie. J'en suis revenue très contente. Philémon a été aussi poli et plaisant que d'habitude, mais je crains toujours, justement, que sa gentillesse cache quelque chose de déplacé sans qu'on s'en rende compte. Qu'une femme mariée soit l'amie d'un autre homme que son mari peut paraître suspect, tu ne penses pas? En tout cas, ça peut faire jaser et j'aurais horreur de ça.

Par ici, les sujets de discussion ne manquent pas en ce moment. La peur de la conscription recommence. Comme nos soldats sont engagés en Italie et même en France à cause du fameux débarquement en Normandie, on a peur de manquer d'hommes. Alors, la pression monte. Après tout, rien n'empêche plus le gouvernement fédéral de déclencher l'enrôlement obligatoire, vu qu'on a perdu le plébiscite, il y a deux ans.

On parle beaucoup d'élections aussi, au municipal comme au provincial. Je voterai pour la première fois et je m'y prépare sérieusement. J'ai même assisté à l'assemblée contradictoire, dimanche dernier. L'oncle de Ferdinand, Victorien Ferland, se présente comme échevin. Là-dessus, je vais dormir avant de m'écrouler sur la table. Prends grand soin de toi, mon frère, et prends garde plus que jamais aux Allemands.

Ta sœur Marie-Jeanne

::

L'été s'épanouit sans que Marie-Jeanne revoie Philémon. Elle en était plutôt contente, malgré l'excellent souvenir qu'elle gardait de leur petit séjour à Montréal. Mieux valait penser à autre chose et ce n'étaient pas les sujets qui manquaient. Aux péripéties syndicales de la General Rubber s'ajoutaient les élections provinciales prévues pour le 8 août avec ses interminables discussions sur la conscription et sur les concessions honteuses que Godbout avait accordées au gouvernement fédéral sous prétexte d'efforts de guerre. Maurice Duplessis en faisait ses choux gras, au grand déplaisir d'Anthime qui sentait venir la catastrophe.

— Ça regarde mal pour les libéraux en maudit, reconnaissait-il après que Marie-Jeanne lui eut lu quelques articles de journaux.

— Godbout est un homme trop en avance sur son temps pour plaire au peuple. En tout cas, mon mari, tu as toujours bien la satisfaction de savoir que ta femme n'annulera pas ton vote, répondait-elle, moqueuse. Sauf que pour moi, ce ne sera pas à cause de la couleur du parti, comme on dit ! Je vais voter pour lui parce que, justement, il m'a donné le droit de vote et aussi parce que j'aime le progrès.

Ce qui se passa le 8 août confirma les pires appréhensions d'Anthime. Le soir venu, une foule inquiète s'entassa dans la grande salle du marché pour attendre les résultats. Godbout avait déjà presque reconnu sa défaite à la radio avant même que l'on ait fini de compter les bulletins de vote. Bientôt, les organisateurs de la soirée montèrent sur l'estrade pour annoncer officiellement la défaite du libéral Lionel Bertrand devant l'homme de Duplessis dans le comté de Terrebonne, un certain J.-L. Blanchard, notaire de son état.

— On n'a plus rien à faire icitte ! Venez-vous-en les gars, on va chez Plouffe, dit à ses amis un Anthime à l'air écœuré.

Deux heures plus tard, on sonnait à la porte de Marie. Marie-Jeanne déposa son livre et courut répondre.

— Bonsoir Marie-Jeanne, c'est moi, Philémon. Je vous ramène votre mari. Il est arrivé un malheur. Une bataille devant la taverne Plouffe. Anthime est blessé. Il n'a pas sa connaissance. Le docteur Dugal a été prévenu pendant que je le ramenais ici. Il devrait arriver d'un moment à l'autre. Ferdinand peut-il m'aider à rentrer le brancard dans la maison ?

— Dieu du ciel, qu'est-ce qui arrive ? Attendez, je vais le chercher.

Anthime était étendu, le visage tuméfié. Marie se mit à crier en voyant son père.

— Calme-toi, ma fille. Le docteur s'en vient. Défais son lit, plutôt, dit Marie-Jeanne d'une voix ferme.

Anthime avait une sévère entorse à la jambe gauche, une entaille à l'arrière de la tête et quelques ecchymoses. Quand il parut enfin sorti de sa torpeur, le médecin perplexe fit bouger ses membres, malgré les meurtrissures. Ce n'étaient pas les blessures qui l'inquiétaient, mais le regard vide de son patient et le comportement désordonné de son cœur. Soupçonnant un accident cérébral, il entraîna Marie-Jeanne au salon. Philémon, assis, attendait de voir s'il pouvait encore aider.

— Madame Gobeil, j'ai fait l'essentiel pour le moment. Mais l'état de votre mari me paraît sérieux. Je suis pratiquement certain qu'il a eu une petite hémorragie cérébrale. Son cœur est très instable, il a eu un gros choc. Il faudrait d'autres examens. Je vais appeler à Sainte-Jeanne d'Arc à Montréal. Ça va prendre une ambulance ! Si vous êtes d'accord, je vais en demander une.

Philémon proposa son camion pour transporter Anthime sur-le-champ à l'hôpital de la grande ville. Le médecin hésita.

— Il faut qu'une garde-malade fasse le voyage avec lui. D'un autre côté, ça irait plus vite avec vous. Je n'aurai pas l'ambulance avant demain matin. Écoutez, j'accepte votre proposition. Laissez-moi téléphoner au dispensaire pour l'infirmière.

L'équipée se mit en route vers les quatre heures du matin. Marie-Jeanne, assise près de Philémon, gardait un silence obstiné. Elle n'était pas surprise mais en colère. Voilà où menait le chemin des maudites tavernes! L'alcool échauffe le sang, la moindre querelle s'envenime, les vieilles rancœurs remontent à la surface et les mâles se battent, sans s'occuper des conséquences! Pauvre Anthime, s'il fallait qu'il ne s'en remette pas! Le pire serait qu'il ne puisse plus travailler. Qu'adviendrait-il d'eux? Les premières lueurs de l'aube s'allumaient à l'est juste comme le camion abordait l'île Jésus.

— Philémon, qu'est-ce qui est arrivé au juste? Racontez-moi.

— Pour commencer, j'ai rencontré Anthime dans la grande salle du marché. On a échangé quelques mots. Il était bien dépité d'entendre les résultats à mesure qu'ils arrivaient. Dès que la défaite officielle a été annoncée, il est sorti pour se rendre chez Plouffe avec deux amis, comme bien du monde qui se trouvait là. La taverne est juste à côté du marché. Je suis sorti peu de temps après lui, moi aussi. En passant devant, j'ai vu du monde qui buvait dehors et qui s'engueulait. Imaginez-vous que votre garçon Félix était là, avec Anthime! Il avait bu, il criait que les bleus avaient volé les élections. Trois gars se sont mis à le pousser; l'un d'eux lui a dit que s'il ne la fermait pas, il en mangerait une! Anthime s'est avancé pour aller à son secours et la bataille a commencé pour de vrai. Il y avait bien une dizaine d'hommes dans la mêlée. La police est arrivée, elle a dispersé les gens, et c'est là que j'ai vu Anthime tout recroquevillé, à terre sur le bord du trottoir. J'ai dit aux agents que je le connaissais et que je le transporterais moi-même jusque chez lui dans mon camion qui n'était pas loin. Ils en avaient plein les bras. Ils m'ont prêté un brancard. C'est la police qui a envoyé le docteur.

— Et Félix?

Philémon l'avait perdu de vue. La police l'avait peut-être arrêté. En tout cas, Anthime était seul au moment où il s'était approché de lui pour le secourir. Marie-Jeanne ne posa plus de questions jusqu'à ce que Philémon arrête son véhicule devant l'hôpital.

Anthime y passa trois longues semaines. Les appréhensions du docteur Dugal étaient fondées. Il avait bel et bien subi une attaque cérébrale qui avait laissé le côté droit de son corps raide et affaibli, sans être totalement paralysé. Les médecins assuraient cependant qu'il pourrait marcher de nouveau avec l'aide d'une canne. Le cœur aussi avait souffert. On faisait tout pour stabiliser une hypertension persistante. Il avait besoin de calme et de repos. Marie-Jeanne passa ses après-midi au chevet de son mari, profitant encore une fois de l'accueil chaleureux de sa chère Noëlla, rue Jarry, chaque soir. De Saint-Jérôme, Philémon lui téléphona à deux reprises pour avoir des nouvelles d'Anthime. Le temps venu, il offrit d'assurer le retour du malade à la maison, en ajoutant qu'il avait aussi quelque chose de particulier à lui remettre. Marie-Jeanne n'avait pas les moyens de refuser pareille sollicitude.

À l'hôpital, il lui offrit d'aller prendre une soupe à la cantine des visiteurs pendant que l'on préparait le patient au voyage.

— Voici pour vous. J'ai pensé que vous aviez bien besoin de ça, dit-il en lui tendant une lettre de Rodrigue que Marie avait reçue quelques jours auparavant.

Italie, 17 juin 1944

Ma chère Marie-Jeanne,

Je n'ai reçu que dernièrement ta lettre du 10 mars dernier. Comme je te l'écrivais déjà en février, j'ai repris ma place au régiment en assez bonne forme quoiqu'un peu plus vulnérable à la fatigue qu'avant. Si Zéphir me manquait cruellement, Roselyn avait accroché le soleil dans ma tête. Malgré mon chagrin, le moral était bon. Par la suite, tu as dû apprendre par les journaux que nous avons mené de très gros combats autour de Monte-Cassino pour dégager la route qui mène à Rome. La bataille a été extrêmement rude mais victorieuse, et c'est tout ce qui compte.

Aujourd'hui, j'ai deux excellentes nouvelles à t'annoncer, une petite et une très grande. Commençons par la petite. Je suis sur le point de partir avec mon régiment pour assister à une audience papale organisée par des prélats canadiens en poste au Vatican. Elle aura lieu le 3 juillet. Tu me connais; ce n'est pas tant l'idée de rencontrer l'homme à la tiare qui m'émeut que la perspective de contempler les splendeurs de Saint-Pierre-de-Rome et les vestiges des anciens Romains qui me passionnaient tant au séminaire. Je ne manquerai pas, j'en suis certain, d'être ébloui par les chefs-d'œuvre de Bramante, de Michel-Ange, de Bernini et de tant d'autres artistes immortels!

Et voici maintenant la très grande nouvelle: après cette audience, j'épouserai Roselyn, qui attend un enfant. Non, tu n'as pas mal lu. Je serai père, Marie-Jeanne, et Roselyn deviendra ma femme. Je voudrais écrire cette phrase mille fois. Le chanoine Dumas nous bénira. J'ai invité un camarade à y assister en plus du padre. *Malheureusement, le témoin que j'aurais aimé avoir près de moi ne sera pas là; mon bon Zéphir est mort. Mais j'aime à croire que son regard malicieux flottera sur la scène quand je passerai l'anneau au doigt de ma bien-aimée. Je me rappelle combien il la trouvait belle, ma Roselyn!*

Notre lune de miel sera de courte durée puisque nos forces iront probablement rejoindre l'armée anglaise sur le front avant longtemps. De son côté, Roselyn en congé partira pour Londres, où elle terminera tranquillement sa grossesse. Je ne l'ai eue que quelques minutes au téléphone pour fixer notre rendez-vous. Depuis, je ne vis plus, je dors mal, je mange à peine, j'espère, je rêve, je tremble, je flotte ou, si tu veux, je meurs d'espoir.

Je regretterai pourtant que tu ne sois pas là, avec moi, en ces instants uniques. Je sais cependant que, quand tu liras ceci, tu prendras toute la mesure du bonheur qui m'arrive.

Your brother for ever,

Rodrigue

Marie-Jeanne fit d'abord de grands yeux étonnés puis elle éclata de rire.

— Je ne sais pas ce que vous êtes en train de lire, mais ça fait longtemps que vous n'avez pas ri comme ça, commenta Philémon tout content de la voir ainsi.

Elle lui lut la lettre à voix haute.

— Écoutez, c'est incroyable. Je n'en reviens pas. Rodrigue, mon frère, le sans-logis, se marie! En plus, il va avoir un enfant! Je suis trop contente! J'espère de tout mon cœur qu'ils passeront à travers la guerre pour que son bonheur soit complet. Pensez donc!

— Je n'ose pas dire : faites confiance au bon Dieu, mais je le pense quand même, répondit Philémon, les yeux pleins de malice.

Marie-Jeanne le regarda en pensant que si la valeur d'un homme se mesurait à sa bonté, Philémon surpasserait tous ceux qu'elle avait connus. Il était là, vigilant comme un ange gardien, toujours prêt à aider, toujours prêt à rire et à pleurer avec elle. Elle avait tout de même de la chance de le connaître.

— J'admire votre bon cœur, Philémon. Peu de gens sont aussi dévoués que vous! Je ne sais pas comment vous remercier.

— Ce n'est rien, Marie-Jeanne. J'en ai les moyens, alors pourquoi pas? Et puis des amis, c'est fait pour ça.

Marie-Jeanne hocha la tête. Ils étaient en effet de véritables amis, bien plus que de simples connaissances en tout cas. Pour la première fois depuis longtemps, la scène du baiser sur sa main lui revint en mémoire en même temps qu'une émotion qui lui fit perdre sa pâleur. Philémon s'en aperçut et ne s'y trompa pas. L'occasion qu'il espérait et craignait tout à la fois était peut-être là. Mais Marie-Jeanne se dépêcha de parler d'autres choses.

— Pauvre Anthime. J'ai hâte de voir comment il va récupérer. Quand on y pense... tant de problèmes pour une élection perdue! Ils sont tous pareils dans la famille Gobeil, vous savez. Ils ne connaissent rien à la politique; pourtant, chaque fois que les libéraux sont défaits, c'est comme si c'était un affront. Je n'arrive pas à comprendre ça.

Philémon en profita pour lui dire que cette fois il avait suivi son exemple. Après avoir bien lu et bien écouté les discours, il avait arrêté son choix sans s'occuper de la couleur du parti en votant pour Godbout, ce qui était contraire à ses habitudes. Godbout était un réformateur; il avait essayé de moderniser la province; en ce sens, il méritait de poursuivre son œuvre. Ravie, Marie-Jeanne sourit avec un air d'approbation. Alors, il se jeta à l'eau.

— Marie-Jeanne, excusez le changement d'à-propos, mais j'ai quelque chose à vous dire. J'espère que vous ne m'en avez pas voulu pour... pour le geste que j'ai posé l'autre jour, dans le camion. Si je vous ai offusquée, je vous en demande pardon. Vous savez, c'était spontané et en tout respect. Sur le coup, vous avez semblé surprise, un peu fâchée peut-être. Dites-moi que vous ne m'en voulez pas !

Marie-Jeanne eut très chaud tout à coup. Ses paupières battirent comme pour se protéger d'une flamme imaginaire.

— Oui, j'étais surprise, un peu fâchée aussi. C'était... un geste déplacé, mais pas juste de votre part. J'étais fâchée contre moi-même aussi. J'ai pensé à ce que mes filles auraient dit de moi si elles avaient vu la scène et j'ai eu honte de ma conduite. Au lieu de vous laisser faire, j'aurais dû réagir à temps ! Nous avons tous les deux passé l'âge de ces aventures-là, pas vrai ? Pour vous dire franchement, les hommes ont cessé de m'intéresser une fois que j'ai été mariée; j'en avais bien assez d'Anthime, dit-elle en riant tristement.

Oubliant sa soupe qui refroidissait, Philémon acquiesça de la tête pour montrer qu'il avait bien compris.

— Ensuite, je me suis dit que vous aimiez bien trop votre défunte Eulalie pour que votre geste s'adresse à moi. Pour vous, c'est sûr qu'il ne peut pas y avoir d'autres femmes sur la terre. Au fond, c'est elle que vous auriez voulue à côté de vous, ce soir-là.

Vous auriez sûrement tout donné pour qu'elle soit assise à ma place. Est-ce que j'ai raison?

La question lui alla droit au cœur. Eulalie? Où était donc Eulalie pendant qu'il contait fleurette à Marie-Jeanne? Non! Dire qu'il avait conté fleurette était nettement exagéré. Mais enfin, il avait pris la main de Marie-Jeanne pour l'embrasser. Si jamais Eulalie l'avait vu de là-haut, lui aussi avait honte. Il imagina les beaux yeux tristes de la jeune femme posés sur lui et le cœur lui manqua. Une fois de plus, c'est Marie-Jeanne qui avait raison.

— Ce doit être ça, Marie-Jeanne. Comme d'habitude, vous avez trouvé une explication. C'est vrai que je donnerais n'importe quoi pour que ma femme vive encore, qu'elle soit avec moi, en train de me parler, pour dormir avec elle ce soir. Vous comprenez?

Soulagée, Marie-Jeanne eut un sourire mélancolique. Elle ne s'était pas trompée. Il n'y avait rien de répréhensible entre eux. Elle n'avait aucun désir amoureux et n'en aurait jamais, alors que lui était l'éternel amoureux d'une femme morte. Cependant, ils se comprenaient et c'était bon à prendre, pour elle comme pour lui.

— Si vous voulez bien, Philémon, n'en parlons plus. Restons bons amis.

Philémon était d'accord. Mais de bons amis peuvent bien se rencontrer de temps en temps! Comment s'y prendre dans leur cas? Il avait fallu deux élections pour qu'ils puissent se parler; la prochaine aurait lieu dans quatre ans! Il proposa d'organiser quelques petites promenades en campagne ou ailleurs, toujours avec la belle-sœur Yvette ou sa sœur Clara.

— Il est certain que vous serez très occupée à soigner votre mari durant les semaines qui viennent. Un peu de distraction ne vous fera pas de tort, ajouta-t-il avec sollicitude.

Marie-Jeanne baissa brusquement la tête. L'idée qu'elle serait peut-être prisonnière du malade lui était pénible. Elle ne ressentait ni l'amour ni la patience qu'il fallait pour soigner de bon cœur ce pauvre Anthime. Elle soupira, l'air complètement démoralisé.

— Pour vous parler franchement, je suis découragée à l'idée que je devrai prendre soin de lui s'il reste infirme, dit-elle, honteuse. C'est épouvantable à dire, mais c'est la pure vérité. Je suis usée, Philémon, usée, comprenez-vous ? C'est comme si mon cœur avait fondu, je ne suis pas une bonne épouse, je…

Elle pleurait. Cette fois, Philémon prit sa main sans hésiter.

— Il ne faut pas pleurer, Marie-Jeanne. Vous êtes la meilleure des femmes et vous ferez ce que vous pourrez pour Anthime, j'en suis certain. Et vous ne dépérirez pas pour ça non plus. Je ne le permettrai pas. Je suis là, Marie-Jeanne, je resterai là tant que vous aurez besoin de moi, si vous voulez bien de mon aide.

Il avait raison. Après tout, on n'en était plus aux convenances, l'heure était trop grave. Un grand malheur était arrivé à Anthime. Sans présumer de l'avenir, on pouvait craindre qu'il n'ait plus les capacités d'avant. Des problèmes énormes allaient en découler. Elle qui ne voulait assumer ni maison ni marmaille ne pourrait pourtant pas se défiler devant sa détresse. Philémon lui tendait tout de même une bouée. Sa force, son intelligence, sa gentillesse, son argent, même son camion, il mettait tout à sa disposition. Anthime lui-même n'avait-il pas eu besoin de lui le soir de la bataille ? On pouvait presque dire qu'il l'avait sauvé. Pourquoi ne pourrait-il pas continuer d'apporter son soutien à la famille, après tout ? *Honni soit qui mal y pense*, comme on dit !

— Vous avez déjà fait beaucoup pour Anthime et moi. Ça vous autorise certainement à venir à la maison de temps en temps. Mais je ne peux pas vous promettre qu'Anthime sera toujours de bonne humeur. Il est taciturne de nature, vous le savez. Avec la maladie, ce sera pire, j'en suis persuadée. Quant à moi, je serai contente d'avoir votre aide à l'occasion. On verra bien comment notre malade se comportera.

Elle le laissa emprisonner un instant sa main dans les siennes, à défaut de la porter à ses lèvres une autre fois.

— À la bonne heure! Marie-Jeanne!

Le lendemain soir, pendant qu'Anthime retrouvait le plaisir de dormir à nouveau dans son lit, Marie-Jeanne s'accorda le plaisir de répondre à Rodrigue.

Saint-Jérôme, 15 septembre 1944

Cher Rodrigue,

J'ai reçu ta lettre du 17 juin. C'est un vrai roman! Au moment où j'écris ces lignes, te voilà marié et bientôt papa! Toutes mes félicitations! Je ne trouve pas les mots pour te dire à quel point je suis heureuse de ton bonheur, moi qui craignais de te voir vieillir en éternel solitaire. Comme j'aurais aimé être là pour la cérémonie! Quelqu'un a-t-il pris des photos? Si jamais c'est le cas, pense à moi quand tu m'enverras ta prochaine lettre. Mais c'est beaucoup demander à quelqu'un qui est reparti au front depuis longtemps. D'ailleurs, ta femme doit être de plus en plus proche d'accoucher maintenant, là-bas, à Londres. Je suis sûre que tout se passera bien pour elle.

Je dois te dire qu'ici le malheur a frappé. Imagine-toi qu'Anthime a été blessé lors d'une bataille d'ivrognes, le soir des élections (qu'il a perdues) le 8 août, juste en face de la taverne Plouffe. Il paraît qu'il voulait défendre Félix qui se chicanait avec des bleus! C'est mon ami Philémon Riopel qui l'a ramené à la maison sur une civière prêtée par la police. Le médecin est venu en pleine nuit. Ses blessures n'étaient pas graves, mais il avait subi une attaque cérébrale pendant la bagarre. Après trois semaines passées à l'hôpital Sainte-Jeanne-D'Arc, il est encore bien faible. Son bras et sa jambe du côté droit ont gardé une raideur qui ne partira pas, j'en ai bien peur. Au moins, il recommence à

marcher un peu en s'aidant d'une canne. Aussi, il parle lentement et confond souvent les mots. Le médecin lui a recommandé
de faire chaque jour des petits exercices, mais il ne semble pas
intéressé. Il ne supporte pas non plus qu'on l'aide. Il pleure facilement et c'est triste de le voir aussi découragé.

Surtout, il faut absolument qu'il recouvre assez de santé pour
travailler. Il n'en parle pas, mais je sais que c'est son plus grand
souci. Pour l'instant, nous vivons des petites économies qu'il avait,
mais elles ne dureront pas longtemps. Marie ne dira rien à propos
de la pension, bien entendu, mais je sais qu'elle a besoin de cet
argent pour faire marcher la maison. Si Anthime n'est toujours
pas en mesure de retourner à l'usine d'ici le début de l'année prochaine, j'envisage sérieusement de me trouver du travail. Je n'en
parle à personne pour le moment. On va me prendre pour une folle,
vu mon âge et ma condition. Si jamais on en arrive là, ce sera le
coup de grâce pour Anthime, qui se sentira encore plus humilié de
dépendre de sa femme. Enfin! Nous verrons bien.

Ici, les journaux ont parlé de votre audience au Vatican. Tout le
monde trouve que tu as eu bien de la chance de vivre une expérience
pareille. C'est vrai que, croyant ou pas, c'est toujours impressionnant
de voir de ses yeux un si grand personnage. En plus, j'imagine que
le décor doit être de toute beauté. J'ai bien hâte de lire ta prochaine
lettre. Tu m'en parleras certainement et aussi de ton mariage.

Maintenant, il ne te reste plus qu'à prendre patience puisque la
guerre s'en va vers sa fin. La France est libérée et l'étau se resserre
sur l'Allemagne, d'après ce que je lis. Cependant, il doit rester de
grosses batailles à mener parce que les journaux parlent de pénuries
d'hommes dans l'infanterie. On s'attend à ce que le gouvernement
ordonne un service outre-mer obligatoire au cours de l'automne.

J'ai très hâte de recevoir de tes nouvelles. Je t'embrasse de tout
mon cœur,

Ta sœur Marie-Jeanne

PARTIE XIV

Italie, juillet 1944

Rodrigue arriva dans la cité des Romains le soir du premier juillet. Tôt le lendemain matin, il avait rendez-vous avec Roselyn devant une petite trattoria située tout près du Vatican où le chanoine Dumas les attendait à onze heures de l'avant-midi.

— Ma chérie! Mon Dieu! que tu es belle! Je ne t'ai jamais vue aussi belle, dit-il ébloui en l'apercevant debout devant l'établissement, ses cheveux sombres sagement noués en un gros chignon fiché sur sa nuque.

Elle ne portait pas l'uniforme, mais une fraîche petite robe de coton mauve dont l'ample jupe laissait deviner qu'elle était enceinte. C'est vrai qu'elle était radieuse. Les métamorphoses de la grossesse donnaient à son visage une rondeur lumineuse et paisible. Le cœur brisé par l'émotion, il la serra contre lui en la berçant. Mais elle se détacha pour mieux l'examiner.

— Eh bien! Comment vas-tu? Tu as perdu du poids pendant que j'en gagnais, plaisanta-t-elle en tapotant sa joue un peu pâlotte. Tu sais, cette campagne si dure n'était pas exactement l'idéal pour un homme qui relevait d'une infection aussi grave. C'est l'infirmière qui parle.

Pour fuir la chaleur qui montait de plus en plus, ils s'installèrent dans un recoin ombragé de la trattoria. Il commanda deux citronnades.

— Pas d'alcool pour moi, avait dit la future maman.

— Puis-je saluer mon fils ? demanda Rodrigue en posant sa main sur le ventre arrondi de Roselyn.

— Dire qu'il existe, qu'il est là ! Je donnerais tout pour le voir une seconde, si petit soit-il !

Roselyn pressa la main qu'il gardait sur elle. Pourquoi les hommes s'imaginaient-ils toujours spontanément avoir conçu un garçon ?

— Attention ! Tu seras peut-être déçu. Ce sera peut-être une fille !

Avoir une fille ? Il pensa à Marie-Jeanne et se mit à rire. Avoir un fils ou une fille ne faisait aucune différence pour lui. Ils causèrent à perdre haleine, la gorge un peu serrée, pour préparer leur rencontre avec le prélat et parler de la cérémonie à venir. Ensuite, ils marchèrent sous les arbres, le long du Tibre, en s'arrêtant souvent sur l'insistance de Rodrigue pour que la jeune femme puisse boire un peu d'eau et se reposer tout en admirant les lieux.

Tout sourire, le chanoine Dumas les reçut avec une élégance digne du grand monde qu'il fréquentait. Rodrigue décida de laisser la séduction naturelle de Roselyn opérer. Visiblement, le chanoine était conquis ; il s'empressa de simplifier les procédures autant que possible pour accommoder la jeune femme. Elle signa à sa demande quelques documents qui établissaient son adhésion aux conditions posées par l'Église en cas d'union interreligieuse. De son côté, Rodrigue déclara avec aplomb qu'il s'était confessé la veille auprès de l'aumônier du régiment, ce qui était faux. Il lui répugnait de s'agenouiller dans la pénombre d'un confessionnal pour dénoncer ses péchés à un autre homme. À son grand soulagement, le chanoine le crut et même le félicita. Il leur annonça qu'il ferait le nécessaire pour que tout soit prêt le 4 juillet, à huit heures pile, à l'une des très belles chapelles de l'église Saint-Louis-des-Français de Rome, dont l'administrateur laïque était un ami personnel. Rodrigue le remercia avec effusion.

À leur grand déplaisir, les futurs époux ne purent passer le reste de la journée ensemble puisque, étonnamment, Rodrigue avait reçu l'ordre de se présenter au rapport en début d'après-midi. En rentrant, il ne trouva pas l'officier mais le gros Millette, Charlebois et toute une bande de joyeux camarades qui s'emparèrent de sa personne pour «enterrer sa vie de garçon». C'est coiffé d'une couronne de fleurs d'où tombaient de gros rubans blancs que le sergent Deschamps fut promené dans une calèche avec l'obligation de se tenir debout en lançant des bénédictions aux passants pendant que les autres l'aspergeaient de vin. Après de multiples détours et quelques désaltérantes escales dans les meilleurs cafés, le cocher, qui était de mèche, s'arrêta à la célèbre fontaine de Trévi au fond de laquelle le futur marié fut requis d'aller chercher quelque monnaie devant des citadins ébaudis. C'est un Rodrigue encore trempé et plutôt éméché qui rentra au cantonnement juste avant le couvre-feu, soutenu par ses tortionnaires hilares qui n'étaient pas en meilleur état que lui. L'officier de garde ferma charitablement les yeux en les voyant si peu respectueux de l'uniforme tout neuf qu'on leur avait distribué pour la visite au Vatican.

— Espérons que vous serez tous impeccables demain matin, se contenta-t-il de leur dire.

Dix heures plus tard, ils n'étaient peut-être pas frais et dispos, mais ils firent ce qu'il fallait pour assurer la bonne réputation du régiment et se présenter au Vatican avec le respect que commandait l'honneur sacré de voir un pape. La journée s'annonçait inoubliable et Rodrigue décrivit sa visite à Marie-Jeanne avec force détails et tout l'humour dont il était capable.

Rome, 3 juillet 1944

Ma chère Marie-Jeanne,

Je me marie demain, c'est-à-dire dans quelques heures. Mais avant, ici le sergent Rodrigue Deschamps au rapport après une audience spéciale en présence de Sa majestueuse Sainteté, le pape Pie XII, dans son palais magnifique.

Rasés de frais et vêtus d'uniformes sans faux plis, nous nous présentâmes devant le Saint-Père, raides de vénération pour la plupart d'entre nous. On nous pria d'abord d'attendre debout dans une vaste salle où les marbres mordorés le disputaient aux couleurs chatoyantes des tapisseries sous des plafonds d'une hauteur céleste. Une porte s'ouvrit lentement et Pie XII, les mains tendues en signe d'accueil, fit son entrée dans le froufrou soyeux de ses atours pontificaux. Les présentations eurent lieu en français et il nous offrit sa bague à baiser, genoux à terre. Je confesse tout de suite que ma génuflexion était de pure forme et peu sincère.

Il nous appela ses « chers Canadiens français » et prononça d'une voix mince et haut perchée quelques mots de bienvenue où il était question de nos « progrès matériels et moraux ». Je me demande encore ce qu'il voulait dire. Il parla aussi de la fidélité de notre peuple à sa foi ancestrale et de son attachement à la France, « en dépit des difficultés de notre histoire », paroles cette fois très justes et certainement inspirées par nos chanoines qui, tout au long de l'audience, veillaient d'un œil sévère sur notre conduite. Enfin, il nous couvrit de sa bénédiction apostolique dans un latin sonore en traçant de sa main fine une large croix au-dessus de nos têtes. In nomine patris… Quelle belle langue ce devait être au temps de César et d'Auguste ! Il a prononcé la formule avec l'aisance d'un enfant de Rome, dans un latin naturel et différent de celui que nous prononcions si malaisément au séminaire. J'ai souri en pensant qu'au Vatican tout au moins il ne s'agissait pas d'une langue morte et j'ai oublié de me signer, ce qui me valut le regard effaré du chanoine Dumas.

Une fois sorti de là, j'ai montré au prélat l'émotion qu'il fallait pour effacer toute mauvaise impression. La veille, il nous avait très gentiment reçus, Roselyn et moi, dans son bureau personnel, si beau et si élégant qu'on se serait cru sur une planète sans guerre.

Il ne fut pas trop méticuleux quant à la différence de nos religions, étant donné, n'est-ce pas, qu'il s'agissait de légitimer un enfant né du péché! Il ne l'a pas dit, mais je savais qu'il le pensait. Toujours est-il que le mariage aura bien lieu demain matin, à huit heures, dans l'une des chapelles d'une grande église dédiée aux Français, entre le Panthéon et la piazza Navona. Voilà ce que c'est que d'avoir des relations!

Ah! Marie-Jeanne! Ne trouves-tu pas étrange de voir où cette guerre m'a conduit? Moi qui n'ai jamais voulu être autre chose qu'un éternel vagabond entre villes et montagnes, moi que personne n'attendait jamais, c'est sur la route de la guerre que j'aurai trouvé femme et enfant! La vie nous amène dans de bien mystérieux détours pour faire de nous des hommes. Chère grande sœur! Comme j'aimerais que tu sois là, à côté de moi, dans tes beaux atours, avec ton chapeau à voilette et tes gants de cuir fin, pour m'embrasser, embrasser ma femme et attendre ce bébé avec nous.

Your brother for ever,

Rodrigue

N. B. Je t'écrirai à nouveau dès mon retour à la caserne pour te décrire mon mariage. Promis juré.

Pour l'occasion et grâce à la complaisance du lieutenant Fisher, Rodrigue avait obtenu une permission équivalente à deux fins de semaine de liberté totale, après quoi il devait sans faute rentrer aux quartiers du régiment. Un retour des troupes canadiennes sur le sentier de la guerre quelque part au nord-est était imminent. C'était bien peu de temps pour que s'accomplisse, dans la lumière éblouissante de l'été romain, l'événement qui allait dorénavant fonder toute sa vie.

Italie, 10 juillet 1944

Chère Marie-Jeanne,

Après quatre jours d'une lune de miel inoubliable, je viens de rentrer à la caserne, le cœur bien lourd. Demain, à neuf heures, j'irai embrasser sur le quai d'une gare ma Roselyn en partance pour l'Angleterre. Pour m'aider à traverser cette nuit noire comme un gouffre, je ne vois rien de mieux que de t'écrire une fois de plus. Dieu merci, elle va bien et, si cela se peut, la grossesse l'a rendue encore plus belle qu'avant.

Il n'y a jamais eu de mariage plus beau, plus émouvant et plus vrai que le nôtre dans sa grande simplicité. Je suis arrivé à l'église des Français le premier, en compagnie du lieutenant Fisher qui m'a fait l'honneur d'être mon témoin et d'un soldat sous mes ordres du nom de Millette. Monseigneur Dumas, déjà vêtu des habits sacerdotaux, m'attendait dans le portique avec l'abbé Langevin, notre aumônier. Je lui ai remis les anneaux que Roselyn et moi avions achetés la veille dans une boutique située tout près de la place Saint-Pierre, deux cercles en or sans aucun ornement (mais j'ai promis à Roselyn qu'elle porterait un jour un beau diamant). Pendant que nous attendions la mariée, je n'avais pas assez de mes yeux pour contempler la richesse ornementale de l'église, avec sa nef et ses atours baroques tout en marbre, dorures et stucs d'un autre temps. Mais j'oubliai tout cela quand apparut ma bien-aimée accompagnée d'une amie, les joues roses d'émotion et belle à ravir dans sa petite robe blanche. Elle avait posé sur ses cheveux noirs une mantille de dentelle d'un rose très pâle, comme les fleurs du bouquet qu'elle tenait à la main. Je ne voyais surtout qu'une chose, une parure incomparable, et c'était la courbe que l'enfant donnait à sa taille.

Le prélat nous entraîna rapidement vers la chapelle de saint Louis qu'un tableau placé au-dessus de l'autel représentait dans toute sa gloire. C'était pas mal de convoler ainsi devant le roi de France! Messe et communion, échange de consentements, bénédiction des anneaux, le rituel se déroula comme chez nous, dans le grand silence de l'immense église où quelques vieilles Romaines agenouillées dans le chœur priaient sans s'occuper de nous.

Comment te dire ce que nous ressentions? À l'instant de l'épouser, mon amour pour elle n'avait d'égal que ma peur. Nous étions très heureux et, pourtant, nos visages étaient graves. C'est que la guerre était toujours là, à ramper autour de nous. Personne ne faisait chanter l'orgue extraordinaire que j'avais remarqué en entrant et nous savions que pas très loin tonnaient quelque part des canons que nous n'entendions pas. Quelle précarité pour un bonheur si précieux, Marie-Jeanne! Je savais qu'avant longtemps je retournerais au front. Roselyn allait-elle arriver à Londres sans encombre et y trouverait-elle une sécurité suffisante pour survivre et mettre au monde notre petit? Pour elle, cependant, j'avais l'impression que l'inquiétude n'était pas tout à fait la même. L'enfant lui prenait tout. Je crois qu'elle ne pensait qu'à lui, qu'à faire ce qu'il fallait pour qu'il naisse et reste vivant. Après que j'eus passé l'anneau à son doigt, elle a levé vers moi un regard que je n'oublierai jamais. Je comprenais qu'au milieu de tous ces périls elle me confiait sa vie. Je suis un homme aussi heureux qu'angoissé, Marie-Jeanne; plus que jamais, j'ai le devoir de survivre aux combats.

La cérémonie achevée, le chanoine Dumas nous a causé la surprise d'inviter tout le monde au repas qu'il avait fait préparer à notre intention dans une ravissante petite salle à manger de l'hôtel épiscopal où il a son bureau. On nous servit là le seul festin que j'ai pris depuis le début de la campagne d'Italie! Nous passâmes les jours suivants à dormir, à nous aimer, à nous promener entre les ruines, les palais, les fontaines, les musées et le petit hôtel que nous avions réservé. Quatre jours que ma mémoire gardera dans ses coffres comme le plus précieux trésor.

Parmi tous les lieux visités, nous n'avons rien vu de plus exaltant que la splendeur de Saint-Pierre-de-Rome. Beauté pure que cette immense église de pierres vénérables et de marbres chauds comme le soleil. Et que dire des œuvres extraordinaires qu'elle contient! Je ne te parlerai que de celle qui nous a le plus impressionnés: La Pietà de Michel-Ange, une grande sculpture représentant la Vierge Marie tenant sur ses genoux le corps de son fils mort. Elle était sidérante de présence sous l'alcôve. Aussi émue que moi, Roselyn trouva à s'asseoir tout près pour que nous puissions la contempler à loisir.

Michel-Ange. Je me demande comment un jeune homme de vingt-trois ans a pu tirer d'un bloc de marbre blanc sans profondeur ces formes ouvertes sur l'infini, projetant la pierre brute au-delà d'elle-même et de toute contrainte pour qu'elle s'envole. Je suppose que c'est ce que l'on appelle le génie. Ce que j'ai vu là me ferait croire davantage à l'invisible que tous les sermons de la terre. La sculpture parlait de maternité et de mort et pourtant, tout ce qu'elle donnait à voir séduisait. Il y avait la jeunesse intemporelle de Marie qu'aucune tristesse n'altérait, la grâce capricieuse de son voile tombant sur un front très pur, la volupté doucement agitée de la robe que ses genoux ouverts déployaient comme un lit sous le corps inerte du fils, et ce fils, si tendre et si beau, homme enfant à peine accouché et déjà mort! Infiniment triste, infiniment beau!

Son extrême sensualité avait quelque chose de troublant. Quel fils ne voudrait pas être l'enfant bien-aimé d'une telle mère? Peut-être était-ce la proximité de Roselyn que je voyais là, assise et songeuse, la tête levée vers la statue et la main posée sur son ventre, qui me rendait si sensible à l'œuvre. Nous ne disions rien, mais je suis sûr que ses pensées ressemblaient aux miennes. La maternité de la Vierge Marie triomphait du malheur. Quel que fût le drame qui l'avait tué, son fils continuait d'exister, endormi dans son amour vivant.

Attendre un enfant au milieu d'une guerre est bien pénible, ma sœur. Il faut le porter en courant au-dessus de la mêlée pour le sauver. Mais nous le ferons, Roselyn et moi, et nous y arriverons! Toi qui sais encore prier celui que tu appelles le Père, fais-le pour nous.

Le jour se lève. Il fera très chaud à Rome aujourd'hui. Je dois me préparer à la plus cruelle des séparations.

Your brother for ever,

Rodrigue

P.-S. Quelques photos ont été prises à l'église et aussi durant le repas, grâce à l'appareil de notre cher monseigneur. Il a promis de les envoyer à Roselyn, en Angleterre.

Rodrigue courut à la gare où Roselyn l'attendait, une petite valise posée sur le sol au milieu du quai agité. Il la prit dans ses bras et ils restèrent là, à attendre le signal du départ.

— Ma chérie, gardons nos forces. Combien de temps jusqu'au port d'après toi?

— Je ne sais pas. Une dizaine d'heures peut-être.

— Comment te sens-tu?

— Je me sens bien, ne inquiète pas. Je te jure que je tiendrai le coup. J'ai l'habitude de naviguer. Il faudra juste être patient. Une fois à Londres, tout s'arrangera. Fais-moi confiance, Rodrigue. Nous l'aurons, cet enfant, quoi qu'il advienne.

Un sifflement aigu leur déchira le cœur. Il fallait se dépêcher de monter dans le train. Elle se dressa sur la pointe des pieds pour l'ultime baiser, prit sa valise d'un geste résolu et sauta sur la première marche du wagon.

— Attends, je vais t'aider!

Elle se retourna avec un pauvre sourire et leva la main en signe de refus. Il lui signifia de la tête qu'il avait compris et trouva le moyen de sourire à son tour.

— Bon voyage, mon amour. Je vous aime tous les deux.

Elle tourna une dernière fois ses yeux vers lui et s'engouffra à l'intérieur. Il eut beau attendre, elle ne réapparut nulle part et le train s'ébranla sans qu'il la revît.

:: ::

Comme l'avait prévu Fisher, Rodrigue repartit très vite en campagne. Les Canadiens s'engagèrent dans une bataille ardue pour libérer Florence. Il fallut six semaines pour y arriver et percer les redoutables défenses de la ligne Gothique à laquelle les Allemands aux abois s'accrochaient. Le 23 septembre, le régiment fut mis en réserve pendant une vingtaine de jours pour permettre aux soldats épuisés de reprendre leur souffle. Pour une fois, ils s'installèrent assez confortablement pas très loin du front aux abords d'un gros village. Le personnel de guerre de la Young Men's Christian Association qui se dévouait pour le bien-être des combattants au repos avait même organisé une petite salle de cinéma, un terrain de balle molle et une petite bibliothèque ambulante que Rodrigue fut heureux de découvrir. Mais la guerre ne respecte rien. Un après-midi où tout le monde se la coulait douce sous un soleil agréable au bord de la rivière, un avion allemand apparut soudain au-dessus de leur tête.

— Qu'est-ce que c'est que ça? Ma parole, il va tirer! Tout le monde au fossé. Vite! cria Fisher.

Effectivement, des bombes tombèrent à proximité. Un morceau d'acier frappa le talon du soldat Hector Charlebois, qui était à plat ventre sur le sol.

— C'est rien, sergent, j'ai mangé un coup, mais y a pas de blessure. Inquiétez-vous pas, dit-il à Rodrigue qui rampait déjà vers lui.

Mais les hommes qui n'avaient pas eu le temps de sortir de la rivière où ils se baignaient eurent une sacrée frousse. L'un d'eux criait comme un fou en se tenant les organes génitaux à deux mains.

— Je pense que c'est le gros Millette, lieutenant Fisher. C'est sa voix, dit Rodrigue.

— Nos batteries commencent à tirer sur l'avion, l'alerte est presque finie. Allez voir ce qui se passe, Deschamps.

Rodrigue ne s'était pas trompé, Millette était blessé. La blessure était légère mais très impressionnante pour les hommes. Le bout du pénis avait été sectionné et il saignait abondamment. Heureusement, les services sanitaires le prirent en charge presque sur-le-champ. Pour tempérer un peu la terreur que ce genre d'incident pouvait inspirer, le capitaine fit distribuer des cigarettes et de l'alcool après le repas du soir. Rodrigue rendit visite au blessé le lendemain.

Il trouva son soldat atterré et fermé comme une huître.

— Écoute, Millette, ne fais pas cette tête-là. Compte-toi chanceux. Le docteur dit que la blessure est superficielle et qu'elle n'aura pas de conséquences sérieuses. Tu n'as pas à t'inquiéter pour ton avenir.

L'air sombre, Millette détourna la tête sans répondre.

— Je le sais, ça donne tout un coup à un homme. Mais puisqu'on te dit que ça va aller, prends sur toi. Un bon soldat comme toi! Tu le sais, Millette, je suis content que tu sois sous mes ordres. Tu as tes défauts, tu tournes les coins ronds souvent, mais tu as toujours fait du bon travail. En fait, je dirais même que tu es probablement un des meilleurs de la compagnie.

Millette se tourna enfin vers lui.

— Je sais ce que je vaux sur le terrain, vous avez pas besoin de me le dire. C'est pas ça. Je pense que je suis puni par où j'ai péché.

Rodrigue n'en revenait pas. Millette lui-même évoquait le viol.

— Tu veux qu'on en parle? Tu veux qu'on parle de la femme que tu as eue dans l'étable, c'est ça?

Millette était rouge comme un enfant de chœur surpris à boire le vin des burettes.

— OK, parlons-en, mon Théodore. Ça restera entre nous deux, tu as ma parole.

Les yeux baissés, Millette chuchota presque:

— C'est vrai que la femme m'a demandé si j'avais du chocolat ou des cigarettes. Je sais pas pourquoi, ça me démangeait. Je l'ai fait entrer dans l'étable, je l'ai poussée à terre, sur le foin. Je voyais plus clair. J'ai détaché mes culottes. Elle pleurait, mais je vous jure que je l'ai pas frappée ni bousculée. Elle se laissait faire.

— Elle se laissait faire, mais elle ne voulait pas.

Millette échappa un sanglot en faisant non de la tête.

— Sais-tu, Théodore, que même si elle ne s'est pas débattue, c'était un viol, parce qu'elle ne voulait pas et qu'elle ne savait pas comment t'arrêter?

Millette baissa la tête encore plus bas en faisant signe que oui, il le savait.

— Bon! Écoute, mon Théodore. Je ne suis pas un confesseur, je ne te donnerai pas de pénitence. Je ne suis pas un juge ou un prévôt non plus. Disons que c'était une faute de guerre, si tu veux. Puis arrête de t'imaginer qu'il y a un lien entre ta blessure et ce que tu as commis. C'est pas comme ça que ça marche. Tu aurais pu aussi bien être frappé aux fesses ou en pleine figure. Depuis ta gaffe, tu as déjà pas mal réparé par ton comportement sur le front. Je te demande juste de guérir au plus vite parce que j'ai besoin de toi dans la compagnie, le travail n'est pas fini. Et aussi parce qu'on est des amis, Théodore. Ce n'est pas pour rien que je t'ai demandé d'assister à mon mariage!

Le visage de Millette reprit de la couleur.

— C'est vrai qu'on est des amis? Je me suis toujours demandé pourquoi vous m'aviez invité ce jour-là.

— Tu te souviens de Zéphir Bélanger qui est tombé à Berardi ? On s'est enrôlés ensemble en 39 ; c'était mon plus grand ami. Je trouve que tu lui ressembles un peu. Je t'ai choisi pour remplacer mon chum le jour de mon mariage. Qu'est-ce que tu dis de ça ?

Cette fois, Millette sourit de toutes ses dents, qu'il avait grosses et blanches comme un carnassier. Plus rien ne pouvait empêcher la guérison du soldat.

De retour au cantonnement, Rodrigue mit la main sur la lettre datée du 15 juin de Marie-Jeanne et le lendemain, sur le message le plus attendu de tous, un télégramme de Roselyn.

Débarquée saine et sauve en Angleterre - Demeure chez amie Jane Curtis à Battersea, 42 Usk Road, sud de Chelsea. Tout va bien - Prépare arrivée de bébé - Lettre suivra - Baisers - ta femme Roselyn - septembre 10, 1944.

Il ferma les yeux en posant les lèvres sur le papier froissé. Pour le moment, l'essentiel était que Roselyn avait bien regagné l'Angleterre. Elle avait même trouvé un coin confortable pour préparer le grand événement. Battersea ! Bien sûr ! Il se souvenait de l'endroit. En 1940, il y était allé avec elle pour rendre visite à cette Jane Curtis, une blonde comédienne extravagante et adorable à qui ses parents fortunés avaient acheté un charmant cottage couvert de rosiers grimpants pas très loin de Battersea Park où, justement, ils avaient flâné tous ensemble. Il se revit traversant la Tamise avec Roselyn sur un pont du même nom pour regagner Chelsea. Quelle bonne idée Roselyn avait eue de penser à cette femme si accueillante !

Pour être un peu seul, Rodrigue décida d'aller prendre l'air. Il marcha jusqu'au petit bar qu'on lui avait suggéré au village et s'installa dans un coin, un crayon à la main et un verre de rouge devant lui.

Italie, 23 septembre 1944

Ma chère femme,

Tu ne peux imaginer le bonheur que j'ai ressenti à la lecture de ton bienheureux télégramme. Tu es un ange de m'avoir rassuré si vite. Il ne manque à mon bonheur que la lettre promise. Te voilà bien rendue! Quelle bonne idée tu as eue de te réfugier chez cette drôle et merveilleuse amie dont je me souviens fort bien! Tu ne peux pas être mieux entourée pour avoir notre petit!

Mon bel amour! Je donnerais tout pour te voir un seul instant, telle que tu es, si près de la naissance. Tu sais, j'ai réfléchi au sujet du prénom de notre enfant. Je te propose de l'appeler Edmond comme mon père si c'est un garçon et Catherine comme ta mère si c'est une fille. Que dis-tu de mon idée? Tu n'es pas forcée de la suivre. Je te laisse entièrement la décision quand tu le tiendras dans tes bras.

À part la fatigue et une petite toux, je vais bien. Nous sommes quelque part au nord-est de Florence et notre Division vient d'être mise au repos. Nous nous sommes battus très durement au côté des Anglais que nous avons rejoints au début du mois d'août. Nous progressons toujours, mais ce n'est pas sans peine. Nos troupes donnent des signes d'usure et c'est bien normal quand on pense que la campagne dure depuis la Sicile, en juin 1943. Avec tout ce qui se passe de tous les côtés, l'atmosphère a changé dans nos rangs. Forcément, l'attention se porte ailleurs qu'en Italie. Le débarquement du 6 juin en France et la libération de Paris ont fait du bruit. Ensuite, il y a eu cet autre débarquement allié en Provence à la mi-août. Beaucoup d'hommes ont été déplacés et remplacés. Mais le travail n'est pas terminé en Italie et il conserve toute son importance si l'on veut arriver à Berlin avant les Russes. Sans compter que notre combat oblige l'ennemi à nous opposer des divisions qu'il faudrait autrement combattre ailleurs. Où, quand, comment finir de gagner la guerre? J'ai le nez trop collé sur les canons pour m'en faire une idée nette. Je laisse cela aux grands stratèges. Mais ce qui est sûr et certain, c'est que nous la gagnerons et que l'Allemagne sera à genoux, comme elle le mérite.

Au fond de moi, je n'aspire plus qu'à terminer cette campagne pour sortir d'ici et voler vers toi, te retrouver enfin et ne plus jamais te quitter. Je t'aime. J'attends ta lettre. Surtout, prends bien soin de toi. Je ne pense qu'à toi.

Ton Rodrigue

Après s'être relu, Rodrigue prit une feuille vierge pour écrire une autre fois à Marie-Jeanne. Mais avant, il commanda encore du vin.

Italie, 23 septembre 1944

Chère Marie-Jeanne,

Nous sommes au repos après des semaines de gros combats. J'ai reçu ta lettre du 15 juin dernier. Il me semble qu'une éternité s'est écoulée depuis cette date, tant il s'est passé d'événements. Comme tu le sais sans doute si tu as reçu la longue épître que je t'ai envoyée de Rome, Roselyn est retournée en Angleterre pour accoucher de notre enfant. On m'a remis, peu après notre arrivée ici, un télé- gramme d'elle m'annonçant qu'elle avait réussi à rentrer et qu'elle s'était installée en banlieue de Londres, chez une excellente amie. Je suis au moins rassurée là-dessus. L'endroit est calme, la maison confortable et, surtout, Roselyn sera bien entourée. Tu sais qu'elle n'a plus de famille proche à Londres.

De mon côté, je ne te cache pas que je me sens un peu fatigué. Il reste beaucoup à faire pour sortir le dernier boche d'Italie. Je savoure le bon temps que nous avons en ce moment. Il faut en profiter parce que les hivers sont plus durs qu'on ne pense dans les montagnes italiennes. Je dois dire aussi que ma tête est là-bas, en Angleterre. Je donnerais tout au monde pour être auprès de ma femme quand elle accouchera.

Tu me parles encore de conscription dans ta lettre. Je ne serais pas surpris que le gouvernement fédéral passe aux actes parce que tous ces fronts qui se développent en même temps exigent beaucoup d'hommes, notamment dans l'infanterie. Les Russes progressent en direction de l'Allemagne. Il faut dégager les pays au nord de la France et, si possible, arriver à Berlin avant eux. Quant à moi, je tiens bon. Il le faut bien si je veux que mon enfant naisse dans la liberté.

Your brother for ever,

Rodrigue

P.-S. Je te joins des notes griffonnées depuis mon départ de Rome.

16 août 1944
Allemands regroupés en masse pour nous bloquer. Ce sera sûre-ment cap sur la Toscane. Florence en vue, la bella delle belle.

19 août 1944
Franchi l'Arno. Des mines partout. Ponts de Florence disparus sauf Vecchio. Beauté inouïe malgré la saleté et les débris. Entré dans église Santa Croce pour voir la tombe de Michel-Ange. Allumé deux lampions. Un pour saluer Zéphir. Il était là et me regardait. L'autre pour Roselyn et le petit. J'ai peur pour eux.

24 août 1944
Sommes en plein sur la ligne de défense, devant dix divisions allemandes, une défense à tout casser, canons d'assaut, canons

antichars et tout le tintouin. On avance quand même, les Polonais à droite et les Anglais à gauche. La mer Adriatique n'est pas loin.

26 août 1944
On est dans la mélasse depuis des heures. Toujours des rivières à franchir. Très pénible.

2 septembre 1944
On les avait en pleine face, les Barbares. L'aviation avait préparé le terrain. L'artillerie allemande nous arrosait. Des mines partout. Traversé maudit fleuve Foglia. Ensuite, envoyés sur Borgo Santa Maria par trois sentiers déminés. La cie B a poussé la route de Pozzo Alto, puis notre cie s'est attelée à la côte 131. Un beau succès. Fait chaud à mourir dans le calcaire. Tout est blanc de poudre, le sol, l'air, mes cheveux. Dur, dur. Mais content. Quand est-ce que les Allemands vont lâcher? Il pleut des cordes qui paralysent nos avions; nos tanks s'embourbent. On progresse vers Rimini, plus ça va, pire c'est, parce que les Allemands ont reçu des renforts. Hier soir, étions au pied de San Martino et San Lorenzo. On a mis le paquet. Ils ont reculé, comme tout le temps. Mais il faut tout leur arracher.

21 septembre 1944
Avons pris le massif de San Fortunato. Venons d'entrer dans la ville de Rimini, plus déserte qu'un cimetière oublié. On arrête enfin. Repos et piccolo vino, *s'il vous plaît.*

:::

Le 11 octobre, Rodrigue était de retour sur le front de la Romagne. Les abondantes pluies d'automne arrivaient prématurément en même temps qu'un froid qui rongeait les os. L'eau était partout, saturant l'air et la terre. Rodrigue qu'une telle humidité faisait souffrir serrait les dents; il fallait continuer. Quelques jours plus tard, c'est avec soulagement qu'il accueillit un Théodore Millette rétabli et d'autant plus empressé qu'il se considérait désormais comme le remplaçant de l'ami Zéphir auprès de lui. Une belle surprise l'attendait d'ailleurs : il venait de recevoir le grade de caporal sur la recommandation de Rodrigue doublée de celle du lieutenant Fisher en raison de ses excellents états de service sur le front. Toutefois, si Millette veillait sur la sécurité de Rodrigue, Rodrigue surveillait le comportement de Millette qui pouvait, en certaines circonstances, oublier les lois de la guerre, pour ne pas dire les lois tout court, comme il allait le constater en cours de route.

La bataille pour percer les formidables défenses allemandes autour de Savio fut particulièrement longue et dure en raison des contre-attaques répétitives de l'ennemi. Cette fois, Rodrigue compta des victimes parmi ses hommes les plus proches. Outre Joseph Giguère, qui fut tué par un éclat d'obus, le soldat Charlebois fut grièvement blessé à une jambe au plus fort des combats. Quand un semblant de calme revint sur la scène de bataille, Charlebois insista en pleurant pour qu'on l'évacue au premier poste sanitaire, qui n'était pas très loin à l'arrière. Rodrigue aurait bien voulu répondre à la demande du jeune homme, mais vérification faite auprès des officiers, c'était impossible.

— Il va falloir attendre. Les gars du sanitaire sont débordés et, de toute manière, ils ne peuvent pas passer pour l'instant. Les Allemands n'ont pas complètement lâché sur la gauche. Ils tirent encore. C'est trop dangereux. L'artillerie va nettoyer le passage cette nuit. Ça va aller à demain matin, Hector. En attendant, on va t'installer le mieux possible, puis tu vas prendre quelque chose.

— Ben ç'a pas de bon sens, protesta Millette qui avait tout entendu. Y est trop souffrant, puis il va perdre son pied pendant ce temps-là. Il faut trouver le moyen de le transférer drette là, sergent.

— Il n'est pas question de risquer un autre homme, caporal Millette. Si c'est à ça que vous pensez, ôtez-vous de la tête que vous allez le porter sur votre dos jusqu'au poste, dit sèchement le lieutenant Fisher.

L'air mécontent, Millette s'éloigna, non sans avoir fait un clin d'œil à Charlebois. Deux heures plus tard, comme le jour tombait, il profita du va-et-vient de la cantine pour aller relever la garde d'un jeune Allemand qui avait été fait prisonnier la veille. Quand il ne resta presque rien de la clarté du jour, il amena discrètement ce dernier dans le coin de Charlebois.

— Hector, veux-tu qu'il te transporte sur la ligne de front jusqu'au poste? C'est à peu près à cinq cents pieds. Quand les Boches vont voir son uniforme, ils oseront pas tirer sur lui puis ils vont le laisser passer, proposa-t-il.

— Tu sais bien qu'il voudra pas, Théodore. Il va me lâcher là puis il va rejoindre son monde. Un fou dans une poche!

— Pas si tu y mets ça sur le crâne, répondit Millette en montrant son arme. Ton pied est pas beau à regarder, mon vieux. Si tu veux pas rester estropié pour la vie, t'es bien mieux d'en profiter. Tu vas voir, ça va marcher. Envoye donc!

Le prisonnier comprenait de plus en plus ce que l'on attendait de lui.

— *Nein! Nein! Nicht Frage!* répéta-t-il rageusement.

— *Nein?* Je vas t'en faire moi des *nein*, dit Millette en pointant brutalement son arme dans son dos.

— OK, Théodore. J'aime autant risquer ça que de finir ma vie infirme. Je prends le *lager* puis j'y vas. Aide-moi à monter sur son dos.

Caché derrière un arbre, Rodrigue observait la scène depuis le début en se mordant les lèvres. Il vit bientôt le prisonnier disparaître derrière les arbres. Le soldat qui le chevauchait avait mis ses bras autour de son cou et pointait son arme sous son menton, le doigt sur la détente. Rien de tout cela n'était acceptable. Et pourtant, il n'avait pas envie d'intervenir. On ne pouvait pas forcer un prisonnier à pareille chose, mais au fond celui-ci ne risquait pas grand-chose sinon de rester prisonnier. Par contre, Hector avait vingt ans et il était possible qu'une intervention médicale rapide puisse sauver son pied. Les médecins militaires faisaient des miracles à force d'audace et d'expérience. Entre la loi et la vie, il faut parfois choisir la vie. Il n'intervint pas. Il chercha plutôt Fisher pour lui expliquer franchement ce qui venait de se produire. Ils allèrent tous deux demander des comptes au caporal Millette.

— Comment tu vas expliquer ce que t'as fait, Théodore ? demanda Rodrigue.

— Expliquer quoi ? Moi, j'ai rien fait pour que le prisonnier s'évade. Je l'ai remis à Hector Charlebois qui l'a pris à sa charge, parce qu'il avait justement besoin de lui, OK ? Il avait pas d'autre moyen de passer devant la ligne des mitraillettes sans se faire tirer dessus, OK ? C'est lui qui a voulu prendre le risque. Pis, je vois pas comment un homme, un volontaire qui se bat depuis des mois, puis qui est blessé comme il est là, peut être blâmé, en plus de rester infirme pour le reste de sa vie comme ça arrivera probablement, OK ?

Rodrigue et Fisher se regardèrent un moment.

— Caporal Millette, ce n'est pas votre première gaffe. Mais il faut que ce soit la dernière, m'avez-vous compris ? Ne refaites plus jamais, jamais cela, dit le lieutenant Fisher.

Comme l'apprit Rodrigue peu après, Charlebois surprit tout le monde en arrivant au poste sanitaire et le prisonnier fut immédiatement mis sous bonne garde après avoir reçu des cigarettes en remerciement de sa tâche. Le commandement de la compagnie estima qu'il n'y avait pas lieu de laisser quelque trace d'un incident qui n'en était qu'un parmi tant d'autres depuis quatre ans.

Vers la mi-octobre et après huit jours d'une bataille ininter-
rompue, la compagnie reçut l'ordre de pourchasser l'ennemi à
travers les rues du petit hameau de Cesena qu'un détachement
allemand tenait encore. Ce genre de combat du chat qui guette
la souris énervait particulièrement Rodrigue. Le danger était partout et l'ennemi était si proche qu'on avait l'impression de l'entendre respirer, là, tapi au pied du premier mur, au détour d'une
ruelle silencieuse, derrière un rideau tiré. Alors qu'il remontait,
en compagnie de Millette, l'une des rues étroites qui aboutissaient
à l'église, son œil tomba sur le profil d'une tête casquée appuyée
sur le canon d'un fusil posé contre la clôture d'un jardin. Il tira
tout de suite. Le corps fit du bruit en tombant sur quelque chose
de métallique, une pelle peut-être.

— Vous l'avez eu, sergent. Mais il est peut-être pas tout seul.

Ils s'approchèrent avec précaution ; tout semblait tranquille.
Rodrigue tira la clenche de la porte de fer forgé ; l'Allemand gisait
sur le sol, la tête éclatée. Au bord de la nausée, il se dépêcha d'en-
jamber le corps.

— Sergent, la cabane de jardin au fond ; j'ai vu la porte bouger,
il y a quelqu'un là-dedans, avertit Millette.

Ils attendirent de longues minutes. Pour en finir, Rodrigue
ordonna à son compagnon de l'ouvrir rapidement pendant qu'il
pointerait son arme vers l'intérieur. La lumière crue fit apparaître
quatre yeux d'un bleu céleste qui les regardaient avec hébétude.
Leur fusil posé par terre, les deux Allemands avaient les bras levés
en signe de reddition.

— Ah ben ! La belle surprise ! s'exclama le caporal en les faisant sortir de leur trou.

Rodrigue leur fit signe de marcher devant. Comme ils arrivaient à la sortie du jardin, le plus petit des deux prisonniers se
mit à geindre comme s'il était malade.

— *Es ist mein Bruder*, dit-il en désignant le corps qui gisait
près de la porte.

— C'est son frère, traduisit Rodrigue à Millette, comme sonné d'entendre une chose pareille.

L'image de Zéphir le rattrapa une fois de plus.

— *Ich bin tief betrübt*, dit Rodrigue à voix basse. Je lui ai dit que j'étais désolé, traduisit Rodrigue à Millette plutôt étranger à cette compassion.

Le jeune Allemand parut surpris d'entendre quelque chose d'humain. Rodrigue s'enquit de leur âge. Ils avaient tous les deux dix-huit ans et celui qui était mort en avait vingt-cinq. Le soldat toujours en pleurs s'accroupit près du corps de son frère pour fouiller dans les poches de son uniforme.

— Ho! le prisonnier! Qu'est-ce que tu fais là?

— Laisse, Théodore. Tu vois bien que le pauvre diable veut emporter quelque chose en souvenir.

— Oui, mais c'est pas dans les règles. Puis il peut sortir une grenade de là.

— Laisse-moi tranquille avec tes règles! D'habitude, tu aimes mieux les oublier, pas vrai? Bien, c'est le temps!

Le jeune prisonnier trouva un petit carnet sur lequel une photographie avait été collée. Rodrigue le prit pour l'examiner. Une jeune femme au soleil tenait en souriant un enfant dans ses bras. L'intérieur contenait des écritures.

— *Bitte, bitte*, suppliait le soldat en tendant la main pour reprendre l'objet.

Le visage de Rodrigue se crispa. Guerre ou pas, ennemi ou non, il venait de tuer le père de ce bébé. Le pire était que, s'il ne l'avait pas fait, c'était son bébé à lui qui aurait perdu le sien. Rodrigue rendit le calepin sans regarder le jeune soldat et lui fit signe d'avancer.

— Maudite guerre! Au moins, ces deux-là ne mourront pas, finit-il par dire en approchant du poste provisoire où il devait remettre ses prisonniers.

Ils n'étaient pas les seuls à ramener des Allemands traqués dans la ville. Pendant qu'il attendait pour faire son rapport à l'officier responsable des circonstances de l'arrestation, Rodrigue eut tout le loisir d'observer les détenus qui étaient parqués à côté, sur un grand terrain entouré de barbelés. La plupart étaient assis à même le sol, désœuvrés et lamentables. Il en vit un qui tapait par terre en riant, d'autres qui tremblaient tout le temps, l'air perdu, et d'autres encore qui regardaient fixement quelque chose d'invisible, avec l'œil féroce du tigre qui guette sa proie.

— On dirait qu'ils sont tous fous, dit Millette.

— Ils le sont sûrement, pour plusieurs. Ce que nous fait vivre cette guerre-là, c'est assez pour rendre fou n'importe qui. Nous, au moins, on a la satisfaction de gagner. Imagine qu'après toutes les misères qu'on a vécues, on se ramasse à leur place, assis à terre, prisonniers ! Sans savoir ce qu'ils vont faire de nous, si nous reverrons jamais les nôtres ! Ceux qu'on aime ne peuvent pas savoir où nous sommes ! Ils ne peuvent pas nous voir ni nous aider ! C'est comme tomber dans le vide, je dirais. Le prisonnier de guerre, c'est certainement celui qui ressent le plus la solitude du soldat.

Le gros caporal hocha la tête en toussotant pour chasser les larmes qui lui venaient tout à coup. L'image de son vieux père en train de l'attendre, assis près du poêle à bois, là-bas, à Sainte-Scholastique, venait d'apparaître dans sa tête. Rodrigue aussi avait le cœur gros. Jamais, de toute sa vie, il n'avait ressenti une pareille fatigue morale aussi bien que physique. Il fallait que cette guerre finisse. Il le fallait. La coupe débordait. Son cœur débordait. Trop de morts de tous côtés. Trop de boue, trop d'eau froide et trop de montagnes à traverser. Trop de malheureux.

Le rapport fait, ils retournèrent rejoindre les autres aux portes de Savio pour continuer le combat. Heureusement pour eux, les Allemands avaient détourné deux divisions pour combattre les Américains du côté de Bologne. Du coup, les troupes déblayèrent une dizaine de kilomètres, jusqu'au fleuve Ronco. C'était un autre bon coup et pourtant, l'épuisement gommait la satisfaction des soldats. On ne voyait jamais la fin. Aucune des victoires remportées ne suffisait jamais. Les Allemands étaient toujours plus loin, prêts à se défendre comme la bête que sa blessure rend plus dangereuse encore.

Le 31 octobre, le régiment fut encore une fois retiré du front, au grand soulagement de Rodrigue. Il prit ses quartiers dans la tranquillité relative et peu confortable d'un cantonnement mal ravitaillé, à cause de l'éloignement. Le personnel de guerre du YMCA n'avait pu faire grand-chose pour embellir leur repos. Mais il aurait au moins le temps de surmonter le mauvais rhume qui le faisait tousser depuis l'étape de Savio. Beaucoup d'hommes étaient dans le même état que lui dans la compagnie. Même le robuste Millette toussait à fendre l'âme quand il n'éternuait pas avec la violence d'une tempête.

— J'en ai assez d'avoir le nez bouché, se plaignit-il auprès de l'officier. Faites donc venir le docteur. Comme ça, il pourra voir tout le monde, nous donner du sirop ou une pilule. C'est comme un concert, la nuit. On dort pas notre content !

Fisher suivit le conseil du caporal. Le médecin avisa le commandement que certains militaires avaient besoin d'un long repos. Mais il n'y avait personne pour remplacer ces hommes et il n'était pas question de suspendre l'offensive plus longtemps que prévu.

Du moins, le courrier qu'on leur avait promis fut livré quatre jours plus tard. Rodrigue avait deux lettres, celle que lui avait adressée Marie-Jeanne le 15 septembre et celle promise presque deux mois plus tôt par Roselyn dans son télégramme. En dépliant la lettre de sa femme, il vit une plus petite enveloppe portant la mention « ne l'ouvre pas avant d'avoir lu la lettre ».

Battersea, 1ᵉʳ septembre 1944

Mon cher amour,

J'espère que tu as bien reçu le télégramme que je t'ai envoyé. Je vais très bien. Jane a été formidable. Elle a insisté pour que j'occupe la chambre la plus grande de la maison. Elle remue ciel et terre pour rassembler ce qu'il faudra à notre petit. J'ai déjà le lit de bébé et je m'occupe du petit linge, bonnets, chaussons, couvertures, jaquettes, langes. Tout le monde aide tout le monde par ici ; on me donne ou on me prête des choses que je répare sous l'œil avisé de la mère de Jane qui sait tenir une aiguille. Je n'y connais rien, mais j'apprends ! La seule chose qui manque et manquera avec l'hiver qui s'en vient, c'est le charbon. Il est très difficile de s'en procurer et quand on en trouve, il coûte une fortune. Mais pour le reste, tout s'annonce très bien. Je me sens forte. Tu ne dois pas t'inquiéter pour moi.

Jane dit que je parle tout le temps de toi. C'est vrai. Je ne peux pas faire autrement. C'est comme si tu étais là, avec le bébé. Je sais bien que la Division canadienne a repris le combat au mois d'août, mais je ne laisse pas l'inquiétude entamer mon énergie. Je t'attends. Je ne veux pas que mon petit naisse dans la peur. Je tiens à ce qu'il ait une maman confiante et joyeuse. Il faut dire que ce n'est pas trop difficile avec un boute-en-train comme Jane ! Tu te souviens d'elle, n'est-ce pas ?

Je sais que tu reviendras. Dieu est avec nous. Il ne peut pas en être autrement. J'ai si hâte de lire une autre de tes belles lettres. Je t'aime. Bébé et moi, nous t'embrassons.

Ta femme Roselyn

P.-S. Maintenant, tu peux ouvrir la petite enveloppe. Je t'aime.

Rodrigue sortit en pleurant une petite photo. Dans la plénitude de sa grossesse, Roselyn se tenait debout, près d'un joli berceau surmonté d'un petit rideau de dentelle. Son sourire éclatait d'un bonheur invincible, comme si rien ne pouvait le menacer. Rodrigue eut l'impression qu'elle le regardait, qu'elle le voyait même. Il se rappela que la naissance était prévue pour le début de novembre. Or, on était le 4. L'enfant était peut-être en train de naître.

Entre deux quintes de toux sur fond de fièvre légère, il ne pensa plus qu'à se consacrer à sa correspondance en commençant par Roselyn.

Italie, 4 novembre 1944

Ma chère femme,

Je viens de recevoir ta lettre du 1ᵉʳ septembre. Et l'incroyable photo. Si tu savais le bien qu'elle me fait, cette photo ! Vois-tu, le pire pour moi, c'est de ne pas pouvoir partager ces mois avec toi, de ne pas attendre la naissance de notre enfant cœur à cœur et corps à corps avec toi, de ne pas pouvoir vous envelopper tous les deux dans mes bras et vous contenir jusqu'à ce qu'il soit là. Tu as dû pressentir cette souffrance pour m'envoyer une telle image. Mais au moment où j'écris ces lignes, je réalise qu'il est peut-être déjà né, ou sur le point d'arriver. J'espère que tout se passera bien pour lui et pour toi. Je trouve admirables ton courage et ton optimisme malgré les innombrables embûches que tu dois rencontrer en ce moment en Angleterre. La vie pour les civils est certainement un combat quotidien. Je te sais gré de préserver ta joie pour notre enfant. Avoir une mère heureuse et confiante est la meilleure façon d'arriver au monde.

Ici, le combat dure toujours et l'hiver s'annonce rude. Une épidémie de rhume fait tousser une bonne partie des hommes. Tout le monde est au sirop en ce moment! Rien de grave, rassure-toi. Ce qui compte, c'est que nos Alliés continuent de reprendre le terrain partout sur le continent et que la victoire finale finisse de terrasser l'Allemagne au plus vite.

J'attends donc impatiemment de tes nouvelles et j'ai bien hâte de savoir qui dormira dans le ravissant berceau de bois: Edmond ou Catherine.

Je te serre dans mes bras,

Ton mari, Rodrigue

Italie, 4 novembre 1944

Ma chère sœur,

J'ai été bien heureux de recevoir enfin ta lettre du 15 septembre dernier. Oui, tu as raison, nous vivons, malgré la guerre, un beau roman, Roselyn et moi. Je viens de recevoir une lettre d'elle accompagnée d'une photo la montrant à côté d'un adorable petit berceau garni de dentelles. Elle semble radieuse et je suis bien rassuré de la savoir tout près de Londres, en sécurité et bien entourée chez son amie Jane. Nous sommes le 4, l'enfant devrait être sur le point de naître si ce n'est pas déjà fait. Heureusement pour moi, notre Division est actuellement au repos de sorte que j'ai tout le temps pour y penser et en rêver.

Ici, c'est toujours le même combat puisqu'il faut finir de libérer l'Italie. C'est long et l'hiver sera difficile pour les hommes qui sont fatigués après tant de mois sur le front. Mais il y a plus que jamais de l'espoir et il faut attaquer plus que jamais.

Par contre, je suis désolé d'apprendre qu'Anthime est tombé si gravement malade. S'il faut qu'il en sorte diminué, ce sera toute une épreuve pour l'homme fier qu'il est. Mais il ne faut pas penser au pire avant la fin de sa convalescence. Les Gobeil que je connais ont une constitution solide et il ne fait pas exception. Par ailleurs, je salue ton idée de travailler à l'extérieur. Si le cœur t'en dit et si tu trouves un travail qui te plaît, pourquoi ne pas le faire, quoi qu'il arrive à ton mari? Après tout ce que tu m'as confié dans tes lettres, je pense qu'être active à l'extérieur de la maison et gagner un peu d'argent seraient une belle façon de reprendre ta liberté. Au diable les commérages, après tout! Pourquoi pas, Marie-Jeanne? Les usines sont remplies de femmes qui gagnent leur pain et contribuent à la victoire par leur travail. La guerre aura au moins changé ça! Tu n'es pas si vieille après tout!

Continue de m'écrire. Pour ma part, je ne manquerai pas de le faire dès que j'aurai des nouvelles de l'accouchement. À nous la victoire!

Your brother for ever,

Rodrigue

::

Rodrigue se sentait tout de même beaucoup mieux quand sonna la fin des vacances, le premier décembre. Entraînant le Corps canadien avec elle, la Huitième Armée anglaise entreprenait une huitième tentative pour atteindre la plaine de la Lombardie. Le Royal 22ᵉ se mit en position de réserve derrière la 3ᵉ Brigade qui avait pour mission de traverser le fleuve Lamone et d'installer une tête de pont de l'autre côté. Mais la pluie retarda l'assaut de presque trois jours. La 3ᵉ Brigade y parvint tard le soir du 9 décembre et ce n'est que deux jours plus tard, alors qu'il faisait nuit, que le Royal 22ᵉ put traverser à son tour et entreprendre d'élargir la tête de pont. Au cours d'une lutte acharnée, le commandement leur fit ouvrir une brèche entre deux unités allemandes importantes, ce qui força l'ennemi à se retirer à l'ouest de la rivière Senio. Rodrigue et ses hommes se retrouvèrent sur la rive est, essoufflés mais plutôt contents. L'entêtement des Canadiens épuisés avait quand même fini par payer.

Rodrigue ne pouvait pas se douter que c'était là sa dernière bataille. Le Corps canadien fut bientôt remis en réserve et prit ses quartiers d'hiver ainsi que la Huitième armée anglaise au complet. Le haut commandement songeait à ne pas reprendre l'offensive avant le début de l'année suivante avec, si possible, une stratégie redessinée et des troupes fraîches. D'ailleurs, la même chose semblait se passer dans l'autre camp. Le front qui s'étirait autour de Senio était stable. Des deux côtés de la ligne de combat, personne n'avait plus envie de se battre. Les troupes se contentaient de s'épier en se terrant. Un matin, Rodrigue se réveilla brûlant de fièvre.

— Je pense que mon rhume est revenu, dit-il à Millette qui s'inquiétait de sa toux et de sa pâleur.

— Je vais avertir l'officier, sergent. Restez donc dans votre lit. On gèle dehors puis il tombe des cordes mêlées de grêle, on dirait. Avez-vous encore des remèdes de l'autre fois ?

— OK. Avertis l'officier. De toute manière, ils nous ont promis du courrier pour l'après-midi, j'ai envie de ne rien faire et d'attendre.

Mais la journée se passa sans que le sac postal arrive. Rodrigue se morfondait. Il passa une autre mauvaise nuit à tousser en se tenant les côtes. Il ne réussit à s'endormir qu'au petit matin. C'est la main lourde de Millette posée sur son front brûlant qui le réveilla à l'heure du midi.

— Baptême ! Vous avez de la fièvre, vous là. Il faut que le docteur vienne absolument. Mais j'ai la nouvelle que vous attendiez, je pense bien, dit-il en lui tendant une enveloppe.

Rodrigue fit un gros effort pour s'asseoir dans son lit et se prit la tête à deux mains, tant la douleur cognait à ses tempes.

— Peux-tu ouvrir et me lire la lettre, Télesphore? Moi, je ne vois plus clair.

Le caporal trouva plutôt une simple carte postale. Sa grosse voix déchiffra péniblement l'écriture de Roselyn:

10 novembre 1944

Mon amour,

Notre fille Catherine est née le 5 novembre dernier; elle est en bonne santé, plutôt rousse, et pèse sept livres. Je vais très bien aussi. Lettre suivra avec photo. Je t'aime.

Ta femme Roselyn

Il voulut rire, mais s'étouffa en prenant la carte entre ses mains. Les lettres imprimées tremblaient devant ses yeux. Il eut soudain très chaud, haleta et retomba sur son oreiller. Il venait de perdre connaissance.

C'est à peine s'il eut conscience, quelque temps plus tard, que Télesphore s'adressait à lui.

— Sergent, vous avez une pneumonie. Vous ne pouvez pas rester ici. Y vont vous transporter au quartier sanitaire. L'ambulance est là.

Millette, qui avait l'impression de voir son père partir, vit la civière disparaître derrière les portes du véhicule qui partit à l'autre bout de l'immense cantonnement. S'il avait su à quel point l'état de son sergent était sérieux, il aurait été bien plus inquiet encore.

Là-bas, le médecin comprit rapidement qu'en plus de sa pneumonie Rodrigue souffrait d'une appendicite aiguë. Il fallait l'opérer de toute urgence sinon la péritonite finirait de l'emporter. L'intervention eut lieu sous une tente, à l'hôpital de campagne le plus proche. Des jours passèrent pendant lesquels on craignit pour sa vie. Très affaibli, il sortit enfin de sa prostration dix jours plus tard et put accueillir son fidèle caporal qui s'était démené comme un diable pour obtenir la permission de le voir.

— Comment ça va, mon sergent? Non! Répondez-moi pas, il faut pas que je vous fasse parler trop, à ce que le médecin m'a dit. On peut pas dire que vous êtes bien rougeaud, en tout cas. Mais fort puis têtu comme vous l'êtes, vous allez vous en sortir, c'est sûr. Ça serait toujours ben trop bête de mourir de maladie après toutes les balles qui vous ont manqué depuis qu'on est débarqués en Sicile, pas vrai?

Rodrigue esquissa un sourire en l'approuvant des yeux.

— En tout cas, je suis bien content de vous l'avoir appris, pour votre petite fille. D'après ce que le lieutenant Fisher m'a laissé entendre, ça se pourrait que vous la voyiez avant longtemps. Il paraît qu'ils vont vous rapatrier sur un bateau pour les malades puis les blessés. Nous autres icitte, on sait toujours pas ce qui va se passer après les Fêtes. Mais tout le monde est trop fatigué. D'après moi, ils vont changer le mal de place puis ils vont nous envoyer ailleurs. Ça manque pas de champs de bataille, pas vrai? En tout cas, c'est ça que les gars espèrent. Ça fait trop longtemps, là.

Rodrigue le regardait toujours en acquiesçant de la tête. Millette triturait dans ses mains un petit sac. L'air gêné, il finit par l'ouvrir.

— J'aurais bien voulu faire un petit présent à votre petite fille, mais les jouets sont rares au cantonnement. Ça fait que j'ai pensé que ça, ça pourrait vous servir sur le pont, quand vous prendrez l'air pendant la traversée. C'est juste une tuque, mais elle est bien chaude. C'est ma sœur qui me l'a envoyée pour Noël. Moi, j'ai encore celle qu'a m'avait faite l'année passée, j'en ai pas besoin d'une autre.

— Merci, merci beaucoup, Théodore. C'est bien gentil. Je te promets de la porter, chuchota lentement Rodrigue.

— Ça me fait plaisir. Moi aussi, je veux vous dire merci, mon sergent. J'ai fait bien du chemin avec vous. Puis je parle pas juste de la route. Moi, vous savez, je me suis élevé tout seul, la plupart du temps dans le bois. Ma mère est morte quand j'étais bébé. Mon père était pas un méchant homme, mais quand il prenait une brosse, il nous battait. Puis il en prenait souvent. Vous êtes le premier, pour dire vrai, à m'avoir traité… comme… comme… je sais pas comment dire ça. Comme un homme, je veux dire, comme quelqu'un qui compte, puis qui est capable de…, qui vaut quelque chose quoi! J'oublierai jamais le beau mariage que vous avez fait dans la grande église. J'étais là puis c'était un honneur. J'espère qu'on va se revoir.

— Moi aussi, Théodore. Quand on sera revenus chez nous, c'est sûr. Sainte-Scholastique, ce n'est pas loin de Saint-Jérôme, pas vrai? chuchota toujours Rodrigue.

L'infirmière commençait à rôder autour du malade.

— Bon, ben, je pense qu'il faut que je vous laisse. Faites attention à vous, puis bon voyage en Angleterre, là.

Rodrigue trouva la force de lui tendre la main. Théodore la serra en toussotant, les yeux humides.

::

Quelques jours plus tard, Rodrigue se retrouva étendu, bien emmitouflé devant une fenêtre ouverte sur le pont, à bord d'un hôpital flottant en route vers l'Angleterre. La tuque de Millette vissée sur la tête, il tenait contre son cœur la photo de Roselyn et le télégramme annonçant la naissance de Catherine. Le pire était derrière lui. Sa mission, maintenant, c'était de guérir au plus vite afin d'aller les retrouver à Battersea. Mais les médecins l'avaient prévenu. C'est à l'hôpital qu'on le conduirait d'abord, pour au moins quelques semaines. Son état général était encore trop fragile.

Il se dit que s'il ne pouvait pas encore courir à Battersea, Battersea viendrait sans doute à lui ! Dans sa faiblesse, il laissait l'espoir se mêler à l'angoisse jusqu'à l'obsession. Il dormait mal en rêvant sans cesse de retrouvailles délirantes où tout se confondait. Il fallait surmonter mille obstacles pour atteindre la rive anglaise qu'on voyait au loin ou se sortir d'un naufrage et nager pendant des heures. Il voulait toujours tendre les bras, mais il était trop faible. Il voyait parfois le gros visage flottant de Millette qui peinait à le tirer hors de l'eau et de la guerre, parce qu'il fallait se dépêcher de fuir les obus qui pleuvaient. Il le suppliait de l'amener là-bas sur son dos. Sa fille l'attendait. Il voulait la voir, lui parler, la toucher. Elle avait de petits cheveux cuivrés, comme lui. Parfois aussi, Marie-Jeanne était là, avec son tablier, qui lui faisait signe. Un voyage pas comme les autres, Rodrigue ! Tu ne sais pas ce que tu fais là, jeune homme ! Je reviens, comme je te l'avais promis. J'arrive. Il faut chauffer du lait pour la petite. Ah oui ! On manquait de charbon ! Il ne fallait pas qu'elle meure de faim. Ou de froid. Qu'il était long ce voyage ! Si je le sais, je le sais maintenant. Laissez-moi, laissez-moi voir Roselyn !

— Sergent, réveillez-vous ! Vous faites un mauvais rêve, ça m'a tout l'air. Regardez ! Là-bas ! On voit déjà la côte, dit l'infirmière avec enthousiasme. Je vous ramène à votre lit. Il faut se préparer pour le débarquement.

C'est d'un cœur ému qu'il contempla l'Angleterre pendant qu'on le transportait vers une ambulance en partance pour l'hôpital du Corps de santé royal canadien de Taplow. Il avait l'impression de rentrer chez lui. Il demanda au brancardier quel jour on était : le 17 janvier 1945. Il calcula qu'une vingtaine de mois s'étaient écoulés depuis son départ d'un port du nord de l'Écosse, un temps qui valait pour lui au moins mille ans de vie.

Prisonnier de son lit, il dut attendre au lendemain de son arrivée pour dicter une petite lettre à la première infirmière disponible afin que Roselyn sache au plus vite où il se trouvait. Heureusement, un courrier spécialement prévu pour les nouveaux patients assurait une livraison dans les sept jours à Londres et ses environs.

18 janvier 1945

Ma chérie,

Je suis ici, en Angleterre.

J'arrive d'Italie où l'on m'a chassé du régiment en raison d'une pneumonie doublée d'une appendicite. J'ai été opéré là-bas et je suis maintenant en convalescence dans les luxueuses dépendances de notre hôpital royal de Taplow! À ma grande déception, on me refuse le droit de courir vers toi. Trouveras-tu le moyen de courir vers moi? J'ai si hâte de voir ma fille!

Tu ne peux t'imaginer le soulagement que j'ai ressenti en voyant le quai de ce port anglais où j'allais enfin poser le pied (façon de parler, puisque j'étais évidemment sur une civière). La guerre n'est pas finie, mais le cauchemar achève. Nous l'avons tant voulu, tant espéré tous les deux, ce moment où nous serions réunis! Le voilà enfin.

Comment vas-tu? Comment va mon bébé? Appelle-moi s'il te plaît dès que tu recevras ce mot au numéro de téléphone que l'infirmière indiquera au bas de la page. Entendre ta voix achèvera de me guérir. Je vous embrasse aussi fort que je peux, pas trop quand même puisque mon bébé est tout petit.

Je t'aime,

Ton mari Rodrigue

PARTIE XV

Saint-Jérôme, septembre 1944

Marie-Jeanne venait de répondre longuement aux deux lettres que Rodrigue lui avait adressées depuis Rome. Sa description des splendeurs de la ville faisait rêver. Et ce mariage si touchant! Elle déposa sa plume et jeta un coup d'œil à l'horloge. L'après-midi achevait; Anthime allait bientôt rentrer, Dieu sait dans quel état! Elle se dirigea vers la fenêtre qui donnait sur la rue. À voir les rafales de pluie mêlée de grêle que le vent projetait, on aurait dit que l'automne passait à l'hiver avant le temps. Les paillettes glacées cliquetaient sur la vitre. La rue était vide et les trottoirs renvoyaient les reflets d'une fine glace traîtresse. Comment diable Anthime allait-il pouvoir rentrer de l'usine, lui qui avait tant de mal à marcher? Quelqu'un descendit pesamment du deuxième étage. Marie-Jeanne tendit le cou. C'était Caroline, très énervée. Gaspard venait de téléphoner du bureau du contremaître à l'usine. Anthime n'était pas bien et il refusait que l'on appelle le médecin. Il fallait trouver le moyen de le ramener à la maison. Elle avait bien appelé Mireille, qui habitait juste en face de la manufacture et dont le mari disposait d'une auto. Mais ce dernier était parti à Saint-Antoine pour une réparation de plomberie urgente. Il ne restait plus que Philémon, si on arrivait à le joindre.

Marie-Jeanne monta chez Caroline pour téléphoner elle-même chez Alma.

Il était presque six heures quand le camion ramena Anthime. Philémon descendit le premier pour aider son passager chancelant à sortir du véhicule. En voyant l'air sombre et buté de son mari, Marie-Jeanne comprit qu'il ne supporterait aucune question. Elle lui enleva son paletot et le fit s'étendre sur le grand sofa du salon.

— Repose-toi. Tu mangeras plus tard, dit-elle en jetant une couverture sur ses jambes. Philémon, vous avez été bien bon encore une fois de nous aider. Voulez-vous souper avec nous? Ferdinand vient juste d'arriver. Tout est prêt.

Marie posa devant lui une grande assiette de macaroni.

— Racontez-nous donc ce qui s'est passé, demanda Marie-Jeanne en chuchotant presque.

— Il était dans le bureau, muet comme une carpe. Gaspard m'a pris à part. Il m'a raconté qu'il avait trouvé son beau-père assis à terre, à côté de sa machine, le visage écarlate; il n'en menait pas large. Il l'a fait transporter au bureau du contremaître. La garde-malade de service est venue. Anthime prétendait qu'il n'avait rien et qu'il avait juste glissé sur une plaque d'huile qui avait coulé de sa machine. Apparemment, le contremaître ne l'a pas cru. Sans grand ménagement, il l'a averti que les patrons le trouvaient trop malade pour faire le même travail qu'avant. D'ailleurs, on l'avait à l'œil depuis hier. Il était trop lent pour suivre le rythme, ce qui causait du danger pour les autres. Une erreur suffit pour bloquer toute la chaîne, à ce qu'il paraît. Sans compter les accidents. Là-dessus, Gaspard, qui travaille sur la même ligne, donnait raison au contremaître.

— Si papa ne peut plus travailler, ça va l'achever, dit Marie, découragée.

— Ce n'est pas tout. La compagnie lui a offert d'aller aider les femmes au comptoir de vente au détail, vous savez bien, l'espèce de petit magasin où les employés peuvent acheter pour pas cher les savates qui ont des défauts. Naturellement, il aurait moins gagné. Il s'est senti insulté. Il s'est fâché tout noir. Ça se comprend ! Faire un ouvrage de femme, un homme fier comme lui ! Et encore ! C'est à se demander s'il serait capable de transporter des boîtes. Invalide à son âge... le pauvre homme !

Les coudes appuyés sur le comptoir de cuisine, Marie pleurait à chaudes larmes. Marie-Jeanne fit un signe à son ami. Il valait mieux ne pas dramatiser la situation plus que nécessaire. Un cri leur parvint du salon. Elle accourut.

— Marie-Jeanne, appelle le docteur. Je veux qu'il vienne icitte puis je veux lui parler seul à seul, comprends-tu ? Je veux en avoir le cœur net. J'vas l'attendre dans ma chambre. Puis apporte-moi une tasse de thé, ordonna Anthime.

Personne ne sut au juste ce que le médecin et son patient se dirent, ce soir-là. Le lendemain matin, Anthime se présenta en robe de chambre au déjeuner.

— Marie, je retournerai pas à la General Rubber. Ç'a l'air qu'y a plus de place pour moi là-bas. Pour la pension que je te donne, je te paie d'avance les deux prochains mois. Je vais essayer de me trouver de l'ouvrage pendant ce temps-là. Si j'en trouve pas, j'aurai plus rien qu'à retourner à l'hospice. On verra ça, dans le temps comme dans le temps.

Il jeta l'argent sur la table et retourna à sa chambre avant que Marie n'ait le temps de protester. Marie-Jeanne lui fit signe de ne pas répliquer et se mit à réfléchir en silence tout en mettant la table. Le temps approchait peut-être de mettre son plan à exécution. Mais le mieux était de trouver d'abord l'emploi avant d'en parler aux autres.

Pendant qu'Anthime faisait en s'aidant de sa canne le tour de ses connaissances pour dénicher un travail à sa portée, Marie-Jeanne s'activa. L'usine étant le dernier de ses choix, elle chercha partout ailleurs. Elle ne fut pas longue à s'apercevoir que les possibilités de travail pour une femme de son âge n'étaient pas légion, malgré la forte demande de main-d'œuvre entraînée par la guerre. On offrait bien un poste de cuisinière à l'hospice, mais elle n'avait pas envie de retourner aux chaudrons. Elle s'enquit des postes de vendeuse en magasin. La chronique des petites annonces de *L'Avenir du Nord* ne proposait absolument rien du genre. Et pourquoi pas un poste de dame de compagnie auprès d'une bourgeoise âgée à qui elle pourrait faire la lecture ? Le mieux était d'aller voir le curé pour cela. Sauf que bien peu de riches à Saint-Jérôme avaient assez d'argent pour se payer pareil luxe !

Philémon, mis au courant de ses démarches, fut de bon conseil. N'avait-elle pas déjà eu un métier ? Pourquoi ne pas retourner à l'enseignement ? Mais l'idée l'effrayait. Plus de trente années avaient passé depuis qu'elle avait quitté la petite école de rang. Les temps avaient drôlement changé et tout était plus compliqué. Serait-elle à sa place dans l'une des écoles de la ville que dirigeaient les sœurs de la Congrégation de Sainte-Anne ? Philémon finit par la convaincre qu'elle ne risquait rien à s'informer en tout cas.

Marie-Jeanne eut l'idée d'appeler sa vieille amie Maximilienne Morel, une ancienne compagne du couvent de Sainte-Rose qui ne s'était jamais mariée et qui enseignait toujours à l'école Saint-Jean-Baptiste. Ravie de renouer avec Marie-Jeanne, Maximilienne lui suggéra de s'essayer à la suppléance. Les candidates dotées d'un diplôme étaient si rares que l'on devait se rabattre sur de simples surveillantes la plupart du temps quand un professeur tombait malade. La suppléance ne demandait pas beaucoup de préparation et, si nécessaire, Maximilienne offrait de l'aider.

Au Coq d'or où ils se rencontraient de temps en temps, Philémon fit avec elle le tour de la question.

— Pensez-y bien, Marie-Jeanne. Y a pas de plus beau métier au monde que celui de rendre les gens moins ignorants! Vous seriez bien fière de vous, puis moi aussi! Je peux comprendre que l'idée de vous retrouver devant une classe d'élèves vous fasse peur, après toutes ces années. Mais en commençant comme simple suppléante, vous aurez le temps, avec l'aide de votre amie, de vous habituer sans qu'on soit trop exigeant envers vous. Osez donc, Marie-Jeanne! Le pire qui peut vous arriver, c'est qu'on vous dise que vous ne faites pas l'affaire. Si vous tenez encore à travailler, il sera toujours temps de vous faire embaucher à l'usine.

Marie-Jeanne sortit de la boîte à chaussures le vieux rouleau de papier jauni de sa graduation et prit rendez-vous avec sœur Marie-Ignace-d'Antioche, la directrice de l'école en question. La religieuse commença par objecter qu'elle n'engageait pas de femme mariée. Toutefois, la situation particulière de Marie-Jeanne, l'invalidité de son mari, son âge et le fait qu'elle n'avait plus d'enfants à sa charge ni de maison à tenir permettaient sans doute de passer outre. Elle pouvait, en tout cas, la recommander aux membres de la commission scolaire qui, d'habitude, ne lui refusaient rien.

— J'y pense, madame Gobeil, c'est peut-être la Providence qui vous envoie. Sœur Marie-Pierre-de-la-Croix, une de nos religieuses assez âgée, doit s'absenter bientôt pour subir une opération qui ne peut plus attendre. Elle enseigne en deuxième année. Si votre mari est d'accord, naturellement, seriez-vous prête à prendre la relève pour quelques semaines, disons, au début de janvier?

Marie-Jeanne effarée avala péniblement sa salive et pensa à son amie Maximilienne qui avait promis de l'aider. Elle accepta l'offre avec la précipitation désespérée de quelqu'un qui se jette à l'eau pour fuir un incendie. Le consentement de son mari, avait dit la religieuse? Elle n'avait pas pensé à cela. Il fallait réfléchir au plus vite à la manière d'annoncer la chose à Anthime.

Mais Marie-Jeanne n'en eut pas le temps. Trois jours plus tard, quelqu'un apporta à la maison une lettre adressée à Anthime.

— Papa, je ne comprends pas ça. Tu as reçu une lettre du commissaire d'école. Je vais te la lire.

Anthime écouta sans broncher.

— Qu'est-ce que c'est que cette maudite folie-là? s'écria-t-il tout à coup, hors de lui.

— Fâche-toi pas, papa. Peut-être que maman a décidé de retourner enseigner en attendant que tu trouves de l'ouvrage. En tout cas, je te le jure, elle ne m'en a pas parlé. Je ne l'attends pas avant neuf heures, à soir. Elle est allée chez son frère, mon oncle Jules, dans le rang Sainte-Marguerite, avec mon oncle Pierre, ma tante Yvette, puis Philémon Riopel qui les transporte dans son camion. Il paraît que le bon père Charbonneau, le petit cousin qui est missionnaire en Afrique, est dans les parages. Il visite toute la parenté du rang. Ils sont allés le rencontrer pour se faire bénir.

Les dents serrées sur sa pipe refroidie, Anthime prit place dans le salon et attendit, aussi immobile qu'une statue. Marie-Jeanne rentra à l'heure prévue, pleine d'entrain et très contente des rencontres qu'elle avait faites chez son frère.

— Je veux pas savoir ce qui s'est passé là-bas, dit Anthime en interrompant son babillage. Regarde la lettre qui est sur la table. Y paraît que madame veut faire la maîtresse d'école à son âge? Écoute-moi bien, Marie-Jeanne Gobeil. Je suis peut-être malade, mais je suis pas mort. Puis tant que je vas vivre, c'est pas toi qui vas porter les culottes! Travailler, c'est mon affaire, pas la tienne. T'auras pas ma permission. Tu l'auras jamais. Puis je vais avertir Raoul Nadon, le commissaire, à part de ça. Ça adonne ben, c'est un libéral, puis on se connaît.

Interdite, Marie-Jeanne sentit son âme la quitter. Non. Ce n'était pas possible. Il ne pouvait pas l'emmurer pour sauver son honneur. Marie et Ferdinand la fixaient sans un mot, la bouche ouverte. L'intensité du silence sembla étirer les secondes qui passaient. Elle regarda un instant autour d'elle et il lui sembla qu'elle tombait dans le vide, sans personne pour la secourir. Il ne lui restait plus qu'à faire ce qu'elle n'avait jamais osé. Elle sortit du salon et se dirigea droit vers sa chambre pour en sortir prête à partir, une vieille valise bourrée de vêtements à la main. Elle prit la lettre du commissaire, la glissa dans son sac à main et franchit la porte sans saluer personne.

Dehors, le vent aigre qui fouettait son visage lui fit du bien. Elle savait où aller. Pierre et sa chère Yvette l'accueilleraient, comme toujours. La colère lui donnait des ailes. Puisqu'il le fallait, une autre guerre était déclarée. Les hostilités étaient ouvertes. Elle était prête à se battre. Pas question de rater l'avenir inespéré qui venait de se révéler à elle. Pour une fois, elle en ferait à sa tête. C'en était fini des sacrifices, des convenances et des qu'en-dira-t-on ! Tant pis pour ce qu'en penseraient ses filles et tous les voisins de la rue. Tant pis pour tout. Qu'Anthime trouve du travail ou non ne comptait même plus. Elle allait redevenir une institutrice, renouer avec la jeune fille de 19 ans qui s'était mariée comme une aveugle un matin de tempête de neige en 1911. Ah ! Quelle revanche ! Quoi qu'on en dise et quoi qu'on en pense dans tout Saint-Jérôme !

Des jours passèrent sans qu'elle remette les pieds à la maison. Le téléphone ne dérougissait pas dans la famille. On finit par savoir où elle se trouvait, mais il était impossible de l'atteindre. Marie-Jeanne ne voulait pas s'expliquer. Elle savait bien que son comportement insensé faisait scandale ; sa belle-sœur Yvette, plus mal à l'aise à mesure que le temps passait, ne cessait de lui conseiller d'accepter son sort. Marie-Jeanne l'écoutait sans broncher.

Un après-midi, elle retrouva Philémon au Coq d'or. Ils discutèrent longuement sans trouver d'issue. Toutes les portes semblaient bloquées. Qu'elle rentre ou non chez elle ne changeait rien. Anthime ne plierait pas.

— Quand je pense que la commission scolaire était prête à me prendre ! Je me suis informée, le contrat d'engagement n'a pas de valeur sans l'autorisation de mon mari. Remarquez, je pourrais toujours imiter sa signature, mais ce serait tricher. En plus, il m'a menacée de parler au commissaire Nadon qu'il connaît bien. Il l'a probablement déjà fait. Noël s'en vient ; je sais que je fais de la peine à bien du monde, mais c'est plus fort que moi, je ne me sens pas capable de retourner chez Marie. La vérité vraie, c'est que je ne veux plus voir Anthime. Je ne veux plus dormir dans la même chambre que lui. Vous comprenez ? Il y a trop de mépris entre nous ! Mon Dieu ! Déjà quatre heures ! Il va falloir que je rentre avant qu'Yvette s'inquiète. Qu'est-ce que vous feriez à ma place, Philémon ?

— Je ne le sais pas. Ce qui est sûr, c'est que vous ne pourrez pas rester éternellement chez votre frère. Il faut être réaliste, Marie-Jeanne. Pour être indépendant, il faut de l'argent. Il faut trouver un autre emploi et voir si quelqu'un de la famille pourrait vous prendre comme pensionnaire. Tout ça est bien injuste. Et triste aussi. Je m'aperçois que ce n'est pas drôle d'être une femme. Dans le fond, vous êtes aussi fine puis aussi capable qu'un homme et, pourtant, vous n'êtes pas libre de votre personne.

Marie-Jeanne eut un sourire amer. Philémon venait de faire une autre découverte : les femmes devaient se soumettre aux hommes depuis toujours et de leur naissance à leur mort. Ils quittèrent le restaurant et traversèrent lentement le parc Labelle pour gagner la rue Saint-Georges où le camion les attendait. La pénombre précoce des crépuscules d'hiver tombait déjà. À l'ouest, la traînée mauve qui traversait le ciel jetait sur la rivière du Nord une mélancolie de fin du monde. C'était l'heure hostile où le froid semblait sortir des arbres. Frissonnante, Marie-Jeanne résista à la tentation de s'accrocher au bras de Philémon. Elle buta tout à coup sur quelque chose et faillit tomber. Philémon l'attrapa par les épaules. Une sorte de canne leur barrait la route. C'était celle d'Anthime, qui se tenait là, au milieu de l'allée, dardant sur eux des yeux exorbités où se lisait un mélange de fureur froide et de tristesse pitoyable.

— Qu'est-ce que tu fais là ? demanda-t-il.

Marie-Jeanne repoussa prestement le bras de Philémon.

— Tu dois bien voir que je me promène, dit-elle d'une voix blanche.

— Je suis venu te chercher. Il est temps que tu reviennes à la maison, ajouta-t-il sans un regard pour Philémon.

Marie-Jeanne se raidit, tremblante de détermination.

— Il n'en est pas question. Je ne rentrerai pas. Tu ne me diras plus quoi faire, Anthime Gobeil. Jamais.

— Ma maudite folle ! Tu me feras pas honte devant le monde ! Tu vas faire ce que je te dis, hurla-t-il en brandissant sa canne devant elle.

Marie-Jeanne en saisit le bout pour protéger son visage. Il fit un mouvement pour la dégager et frappa d'un coup sec sa poitrine de manière à ce qu'elle recule. Philémon s'interposa.

— Ça suffit, Anthime. Vous allez toujours bien pas la battre en pleine rue ?

En effet, des curieux s'approchaient déjà. Anthime baissa sa canne et posa sur lui un long regard débordant de mépris. Philémon le soutint sans ciller jusqu'à ce qu'il sente sur sa joue le froid ignoble d'un crachat.

— C'est tout ce que tu mérites, Philémon Riopel. Tout ça, c'est de ta faute. Ayez pas peur, je m'en vais, proféra Anthime d'une voix défaillante.

Il leur tourna le dos et s'éloigna en boitant. Philémon essuya son visage sans dire un mot et reprit le bras de Marie-Jeanne, qui pleurait de honte. Quelque chose d'irrémédiable venait de se produire. Ils le savaient tous les deux.

— Je vous ramène chez votre frère, dit-il.

::

Des jours passèrent; l'impasse semblait totale. Plusieurs dans la famille blâmaient Anthime pour son refus de laisser Marie-Jeanne travailler, mais personne n'approuvait vraiment la désertion d'une épouse. Elle paraissait d'autant plus immorale qu'Anthime était malade. Les filles de Marie-Jeanne n'arrêtaient pas d'en débattre entre elles. Toutefois, l'incident survenu au parc Labelle finit par se savoir et fit osciller la balance des opinions. Anthime avait levé la main sur Marie-Jeanne! Comment pouvait-elle rentrer chez elle après un geste pareil? se demandait Pierre que la situation de sa sœur torturait depuis le début. De toute évidence, il fallait absolument que ses filles s'en mêlent. Lucienne, Clarisse, Caroline, Mireille et Marie acceptèrent de répondre à l'invitation de leur oncle. Mais il fallut convaincre Marie-Jeanne de les rencontrer; elle ne voulait surtout pas d'un tribunal. Elle finit pourtant par accepter à la condition qu'on la laisse d'abord parler.

— Mes petites filles, je suis prête à vous donner des explications, mais vous allez m'écouter jusqu'au bout sans m'interrompre. Vous le savez, votre père ne peut plus travailler à l'usine. Il a beau chercher de l'ouvrage, il n'en trouve pas. Dans son état, il ne faut pas se le cacher, ses chances de se placer quelque part sont pour ainsi dire nulles. Comme je savais qu'on en viendrait là, j'ai réfléchi à la possibilité d'aller moi-même travailler. Anthime, j'en suis certaine, n'a plus une cenne de côté. On se retrouve sans revenu. Je sais bien, Marie, que tu ne mettras jamais dehors ton père malade, quitte à te priver de la pension qu'il te doit. Mais pense aussi que, fier comme il est, il ne restera pas chez vous par charité. Il est déjà allé à l'hospice, il peut y retourner. Mais moi, dans tout ça? Pensez-vous que j'ai envie de le suivre ou de vivre de la charité de mes enfants pendant des années? J'ai ma dignité. Ce n'est pas tout d'être nourrie, hébergée. Je veux être capable de me payer un café au restaurant. Je ne suis pas manchote non plus et j'ai de l'instruction. Après mûre réflexion, j'ai décidé de tenter un retour à mon ancien métier. Vous ne pouvez peut-être pas imaginer votre mère en institutrice, vous autres, pourtant, c'est bien ce que j'étais avant de me marier avec votre père. J'ai pris conseil et j'ai fait des démarches pour être embauchée comme suppléante. La sœur directrice m'offre de remplacer une religieuse malade à l'école Saint-Jean-Baptiste tout de suite après les Fêtes. Sauf que ça me prend le consentement de mon mari, puis Anthime ne veut pas le donner.

La voix de Marie-Jeanne se brisa sur ces mots et ses yeux brillèrent de larmes derrière les lunettes de verre.

— Toute ma vie, j'ai été prisonnière de quelque chose. Toute ma vie, j'ai obéi aux lois, toute ma vie, j'ai fait ce que le monde attendait de moi jusqu'à tant que tu quittes le nid pour te marier, Mireille. Ensuite, j'ai cassé maison et j'ai commencé à me promener dans la parenté, pour aider une, aider l'autre. Petit à petit, je me suis rendu compte que j'aimais la liberté, que j'y avais droit. Pensez-vous qu'après avoir accompli son devoir envers son mari et ses enfants, une femme a le droit de reprendre le contrôle de sa vie, de faire ce qu'elle veut, même de travailler si ça lui chante? Ne me faites pas accroire que vous répondriez non! Je ne sais pas si vous le réalisez, mais vos maris ont tous les pouvoirs sur vous. Même s'ils sont respectables et n'en abuseront probablement jamais! Il faudra que les lois changent pour les femmes dans notre pays, un jour. Ce n'est pas tout de voter aux élections! En tout cas, je vous le souhaite, parce que viendra peut-être un temps où la question se posera à vous aussi. En attendant, je risque de perdre une belle chance de faire un travail honorable si Anthime persiste. Ce n'est pas juste et ça me révolte. Dans ces conditions-là, je me sens incapable de retourner vivre avec lui.

Marie-Jeanne fit une pause que ses filles très impressionnées n'osèrent interrompre.

— En plus, j'imagine que vous avez entendu parler de ce qui est arrivé l'autre jour, au parc Labelle. Votre père s'était caché pour m'attendre. Il voulait absolument que je revienne à la maison. J'ai refusé. Il… il a levé sa canne sur moi. Il ne m'a pas fait mal, mais je ne me suis jamais sentie aussi humiliée de ma vie! Je vous pose la question: qu'est-ce que vous feriez si votre mari levait la main sur vous? C'est bien difficile de pardonner un geste comme celui-là. Même si j'arrivais à pardonner, je ne l'oublierai pas.

Marie n'en pouvait plus.

— Maman, on n'est pas ici pour te blâmer. Mais tu vas pas nous dire que tu veux te séparer à ton âge? C'est la première fois que notre père fait une chose pareille, puis on sait bien que la maladie l'a beaucoup changé. Il n'a plus tous ses moyens. Depuis que c'est arrivé, il mange pratiquement plus, il passe ses journées à fumer dans sa chaise berçante, comme s'il t'attendait. Il sort pas non plus pour chercher du travail. Si ça continue… il va retomber malade.

Caroline exaspérée lui coupa sèchement la parole. À ses yeux, leur mère ne pouvait rentrer à la maison comme un petit chien soumis, s'asseoir à la même table que son mari, comme si rien n'était arrivé, puis coucher dans la même chambre, puisqu'il n'y avait pas d'autre place à part le grand sofa du salon.

— Moi, maman, je considère que tu as raison, ajouta-t-elle. Reste ici pour le moment. Ça saute aux yeux qu'il faut que tu travailles et t'auras jamais un meilleur emploi que celui que tu as trouvé par les temps qui courent. Nous autres, on va essayer de parler à papa. Après tout, il nous mangera pas! Qu'est-ce que vous en pensez, les filles?

Elles furent d'accord pour tenter de faire fléchir leur père à la condition que ce soit elle, Caroline, qui donne l'assaut la première. Marie, qui redoutait la rudesse naturelle de sa sœur, promit de dire son mot et les autres d'appuyer la démarche par leur présence. La petite séance eut lieu le lendemain, dans la cuisine de

Marie. Contre toute attente, Anthime laissa parler Caroline qui, comme prévu, n'y alla pas par quatre chemins.

— Papa, on est allées voir maman ; on a discuté avec elle. Elle peut pas revenir vivre ici, puis ça se comprend, après ce qui est arrivé. On est toutes au courant de ce qui s'est passé au parc Labelle, l'autre jour. On comprend que c'était de la colère et tu avais une bonne raison pour ça. Mais on veut te dire qu'on n'est pas d'accord pour que tu frappes notre mère. Ça se fait pas ! Penses-tu que j'endurerais que mon mari lève la main sur moi ? Aucune de nous autres, tes filles, aucune, comprends-tu, l'endurerait. On est trop fières pour ça ! Puis je suis sûre que toi-même, tu haïrais ton gendre, s'il faisait une chose pareille. À part de ça, il y a un deuxième problème. Tu refuses à maman de signer pour qu'elle soit embauchée comme maîtresse à l'école Saint-Jean-Baptiste, pas loin d'ici. Pourquoi ? Tu peux plus travailler, papa, il faudrait bien que tu t'en rendes compte ! Ça prend de l'argent pour vivre, tu le sais. T'as toujours gagné la vie de la famille, mais là, le père, c'est plus possible. Ça fait que, qu'est-ce que tu vas faire ? Aller à l'hospice comme tu l'as déjà fait avec Romain ? C'était l'enfer, puis tu le sais. As-tu envie de mourir comme un miséreux chez les sœurs grises ? Puis maman, elle, tu ne peux pas lui demander de te suivre là-bas pour faire d'elle une malheureuse ! De toute manière, elle n'irait jamais, parce qu'elle ne manque pas de place pour la recevoir, que ce soit chez mon oncle Pierre ou chez Mireille qui a une chambre de libre ; n'importe laquelle de nous autres la prendrait si c'était nécessaire. Mais avec quel argent elle s'habillerait ? C'est pas parce que c'est ta femme qu'elle est obligée de se transformer en mendiante ! Papa, signe le papier. Laisse-la travailler. Ce sera un honneur pour nous autres d'avoir une mère institutrice. On sera fières de ça. Elle pourra gagner honorablement sa vie puis la tienne. Je te trouve bien chanceux dans ton malheur d'avoir une femme qui a de l'instruction puis le courage d'aller travailler à son âge. À part de ça, ça lui fait plaisir, à maman, de reprendre son ancien métier ; elle est contente de ça. Quand bien même ce serait juste pour nous faire plaisir, papa, signe puis laisse-la aller. On est là pour te le demander, puis pense pas que c'est l'idée de maman. C'est la nôtre. On vient te demander de signer la lettre, les cinq filles ici présentes. Puis Juliette n'est pas là, mais elle est au courant et pense comme nous autres.

Un silence douloureux s'installa. Anthime avait baissé les yeux et ne les relevait plus. Les filles se regardèrent, effrayées. Elles ne l'avaient jamais vu comme ça. Il avait l'air d'un homme perdu au fond d'un bois à la fin du jour, d'un égaré surpris par le froid et la noirceur qui se laisse tomber sous un arbre, résigné à ne plus chercher son chemin. Déroute ou défaite, il n'avait plus les moyens d'être l'homme qu'il croyait être. Sa bouche trembla.

— Pauvre papa, soupira Marie au bord des larmes.

Alors, il leva enfin son regard sur elles.

— Dites à votre mère que je suis prêt à signer, puis allez-vous-en.

Marie-Jeanne rentra au bercail et il ne fut plus question de rien. Le 7 janvier au matin, par un froid à tout casser, ses cheveux blancs tirés en un maigre chignon et vêtue de sa robe la plus propre, Marie-Jeanne entra le cœur battant dans sa première classe, précédée de sœur Marie-Ignace d'Antioche qui la présenta aux nouveaux élèves. Heureusement, Maximilienne avait passé tout le samedi précédent à lui expliquer comment occuper la première journée. D'ailleurs, celle-ci vint la voir à l'heure du midi pour s'assurer que tout allait bien. Quand la cloche sonna la fin des classes, à quatre heures, Marie-Jeanne savait que le grand coup était donné et qu'elle avait trouvé sa place.

Il lui tardait de raconter son aventure à Rodrigue, dont elle venait de recevoir la dernière lettre.

PARTIE XVI

Angleterre, janvier 1945

Revenu de tout, Rodrigue ne faisait plus qu'attendre un signe de Roselyn. Après avoir été si loin d'elle pendant si longtemps, il avait l'impression qu'elle se tenait quelque part dans le voisinage et qu'avec un peu de chance elle apparaîtrait sans prévenir, la petite Catherine dans les bras. Mais c'était fou de penser comme ça. Comment pouvait-elle voyager en plein hiver avec un nouveau-né, alors que des bombes tombaient encore, plus dangereuses qu'avant ?

À force d'y penser, les jours s'enfuyaient. Le 27 janvier arriva, jour où sa lettre allait probablement tomber sous les yeux de Roselyn, et il passa la journée à imaginer sa surprise, sa joie, ses cris au moment où elle ouvrirait l'enveloppe. Le coup de fil attendu n'allait pas tarder. Il en était sûr. Elle trouverait le moyen d'appeler. L'infirmière lui avait promis qu'elle s'arrangerait pour qu'il puisse se rendre en fauteuil roulant jusqu'au poste.

Le lendemain soir, vers dix-huit heures, l'appel arriva. L'infirmière vint chercher Rodrigue. Une joie furieuse, à la limite de la frayeur, lui donna des battements de cœur.

— Encore quelques secondes, se dit-il, tremblant d'impatience.

— Attendez, je vous passe le combiné dans un instant. Je vous préviens, la ligne n'est pas très bonne. Je reste près de vous en cas de problème, dit l'infirmière avec douceur.

— Allo, c'est moi Rodrigue.

— Oh! Rodrigue! Hello! Nous avons eu votre message. Comment allez-vous?

C'était la voix de Jane Curtis. Une voix oppressée.

— De mieux en mieux, merci! Roselyn n'est pas là?

— Non. Elle n'est pas là.

La voix semblait de plus en plus troublée.

— Rodrigue, quelque chose est arrivé. Je suis au Guy's Hospital en ce moment. J'attends ma mère. On lui fait un plâtre.

— Assez, Jane. Qu'est-ce qui est arrivé au juste?

Jane se mit à pleurer. La veille, un de ces terrifiants missiles V-2 que les Allemands lançaient maintenant sur l'Angleterre s'était abattu sur Battersea, plus précisément sur York Road, vers les seize heures. Au moins une vingtaine de maisons avaient été soufflées et une cinquantaine d'autres étaient très endommagées, dont la sienne. Il y avait eu beaucoup de blessés et des morts.

— Et Roselyn? cria Rodrigue, le visage plus blanc que le drap qui couvrait ses épaules.

Il entendit un sanglot.

— Elle a été blessée. À la tête.

Rodrigue ne bronchait pas. Il attendait la suite. Des secondes s'écoulèrent sur fond de friture.

— Elle est morte, Rodrigue. Notre chère Roselyn est morte. C'est épouvantable. Mais Catherine est saine et sauve. Elle est dans mes bras. Elle va bien, je vous le jure. Je m'occupe d'elle. Rodrigue, est-ce que vous m'entendez?

La main de Rodrigue laissa glisser l'écouteur. Son cœur s'arrêta, son esprit voulut s'envoler, partir, aller la rejoindre. Il s'évanouit. L'infirmière rattrapa l'appareil juste à temps pour entendre Jane crier:

— Rodrigue, vous êtes là? Je vous répète que Catherine va bien, elle n'a rien eu et c'est presque un miracle, Roselyn venait juste de la déposer dans son berceau. Elle...

— Allo ! Ici l'infirmière. J'ai bien peur que le caporal Deschamps ne soit plus en mesure de vous parler. Attendez-moi un instant, je vous en prie. Ne quittez pas.

L'infirmière glissa prestement un coussin sous la tête de son patient inerte et alerta une consœur, qui se chargea de lui.

— Oui, que se passe-t-il ? Dites-moi vite, madame.

Jane expliqua que Roselyn venait juste de donner le sein à l'enfant et de la coucher quand le V-2 était tombé sur Battersea. Elle avait succombé deux heures après l'explosion, avant même que les secours n'arrivent. Il y avait eu beaucoup de morts et de blessés. Elle-même avait eu une petite coupure à la joue causée par des éclats de verre et sa mère, qui avait été projetée sur le sol, avait un poignet brisé. Mais la petite était indemne.

— Seigneur ! Lui qui ne pensait plus qu'à revoir sa femme… Ça risque de le tuer… Pouvez-vous me dire où je pourrai vous joindre, madame ?

Le cottage n'était plus habitable. Jane prévoyait demeurer avec sa mère et le bébé chez l'une de ses tantes, à Londres, à Kensington, plus précisément.

— Très bien. Prévenez-moi quand vous serez là-bas. Je suis *sister* Maureen Irving. C'est à moi qu'il a dicté la lettre que vous avez reçue. Il sera dévasté. Il revient de loin, vous savez. Il faudra l'aider. Rappelez-moi dans deux jours, disons. Nous verrons ce qu'il faut faire pour l'enfant.

Placé sous perfusion, Rodrigue dormit pendant dix-huit d'heures sous l'œil vigilant de *sister* Irving.

::

Au premier signe de réveil, l'infirmière s'approcha du lit. Il la fixa longuement des yeux pendant que sa mémoire émergeait. Le téléphone. La voix de Jane. Roselyn était morte, morte, morte… Le mot revenait sans cesse comme un glas. Elle n'existait plus.

Non… Non! Il éclata en sanglots bruyants, saccadés et poussa des hurlements horribles. Le visage impassible, *sister* Irving posa fermement sa main sur son bras et attendit. Il criait de désespoir. Les autres patients se réveillèrent. Elle fit signe à sa collègue de tirer le rideau.

— Je ne veux pas, je ne veux pas qu'elle soit morte. C'est impossible… Ça ne se peut pas! Pas maintenant. Non, s'il vous plaît, dites-moi que c'est une erreur. Je veux la voir. Ah, mon Dieu, je veux mourir, j'aurais dû mourir là-bas. Je ne peux pas supporter ça!

Assis dans son lit, il se balançait comme un enfant trop seul en répétant toujours les mêmes mots. L'infirmière écouta tout, sans broncher, en le regardant constamment avec des yeux qui ne cillaient pas. Il n'était pas question de lui faire une autre piqûre. Elle savait d'expérience qu'il fallait d'abord que la plaie suppure et se vide. Son métier, c'était de recevoir sans se dérober la souffrance qui sortait de lui, si pénible que soit la scène, jusqu'à ce que la fatigue réduise sa voix à une plainte lancinante. Alors, elle le poussa à s'étendre à nouveau et passa doucement une serviette mouillée sur son visage.

— Là! Vous êtes fatigué. Je vais vous laver. Nous avons tout notre temps. Vous n'avez qu'à vous laisser faire.

Avec l'aide d'une autre infirmière, *sister* Irving fit la toilette de son patient avec les précautions que l'on prend pour garder la tête d'un bébé hors de l'eau, de peur qu'il ne se noie.

— Ça fait du bien, vous ne trouvez pas? Ça rafraîchit.

Rodrigue qui s'abandonnait ne répondit rien. Mais des larmes revinrent dans ses yeux.

— Maintenant, il faut avaler ce petit bouillon. Quelques cuillérées seulement, pour ne pas perdre vos forces, dit-elle d'une voix d'ange en approchant la cuillère de sa bouche.

Il détourna d'abord la tête. Mais elle insista avec tant de douceur qu'il ne put résister. Il prit la moitié du bouillon. Elle était satisfaite. Un premier cap de la dure réalité était passé pour Rodrigue.

— Voilà. Je vous laisse digérer tout ça. Je reviendrai tout à l'heure.

Elle revint effectivement, deux heures plus tard.

— Ça va ?

— Je veux savoir ce qui arrive à mon bébé ; où est-elle ? demanda Rodrigue.

— Votre petite va très bien, ne vous inquiétez pas. Jane Curtis s'en occupe. Vous n'y voyez pas d'inconvénient ? Comme leur maison est devenue inhabitable, elle emmènera la petite chez une tante à Kensington, un beau quartier de Londres. Si vous voulez mon avis, la petite sera entre bonnes mains avec elle en attendant que vous soyez sur pied. Miss Curtis va me rappeler de là-bas. J'aurai ses coordonnées. Que voulez-vous que je lui dise ?

— Que je suis d'accord pour qu'elle garde ma fille pour le moment. Mais dites-lui que je voudrais la voir, s'il vous plaît, le plus vite possible. Demandez-lui ce qui en est des funérailles de ma femme et aussi de ses affaires.

— Je ferai tout cela, je vous le promets. Aujourd'hui, vous ne pouvez pas vous déplacer. Mais nous arrangerons un autre appel téléphonique avec miss Curtis. En attendant, j'aimerais que vous preniez encore un peu de nourriture. Il ne faut pas que la faiblesse vous fasse rechuter, vous comprenez ? Le plus tôt vous serez remis, le mieux ce sera pour vous et pour la petite.

— Je vais essayer de manger, répondit Rodrigue d'une voix brisée.

Sa respiration était un peu sifflante.

— Vous avez du mal à respirer ?

— Non. J'ai la gorge serrée, tout le temps. Donnez-moi un peu d'eau, s'il vous plaît.

Sister Irving l'aida à s'asseoir à demi dans le lit pour boire. On apporta ensuite un petit plateau sur lequel trônait un œuf bouilli sur son socle, entouré de pain, de confiture et d'une tasse de thé.

— Mangez tout ce que vous pourrez, dit-elle en le quittant. Prenez votre temps.

Il achevait d'avaler l'œuf quand un homme trapu aux épais cheveux gris apparut au pied de son lit. Il portait un collet romain.

— Bonjour, sergent. Je suis Michael Bergin, prêtre irlandais de mon état. Je m'occupe des catholiques qui sont dans cet hôpital. Je dois vous remettre ceci, dit-il en présentant une lettre. Je ne veux pas vous importuner, mais je suis là si vous avez envie de parler. Je sais ce qui vous est arrivé et je sais que vous êtes complètement sonné.

Rodrigue eut un geste d'impatience bien senti. Ce n'était surtout pas le moment de lui infliger un porteur de soutane!

— Non, écoutez monsieur l'abbé, c'est gentil et je n'ai rien contre les Irlandais, mais franchement, je n'aime pas les prêtres et je les fuis, surtout ceux qui veulent me consoler. Je ne suis pas croyant. Laissez-moi seul, dit enfin Rodrigue.

— Parfait. Je vous laisse. Je veux juste vous dire que moi, je n'ai rien contre les non-croyants et il m'arrive souvent de ne pas aimer les prêtres aussi. Comme bien des Irlandais, répondit le père Bergin, avec un sourire ironique. Mais j'aime bien les gars qui viennent du Québec. Faites-moi signe si vous changez d'avis.

Une fois l'intrus disparu, Rodrigue regarda la lettre. Elle venait de Marie-Jeanne. Il laissa retomber sa tête sur l'oreiller en fermant les yeux. Ah! Marie-Jeanne! Roselyn, Roselyn est morte! Qu'est-ce qu'elle dirait de ça, ma sœur? Après cinq années au combat, une grosse pneumonie, un naufrage. Alors que la guerre achève. Les Allemands sont venus la tuer chez elle, à domicile, juste comme on allait se retrouver. Peux-tu m'expliquer ça, Marie-Jeanne?

Rodrigue ouvrit la lettre.

Saint-Jérôme, 10 novembre 1944

Mon cher Rodrigue,

Voilà bien 10 jours que j'ai reçu, l'une après l'autre, les deux lettres que tu m'as envoyées de Rome en juillet. Un mariage bien émouvant! J'essaie de vous imaginer dans cette église somptueuse, debout devant le prêtre. Je suis sûre que vous étiez très beaux et très heureux, quoique pleins d'inquiétude aussi. Qui ne le serait pas avec cette guerre! Aie confiance en Roselyn, malgré les difficultés. Quand une femme veut se battre pour l'enfant qu'elle porte, elle devient courageuse comme une lionne et ses forces sont décuplées. Tu verras qu'elle y arrivera très bien.

Quant à ta rencontre avec le pape, j'ai ri de bon cœur en te lisant. On voit que tu admirais la beauté de la scène sans perdre ton sens de l'humour. C'est bien toi! Tu as eu raison de ne pas te laisser impressionner plus que nécessaire. Devant tant de prestige, c'est la meilleure manière de garder son jugement et d'éviter de croire n'importe quoi. Reste que bien du monde ici envie ta chance d'avoir vu de tes yeux le souverain pontife en personne.

De mon côté, je suis occupée à soigner Anthime; c'est ce qui m'a empêchée de te répondre plus vite. Il va mieux et bien que le médecin le lui ait déconseillé, il a repris le chemin de l'usine hier. Il me semble que c'est trop vite. Il est lent et surtout, ses jambes ne sont pas solides. Il perd l'équilibre à tout moment. Je n'en parle toujours pas, mais je suis de plus en plus décidée à trouver du travail, si jamais les choses tournaient mal à l'usine. J'attends mon heure. À Saint-Jérôme, seul mon ami Philémon Riopel est au courant de mon idée. Il n'est pas contre, au contraire, et si jamais j'en viens là, je peux compter sur son aide.

Ici, on s'inquiète de voir le gouvernement fédéral sur le point de signer un décret de conscription pour le service outre-mer. Il paraît qu'après tous ces débarquements, on manque d'hommes dans l'infanterie. Je n'ai pas besoin de te dire que la province est enflammée d'avance. On dit qu'il y aura de grandes manifestations à Montréal si jamais Mackenzie King fait une chose pareille.

Tout le monde est fatigué de la guerre. C'est sûr que notre pays a été épargné, mais elle a quand même apporté son lot de souffrances et d'inquiétudes dans notre famille, sans compter l'infirmité de Félix. Plus tard, quand la paix sera revenue, on s'apercevra de tout ce qu'elle a changé dans nos vies. Pour toi en tout cas, c'est déjà évident. Tu as perdu Zéphir, mais gagné une femme et un enfant! Ta vie a pris un autre sens. Je suis bien obligée d'admettre que ton chemin passait par là. Ah! Vivre comme on l'entend et pas comme les autres le veulent pour nous! On devrait apprendre ça tout jeune. Pour toi, il n'était pas trop tard. Pour moi, qui commence à le comprendre à cinquante-deux ans, il ne reste que des lambeaux à récupérer, car plus on est vieux, moins on a la permission de sortir des rangs.

J'ai lu dans les journaux que nos armées piétinent en Italie. Comme tu dois avoir hâte de sortir de là! Quand je pense que ton petit est peut-être né déjà! En tout cas, tu peux compter sur mes prières, même si je ne suis pas bien sûre qu'elles valent grand-chose. Avec la petite foi qu'il me reste, je demanderai au Père de te donner un bel enfant solide, une épouse en santé et la grâce de sortir indemne du champ de bataille. En attendant, prends bien soin de toi; évite de t'exposer inutilement. Dis-toi que, en plus de moi, quelqu'un de tout petit ne peut pas se passer de toi maintenant!

Ta sœur, Marie-Jeanne

Rodrigue se remit à pleurer en silence. Arrête de prier, Marie-Jeanne. Parce que si tu l'as fait, personne ne t'a entendue. Aucun dieu n'a jamais empêché aucune guerre. Au contraire, la plupart en ont plutôt causé. Je n'ai plus d'épouse. La maudite guerre me l'a prise comme elle me l'avait donnée et je ne sors pas indemne du champ de bataille, comme tu dis.

Son accablement lui ôtait la force de répondre à Marie-Jeanne immédiatement. Elle saurait bien assez vite! Le soir venu, à l'heure où l'on n'éclairait presque plus la salle, l'homme au collet romain réapparut. Sans dire un mot, le père Bergin vint s'asseoir près de son lit, tira le rideau qui le séparait du lit voisin et sortit de sa poche une petite flasque de scotch.

— Vous en voulez une gorgée? dit-il discrètement pour ne pas être entendu des autres patients.

Rodrigue esquissa un semblant de sourire. Il avait du culot, ce curé, après la rebuffade qu'il lui avait servie! Et puis pourquoi pas, après tout? Le liquide doré lui brûla l'estomac.

— Comment vous le trouvez? C'est du bon, hein? dit le prêtre en buvant à son tour à même le goulot. Moi, je ne peux pas m'en passer, puis je ne suis pas le seul. On ne serait pas en train de gagner la guerre sans l'alcool.

— Ça prend un Irlandais pour parler comme ça, dit Rodrigue en buvant encore.

— Mais je suis très sérieux! Comment un homme normal ferait-il pour supporter une guerre s'il ne buvait pas? Même ceux qui aiment jouer au soldat en prennent; ça augmente leur plaisir.

— Mais qu'est-ce que vous racontez?

— Je peux vous l'assurer. Moi, j'en ai vu pas mal qui aimaient la guerre. Surtout au début. Des soldats bien ordinaires comme des officiers. Ces gars-là sont bien entre eux, en peloton, autour d'un feu, d'une baraque ou d'une table bien garnie, le fusil à portée de main. Plus les conditions sont dures, plus ils s'excitent avant de monter à l'attaque. Ils jouent gros, ils le savent, c'est dangereux et ils ont peur, mais c'est comme une grosse fête, la plus grosse de toutes parce que tout est permis, ils n'ont qu'à se laisser aller! On pense que faire la guerre n'est pas humain, moi, je dis que c'est tout le contraire. Il n'y a rien de plus naturel à l'homme que de tuer son semblable depuis qu'il est sur la terre. Ce n'est pas pour rien que l'histoire humaine commence par le meurtre de Caïn. En groupe, en uniforme, avec des armes qui tirent fort, c'est encore mieux. Et tous les prétextes sont bons: se venger, s'enrichir, prendre le contrôle. Plus que ça, c'est devenu un métier, noble à part de ça, et même un art, l'art militaire, avec ses médailles et ses symboles. M'écoutez-vous?

Le prêtre reprit le flacon des mains de Rodrigue pour boire encore. Il se plaisait à divaguer.

— Oui, je vous écoute. Continuez, ça m'intéresse.

— Qu'est-ce que je disais? Ah oui, le plaisir de la guerre! Vous savez comment ça finit? Ça finit toujours mal, même quand on a la victoire. Ça finit dans la déprime la plus abominable. Du même genre que celle des gros buveurs après une cuite.

— En tout cas, vous avez l'air de vous y connaître, côté alcool, dit Rodrigue. Pour ce qui est de la guerre aussi. Sauf qu'on n'est plus au temps où les hommes se tuaient un par un. Avec les armes qu'on a aujourd'hui, c'est l'hécatombe instantanée. Tout est pulvérisé. La guerre d'aujourd'hui est trop laide pour donner du plaisir, me semble. J'ai fait la campagne de Sicile et d'Italie presque au complet. Je n'ai jamais rencontré de soldats heureux.

— Je ne vous ai pas parlé de soldats heureux, non plus.

— Eh bien moi, je pensais l'être, malgré toutes les abominations que j'ai vues. C'est ici, comme soldat, que j'ai rencontré ma femme. C'était une *sister*. Elle a risqué sa vie cent fois, sur terre comme sur mer. Tout comme moi. On était sur le point d'en sortir presque indemnes, avec un enfant en plus, le plus grand des trésors. Il a fallu qu'elle soit dans la trajectoire d'un V-2!

Le prêtre sortit son mouchoir pour s'essuyer la bouche en hochant la tête.

— Vous savez, personne n'est en sécurité en Angleterre encore maintenant, dit le religieux d'une voix de plus en plus traînante. Des civils meurent tous les jours sous les bombes. Ces V-2 sont terrifiants, complètement imprévisibles ; on ne peut pas les voir venir. D'ailleurs, ce n'était pas la première fois que Battersea était visé ; un autre missile avait déjà fait cinq morts en novembre dernier dans le même coin.

Rodrigue ne répondit pas.

— J'entends l'infirmière marcher dans la salle en face. Elle va venir par ici. Il en reste un peu dans la bouteille. Je vous la laisse. Cachez-la comme vous pourrez. Mais faites attention. Si *sister* Irving la trouve dans vos affaires, on est en route pour la Troisième Guerre mondiale ! Allez, je file. Dormez tout de même. On reparlera de tout ça.

Rodrigue vida ce qui restait d'une traite et prit le risque de se mettre debout pour glisser la bouteille sous le matelas. Envahi par les bienheureuses vapeurs de l'alcool, il dormit ensuite comme un homme en paix jusqu'au petit matin.

::

Grâce à la diligence de sa fidèle infirmière, Rodrigue put s'entretenir à nouveau avec Jane Curtis qui l'appelait de Londres.

— Comment allez-vous, Rodrigue ?

— Je vais mieux, merci. Et vous-même ?

— Bien aussi. Nous allons tous bien ici, surtout Catherine. Elle ne manque de rien, vous savez. Tout le monde l'adore. Justement, nous fêtons ses trois mois aujourd'hui !

— Je donnerais tout pour la voir et la prendre dans mes bras.

— Mais vous pourrez venir dès que les médecins vous le permettront. Il y a de la place pour vous ici. Je pourrais aussi l'emmener pour une petite visite à Taplow. Mais j'hésite à vous le proposer vraiment ; elle est encore si petite et il se passe encore tant de choses ! Qu'en pensez-vous ?

— Sa sécurité est ce qui compte le plus. J'aimerais mieux y aller moi-même dans les circonstances. J'en discuterai avec le médecin et *sister* Irving. Si vous pouviez m'envoyer une petite photo en attendant, ce serait bien.

— Oui, certainement, je ferai cela.

— Mais je voudrais savoir pour Roselyn.

Dans le désordre général qui avait suivi l'attaque, il n'y avait pas eu d'autre choix que de l'inhumer à Battersea.

— Je tiens absolument à ce qu'elle repose à Londres, près de son père et de sa mère.

— Oui, bien sûr. Mais ce sont des choses qui ne pourront se faire qu'une fois la guerre terminée, Rodrigue.

— Et ses affaires ? Les photos de notre mariage, les avait-elle reçues de Rome, d'après vous ? Je veux aller sur les lieux, voir votre maison, recueillir tout ce qui reste d'elle.

— Oui, oui. Nous ferons tout cela, Rodrigue. Pour moi aussi, c'est très important. Roselyn était ma plus grande amie. Je suis la marraine de Catherine. Mais il faut vous rétablir d'abord.

— Croyez-moi, j'irai mieux. J'espère bien être à Londres dans une quinzaine de jours.

::

— Vous y allez un peu fort, sergent ! Vous étiez à deux doigts de la mort il y a un mois ! D'après nos informations, ce n'était pas la première infection grave. Vous avez frôlé la septicémie générale à la suite d'une blessure en Italie. Le médecin considère que vous être très vulnérable. Cette fois, il ne veut pas jouer avec le feu. Commencez par prendre un peu de poids, ce sera bon signe. Après, vous irez à Londres, dit *sister* Irving en posant une couverture supplémentaire sur les genoux de son patient avant de le laisser en compagnie du père Bergin.

— On est bien sur cette terrasse! Regardez-moi ce soleil et on est juste à la fin de février! C'est le printemps de la victoire, dit l'exubérant abbé en suivant des yeux l'infirmière jusqu'à ce qu'elle disparaisse. Il ouvrit ensuite discrètement son manteau et en sortit une bouteille.

— Encore? Mais vous êtes alcoolique, ma foi, dit Rodrigue de mauvaise humeur.

— C'est vrai, je bois pas mal. Vous ne saviez pas qu'il existait des prêtres alcooliques? Vous en voulez? Non? Ça vous enlève-rait peut-être votre idée fixe pour un moment!

— Quoi? Vous trouvez ça normal que je sois encore ici après ce qui est arrivé? Ma fille va avoir quatre mois et tout ce que j'ai vu d'elle, c'est une petite photo embrouillée!

— Oui, mais arrêtez un peu d'engueuler le personnel là-dessus. Je vous rappelle que vous êtes encore dans l'armée et que c'est le médecin qui commande ici. Moi, à votre place, je chercherais une autre solution.

L'air mystérieux, le père Bergin avala une grande gorgée de scotch.

— Laquelle?

— Il y a des centres pour les militaires convalescents à Londres, figurez-vous. L'air n'est pas aussi pur qu'ici, mais on y mange bien, à ce que l'on dit. Demandez votre transfert. Moi, je suis prêt à dire, comme confesseur et directeur de conscience, que c'est indispensable à votre santé morale. J'en ai déjà parlé à qui de droit. Ça ne se voit pas, mais comme prêtre, j'ai quand même un peu d'influence dans ces murs.

Pour une fois, Rodrigue eut presque envie de rire.

— Vous n'êtes pas mon confesseur et je n'en aurai jamais. Mais vous auriez dû me dire ça avant!

— Au lieu de me faire des reproches, j'estime que vous devriez me remercier. D'autant plus que je vous apporte tout de même une lettre de chez vous, d'une certaine Marie-Jeanne Deschamps, dit-il en défrichant le nom du destinateur sur l'enveloppe.

— Marie-Jeanne est ma sœur aînée et presque ma mère. On s'est écrit pendant toute la guerre. J'ai demandé qu'on lui envoie un avis de mon retour en Angleterre pour cause de maladie. Elle est sûrement au courant maintenant; j'imagine qu'elle se fait du sang de vinaigre à mon sujet. C'est la deuxième lettre que je reçois d'elle depuis que je suis à Taplow.

— Pourquoi? Qu'est-ce que vous attendez pour lui répondre?

— Elle m'a écrit qu'elle priait pour le bonheur de Roselyn et du bébé. Je n'ai pas trouvé le courage de lui répondre que ce n'était pas la peine parce que je n'avais plus de femme.

— Faites-moi plaisir, Rodrigue, prenez donc une gorgée, insista le prêtre.

Rodrigue ouvrit l'enveloppe.

Saint-Jérôme, 6 janvier 1945

Cher Rodrigue,

Je viens de relire ta lettre du 23 septembre dernier que j'ai reçue avant-hier. Merci pour les petites notes écrites sur le vif pendant les combats. C'est comme si je regardais la scène derrière ton épaule. Heureusement, la bataille achève, si j'en juge par les progrès des Alliés en Europe. Ici, le gouvernement a émis son fameux décret de conscription en novembre. Désormais, il peut obliger les hommes à partir. Imagine-toi que Ferdinand a été appelé, à son grand désespoir. À l'entraînement, ils se sont aperçus qu'il souffrait d'une hernie et que sa santé était trop fragile. Il devrait être démobilisé dans quelques jours. Dieu soit loué!

J'ai bien hâte d'en savoir plus au sujet de ton bébé. Je ne doute pas que tout se soit bien passé. Comme tu dois avoir hâte de le voir! J'ai lu dans nos journaux que certains régiments canadiens sont en Belgique pour refouler les Allemands jusque dans leurs terres. Es-tu toujours en Italie?

Pour moi, il y a du nouveau. Et du meilleur. Depuis ce matin, je suis redevenue une institutrice. En suppléance pour l'instant, mais c'est un début. Extraordinaire, tu ne trouves pas? Je n'en reviens pas moi-même. Mon amie Maximilienne, elle aussi institutrice, m'aide et m'encourage, vu que faire face à une classe d'élèves après trente ans d'absence, c'est tout un défi.

Mais le combat que j'ai mené pour y arriver a laissé une victime sur le carreau. Je parle d'Anthime, qui refusait catégoriquement de donner son consentement à mon engagement. Eh oui! Les femmes sont encore des enfants aux yeux de la loi dans notre province! Je me suis fâchée pour de vrai et je me suis retirée chez Pierre pendant plusieurs jours. Oui, j'ai fait ça, j'ai déserté le foyer conjugal! Certains criaient au scandale autour de moi; mes filles ne savaient plus à quel saint se vouer. Le problème a fini par se résoudre quand Anthime a posé un acte de trop dans sa colère. Alors les filles elles-mêmes lui ont demandé de signer la fameuse lettre d'autorisation. Je ne sais pas comment elles s'y sont prises, mais il a consenti sans discuter, paraît-il.

Depuis, je suis revenue chez Marie et c'est comme si, désormais, Anthime et moi vivions côte à côte sans trop nous voir et nous parler. Je fais mon affaire et il fait la sienne, quoique justement, il n'ait pas grand-chose à faire. Il ne travaillera probablement plus jamais. Il ne sort presque plus. J'imagine que c'est comme cela qu'on rentre pour de bon dans la vieillesse. On verra si le printemps lui donnera le goût de revoir ses amis à la taverne des Sports! Malgré tout, ce serait bon signe. Pourquoi faut-il que ma résurrection soit payée de sa décrépitude? S'il avait voulu, les choses auraient pu se passer autrement. Enfin! Il va bien finir par s'habituer! J'en ai pour deux mois à remplacer la religieuse malade. On verra pour la suite, mais je suis confiante. La sœur directrice m'aime bien, je crois.

Là-dessus, je te laisse pour aller dormir. Demain matin, qua- rante enfants de deuxième année vont se lever ensemble quand je rentrerai dans la classe et je les entendrai me dire en chœur : « Bon- jour, madame Gobeil. » Je n'en reviens toujours pas.

Ta sœur Marie-Jeanne

— Sacrée Marie-Jeanne ! Elle a atteint son but, retourner à son métier d'institutrice, malgré l'opposition de son mari. Non sans mal, à ce que je comprends ! Elle est contente. Je l'admire d'avoir su braver les critiques autour d'elle.

— En tout cas, si elle ne savait pas que vous étiez malade, elle le sait maintenant. Ce serait charitable de lui répondre au plus vite pour la rassurer. Il ne faut jamais négliger les gens qui nous aiment.

— Vous avez parfaitement raison.

Angleterre, 19 mars 1945

Chère Marie-Jeanne,

Au moment où j'écris cette lettre, tu as sans doute été avisée que j'avais été ramené en Angleterre pour cause de maladie. J'ai bien reçu tes deux dernières lettres et je te prie de m'excuser d'avoir tant tardé à te rassurer. Quand tu sauras tout, tu comprendras mieux.

En décembre, pendant nos quartiers d'hiver quelque part au nord de l'Italie, j'ai été terrassé par une pneumonie doublée d'une crise d'appendicite. J'ai été opéré d'urgence en plein hôpital de campagne. Les médecins ne donnaient pas cher de ma peau. Dès que j'ai pu, j'ai demandé à rentrer en Angleterre. Je savais que je n'aurais plus la force de combattre et rien ne me paraissait plus urgent que de retrouver ma femme et ma fille. Malgré les risques du voyage, j'ai fini par obtenir ce que je voulais. On m'a amené à l'hôpital de Taplow, où je suis encore en convalescence.

Mais je n'ai pas vu Roselyn. Je ne la verrai plus jamais. Elle a été tuée dans la maison de Jane à Battersea par un missile allemand qui a démoli tout un quartier le 27 janvier dernier. Blessée à la tête, elle est morte deux heures après l'explosion. Le hasard atroce de la guerre a tout de même laissé notre bébé sain et sauf dans son berceau. Car j'ai une fille. Elle est née le 5 novembre et s'appelle Catherine, du nom de la mère de Roselyn. On me dit qu'elle est magnifique et qu'elle a des petits cheveux roux. Ça te dit quelque chose ? Comme je ne veux pas que Jane prenne le moindre risque avec le bébé sur la route, je n'ai vu d'elle qu'une petite photo jusqu'à maintenant. Je fais des pieds et des mains pour être transféré dans un centre militaire de convalescence à Londres. La petite vit avec Jane, qui est sa marraine, chez une tante de celle-ci. Une fois rendu là-bas, je pourrai enfin la tenir dans mes bras.

Pour l'instant, il m'est très difficile de te parler de ma peine. J'essaie de la mettre en veilleuse pour concentrer toutes mes forces sur mon bébé. Tu comprends ? Ici, j'ai eu la chance de tomber sur des gens admirables qui m'ont beaucoup aidé à ne pas baisser les bras : une infirmière de fer qui a un cœur gros comme ça et un prêtre (qui l'eût cru ?) irlandais alcoolique qui fait un boulot extraordinaire auprès des mutilés de sa confession dans cet hôpital. Des prêtres comme lui, je n'en ai jamais vu chez nous. Celui-là, tu l'aimerais, crois-moi.

Au moment où j'écris ces lignes, le bruit court que mon régiment n'est plus en Italie. Les Canadiens sont en train de libérer la Hollande. La radio anglaise annonçait ce matin que les Alliés brûlaient le terrain entre la Moselle et le Rhin et même que la fameuse ligne Siegfried, réputée infranchissable, a sauté dans la région de La Sarre. C'est vraiment la fin, Marie-Jeanne. Pour qui sait voir au loin, le drapeau de la victoire se profile déjà au-dessus des terres

*allemandes. Au train où vont les choses, il est permis de croire que
la guerre ne verra pas l'été. D'ailleurs, dans mon cœur, tout, tout
est déjà fini, hormis ma fille.*

*Voilà pour l'essentiel. Je t'écrirai encore dès que j'en saurai plus
sur ma situation. Je t'embrasse très fort.*

Your brother for ever,

Rodrigue

Quinze jours plus tard, le véto du médecin fut enfin levé. Par
un petit matin de pluie printanière, après avoir fait ses adieux à
l'incomparable *sister* Irving, Rodrigue monta dans la vieille Ford
empruntée par le père Bergin pour se rendre à Londres achever sa
convalescence dans un centre de réadaptation des blessés de guerre.
Le lent parcours vers la grande ville était au fond le commencement de son retour au pays. Il était blessé à mort, vieilli, son cœur
était pétri de douleur et d'horreur et, pourtant, il se sentait prêt à
entrer dans une vie nouvelle avec sa petite Catherine. Il pensa aux
bons vieux amis du Royal 22ᵉ avec lesquels il avait vécu tant de
batailles. Ils avaient, il le savait, quitté l'Italie au mois de mars pour
rejoindre, en passant par le port de Marseille, le front de Hollande.
Ils se battaient maintenant autour d'Appeldoorn. Qu'était devenu
l'excellent lieutenant Fisher qui, malgré leur grade respectif, l'avait
toujours considéré comme son égal? Un homme droit et juste,
fier et foncièrement modeste, et dont il avait beaucoup appris. Il
faudrait trouver le moyen de le saluer avant de retraverser l'Atlantique. Il pensa aussi à son caporal préféré, le grand et indestruc-
tible Théodore Millette, ce violeur et tricheur, cet homme rude,
grossier même, mais si parfaitement loyal et qui ne demandait au
fond qu'à être apprivoisé. Lui aussi avait vécu sa métamorphose
depuis deux ans! Millette et ce prêtre alcoolique qui conduisait
en silence la vieille Ford à côté de lui étaient bien la preuve que la

valeur réelle d'un homme était une chose complexe et mouvante qui échappait à toutes les règles et comportait tous les possibles. Il se promit de relancer Millette une fois de retour au pays. Avec Catherine. Catherine dans ses bras, tout étonnée devant les cris de joie de Marie-Jeanne sur le quai de la gare, à Saint-Jérôme.

Londres, 9 mai 1945

Chère Marie-Jeanne,

Délivrance et hosanna au plus haut des cieux! Hitler est mort! Comme un rat dans son trou infect, en laissant l'Allemagne en lambeaux. C'est au tour de la guerre de rentrer en agonie, après avoir beaucoup tué. En signant la grande capitulation, les généraux d'Hitler ont mis fin au cauchemar universel, sauf pour le Japon, dont les Américains vont s'occuper férocement, j'en suis certain. À Londres où je suis toujours, dans les rues, sur les visages, c'est la joie la plus délirante! La foule reconquiert l'espace de la terre jusqu'au ciel. La vie peut reprendre son cours. On en oublie la ruine des villes et la pénurie générale. On danse, on chante, on lance des fleurs. C'est fini! Enfin, c'est fini!

Je vis maintenant dans une maison de pension réquisitionnée pour les anciens blessés militaires qui attendent leur rapatriement. Le haut commandement est en train de peaufiner son plan; on ne rapatrie pas des milliers d'hommes en criant ciseau. Étant des premiers volontaires de 1939, j'ai la priorité de départ. Mais j'ai l'intention de renoncer à ce privilège parce que j'ai besoin de temps pour régler bien des choses.

Pour commencer, je suis allé me recueillir sur la tombe de Roselyn à Battersea avec Jane, qui est devenue une très grande amie. Plus tard, je verrai à ce que sa dépouille soit transférée ici, à Londres, pour qu'elle repose près de son père et de sa mère. Je suis aussi allé sur les lieux de l'attaque. La maison à moitié détruite sera finalement démolie. J'ai marché parmi les décombres et j'ai trouvé quelques objets qui lui appartenaient, des photos notamment, un peigne, un foulard, des petites choses que je garderai précieusement. Il me faut aussi régler la succession de ma femme d'après les lois d'ici. Après la mort de son frère Bill en 42, Roselyn était l'unique héritière de sa mère disparue deux ans auparavant. Parmi les biens concernés, il y a la maison familiale sur Upper Cheyne Row à Chelsea, qui représente une belle valeur. Tout cela devra revenir à Catherine, un jour. Je tiens à ce que ma fille n'oublie jamais ses racines anglaises.

Malgré ces occupations, je vois Catherine presque tous les jours. Je n'oublierai jamais le moment où Jane l'a mise dans mes bras pour la première fois ; c'est là que j'ai recommencé à respirer vraiment. Je tenais le bébé que Roselyn avait porté, elle était ma chair et la sienne, l'objet de toutes nos pensées, la part de Roselyn toujours vivante. Si tu voyais comme elle est belle du haut de ses six mois. Je l'appelle ma petite fleur. Elle a les yeux presque violets de Roselyn et un petit duvet d'un blond roux sur la tête, un teint de lait et de grosses joues rondes. Jane, qui l'a vue naître, en est folle et je déteste d'avance la peine que je lui causerai en l'emportant avec moi. Jamais je ne pourrai lui rendre ce qu'elle a fait pour ma fille au cours des mois de pure folie que je viens de traverser. Je dirais plus, c'est un vrai problème. Jane en fait pitié et même si elle n'est encore qu'un bébé, je sens que Catherine souffrira aussi de ne plus la voir. Jane a remplacé Roselyn pour le petit bébé qu'elle est. J'ai l'impression que je la priverai une deuxième fois de sa mère. Ah ! Si je le pouvais, je ramènerais Jane dans mes bagages. Nous en parlons à la blague, elle et moi. Comment résoudre ce problème ? Je n'ai pas d'autre choix que de rentrer au pays. Jane doit s'occuper de sa mère en attendant la démobilisation de son père. Et puis c'est une jeune femme ; elle a la vie devant elle. Venir au Canada n'a jamais fait partie de ses plans. En tout cas, cette séparation sera un véritable tourment pour tout le monde.

Mais nous avons encore du temps à passer ensemble. Je dois aussi résoudre la question de notre transport, ce qui est plus compliqué dans mon cas que pour les autres. Il a été annoncé que les soldats qui se sont mariés ici ne rentreront pas en compagnie de leurs femmes et de leurs enfants. Ces derniers embarqueront plutôt sur des bateaux spéciaux affectés au transport des blessés et des malades. Or, ma Catherine n'a plus sa maman et je ne peux supporter l'idée qu'elle traversera la mer sous les soins d'étrangers. C'est pourquoi, même si je vais mieux, j'ai demandé que mon nom reste sur la liste des malades. C'est avec moi et dans mes bras que Catherine fera le chemin jusqu'au Québec.

Pour toutes ces raisons, je ne peux pour l'instant te préciser la date de mon retour, mais ce ne sera certainement pas avant quelques mois. Je dois aussi écrire à Pierre pour lui demander de nous héberger les premiers temps. Une nouvelle vie commencera pour moi et j'aurai beaucoup à faire pour m'installer convenablement. Personne d'autre que moi n'élèvera ma fille. Elle ira dans les meilleures écoles et choisira le métier qu'elle voudra.

Mais assez parlé de moi. Je tiens à te féliciter d'être redevenue une institutrice. Tu t'es bien battue et je suis fier de toi. J'espère que d'ici à ce que ma fille soit grande, quelque chose changera assez au Québec pour qu'elle ait toute la liberté de suivre ton exemple et de déployer ses ailes. Comme tu étais ma deuxième mère, je le dis assez souvent, tu seras en fait la seule grand-mère qu'elle pourra jamais avoir.

Nous nous reverrons enfin, grande sœur. C'est sans doute l'une des dernières lettres que je t'envoie d'Angleterre. Comme tu le vois, j'aurai tenu mes promesses. Je t'ai écrit durant toute la guerre et je te reviens vivant. Avec en prime la plus belle petite fille du monde. J'inclus une photo.

Your brother for ever,

Rodrigue

ÉPILOGUE

Londres, 25 avril 1985
Mme Lisette Ferland
2, rue Belœil
Outremont

Chère cousine,

Je rentre d'un long voyage en Turquie où j'avais été envoyée par l'organisation caritative qui m'emploie et je trouve ta lettre. Alors, tante Marie-Jeanne est morte ? J'en suis vraiment très désolée. Je ne l'ai jamais oubliée malgré le fait que mes nombreuses occupations et son grand âge avaient rendu bien difficile la communication entre nous. Ta lettre ravive tout un monde de souvenirs dans ma tête, celui de mon père, de l'oncle Pierre et de tante Yvette, de leurs nombreux enfants, dont la belle Carmen qui avait exactement mon âge.

Je ne suis pas surprise que tant de gens aient voulu lui rendre un dernier hommage. C'était une femme adorable, passionnée, généreuse, drôle aussi et combien tolérante. Quand un de nous faisait un mauvais coup chez l'oncle Pierre, on pouvait compter sur elle pour obtenir l'absolution. Je ne l'ai jamais eue comme institutrice puisque je n'ai pas fréquenté l'école Saint-Jean-Baptiste, mais elle devait être merveilleuse. Transmets mes condoléances à tous ceux qui l'ont connue, en particulier ses enfants. Qu'est devenu ce Philémon qui la promenait partout dans son camion? Carmen et moi nous demandions toujours, dans le temps, s'ils étaient plus que des amis…

Je serai évidemment plus qu'heureuse de te recevoir chez moi, à Chelsea, quand tu le voudras, et le plus vite sera le mieux. Je te suis infiniment reconnaissante de bien vouloir me transmettre ces précieuses lettres qui m'apprendront sans doute beaucoup de choses sur mes parents, des choses que j'ai cherchées ici et que je risque de découvrir enfin.

Je te mets en bas mon numéro de téléphone. Si tu le peux, appelle-moi dès que tu seras fixée sur ce voyage, afin que je me prépare à te recevoir comme il convient. Nous parlerons de ton livre.

À très bientôt, j'espère,

Catherine Deschamps

REMERCIEMENTS

Merci à ceux et celles qui ont soutenu ma démarche et particulièrement à Paul Grégoire, Yves Duchastel, Annick de la Perrière, Isabelle Massé et même à feu Roger Rolland, que je salue, où qu'il soit. Ils ont été les premiers à me lire. Mais personne ne l'a fait aussi bien que la très fine Anne-Marie Villeneuve, à qui je dois d'avoir franchi d'un coup l'échelle étroite qui mène en librairie. Merci plus encore.